高等院校应用型·小学教育专业教材

中国古代文学

◎ 主编　李雅君

中国教育出版传媒集团

高等教育出版社·北京

内容提要

　　本书以独特的视角对中国古代文学进行了基本介绍，既有对文学史的广度认识，又有对文化认同的深度理解。全书以中国古代文学文体演进阶段为单元，各章节标题均有鲜明的文学特征，如"唐诗江山""宋词庭院""浪漫传奇"。章前设有"从……说起"栏目，从历史、书法、音乐、建筑等话题导入，形成多维的人文观照，同时辅以"学习提要""相关信息"栏目；章末设有"练习·延伸·思考""以'诗意朗读'作结"栏目。以上设计突破了传统的"文学"限阈，有助于全方位提升学生素养。本书行文灵动感性，充满诗意情怀，有很强的启发性与可读性。

　　本书既可作为高等院校小学教育专业、汉语言文学专业教材使用，也可作为小学教师职训用书，还可供文学爱好者案头阅读。

图书在版编目（CIP）数据

　　中国古代文学 / 李雅君主编. --北京：高等教育出版社，2023.8（2024.8重印）
　　ISBN 978-7-04-057169-1

　　Ⅰ.①中…　Ⅱ.①李…　Ⅲ.①中国文学-古典文学-高等学校-教材　Ⅳ.① I212.01

　　中国版本图书馆CIP数据核字（2021）第207346号

中国古代文学

Zhongguo Gudai Wenxue

策划编辑	王雅君	责任编辑	王雅君	封面设计	张雨微	版式设计	徐艳妮
插图绘制	于　博	责任校对	吕红颖	责任印制	刘弘远		

出版发行	高等教育出版社	网　　址	http://www.hep.edu.cn	
社　　址	北京市西城区德外大街4号		http://www.hep.com.cn	
邮政编码	100120	网上订购	http://www.hepmall.com.cn	
印　　刷	北京宏伟双华印刷有限公司		http://www.hepmall.com	
开　　本	850mm×1168mm　1/16		http://www.hepmall.cn	
印　　张	22.75			
字　　数	450千字	版　　次	2023 年 8 月第1版	
购书热线	010-58581118	印　　次	2024 年 8 月第2次印刷	
咨询电话	400-810-0598	定　　价	48.00 元	

以文学的方式教文学

教师的工作是塑造灵魂、塑造生命、塑造人的工作。教师这个职业，不只需要知识与技能，更需要精神底蕴，中国传统文化就是这种精神底蕴的源泉，而"中国古代文学"又是传统文化的重要内容。

长期以来，受功利性目标驱使，中小学语文教育"理科化倾向"越来越严重，诗意的缺失导致大量学生对中国语言文学失去兴趣，因此，基础语文教育饱受社会诟病。而大学文学课的教学观多建立在"史学本位"的基础上，重在知识传授，忽略心灵感染和审美熏陶，无论课程理念、教学思维还是教学方法、教学评价都呈现出功利性、平面化的趋向。由中小学语文教育的现状反观、反思小学教师的培养，"中国古代文学"课程的改革势在必行。

"中国古代文学"极强的人文性学科特征注定了它不是一门"实用"的课，因此它与未来职业的对接不能简单地停留在微观的知识层面上，更应该在宏观的理念引导和情怀培养上下功夫。为此，编者在"中国古代文学"教学中进行了多年的"诗性教育"探索与实践，简而言之可概括为：确立诗性教育的课程理念，给学生一种文化视野；构筑人文关怀的诗意课堂，给学生一种思维方式；引导学生建立诗意人生观，给学生一种生活方式。教师除在课堂上以专业素养、诗意情怀、人格魅力感染学生，更要结合以丰富的文学实践活动贯彻"诗性"理念，让学生在古代文学的学习中获得一种文化自信。

《诗性教育
——文学教学
的取向境界》

一、教材编写原则

教材作为一门课程的显性核心，体现着课程定位与课程目标，也引导着教学方法与学习方法。如何将五千年的文学发展史及古典文学的精华既精练又系统地呈现，达成知识传授、文化提升、精神陶冶与审美熏陶的教学目标？我们面临的教材编写问题绝不是减去部分知识点那么简单。本教材的立意是搭建大文化视野下的古代文学发展大框架，再辅以灵性的、诗意的表达丰满其血肉。

党的二十大指出要"传承中华优秀传统文化""增强中华文明传播力影响力"，无论是教材编写还是课堂教学都要坚守中华文化立场，推动中华文化更好走向世界。

编写一本有情怀、有温度的教材，我们的原则是：

——基础性与学术性相结合。这是给师范专业学生编写的教材，未来的教师需要具备一定的学术眼光和研究能力，因此本书也十分注重汲取学科前沿研究成果。

——人文性与思政性相结合。中国古代文学本身就蕴含着丰富的人文性，编者结合当前课程思政的理念，充分挖掘传统文化的当代价值，着眼于学生的人文素养和审美能力的培养。

——专业性与开放性相结合。本教材回归"文史哲不分家"的传统理念，在表达上有意弱化专业性，强化可读性，力求既适合小学教育的专业培养，也适用于汉语言文学以及相关专业的学生学习。

——普遍性与师范性相结合。中师教育曾经在我国师范教育发展历程中做出过历史性的贡献，本教材吸取了中师优良传统，在普遍适用的基础上突出师范性，除在正文中强调原典阅读和文本鉴赏，每章后还专设了"以'诗意朗读'作结"栏目，旨在促进学生的朗读能力的提高。

二、教材编写特色

本教材突破传统文学史教材"史学为本位"的立足点，以古代文学历史发展和文体演进阶段为单元，既保证了文学由先秦到明清发展的清晰线索，又兼顾了文体跨时代流变且"一代有一代之胜"的文学现象，形成了兼括时空的大框架意识。章节安排基本以时代划分，但也有突破，如"千古文章在唐宋"就是将两个时代的散文发展放在一章里面统筹。

本教材的创新之处在于以大文学观、大文化观立意，比如每一章前皆有"从……说起"，从历史、书法、音乐、建筑等话题谈起，涉及领域十分广阔，形成多维人文观照。

本教材特别注重运用比较手法，描述不同文体的特征、不同作家风格，通过比较和归纳，总结出不同文学现象的共性与个性，这些都有利于学习者从感性到理性对中国古代文学进行不同维度的审视。

让中国古代文学之美以大众能够理解的方式走出象牙塔，实现其当下关怀的价值，教材语言的表达方式就非常重要了。本教材以诗意的情怀引领诗意的行文，鲜明地突出了文学的感性特征。在"诗意"的引领下，各章节的标题不再沿用如"两汉文学""唐代文学"这样客观概括的语言，而是使用描述性语言与章节内容相结合的方式，如"初民的世俗歌唱——《诗经》""唐诗江山""宋词庭院"等。文字表述也突破了传统文学史以叙述、议论、说明为主的模式，间有描写、抒情，力求在现代的语境中表现古典意味，形成独特的"场景感"。即以文学的方式解读文学，以一种亲和的力量降低进入文学的门槛，让古代文学不再佶屈聱牙。

三、教材使用建议

作为小学教育、汉语言文学的专业课，"中国古代文学"适合一到两学年的课程学习。长期的教学实践证明，本教材立足于基础教育语文教学诗意缺失的现实来调整师范院校人才培养策略，其价值不仅在师范培养中凸显出来，而且应用于职后培训也有着良好的社会效果。

教学时，教师应充分利用好教材中的栏目。"从……说起"有助于激发学生的学习兴趣，将文学知识融会贯通；"学习提示"将知识点拎出，方便学习者梳理本章节主要内容；"相关信息"为学习者提供了历史背景、关键信息；"练习·思考·延伸"既方便学习者复习，也为拓展学习和课外考核提供思路；"以'诗意朗读'作结"有助于全方位提升学生的素养，既训练了从教基本功，又有助于培养学生的审美能力。

本教材没有依惯例配备作品选，而是将大量作品以二维码的方式呈现，方便学习者随时阅读，建议教师在教学中以"原典阅读"的形式使用。书中的二维码包含丰富的声像、文本资料，为学习者提供更多的学习方式与内容。

本教材在修订过程中，得到了许多同行的帮助与支持，常爱峰老师参与了第15—21章的增补修订和原典阅读文档编辑等工作，责任编辑王雅君女士更付出了辛勤的劳动，在此一并表示谢忱！

中国古代文学横看成岭侧成峰，本教材只是为学习者提供一个观赏的角度。由于编写者水平有限，疏漏之处在所难免，还希望更多的专家学者在教材使用或阅读过程中发现问题并给予批评指正。

李雅君

二〇二三年五月

目 录

第一章

童年的拙朴记忆——神话

从龙飞凤舞说起——

　　龙，是中华民族的象征、中国文化的标志，它起源于人类历史中古老而神秘的图腾。远古时期的中华大地上有很多部落、氏族，他们历经长期的战争之后才逐渐融合成华夏民族。在中国上古神话中，女娲、伏羲这两个神话人物是最具有代表性的。《山海经》注云："女娲，古神女而帝者，人面蛇身，一日中七十变。"《帝王世纪》云："燧人之世……生伏羲……人首蛇身。"作为远古中华文化的代表，二人上体相拥，下体相缠，上体为人身，下体为蛇尾，蛇就是原始人类崇拜的图腾。在日后漫长的岁月中，作为图腾的蛇被夸张神化之后飞了起来，成为通天神兽——龙，它呼风唤雨，神秘奇异，无所不能。与此同时或稍后，另一种极具东方特点的图腾符号——凤，也渐渐形成。"有神九首，人面鸟身，名曰九凤。"神话传说中的"五彩之鸟"，就是"凤凰"这种中华文化中的吉祥鸟。"龙""凤"图腾，在经过了种种斗争与融合后，终于成为华夏民族共同精神的代表性标志。"龙飞凤舞"，以蛇、鸟为原型，之后人们逐渐挣脱和超越其形体，创造出变幻莫测的万千气象。这种变幻让人联想到书法，中国的书法艺术在挣脱象形图画之后，在宣纸上创造了美妙的"音乐"与"舞蹈"，那种流动飞扬、富有力量和生命激情的形式美、自由美，不正是"龙飞凤舞"的精髓吗？图腾虽然远去，龙的精神依然深刻地影响着中华文化。

▶ 伏羲女娲图

　　本章主要介绍上古神话的产生与流传、思维特征、内容及分类、所蕴含的民族精神，学习时主要把握神话对中国文学发展以及对中华民族精神塑造的重要影响。

相关
信息

　　原始社会　是人类历史上第一个社会形态，延续约数百万年之久。人们主要通过简单协作进行集体劳动，比如简单的植物栽培和动物驯养。劳动成果按平均原则在集体中进行分配，没有剩余，也没有剥削和阶级。大约在新石器时代，随着社会生产力的发展，出现了第一次社会大分工，出现了畜牧业和农业的分离，游牧部落从其他原始人中分化出来。

先秦这一概念在时间上是指秦始皇统一中国（前221）以前的历史时期，大致包括原始社会、奴隶社会、封建社会初期三种社会形态。先秦时期是中华文化的开拓、创造时期，也是中国文学的发生、初创时期。先秦文学的典型特征是混沌，没有独立的文学概念，更没有文体划分，与宗教、哲学、历史、歌舞等结合或混杂在一起，主要包括上古歌谣和神话、《诗经》、先秦散文、楚辞等内容。作为先秦文化的一部分，它有着独特的魅力，昭示了中国文学强大的生命力，奠定了中国文学发展的坚实基础。

中国文学的起源可以追溯到文字产生以前的远古时期，最早产生的文学样式是诗歌。在集体劳动中，先民们为了协调肢体动作，自然地发出有节奏的呼声，这就是诗歌的雏形。但有节律的声音还不是诗，只有当原始人发展了思维，有了语言，在简单的呼声中加入有意义的词语表达自己的情感意愿时，它才成为诗歌。如这首《弹歌》，"断竹，续竹；飞土，逐宍（古字肉）"（《吴越春秋》）语言古朴，具有韵律，可能就是原始歌谣的遗存。远古时期的诗歌，多与巫术信仰有关，歌谣配合乐舞形成一种人神沟通的仪式，"昔葛天氏之乐，三人操牛尾，投足以歌八阕"（《吕氏春秋·古乐》），记载的可能就是一次大型祭祀活动。可见，最早的诗歌不是独立的，而是与音乐、舞蹈结合在一起的。由于口耳相传年代久远，很难判定见诸文字记载的诗歌是否为后世假托。比如，从其思想内容和用语来看，传说为尧舜时期的《击壤歌》"日出而作，日入而息。耕田而食，凿井而饮。帝力于我何有哉。"就显然是后人的伪作。

远古时期的文学，与诗歌同时产生并更能反映人类早期认知的是神话传说。

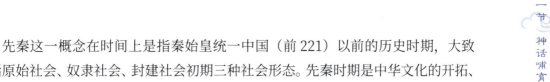

第一节　神话哺育了中华文学

上古神话从产生的时间来看，无疑是中国古代文学所有文学形态中最早的，在已出土的考古资料中，发现了大量的神形和动物形刻绘，它们都和神话有关。神话虽然涉及自然和社会生活的各个方面，但由于它是人类早期意识形态的体现，因此可以视作一切文学形态的源头。

一、神话的产生与流传

在生产力水平低下的原始社会，人的思维极为简单，面对难以捉摸和控制的自然界，人类不由自主地会产生一种敬畏、神秘的感觉，对一些灾害性的自然现象，如地震、洪水、雷暴，以及人类的生老病死等，会感到惊奇、恐慌。他们凭借自己有限的生活体验，想象和幻想出世界上存在着种种超自然的神灵和魔力，并对其加以膜拜，于是，神话产生了。

关于神话的概念，茅盾在《神话研究》中曾下过一个定义："神话是一种流行于上古时代的民间故事，所叙述的是超乎人类能力以上的神的行事，虽然荒唐无稽，可是古代人民互相传颂，却确信以为是真的。"马克思则说："希腊艺术的前提是希腊神话，也就是已经通过人民的幻想用一种不自觉的艺术方式加工过的自然和社会形式本身。"① 神话浓缩、积淀着先民对自然现象强烈的情感以及信仰与期望，它不仅记录着文明的开端，而且它本身就是文明的开端，那些遥远的巫术礼仪、图腾活动，早已沉埋在不可复现的年代之中了，而这些辗转流传下来的远古神话，虽历经无数人的增删，但依然留存着人类早期天真、拙朴的"童年"气质。

中国古代神话的原始状态应该是丰富多彩的，但现今呈现在我们面前的，大多为一些零碎的片段，并不能形成完整的系统。远古神话没有完全保留下来的主要原因，是理性文明的脚步过早地斩断了童年的幻想。神话一直口头流传于漫长的历史发展过程中，记录、整理本来就属不易，进入周朝，理性克制、重视政治与道德成为思想主导，神话在被史家、思想家大量改造和无情削删后变成了历史，一部分神话形象被按照社会官僚系统组织起来形成了上古帝王谱系，还有一部分被宗教化，改造成了道教的仙话。孔子直接参与了对神话的改造，他对待"怪力乱神"的否定态度，对中国文化影响甚大，起源于神话的小说因有虚构成分在很长的历史时期被视作"丛残小语"，与此不无关系。没有受到影响的部分神话仍通过口头流传，或者零零散散地被载入各种书籍。现存古代神话最多的是成书于战国初年到汉代初期的《山海经》，但它主要涉及民间传说的地理知识，其他神话散存于《淮南子》《楚辞》《庄子》等文献中，它们也都不是专门的神话集。可见，在中国古代是没有"神话"的独立概念的。神话是远古人民的集体创作，属于民间文学，这是它的基本特征。现代西

---

① 中共中央马克思恩格斯列宁斯大林著作编译局.马克思恩格斯选集：第二卷［M］.北京：人民出版社，1995：29.

方神话概念引进以后我们才将这些民间传说称为"神话"，它与各种典籍混杂在一起，这种混沌的状态也正是上古文学的主要特征。

二、神话的思维特征

从严格意义上讲，神话并不直接等于"文学"，它是人类童年的百科全书，是一切意识的始祖，还不能说是自觉的文学创作，但神话蕴含的思维、情感以及在长期流传过程中积淀下来的种种意象，往往成为后人创作的素材，对中国文学的产生与发展有极其重要的影响。神话思维是一种形象思维、诗性思维及诗性智慧，是人类理性逻辑尚未发展成熟的思维方式。在先民们的眼里，世界是充满奇异色彩的具有生命活力的世界，自然万物拥有的灵魂、意志和情感，能够和人进行神秘的交往，所以他们并未将自身同自然界截然分开。那才是真正的天人合一！人只是自然界中微不足道的一员，以己观物、以己感物，是平等的甚至是仰视的，那些幼稚、纯真的幻想，正是人类艺术创造力不自觉的表现。由于从主观内心世界出发，伴随着浓烈的情感体验，运用了瑰丽的想象与夸张手法，因此神话充满了浪漫主义的色彩。

▶ 卜千秋墓壁画(局部)

所谓浪漫，其实就是对未知的向往，当所有神秘的面纱被层层揭开时，人类对自然的一切敬畏、惊奇乃至于幻想便消失了，浪漫也就渐渐失去了色彩。用一首现代小诗形容，那就是："去过的人回来说，那里一片荒凉。没什么嫦娥，没有玉兔桂花酒吴刚。那一刻，人类丢失了心中的月亮。"

中国文学虽有浪漫一脉的屈原、李白，《西游记》《聊斋志异》等也继承了神话传统，但总体倾向是以现实主义为主导的，主要原因就是周朝以后以"礼""德"为中心的心理倾向对社会发展产生强烈的影响。

第二节 神话影响了民族精神

一、神话的内容及分类

神话所记录的内容，正是人类心智发育过程中种种纠结的折射：困惑——我从哪里来？不解——天上为什么会打雷？恐惧——我该怎么办？反抗——我有神助！

按照原始先民的思维方式，神话内容大致可分为四类。

第一，创世神话。先民习惯于将自身作为参照标准以诠释自然万物，从而创造了壮丽的创世神话，最为典型的就是《盘古开天地》："天地混沌如鸡子，盘古生其中，万八千岁，天地开辟，阳清为天，阴浊为地。"（《三五历记》）卵生是一种普遍的生命现象，先民们由此推想宇宙也是这样。盘古不仅分离出了天地，也缔造了天地间的万事万物，他死后，"头为五岳，目为日月，脂膏为江海，毛发为草木"（《述异记》）。日月星辰、风云雷电、草木鸟兽等自然事物和现象的产生也一样，无不加入了先民自己的生活经验和对世界的朴素认识。

第二，始祖神话。如同孩子从自我意识开始萌发起关心"我从哪里来"一样，人类早期对自身的起源有着极大的兴趣，这个追问最终集中并停留在了女娲与伏羲两个人身上。相传，女娲抟土造人："俗说天地开辟，未有人民，女娲抟黄土作人，剧务，力不暇供，乃引绳于泥中，举以为人。"（《风俗通义》）这个神话肯定了女性在繁衍后代方面的作用，应产生于母系氏族社会。还有一说，女娲和伏羲本为兄妹，而后结为夫妻，婚后繁衍出不同的种族，至今还存有始祖女娲、伏羲蛇体交缠的汉代画像。

除了人类共同的始祖，各部族的诞生、创始也是神话表现的内容之一。如《炎黄战阪泉》记录了炎黄两大部族融合、华夏民族形成的历史；《黄帝战蚩尤》表现中原天帝黄帝征服南方蛮族首领蚩尤的过程；《诗经·大雅·生民》记载后稷成为周人始祖的传奇经历；等等。

第三，抗争神话。先民们的生存环境是恶劣的，在不断的奋斗与抗争过程中，他们幻想出了能救民于水火的英雄和有着神奇功能的超自然人物。"洪水滔天"威胁生命，便有盗窃天帝息壤而被杀的鲧；"十日并出"天大旱，便有为民除害的后羿；"四极废，九州裂"，便有炼五色石以补苍天的女娲；欲征服海洋，便有精卫填海的壮举。

第四，发明神话。神话的早期自然神居多，随着人类在征服自然过程中创造发明的不断积累，神话进入一个英雄时代，如燧人氏、有巢氏、神农氏、仓颉、后稷等，都具有超乎常人的神技，成为人们崇拜的对象。

神话有时竟是科学的预言，"鲁班刻木为鹤，一飞七百里"（《述异记》），"奇肱民能为飞车，从风远行"（《括地图》），今天的飞机、火箭不正实现了古人飞行的梦想了吗？《列子·汤问篇》记载了巧匠偃师向周穆王献上一个自己制作的机关木人，这个人不但能歌善舞，而且还向穆王左右的嫔妃"眉目传情"，致使穆王疑心它是用真人扮的，下令要杀了偃师的头。这不就是古代的"机器人"吗？

二、神话所蕴含的民族精神

神话是远古历史的回音，它真实地记录了中华民族童年时期瑰丽的幻想、顽强的抗争和蹒跚的足印。作为中华民族的文化源头，它在很大程度上影响了民族精神的形成及其特征。

中国上古神话有鲜明的尚德精神，这一点比照古希腊神话来看显得更为突出。

有人说古希腊人是正常的儿童，中华先民是早熟的儿童，正常的儿童用充满好奇和激情的眼光看世界，早熟的儿童用沉思的眼光看世界。

就外在形象而言，古希腊神话中的神多是神、人同形同性，诸神形象非常接近人，而且拥有漂亮的外表，人以自己的模式创造了神；而中国原始初民由于物我不分，造神往往参照了自然中的动物、植物或天象等，因此神话中的神半人半兽居多，如人面蛇身、四目六手等。就性情而言，古希腊诸神既有人的体态美，也有人的七情六欲，懂得喜怒哀乐，所以他们也会嫉妒、放纵、冲动、耍小心眼，甚至有时候也很残忍，他们是世俗的，在凡人眼里并没有那么神秘；中国神话中的神则大多不食人间烟火，无情无欲，无妻无儿，不苟言笑，一本正经，人类向他们看过去，只会仰面向上顶礼膜拜，不会有丝毫的不恭敬，这恐怕是后代神话改造者们着墨最多的得意之笔了，经他们之手，神话人物身上的野性都消失殆尽。希腊神话的不同就在于诸神个性鲜明，依然有着凡人的命运，依然会为情所困，还会为自己的利益做出坏事。比如，众神之王宙斯拒绝将火种送给人类，英雄普罗米修斯盗火种送给人类，却被宙斯锁在高加索山上让鹰啄食肝脏，宙斯还要制造洪水灭绝人类，简直没有一点点主神的样子；潘多拉打开盛满罪恶、疾病、疯狂的魔盒使人间陷入黑暗，却将希望留在盒子底下；美人海伦是斯巴达国王列奥尼达一世的妻子，却受特洛伊王子帕里斯的诱惑，跟他私奔，引发了持续十年的特洛伊战争；等等。而中国远古的诸神都有始祖神的身份，作为开创者和保护神，给人类带来了祥瑞与希望，在本民族的发展壮大过程中起过巨大的作用。先秦史家有意识地改造神，将以苍生为重、厚生爱民、造福人类等美德加在他们身上，神就变成了品德完美、保民佑民的帝王，尧舜禹禅让就是举贤授能的典范，他们都受到了后代的敬仰和称颂。在阶级社会里，政权的转移必然要经过一番残酷无情的斗争才能完成，禅让未必可信，可信的应该是这番"仁义"的修饰。黄河流域孕育了中华文明，这里有森林、灌木、沼泽，各种毒蛇野兽出没，还不断地出现水灾、旱灾。华夏民族的生存、繁衍及其农耕生活更多地受到自然环境的制约和威胁，他们对恶劣环境的挑战并不是稳操胜券的，这也决定了他们要为生存付出巨大的牺牲和代价，由此孕育出了一大批在逆境中奋起的，具有献身精神、抗争精神的神话英雄：燧人氏钻木取火历经千辛万苦，神农尝百草一日遇七十毒，大禹治水三过家门而不入，夸父为了理想信念渴死于逐日道中，这是何等顽强，何等悲壮！中国上古神话中诸神身上所普遍体现出来的献身精神，与奥林匹斯诸神的享乐精神形成了鲜明的对比。

西方神话中对神的褒贬多以智慧、力量为准则，而中国神话则多以道德为准绳。这种思维方式，经过先秦定位时的重塑与选择后，深深地注入中国人的文化心理之中。几千年来，神话中的尚德精神一直影响着人们对历史人物的评价和对现实人物的期望，在传统的"修身、齐家、治国、平天下"的人生境界里，"修"是放在第一位的；在漫长的古代文明社会里，在对人、事的衡量标准中，"德"是放在首位的。

练习·思考·延伸

1. 简述中国上古神话的产生与思维特征。

2. 比较中西方古代神话的异同。

*3. 中国古代神话有两大体系，一为昆仑体系，一为蓬莱体系。昆仑神话是中国神话的主体，它的主神是谁？中国远古及后世神话传说还有哪些属于这个体系？神话中的昆仑是现代地理上的昆仑山吗？为什么是昆仑山承载了中国古人最瑰丽大胆的想象，而不是泰山、华山、庐山等名山？蓬莱神话是怎样兴起的？它主要有哪些传说故事？在中国文化中"蓬莱"一词有着怎样的含义？

*4. 仓颉造字的传说在我国流传很广，至今在黄河中下游还有许多遗迹。《淮南子·本经训》载："昔者仓颉作书而天雨粟，鬼夜哭。"《说文解字》序说："黄帝之史仓颉，见鸟兽蹄远之迹，知分理之可相别异也，初造书契。"由结绳记事到仓颉造字，反映了先民怎样的思维特征？仓颉造字与汉字真正的成因有何关联？

以"诗意朗读"作结

读《女娲补天》

朗读提示：南朝沈约云："欲使宫羽相变，低昂互节，若前有浮声，则后须切响。一简之内，音韵尽殊；两句之中，轻重悉异。妙达此旨，始可言文。"（《宋书·谢灵运传论》）清人曾国藩在家书《谕纪泽》中也说："凡作诗最宜讲究声调，须熟读古人佳篇，先之以高声朗读，以昌其气，继之以密咏恬今，以玩其味。"古人对待文字的态度比现代人更用心，那些经过他们精心调配过的平平仄仄，非经朗读我们不能体味其中珠落玉盘的清韵，非经朗读我们不能进入沉浸浓郁的境界。

朗声读来——

《女娲补天》

第二章

初民的世俗歌唱——《诗经》

从一首歌曲说起——

"绿草苍苍，白雾茫茫。有位佳人，在水一方。绿草萋萋，白雾迷离。有位佳人，靠水而居。我愿逆流而上，依偎在她身旁。无奈前有险滩，道路又远又长。我愿顺流而下，找寻她的方向。却见依稀仿佛，她在水的中央。我愿逆流而上，与她轻言细语。无奈前有险滩，道路曲折无已。我愿顺流而下，找寻她的足迹。却见仿佛依稀，她在水中伫立。绿草苍苍，白雾茫茫。有位佳人，在水一方。"

这是一首流行歌曲的歌词，它是据琼瑶《在水一方》改编的同名电影的主题曲，取意于两千多年前的一首古老的歌谣——《蒹葭》。

蒹葭苍苍，白露为霜，所谓伊人，在水一方。
溯洄从之，道阻且长；溯游从之，宛在水中央。
蒹葭凄凄，白露未晞，所谓伊人，在水之湄。
溯洄从之，道阻且跻；溯游从之，宛在水中坻。
蒹葭采采，白露未已，所谓伊人，在水之涘。
溯洄从之，道阻且右；溯游从之，宛在水中沚。

一个露重霜浓的清晨，清晨里一个神思恍惚的青年，一片凄清迷离的白雾，白雾里有青年追慕的佳人。朦胧飘缈的诗情画意，一段远古时代的爱情故事……

都说古人留下的东西佶屈聱牙，令人生畏。为什么？那是因为我们看到的是文言文，是文字，而不是文字背后的生命。想想看，三千多年前那些古人为什么哭，为什么笑？他们的情绪体验与今天的我们是一样的。那些无名的作者，他们都像我们现代人一样活过，爱过，欢乐过，忧伤过；那些晦涩难懂的字句，都曾经是从活生生的人的生命际遇中来的；那些最朴实真挚的歌唱，也曾充满了爱恨情愁，那不是死去的文字，是几千年前的流行歌曲。

▶ 在水一方

学习提要

　　本章主要介绍《诗经》的编集、"风雅精神"、现实主义内容的分类、审美境界、抒情走向、艺术手法等。学习时，重点要把握《诗经》对中国古典诗歌审美境界的确立、抒情基本走向的引领、现实主义传统的开启以及创作手法的奠定等作用。通过分析《蒹葭》等篇的语言、节奏、韵律、意境等，基本掌握古典诗歌的鉴赏技巧。

相关信息

　　奴隶社会　始于夏朝，结束于春秋战国之交，前后经历了一千六百多年。进入原始社会，农业和手工业的分离，出现了第二次社会大分工。在奴隶社会，生产工具有了很大改进，人们开始使用青铜器，农业、手工业进一步发展，出现了以物换物的商品经济雏形。周王朝是奴隶社会的末期，施行分封制和宗法制，周王朝积极组织生产，制礼作乐，周文化中所包含的各种典章制度、礼乐制度和思想道德规范，成为中国几千年封建统治的思想、政治基础和儒学思想的源头，影响了周以后的千年中华文明史。后世各朝代均以周礼为基准，登基、社交、祭祀、外交等重大场合礼仪皆从周礼。

我们不知道三千年前的古人是怎样说话的，但我们知道他们是怎样唱歌的。很奇妙！循着歌声我们可以走进他们的心里，走进他们曾经活过的世界。诗是生活的歌。遥想三千多年前，初民长成，在高冈上，在丛林间，在星空下，在暗夜里，憧憬着，向往着，相思着，慨叹着，……

什么是经典？经典就是在当时穿越千里万里、在后来穿透千年万年来到我们面前渗透着情思的文字。

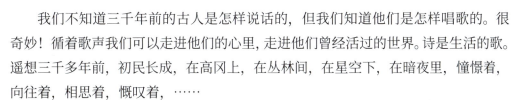

第一节　风雅精神——现实主义追求的开启

《诗经》是我国第一部诗歌总集，又称"诗三百"，共收录了周初至春秋中叶500 多年间的 305 篇作品，编订成书大约在公元前 6 世纪。《诗经》收录的作品不仅时间跨度大，而且产生地域广，涉及今陕西、山西、河南、河北、山东、湖北等地，其作者更是从平民百姓到王公贵族，反映内容包括政治、经济、军事、文化、世态人情、民俗风貌等各个方面，可以说是一幅立体的春秋巨轴画卷。

一、《诗经》的编集

关于《诗经》作品来源和编订大致有三种说法。一是，采诗。《汉书·艺文志》："故古有采诗之官，王者所以观风俗，知得失，自考正也。"周王朝有无采诗制度，虽无确切记载，但若无官方参与，民间之诗是难于汇集王廷的。二是，献诗。《国语·周语上》："故天子听政，使公卿至于列士献诗，瞽献曲，史献书……而后王斟酌焉。"此说法有一定道理，《诗经》"雅""颂"中一部分诗篇即来源于此。三是，删诗。据司马迁《史记·孔子世家》说，诗原有 3 000 多篇，经孔子十删选编订为 305 篇。事实上，孔子时代已有"诗三百"定本，只是由于"诗"的音乐发生轶散，孔子对此作了正乐及整理工作。虽然"删诗"之说不能成立，但孔子的修编及以"诗"为教化的做法，对《诗经》的流传起了重要作用。

《诗经》所收集的诗，都是可以配乐歌唱的，根据音乐特色的不同，分为风、雅、颂三个部分。"风"又名国风，"国"犹"方"，指地域，即地方音乐曲调，包括十五国风，共 160 篇，其诗多为民间恋歌、风土人情，是《诗经》的精华部分。"雅"

即"正"，分"大雅""小雅"两部分，是宫廷音乐，内容多与时政有关，用于宴会饮酒、朝会赠答。"颂"为宗庙音乐，内容用于祭颂祖先、祈求神灵。

二、立足现实的"风雅精神"

比起神话传说来，《诗经》立足现实，更为脚踏实地，极少有超自然或虚妄怪诞的内容。《诗经》描绘了周朝丰富多彩的社会生活、文化形态，而且揭示了周人的精神风貌和情感世界，反映了农耕文明初期初民们的心路历程。这种积极关注现实的人生态度、强烈的政治和道德意识，被后人概括为"风雅精神"，成为后代诗人在创作上遵循的标准，汉魏以降，不断有诗人倡导继承风雅精神进行文学革新。

从创作的立足点来看，中国的古典诗歌总体是现实主义的，这是由《诗经》奠定的基础。过去讲《诗经》的现实主义精神，人们总会列举《硕鼠》《伐檀》《相鼠》等作品，得出一个"揭露统治者对劳动者的剥削和压迫"的结论，以至于很长一段时间以来，一提及现实主义就与"揭露"挂钩，这是从阶级论角度看现实主义的。《诗经》的现实主义，就是将神话褪去，少了浪漫，立足自己所生存的环境，在对历史的清醒审视中自我意识的觉醒。

三、《诗经》的思想内容

《诗经》是中国现实主义诗歌的源头，反映了周代几百年的社会风貌，其内容一般有以下几类：

一是婚恋诗。《诗经》的精华在"国风"，而"国风"中最精彩动人的要数表现爱情婚姻的篇章。从邂逅相识到辗转相思，从踟蹰相约到执手相爱，有桃夭待嫁、琴瑟静好的温情，也有桑之落矣、独守百岁的伤痛。初民最日常、最朴素的生活，毫不矫饰地表露出来，正如亚里士多德所说的，诗比历史更真实。

二是祭祀诗。王室宗庙祭祀的乐歌，或赞颂祖先的功德，或叙述部族的发展历史，主要保存在《大雅》和《周颂》中，如《大雅》中的《生民》《公刘》《绵》《皇矣》《大明》就是公认的周族史诗，记述了始祖后稷到周王朝创立者武王灭商的历史。

三是农事诗。周朝统治者极为重视农耕生产，反映在《诗经》中就是直接表现农事情景、生产方式以及与之有关的宗教活动和风俗礼仪。如《豳风·七月》，以超长的篇幅记述了农人一年间种田养蚕、纺织酿造、打猎捕兽等种种艰辛劳作的过程，是《诗经》中最优秀的农事诗。

四是怨刺诗。在周厉王、周幽王统治时期，以及周朝后期，政治黑暗，礼崩乐坏，赋税苛酷，民不聊生，公卿列士、贵族大夫及其他社会各界人士，纷纷以诗来针砭时弊，或者揭露统治者的昏聩，或者讽刺不劳而获者的贪婪，《魏风·伐檀》《魏风·硕鼠》《鄘风·相鼠》《小雅·雨无正》等，都属于此类。

五是征役诗。《诗经》中的这类诗，有对战争的正面表现，充满了乐观昂扬精神，如《秦风·无衣》《小雅·采芑》；也有对战争的厌倦和对和平的向往，如《小雅·采薇》《豳风·东山》；更有繁重徭役下征人与思妇的愤慨与苦痛，如《王风·君子于役》《卫风·伯兮》。

第二节　风人深致——诗歌审美境界的确立

诗为什么叫"风"？蒋勋说："风"这个字，用现代的话来讲，可以理解成民谣，"风"还有一个意义是"流行"，有点像风吹过去一样，所有人都在唱这首歌。那时的一时"风行"，不想一不小心就一路"风流"，开启了中国几千年的"风雅""风骚""风采""风华"……

一、含蓄朦胧的审美境界

细读《蒹葭》："蒹葭苍苍"，遮挡视线；"白雾茫茫"，晨光不好；"所谓伊人"，面目不清；"在水一方"，位置不明；想要追寻，"道阻且长"。几番求索，伊人依然是可望不可即。这么三番五次，到后来都让人怀疑这伊人是真是幻。若有，为何这般难以追到？若无，却又分明依稀可见。其实，何止是伊人，就连诗人自己也只给我们留下一个无限惆怅伫立凝望的背影。

这就是中国最美的诗歌，最经典的诗歌。望穿秋水，不见伊人的倩影，但就那么惊鸿一瞥，已让人怦然心动；秋风白露，佳人远隔，这思念之苦是无法被分担、被替代的悲苦，这悲苦在苍茫云水间反反复复的吟唱中，获得了穿透千里万里、千年万年的力量。"秋水伊人"，就这样化作如泣如诉的旋律，如梦如幻地流淌成一曲如痴如醉的经典，蜿蜒三千年一路汩汩而来，积淀成中国文化中"追寻不已"的永恒表达。

"伊人"是谁？美女？贤臣？这都不重要，一千个读者就有一千个伊人。人生有很多追求，就像伊人，而且有很多追求永远只是一个过程——在水一方。什么东西才有追求的价值呢？追寻不到的。越是说不清的，才越有韵味；越是追不到的，才越有价值。《诗经》不仅是诗，还是哲学。《蒹葭》给了我们一个看世界的唯美角度，雾里看花、佳人如斯的独特的审美角度。追求时的甜蜜与希冀，追求不到的失落与惆怅，淡淡的幽怨交织着淡淡的喜悦，有一种说不出的清爽与纯然，这就是《诗经》为中国诗歌奠定的艺术精神与审美境界——含蓄朦胧。王国维认为："《诗·蒹葭》一篇，最得风人深致。"（《人间词话》）《诗经》大多数作品在情与理的表现分寸上正体现了这一审美标准，孔子对此做了最经典的概括："《诗》三百，一言以蔽之，思无邪。"（《论语·为政》）思者，语气词，"无邪"即不过分，不偏不倚，美在中和，一如孔子对《关雎》的评价"乐而不淫，哀而不伤"（《论语·八佾》），可称为诗歌艺术当中的"黄金分割率"，后人将此引申为"温柔敦厚"（《礼记·经解》），并成了中国古典诗歌总体的艺术追求。

二、以诗言志的抒情走向

中国的叙事文学到元明以后才发展起来，在这之前，中国文学以抒情为主流，而其抒情特征则来自诗。抒情，以诗言志，就开始于《诗经》。西方诗很早就分为史诗、剧诗和抒情诗，叙事诗的发展早于抒情诗，而中国不是，在《诗经》中抒情诗占有绝对优势，这时候即使有少量的叙事诗，如《氓》，也是将叙事与抒情结合在一起的。

初民们刚刚从童年的幻想中蹒跚走来，进入了理性觉醒的新时代，当他们把仰望星空的目光转向现实生活的时候，发现了比所谓天命更美好更值得歌唱的自我与自然，于是有了《诗经》里张扬着生命精神的诸多篇章。以婚恋诗为例。

《诗经》首篇《关雎》："关关雎鸠，在河之洲。窈窕淑女，君子好逑。参差荇菜，左右流之。窈窕淑女，寤寐求之……"思念是一种很纯粹的情感，先秦时代的人心底淳朴，天真无邪，爱上一个人就大胆表露，求之不得，为她辗转反侧夜不成眠，最终选择的也只是"琴瑟友之""钟鼓乐之"。那个让人如此牵魂的女孩子是什么样子？诗中没有描写，"窈窕"而已，"淑女"一个，留给人无限遐想的空间，也许正是因为这样，"窈窕淑女"才成了千古以来最有魅力的女子，直让世间男男女女追求了几千年。

《邶风·静女》："静女其姝，俟我于城隅。"男女由爱慕发展到两情相悦，便有了甜蜜的约会。女孩子先到，却调皮地藏了起来，看痴情的男孩子"搔首踟蹰"，多么细腻真挚，多么含蓄美妙。爱是本真，美要有距离，脸红心跳就是男女之间的距离，唯有如此才有情味，才有美感。

《郑风·子衿》，对于热恋中的人儿，分离一天也太长，"一日不见，如三月兮"。但是，"纵我不往，子宁不嗣音？""纵我不往，子宁不来？"尽管爱得炽烈，但宁肯在痛苦的相思中煎熬，也绝不肯放下女孩子的矜持——这里塑造的是一个可爱的多情人儿。

《邶风·击鼓》是一首表现战争的诗，却包含了一个爱情誓言："死生契阔，与子成说。执子之手，与子偕老。"一面是即将远征不能归乡，一面是对爱人许下的诺言，虽然誓言被战争撕碎，美好被现实阻断，然而生命的本真却在冲突中升华，呈现出含蓄忧伤而又坚韧执着的美。"执子之手，与子偕老"，从牵手的那一刻起就将一生交给彼此，一路上相携相伴的都是实实在在的日子，和你一起慢慢变老，这是中国人几千年来最浪漫的事。

• 原典阅读：
《关雎》《邶风·静女》《郑风·子衿》

爱情的确是抒情的永恒主题，但《诗经》不仅仅歌颂爱情，也感叹生活的艰难、人世的无常，也揭露政治的腐败、道德的沦丧，对农事、劳役、战争的描写，无不体现初民们对社会政治世俗化的关注，而无论哪种内容，无不以抒发诗人情志为基本特征。正如《毛诗序》对抒情言志的解释："在心为志，发言为诗。情动于衷而形于言。言之不足，故嗟叹之，嗟叹之不足，故永歌之……"《诗经》之后，中国诗歌的各类题材，如咏怀、咏史、山水、田园、怀人、思乡、赠答、题画，每每都会归结到抒写个人情怀上来。可以这样说，中国古代诗歌以抒情为主，而以抒情诗为主的诗歌又是中国古代文学的主要样式。

第三节 比兴垂范——基本艺术手法的奠定

《诗大序》："故诗有六义焉。"《诗经》六义指风、雅、颂三种类型和赋、比、兴三种艺术手法。

一、赋、比、兴的表现手法

如果说《诗经》的"风雅"是在思想内容上为后世确立了准则，那"比兴"就是在艺术手法上为后代提供了学习的样板。

《诗经》大量运用了赋、比、兴的表现手法。赋，即铺陈直叙；比，即比方，以此比彼；兴，即托物起兴，以客观事物触发诗人感情，引发诗人歌唱。

赋是一种铺陈直叙客观事物的方法，它不借助于更多形象化的修辞手段，而是直截了当地叙述，诗人把自己的思想感情，寄寓在场面的描写和事实的陈述之中。《诗经》中赋法用得最多，据谢榛的《四溟诗话》统计："考之《三百篇》，赋七百二十，兴三百七十，比一百一十。"特别是"雅""颂"部分，多用赋法。如《大雅》中反映民族发展的史诗，《小雅》中的贵族讽刺诗，《颂》中的一些祭祀诗。

有略其耜，俶载南亩，播厥百谷，实函斯活。驿驿其达，有厌其杰，厌厌其苗，绵绵其麃。载获济济，有实其积，万亿及秭。

——《周颂·载芟》

比的种类多样，运用灵活。比如，《卫风·硕人》描写庄姜就用了一连串的比喻"手如柔荑，肤如凝脂，领如蝤蛴，齿如瓠犀，螓首蛾眉。巧笑倩兮，美目盼兮。"《诗经》时代的美女是健康的，不像后世被锁在深闺高阁不见阳光的可怜人儿，多愁善感，体弱多病。中国人喜欢面如桃花，喜欢灵动流盼的大眼睛，应该说《诗经》在很大程度上引导了这种民间的审美趣味。

桃之夭夭，灼灼其华。之子于归，宜其室家。
桃之夭夭，有蕡其实。之子于归，宜其家室。
桃之夭夭，其叶蓁蓁。之子于归，宜其家人。

——《周南·桃夭》

在中国，桃花深得民间的喜爱，面若桃花，是一种很喜气、很健康的象征。明丽的桃花映衬着新嫁娘的娇艳，也预示着美好生活的开始。"去年今日此门中，人面桃花相映红。人面不知何处去，桃花依旧笑春风。"唐代诗人崔护正是运用了"人面桃花"的意象，在对比中表达出叹惋与惆怅，引发了读者的无限遐想与共鸣。

如果说"赋"与"比"是一般诗歌的基本手法的话，那"兴"则是《诗经》的独家秘籍，朱熹解释为"先言他物以引起所咏之辞"。如"鴥彼晨风，郁彼北林"（《秦风·晨风》），只是一种发端，与下文并无意义上的关联，"关关雎鸠，在河之洲"同样借眼前之景起兴，但也暗喻男女求偶和谐美好，只是喻义没那么确切固定。再如：

> 野有蔓草，零露漙兮。有美一人，清扬婉兮。邂逅相遇，适我愿兮。
> 野有蔓草，零露瀼瀼。有美一人，婉如清扬。邂逅相遇，与子偕臧。

——《郑风·野有蔓草》

"野有蔓草，零露漙兮"，不仅仅是渲染气氛的兴句，带着露珠的小草清新可人，不正隐约暗合了"清扬婉兮"的女子？这一见钟情来自几千年前一场美丽的邂逅，含珠带露一般的女孩，正是诗人心中标准的美人。

正是"兴"的微妙与自由，引发后代诗人产生无穷兴味并屡屡推陈出新。

二、重章叠句 一唱三叹

中国最早的诗歌形式是四言，齐齐整整，其方正古朴的韵律感与中国诗歌的美学精神中"不偏不倚"的中庸之美非常契合，四言诗雄霸诗坛近千年，直到东汉末年五言诗出现。

四言诗看起来中规中矩，简单平稳，如何呈现很好的抒情效果呢？

> 采采芣苢，薄言采之。采采芣苢，薄言有之。
> 采采芣苢，薄言掇之。采采芣苢，薄言捋之。
> 采采芣苢，薄言袺之。采采芣苢，薄言襭之。

——《周南·芣苢》

> 投我以木瓜，报之以琼琚。匪报也，永以为好也。
> 投我以木桃，报之以琼瑶。匪报也，永以为好也。
> 投我以木李，报之以琼玖。匪报也，永以为好也。

——《卫风·木瓜》

彼黍离离，彼稷之苗。行迈靡靡，中心摇摇。知我者，谓我心忧，不知我者，谓我何求。悠悠苍天！此何人哉？

彼黍离离，彼稷之穗。行迈靡靡，中心如醉。知我者，谓我心忧，不知我者，谓我何求。悠悠苍天！此何人哉？

彼黍离离，彼稷之实。行迈靡靡，中心如噎。知我者，谓我心忧，不知我者，谓我何求。悠悠苍天！此何人哉？

——《王风·黍离》

这样结构的诗在《诗经》里非常普遍。一首诗，几段词，仅仅变换个别词、几个字，就形成了呼应、对称的变化节奏，具有了一唱三叹的抒情效果。我们的古人真是智慧，那种灵性让人惊讶、赞叹，章节的复沓句式的反复，再加上叠音、双声、叠韵的使用，如此重章叠句，读来跌宕起伏，美妙非常。那些女孩子的往来唱和，让单调的劳作在平原旷野上生成了袅袅歌唱；那月光下的美人如仙女下凡，反反复复撩拨起男人心中的无限惆怅；那一对男女的相互赠答，把天长地久的期许抻得满满当当……《鹿鸣》《鸿雁》《采薇》《子衿》《蒹葭》《风雨》等，无不如此。虽然这些诗篇中所咏叹、感慨的具体内容已经不好分辨了，但它们所传达出来的或喜悦或悲伤的真挚情感和所塑造出来的艺术形象，以及那种反复回环的语言形式、余音绕梁的绵邈情态和委婉悠长的深厚韵味，有着无穷的艺术魅力。

为了获得声韵上的美感，《诗经》大量运用了叠音、双声、叠韵的词汇。叠音，本来是形容不出来时敷衍的，但恰恰留有很大的想象空间。而在声韵理论尚未形成的上古时代，人们已经发现了双声叠韵的修辞效果，"踊跃""踟蹰""窈窕""绸缪""辗转"等这样的词比比皆是。刘勰在《文心雕龙·物色》中这样说："'灼灼'状桃花之鲜，'依依'尽杨柳之貌，'杲杲'为出日之容，'瀌瀌'拟雨雪之状，'喈喈'逐黄鸟之声，'嘤嘤'学草虫之韵。'皎日嘒星'，一言穷理；'参差''沃若'，两字连形；并以少总多，情貌无遗矣。虽复思经千载，将何易夺？"此说是对《诗经》最精当的概括。

三、寄情于景　寓意于象

诗歌创作是一个观察、感受、酝酿、表达的过程。歌者对外界的事物心有所感并言志抒情，往往不直接道来，而是寄情于景、寓意于象，借助于可以感知到的具象来表达内心的情感与思想。

《小雅·采薇》写一位出征的战士回到家乡："昔我往矣，杨柳依依。今我来思，雨雪霏霏。"当"我"离开的时候，杨柳春风，多么明媚；而今"我"征战归来，雨雪飘飞，倍感凄凉。前者画面是暖的，线条是柔的；后者画面是冷的，线条是硬的，仅16字就将今昔两种境遇写出，聚散离合，风物流转，看似平淡，意境深远。"杨柳""雨雪"已不再是客观景物，而是诗人情感的外化。这就是中国诗歌标准的抒情技法。

> 月出皎兮，佼人僚兮；舒窈纠兮，劳心悄兮！
> 月出皓兮，佼人懰兮；舒忧受兮，劳心慅兮！
> 月出照兮，佼人燎兮；舒夭绍兮，劳心惨兮！
>
> ——《陈风·月出》

从《诗经》的"月出皎兮，佼人僚兮"，到《古诗十九首》的"明月何皎皎，照我罗床帏"，到唐诗的"露从今夜白，月是故乡明"（杜甫《月夜忆舍弟》），再到宋词的"人有悲欢离合，月有阴晴圆缺"（苏轼《水调歌头》），几乎所有的古代诗人都会"举杯邀明月"。一个具体可感的物象，由于无数诗人的垂青与丰富，具有了漫无边涯的情思与内涵，形成了一个宽泛的情感空间。而今，所有的中国人对着月亮都会念出几句古诗来，因为"月亮代表我的心"。

"面若桃花""秋水伊人""杨柳""雨雪""月亮""淑女""黄昏""落叶"……《诗经》中的种种意象，经过历代诗人的不断积淀，在中国文学创作中显现出了巨大的艺术张力。

练习·思考·延伸

1. 简述《诗经》的分类标准与风、雅、颂的含义。

2. 举例分析比、兴的艺术手法及其对后世的影响。

*3. "诗三百"是如何一步步地成为《诗经》的？这和孔子有何关系？关于《诗经》的教化功能有哪些重要的观点？你认为《诗经》的本来面目是怎样的？是否存在对《诗经》的历史性误读？

以"诗意朗读"作结

读《蒹葭》

朗读提示：诗歌在重述诗人执着追寻伊人的情景时，仅变换时间、地点和幻想等关键词，就可增强韵律的悠扬和谐，而且有层层推进，步步深化之妙。幻想中伊人从"水中央"到"水之坻"（水中小洲）再到"水中沚"（水中沙滩），范围逐渐缩小，信念却越来越坚定。用韵先响后暗，声调先扬后抑，开口的 ang 韵，变成齐齿的 i 韵。画面没变，情绪依旧，只是追寻的执着却在这韵脚的转换中愈来愈强，同一旋律，反复咏叹，一意三叠，复沓回环，凄清秋景与感伤情怀浑然一体，呈现无限向往，无限向上，无限开放之态势。

朗声读来——

《蒹葭》

第三章

魂兮归来——

楚辞

从曾侯乙编钟说起——

　　1977 年 9 月，在湖北省随县（今随州市），人们偶然发现一座战国早期大型墓葬。经过数月的勘查、挖掘，沉睡于地下两千多年的曾侯乙编钟，惊艳地出现在世人面前。重达 2 500 多千克的 65 件大小编钟整整齐齐地挂在木质钟架上，与同期出土的其他近百件乐器，共同组成一支庞大的"乐队"，仿佛等待主人把它们唤醒。虽经墓坑积水长期浸泡，但精美绝伦的青铜铸器毫无锈蚀，经音乐界学者全面测音后发现，这套编钟音律准确，音色优美，而且音域有五个半八度之广，仅略次于现代钢琴。更为神奇的是，每件钟都能发出两个互不干扰的乐音，传说中的"一钟双音"得到了证实。曾侯乙编钟是我国迄今发现的数量最多、保存最好、音律最全、气势最宏伟的一套编钟，它的出土震惊了世界考古学界，改写了世界音乐史。编钟在它出土后的三十多年间，只在几次重大场合向世人发出千古绝响，演奏出《春江花月夜》《楚殇》《欢乐颂》等中外名曲，天籁之音越过风尘烟云，印证了中华民族的灿烂文明。

　　曾侯乙编钟是东周时期（战国早期）曾国的一套大型礼乐重器，曾国即随国，是楚中部并依附于楚的一个小国。编钟共 65 件，其中 1 件是楚惠王赠送的镈钟，这显示了两国的交好。据铭文记载，战国早期，楚与吴交战，楚昭王兵败，为随国国君所救。曾侯乙（即当年救过惠王父亲的随国国君之子）病逝，楚惠王（楚昭王之子）专门送来镈钟，供曾侯乙永世享用。可以遥想，在曾侯乙生前也许曾多次和来自楚国的宾客们在金石交响中饮酒作乐、欢歌夜宴。这套编钟曾经见证了楚、随两国的世代友好，也足见楚文化区域艺术的高度繁荣。

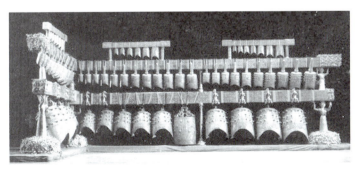

▶ 曾侯乙编钟

学习提要

本章主要介绍楚辞产生的文化背景、特征与流变，以及楚辞代表作家屈原的创作成就。学习时，要掌握楚辞作为新诗体的基本特征，以及它与《诗经》作为中国诗歌两大基石的重要作用。重点了解屈原对中国诗歌浪漫主义风格的开创，以及香草美人意象对后世诗歌创作的影响。

相关信息

问鼎中原　夏、商、周三代以九鼎为传国重器，象征国家权力和天子权威，为得天下者所据有。楚庄王八年（前606），楚攻陆浑之戎，陈兵于周都雒邑（今河南洛阳）之郊。周定王命大夫王孙满劳军。楚庄王问周祖庙九鼎之大小、轻重。王孙满追述九鼎历史，说明得天下"在德不在鼎"，今"周德虽衰，天命未改。鼎之轻重，未可问也"。楚军乃退。

春秋战国之际，就在北方中原大地从青铜到建筑、从诗歌到散文都逐渐摆脱了原始宗教的束缚，趋于理性现实的时候，南方却依然保留着夏商文化的遗习和原始氏族的远古传说，依然沉浸在绚烂艳丽的神话世界中。就在《诗经》以谦逊中正的风度歌唱现实的同时，在南方的大地上却驰骋着另一个诗的精灵，那就是以屈原为代表的楚辞。这是一个与《诗经》完全不同的世界，是一个绚丽无比又躁动不安的世界，它和《诗经》一正一奇，一现实一浪漫，一儒雅一狂放，一含蓄一激烈，构成了中国诗歌的两大基石，两大底色，它们共同支撑起了中国诗歌的王国，共同奠定了中国艺术的精神，这就是中国诗歌史上的"风骚"时代。

第一节 楚文化的精灵——楚辞

楚辞，最早泛指楚地的歌辞，后来专称以战国时期楚国屈原的创作为代表的新诗体。由于屈原的《离骚》是楚辞的代表作，所以楚辞又被称为"骚"或"骚体"，汉代人普遍把楚辞称为"赋"，但并非后人所指《诗经》六义中的"赋"和汉大赋的概念。

一、楚辞产生的文化背景

风、骚并举，因它们同为中国诗歌的源头；而风、骚各异，则因它们产生于不同的文化土壤之中。

长江流域同黄河流域一样，很早就孕育着古老文明，楚国崛起以后就成为这一地域文化的代表之一。楚民族是由夏商时期从中原迁往南方的祝融部落与南方各部落融合而成的，春秋以后，楚国逐渐强大，楚庄王时已成为五霸之一，一度问鼎中原。战国时期，楚吞吴越，楚国成为战国七雄中版图最大、人口最多的国家，颇具统一中国的实力，历史上有"横则秦帝，纵则楚王"之说。到楚怀王时楚国内部贵族相互倾轧，楚、秦大战全面展开。楚国灭之后，楚地的反秦起义队伍，又成为推翻秦的主要力量，汉王朝的建立，某种意义上是楚人卷土重来的胜利果实。

在长期的独立发展中，楚国形成了自己独特的文化。一方面，相对中原而言楚国地处偏远，受周公礼制变革的影响较小，国家制度不够成熟，政治伦理思想不够严密，所以，被中原诸国以蛮荆异族视之。但是，楚文化毕竟源于中原，并且它也自觉地吸纳中原文化，与中原文化有相融合之处，春秋战国时期，北方的典籍也是楚国贵族诵习的对象。他们的政治理想、历史理念、价值取向，与儒家思想如出一辙。另外，由于南方地理条件不同，他们的习俗与审美趣味，又与中原文化大异其趣。楚国地处长江流域，江河纵横，物产丰茂，物质条件优于北方，现代出土的青铜、漆器、丝织品都足以为证。

孔子说："知者乐水，仁者乐山。"简单八个字，人们却有不同的解读，仁厚者，安于义理，如同崇山峻岭一样稳固不移；智者，其智慧同江河水流一般幻无常态。这也道出了地理环境与人的品性、智慧的关系：崇山峻岭绵延起伏，阔、大、厚、重，与仁者的胸怀吻合，也是造就仁者的环境；河流湖泊纵横交错，灵、动、变、异，与智者的情智对应，也是造就智者的环境。北方中原文化重理性，以儒学为代表，南方楚文化重感性，道教盛行。南方经济条件优越，谋生较易，不像北方需要依靠强大的集体力量与自然进行斗争，所以没有形成像北方那样的以家族伦理为特征的宗法制度，因此南方人个体意识相对较强，直到汉代，楚人桀骜不驯的性格特征仍闻名于世。

丰富的物质条件，较少压抑的情感世界，造就了高度发展的楚地艺术，这也是楚文化明显超过中原文化的一个方面。在中原文化中，艺术（音乐、舞蹈、歌曲等）被视为"礼"的组成部分，往往被当作达到伦理目的的一种手段，因而中庸平和被视作艺术的极致，这一点由《诗经》可见一斑。与中原艺术的伦理功能不同的是，楚国的艺术更注重审美愉悦，更展示人的情感，也更接近艺术的本来面目。楚文化的主流是巫术文化，当周公在中原大地进行礼制变革的时候，楚国的意识形态领域尚未从图腾神话的奇异梦幻中醒来。《汉书·地理志下》概括楚国习俗"信巫鬼，重淫祀"，从朝廷到民间，巫风甚浓。在许多人的印象中，巫之习就是穿着艳丽的服饰，化着夸张的妆容，念着别人听不懂的咒语，跳着别人看不懂的舞蹈，浓烈、奇异、诡谲、神秘，首先给人强烈的视觉冲击，进而使人的灵魂受

▶ 人物龙凤图

到震撼。现代出土的楚国的《人物龙凤图》是我国现存最早的绘画之一，其人物冠饰发髻、衣裙装饰、华盖流苏，形貌逼真，准确生动，可见中国线描人物的传统风格在战国时期已经形成并达到了很高的艺术水准。画中女子细腰广袖，反映了当时"楚王好细腰"的审美风潮。画面上有龙、凤各一只，凤的形象尤为突出，昂首展翅，神采焕然。在楚人眼里，凤是通天的神鸟，只有得到它的引导，人的灵魂才能飞登九天。楚人的想象力也如凤鸟一般高飞远举，想象的展开又有力地加强了情感的表现，而且异常热烈、奔放自由，毫无疑问，这些都是凤鸟意象所带来的。可见，楚人所欣赏的美是一种繁富、斑斓、艳丽、悦目、鲜明、强烈的美，一种感官的享受与心灵的震慑交融在一起的精彩绝伦的境界。这种审美倾向无疑也在楚国的代表文学——楚辞之中淋漓地呈现出来。

二、楚辞的特征与流变

楚辞"皆书楚语、作楚声、纪楚地、名楚物"（黄伯思《翼骚序》），富有浓厚的楚国地方文化色彩，它来自楚地歌谣，与中原诗歌有着体式上的明显区别。这是一首流行于秦汉时的楚地歌谣："今夕何夕兮，搴舟中流。今日何日兮，得与王子同舟。蒙羞被好兮，不訾诟耻。心几烦而不绝兮，得知王子。山有木兮木有枝，心说君兮君不知。"（《越人歌》）这首歌谣不是整齐的四言，而是长短不一的杂言，其句式结构比《诗经》更为自由且富于变化，且句中句尾多用"兮"字，这后来成为楚辞最显著的特征。楚辞脱胎于楚地歌谣，但突破了它的短小与简朴，使用了繁丽的文辞，包容了复杂的内涵，表现了丰富的思想情感，所以屈原很多作品都是鸿篇巨制。如此宏大的篇章，显然不能如民歌《诗经》那样歌唱，汉人称"不歌而诵"，据古籍记载，楚辞是用一种特别的调子来吟诵的，汉至隋都出现过吟诵楚辞的专家，可惜他们的吟诵方法没能流传下来。

第二节　楚辞的精魂——屈原

屈原名平，楚国贵族。少有大志，深得楚怀王信任，官至左徒。由于遭受小人谗言，被降为三闾大夫，后被流放到汉北。楚怀王死于秦，顷襄王即位，屈原因反对与秦国交好的政策，再度遭受谗言，被放逐。秦将白起破楚郢都，楚灭，屈原悲愤交加，投汨罗江而死。

关于屈原作品，历来颇多争议。基本可以认定的有《离骚》《九歌》《天问》《九章》《招魂》，收录于西汉刘向辑录的《楚辞》和东汉王逸注的《楚辞章句》中。

楚辞的代表作家无疑是屈原，但作为一种流行于楚地的新诗体，一定有着广泛的作家创作基础。《史记·屈原贾生列传》提道："屈原既死之后，楚有宋玉、唐勒、景差之徒者，皆好辞而以赋见称。"可见，屈原之后还有一些有影响的楚辞作家，不过只有宋玉有作品传世，能确认的有《九辩》《神女赋》《登徒子好色赋》等。西汉末，刘向辑录屈原、宋玉以及汉代人模仿这种诗体的作品，名为《楚辞》，这是继《诗经》之后的又一部影响深远的诗歌总集。

一、浪漫精神——中国诗歌的又一艺术传统

华夏文化原本应该拥有关于图腾崇拜的原始文化的诗作，但现今我们看到的最早的"诗三百"却少有浪漫与幻想的因子。司马迁认为，"古者《诗》三千余篇，及至孔子，去其重，取可施于礼义"。（《史记·孔子世家》）孔子不语"怪力乱神"，经过他的编辑取舍，经过儒家文化的淘汰筛选，"诗三百"成为重视现世不重神灵、重视人伦不重宗教的儒家经典，而远古文化中的神话成分也因此消亡殆尽。关于孔子"删诗"的说法，经考证多数人认为不可靠。《诗经》最早的记录为西周初年，西周的宗教观念与商代有较大不同。商代那种尚鬼的神秘色彩，到西周已淡薄，更强调运用理性手段调节社会秩序，可见，没有孔子"删诗"，神话变为历史、神祇变为祖先都是必然的。楚辞，不承北方诗歌体系，越过《诗经》直接上承远古，用诗歌的形式记载了大量的神话传说，屈原把缤纷鲜艳只有在原始神话里才能出现的大胆奇幻的想象，与最为炽热深沉，只有理性觉醒时才能有的个体人格和情操，完美地结合起来，塑造出奇特非凡的艺术形象，创造出雄伟壮丽的艺术境界，形成了独特浪漫的精神气质，奠定了我国积极浪漫主义文学的传统，这是中国抒情诗真正的光辉起点。

• 原典阅读:
《离骚》《橘颂》《天问》
《九辩》

魂兮归来！东方不可以托些。长人千仞，惟魂是索些。十日代出，流金铄石些。彼皆习之，魂往必释些。归来兮！不可以托些。

魂兮归来！南方不可以止些。雕题黑齿，得人肉以祀，以其骨为醢些。蝮蛇蓁蓁，

封狐千里些。雄虺九首，往来倏忽，吞人以益其心些。归来兮！不可久淫些。

——《招魂》

在这首为客死秦国的楚怀王招魂的诗歌里，神话的元素无处不在，充满了奇禽异兽、神秘符号，充斥着巫术观念、浪漫色彩。在《天问》里，屈原一口气提出了170多个问题，所问都是上古传说中不甚可解的怪事、大事，这些天文、地理、历史、哲学等方面的问题，也是春秋、战国以来许多学人所探究的问题，诸子百家的文章里都有讨论。屈原则以文学的手段、迷离的文句、疑问的语气，成此"空前绝后的第一等奇文字"（郭沫若《屈原研究》），这正是屈子之所以为诗人而不是"诸子"的缘由。而在《离骚》中屈原一次次地壮游天界，驱使众神，上下求索，执着深情，哀伤苦闷，牵动人心又激动人心。"楚辞"犹如一架天马行空的马车，雄奇瑰丽，又桀骜不驯，难以驾驭。中国文学历来是质朴之风大受奖掖，对华美辞采多或有贬损或有忽视。这是因为，非有阔大的胸襟、强烈的生命冲动，不可以驾驭繁复、富丽的形式。不是谁都可以穿上锦衣华服后摇身变为王公贵族的，没有足够的生命底色作支撑，华丽就是浮华。屈原之所以受到后代的高度评价，重要的一点是在他华丽炫目的外表之下，蛰伏着一个健旺的灵魂，激荡着一个本真的生命，正如刘勰对《离骚》的评价："酌奇而不失其贞，玩华而不坠其实。"（《文心雕龙·辨骚》）鲁迅也说："较之于《诗》，则其言甚长，其思甚幻，其文甚丽，其旨甚明，凭心而言，不遵矩度。故后儒之服膺诗教者，或訾而绌之，然其影响于后来之文章，乃甚或在三百篇以上。"（《汉文学史纲要》）

二、香草美人——中国抒情诗的经典意象

《诗经》中已有了比、兴手法的广泛运用，但比喻还比较简单，象征也很单纯，屈原对此手法不仅有继承更有发展，其典型的象征性意象可以概括为香草美人。美人意象一般被解释为比喻，如"惟草木之零落兮，恐美人之迟暮"，以美人喻君王；"众女嫉余之蛾眉兮"，以美女自喻。屈原往往以弃妇的口吻，剖白自己的深情、哀怨、愤懑、希冀，以夫妇喻君臣，深契当时情境，又符合传统思维习惯。《离骚》里充满了种类繁多的香草，"制芰荷以为衣兮，集芙蓉以为裳""扈江离与辟芷兮，纫秋兰以为佩""朝饮木兰之坠露兮，夕餐秋菊之落英""余既滋兰之九畹兮，又树蕙之百亩""步余马于兰皋兮，驰椒丘且焉止息"……诗人喜爱以香草为服饰，

喜爱以香草作饮食，时而亲栽香草，时而在香草中流连，总之，他愿意将一切正面的美好的事物与香草联系。"善鸟香草以配忠贞，恶禽臭物以比谗佞，灵修美人以媲于君，宓妃佚女以譬贤臣，虬龙鸾凤以托君子，飘风云霓以为小人。"（王逸《楚辞章句》）在巫风盛行的文化氛围里，人更愿意与神灵对话，那些芬芳馥郁的香草，不仅是诗人美好品德的象征，还是连接人与神的精神桥梁，有着使神灵降临的宗教意义。它们结合屈原的生平遭受、情感经历和人格精神，构成了一个更充实、丰富，更有艺术魅力的象征比喻系统，赢得了后人的广泛认同，很多诗人把香草美人视为高洁情操和不屈意志的代表，最终形成了源远流长的香草美人文学传统。如张衡"美人赠我金错刀，何以报之英琼瑶"，陶渊明"芳菊开林耀，青松冠岩列"，辛弃疾"长门事，准拟佳期又误。蛾眉曾有人妒"，显然就是对香草美人传统的继承。

三、屈骚传统——民族精神的又一重要象征

在屈原之前，我国文学史上提到的作品大多以无名氏集体创作的面貌出现，或与历史、哲学著作交织在一起，而屈原以他个人的文学活动和丰富的创作在文学史上确立了自己的地位。古代以经、史、子、集分类书籍时，一般书目都以屈赋为集部之首，屈原是中国文学史上第一位真正意义上的诗人，他的出现标志着中国古典文学进入了一个个体自觉创作的时代。

屈原的意义不仅在于诗歌，在于文学，更在于民族文化，在于民族精神。《离骚》是中国文学史上第一首由诗人自觉创作、独立完成的长篇政治抒情诗，此诗作于屈原遭谗被楚怀王疏远放逐之时，是他对自己前半生人生追求的一个回顾，也是对今后人生抉择的一次理性思考。

> 汩余若将不及兮，恐年岁之不吾与。朝搴阰之木兰兮，夕揽洲之宿莽。日月忽其不淹兮，春与秋其代序。惟草木之零落兮，恐美人之迟暮。
>
> ——《离骚》

"恐"怕来不及，恐上天不予我永寿，发际染上白雪的痕迹，更恐楚王不及时奋进而耽误了祖国的前途。"乘骐骥以驰骋兮，来吾道夫先路"，请任用贤才治理国家，请允许我执鞭先驱。"余固知謇謇之为患兮，忍而不能舍也"，明知忠言直谏必遭祸患，但对祖国命运的担忧使我不能自止。然而，"众女嫉余之蛾眉兮，谣诼

谓余以善淫"，楚王并非圣贤，"荃不察余之中情兮，反信谗而齌怒""惟夫党人之偷乐兮，路幽昧以险隘"，君昏臣佞使得楚国的情势岌岌可危。在恶劣的政治环境中，诗人再三表示绝不屈心抑志，"亦余心之所善兮，虽九死其犹未悔""宁溘死以流亡兮，余不忍为此态也""虽体解吾犹未变兮，岂余心之可惩"，甚至下定了以死捍卫政治理想的决心，"既莫足与为美政兮，吾将从彭咸之所居"。

一般认为，《离骚》的主旨是忠君爱国，司马迁在《史记·屈原贾生列传》中说："虽放流，眷顾楚国，系心怀王，不忘欲返。"按照这个传统的伦理习惯，国君几乎就是国家的象征，只有通过国君才能实现兴邦理想，屈原忠君为国、舍身殉国的实践、追求、探索，对中华民族爱国主义精神的形成，具有不容忽视、无法回避的理论意义与实践价值。屈原作品所表现出的与中原内敛文化大相径庭的、强烈的自我意识和追求完美人格的精神，一直为后世文人追慕不已。屈原砥砺不懈、特立独行的节操，对政治理想"九死犹未悔"的坚定信念，于逆境中敢于反抗斗争、坚持真理的精神，尤其是明知理想难以实现仍然不挠不挠上下求索，宁愿忍受无尽的孤独与折磨也至死不渝的伟大情怀，成为一种动人心魄、感人肺腑的巨大力量。屈原的遭遇是中国封建时代正直的文人普遍所遭受到的，西汉贾谊被贬长沙作《吊屈原赋》以屈原自拟；司马迁从"屈原放逐，乃赋离骚"的经历中汲取力量；陆游报国无门，"听儿诵离骚，可以散我愁"，借《离骚》获得精神慰藉。可以说，哪里有士子不遇，哪里就有屈原的精魂，屈骚精神成了安顿古代知识分子痛苦心灵的家园，而那句"路曼曼其修远兮，吾将上下而求索"，至今都是我们许多人案头的座右铭。

屈原卓越的人格力量、深沉的忧患意识、悲壮的爱国情怀以及对黑暗现实的批判精神，早已突破了明哲保身、温柔敦厚的处世原则，为中国文化注入了一股深沉的刚烈之气，培养了中国文人主动承担历史责任的勇气与信心，这是他对民族精神的重大贡献。

公元前278年五月初五，楚国的三闾大夫屈原在汨罗江纵身一跃怀沙自沉，最终点化了这个仲夏的日子，从此端午节所有最初的意义和习俗，都让位于对这位爱国诗人的久远悼念。守着一份祖祖辈辈的祭奠，这个节日走了两千多年，当每年艾草风摇粽叶飘香时，我们就会回到那浪漫的诗歌上游……

练习·思考·延伸

1. 《离骚》中的"骚"是什么意思？关于"骚"，历代都有哪些解释？

2. 屈原在《离骚》里写自己"纫秋兰以为佩""制芰荷以为衣""高余冠之岌岌兮"，这些是艺术夸张还是真实写照？若是艺术夸张，是要表明什么？若是真实写照，是个人爱好还是楚地风俗？

*3. 《楚辞》是屈原为湘人祭神的仪式所作的歌词，但同为歌词，它不像《诗经》那样是被歌唱的，而是被朗诵的，这是为什么？

*4. 春秋战国堪称人才流动的自由时代，屈原在政治理想不得实现时，为什么没有选择周游列国或者去做隐士，而是至死不愿离开楚国，最终选择了怀沙自沉？这背后有着怎样的文化原因？

*5. 在秦始皇对历史记忆的严厉抹杀与清洗中，楚人著作只有个别逃过劫难，成为中国文化中仰之弥高的经典。我们通常都以为这就是楚人留下的全部遗产，其实远非如此。检视现代楚文化考古，你能举出哪些震惊世界的发现？

以"诗意朗读"作结

读《橘颂》

朗读提示：现代人读古人留下的文字，总有艰涩之感。隔着遥远的时空，面对那些日日得见，但已与现代阵法不同的文字，往往头疼。"今人不见古时月，今月曾经照古人"，同被那一轮明月照耀过，为什么先人留下的"文本"我们走不进，更看不透呢？凡传世之作，必有沁人心脾、令人陶醉之美感：或一声呼唤，情浓意深；或一声叹息，感慨万端；或字字珠玑，似凤鸣鹤唳；或声声入耳，如余音绕梁。若非情动于中，其声又怎能打动听者？要想领略这些美妙之声，须静心伏案，深入解读，得其真味。

《橘颂》

朗声读来——

第四章

理性主义光芒——先秦散文

从中国建筑说起——

在中国历史上有这么一个传说，项羽攻克咸阳城以后，一把火烧了阿房宫，大火烧了整整一个月。这引发了后人无数的猜想：多大的宫殿可以烧一个月啊？《史记·秦始皇本纪》记载："先作前殿阿房，东西五百步，南北五十丈，上可以坐万人，下可以建五丈旗。"其实，司马迁描述的只是阿房宫的规划图景，前殿阿房只是一期工程，是未来整座宫殿的主体建筑，它将是皇帝与朝臣议政的地方，单是这个前殿规模就十分惊人。根据近年考古专家实地勘察，别说阿房宫，就是前殿当年都没有建成。位于陕西省西安市阿房宫村的阿房宫遗址现尚存高大的夯土台基，高7~9米，长约1 000余米。台基也好，宫殿也罢，总之阿房宫一个特征就是"大"，这正是中国建筑在形制上的一种审美追求。

古人不喜欢单一的建筑物，而习惯以相互连接和配合的群体建筑来显示宏大的气魄。从秦始皇陵兵马俑到明十三陵，从明清故宫到庙宇等建筑，无不以空间的平面延伸彰显着"大"的特征，包括我们民族的象征性建筑——长城，它也是因蜿蜒万里占据广阔空间而形成雄伟之势的，空间的绵延也是时间的连续，正因为如此，长城成了我们民族永恒的象征。中国建筑的延伸方式，将人们引向了现实；木质的材料，体现了人的温暖；对称的结构，表现出井井有条和对称美。与西方建筑用石料向上堆起的外观不同，中国的大型建筑更平易、日常、理智、实用，由这条线索我们可以追溯到先秦的理性精神。

▶ 故宫

学习提要

本章主要介绍先秦历史散文和说理散文的发展脉络。

学习历史散文时，要了解《尚书》《春秋》《左传》《国语》《战国策》等著作的基本情况，以及对后世散文、小说、戏剧的影响。

学习诸子散文时，要了解其产生的社会背景、发展阶段及成就，重点要把握儒道两家深厚的思想内涵和文化意蕴以及对文学的不同影响，通过阅读作品体味先秦诸子的创作风格和语言范式。

相关信息

士人 春秋战国时代，是一个大争之世，社会各方力量都在重新洗牌，新的阶级逐渐崛起。士人古时指读书人，亦是中国古代文人知识分子的统称。他们学习知识，传播文化，政治上尊王，学术上循道，周旋于道与王之间。他们是国家政治的参与者，又是中国传统文化的创造者、传承者。士人是古代中国才有的一种特殊身份，是中华文明所独有的一个社会精英群体。士阶层是一个广泛的群体，他们从各个方面支撑起社会的发展，正是因为有了他们，中国历史上才会出现灿烂的文化大发展时代。

孔子 （前551—前479）名丘，字仲尼，鲁国陬邑（今山东曲阜）人。春秋末期思想家、教育家，儒家思想的创始人，一生为宣扬仁义道德和王道理想奔走于列国之间，相传曾修《诗》《书》，订《礼》《乐》，序《周易》，撰《春秋》。被后世尊为"至圣先师，万世师表"，居联合国教科文组织评选的"世界十大历史文化名人"之首。儒家思想深刻地影响了中华民族文化的发展方向，对朝鲜半岛、日本、越南等地区也有深远的影响，形成了与基督教文化圈、伊斯兰教文化圈并列的儒家文化圈。

庄子 （约前369—约前286）名周，宋国蒙（今河南商丘）人，做过蒙地方的漆园吏，楚王曾欲聘其为相，因敝屣功名，不就，贫困而终。战国时期思想家、文学家，是道家的主要创始人，与道家始祖老子并称为"老庄"。

历史从夏商进入周朝，是中国古代社会急遽变革时期。在商朝，主宰国家意识的是某种神秘的力量，而进入周朝，在原始社会人类崇尚敬畏的各种神灵这时都受到不同程度的否定，当神灵不能解决一切时，神灵就不再成为动力，人们需要的是从历史中总结经验教训，寻找行为依据，历史的指导意义就显现出来了。中华民族历史意识的萌发要早于其他民族，夏商时期，"巫""史""尹"兼具宗教与政治的双重性。到周代，历史意识空前发展起来，史官原有的宗教职责迅速淡化，而人事方面的职能得到了发展，他们的历史使命感、对现实的责任感和职业的自信感逐渐得到强化，中国的史官文化进入了成熟期。

周王朝实际上是一个"联邦政府"，因此十分重视利用宗法纽带维系王室与各邦国之间的关系，祖先崇拜对他们而言仍有重要意义，但人及其行为的管理更为迫切，于是就有了周公"制礼作乐"，以理性来规范社会。所谓礼乐，包含政治制度、道德意识、典礼仪式、等级秩序、伦理规范等多种内涵，强调人对社会秩序的自觉认同；所谓理性，就是人类社会和人本的地位得到充分的肯定，对巫术、宗教的盲目崇拜，逐渐为对现实社会的冷静审视所取代。在随后的时代进程中，周礼文化被孔子传承并改造，理性主义精神被引导和贯彻在日常的现实生活、政治观念中，并显现为积极进取的人生观，儒家文化也因此成为中国文化的代名词。

理性主义精神是中国古代由奴隶社会进入封建社会时期的总思潮、总倾向，它奠定了华夏文化的心理结构，在中国文化的发展中意义非同寻常。先秦历史散文和诸子散文折射了这个时期的理性光芒。

第一节　史官文化的产物——历史散文

在中国历史上，设立史官，记录国家大政和帝王言行，是一种由来已久的制度和传统。在夏代的奴隶制国家机构中已设置了史官。商周时代，甲骨文有"作册""史""尹"等字。《说文解字》："史，记事者也，从又持中。"从此可见，史的初义是古代记事的官吏，即史官。历史散文的产生、发展就与史官文化密不可分。

一、历史散文发展的原因

中国的散文有着悠久的历史。散文的萌芽和成熟与两个因素有直接关系，一是中国的文字，二是发达的史官文化。

散文的源头也就是文字的源头。距今三千多年的殷商时期，还处于原始的宗教巫术文化时期，那时候人们对于自身以外的大自然充满了敬畏，凡事必求神问鬼，就是占卜。占卜的结果决定着凶吉可否，占卜的执行者为"巫"，其实也有"史"的参与。占卜的内容就刻在龟甲、兽骨上，这些甲骨卜辞，受书写工具的影响，简略而朴素，并不成系统，短则寥寥数字，长不过百余字，但真实地反映了殷商时期战争、农事、祭祀等社会各方面的状况，可以看作先秦历史散文的萌芽。

商周时期，随着生产力的发展，青铜器铸造进入鼎盛时期，这也大大促进了文字和散文的发展。青铜器有生活用器、兵器等多种类型，但后来多数演化为祭祀神灵的礼器，仅限于奴隶主或封建贵族使用，它是身份的标志，更是国家权力的象征，不是什么人都可以随便铸造的，有严格的等级规定。比如鼎，一言九鼎、大名鼎鼎、鼎盛时期、鼎力相助，从这些词语中足以看到"鼎"的分量与辉煌。商周时代，在重大庆典或接受赏赐时往往都要铸鼎，并在鼎上浇铸文字以载盛况、以旌其功，有资格作铜器铭文的人当然是王公贵族，但具体执行者还是史官。这种史家记事发展到后来就是历史散文，历史散文实际上是史官制度的直接产物。铭文时期的散文由于书写工具的变化，已显示出由简到繁的发展趋势。商代铭文记事还比较简单，周代铭文文字数明显增加，内容也趋于复杂，不仅有记事文字，还有了记言文字。

历史散文的出现，标志着我国叙事文的成熟，所以通常历史散文也被称作叙事散文。

二、主要作品

《尚书》为上代以来之书，先秦称《书》，汉始称《尚书》，因儒家尊之为经典，故又称《书经》。《尚书》是我国上古历史文件和部分追述古代事迹作品的汇编，包括《虞书》《夏书》《商书》《周书》，前二者是后人根据古代传闻编写的假托之作，后二者是商周时代的作品。《尚书》的时间跨度大约与甲骨卜辞、铜器铭文一致，内容是史官所著录的夏、商、周三代王室的诰命、誓言等，是记言之史的开端。所用语言与秦汉时期古汉语也有不同，后人读来艰涩难懂，韩愈形容说："周诰殷盘，佶屈聱牙。"（《进学解》）《尚书》的文字古奥典雅，其语言技巧已远远超过了甲骨卜辞和铜器铭文。由于那些发表言辞的人地位很高，言语间透出一种居高临下的威严与自信，于质朴、简要中显示出一种特殊的力度与美感，所以《尚书》历来受人推崇。如"若网在纲，有条而不紊""若火之燎于原，不可向迩，其犹可扑灭？"比喻生动形象，至今仍活跃在现代汉语中。《尚书》形成的时期是我国古代散文的滥觞时期。

《春秋》原是周王朝和各诸侯国史书的通称，后来仅有鲁国《春秋》传世，就成为专称。相传孔子对它做过整理、修订，故它成为儒家经典。《春秋》是我国第一部编年体史书，为鲁国史官所记，以鲁国年号纪年，所记之事以鲁国为主，兼顾周王室及其他诸侯。《汉书·艺文志》说："左史记言，右史记事，事为《春秋》，言为《尚书》。"《春秋》被看作先秦记事的代表作，其特点是记载简略而有法。所谓简，不作描写，只作纲目式记载，如："夏，五月，郑伯克段于鄢。"时间、地点、人物、事件皆具，过程、细节则无，像一则标题新闻。所谓有法，"一字寓褒贬""微言大义"，在谨严的措辞中暗寓褒贬倾向，被称为"春秋笔法"，如同样是"杀"，下对上为"弑"，杀无罪为"杀"，杀有罪为"诛"。"赵盾弑其君"，就足见史官的态度。在史著中灌注强烈感情色彩、遣词造句力求简洁而意蕴深刻的做法，为后代史传文学所继承。

《左传》原名《左氏春秋》，属配合《春秋》的解经之书，也称《春秋氏左传》，一般认为其作者为左丘明。《左传》是我国第一部叙事详细的编年体断代史，与《春秋》纲目式写法不同的是，它相当系统而具体地记录了春秋时期各国重大的政治、军事、外交事件，是在大量口传历史和史官记载的基础上整理加工而成的，但已经不是严格意义上的官方著作了。作为一部历史著作，《左传》有着鲜明的政治与道德倾向，其观念较为接近儒家，强调等级秩序、长幼尊卑，但在当时和后代影响更大的是它进步的"民本"思想，这也成为传统文化中最具合理性的部分。

《左传》虽不是一部文学著作，但广义上是中国第一部大规模的叙事性作品，被称为"叙事之最"。较之以往的任何一种著作，它表现出了惊人的叙事能力，尤其是对大小战争的描写，是其最成功之处。春秋时代各国纷争，本身就头绪纷杂、变化多端，完整地叙述历史事件的前因后果来龙去脉，实属不易，达到精彩生动难度就更大。《左传》不再如"春秋笔法""一字寓褒贬"，而是通过对事件、人物的详细叙述描写来体现其道德评价。如"郑伯克段于鄢"，在《春秋》中只这一句，到了《左传》中就演化成了一个跌宕有致的故事，故事中人物有血有肉，情节充满

• 原典阅读：《左传·晋公子重耳之亡》《战国策·苏秦始将连横》《国语·勾践灭吴》

了戏剧性，这已是显著的文学因素了。人们对故事的兴趣，是产生文学的基本动因，故事情节也是小说、戏剧的基本因素。在整个中国文学史上，小说、戏剧的产生、成熟相当晚，但与此有关的文学因素并不是很晚才出现的，它们是借了历史著作的母胎孕育了很久才分离出来的。《左传》文史结合的传统不仅直接影响了《战国策》《史记》等历史巨著，还为后来小说、戏剧的产生提供了丰富的经验与素材。《左传》作为先秦历史散文的代表，"沉浸浓郁，含英咀华"（韩愈《进学解》），被后代散文家视为作文楷模。

《国语》是我国的第一部国别体史书，以记言为主，记事为辅。作为历史文献，它分别记载春秋时期周、鲁、齐、晋、郑、楚、吴、越八国政治、外交之事，时代跨度大致与《左传》相当，有许多政治经验与总结，思想倾向近于《左传》，但不够鲜明突出。就文字角度而言，它不及《左传》语言含蓄丰润、叙事婉转多姿，它更为质朴自然，在外交言辞、人物表现上有独特风采。

《战国策》由战国末期到秦汉之间各国史料汇编而成，西汉刘向编订三十三篇，主要记载谋臣策士游说诸侯、进行谋议辩论时的政治主张和策略。由于它并非出自一人一手、一时一地，故而与《春秋》《左传》《国语》主要反映儒家崇礼重民的思想不同，内容较为驳杂，儒、墨、道、法、兵各家兼有，突出反映纵横家的思想、人生观，表现了战国时代崛起于统治集团与庶民之间，活跃于各国政治舞台之上的"士"这个阶层的特殊作用。《战国策》不完全是站在统治者的立场上说话的，因此在文学的表达上就显得更活泼自由些，无论叙事、说理还是写人物，喜欢渲染夸张、铺陈敷设，其最为突出的成就是"文辞之胜"。策士们放言无惮、纵横捭阖的游说法则，大量使用寓言故事、轶闻掌故的陈述方式，使文章切中肯綮又畅快淋漓，明白晓畅又气势恢弘，文辞瑰丽又说辞充沛，甚至有耸人听闻之嫌，但又有无可辩驳之说服力。与《左传》相比，其语言运用水平达到了新的高度。

先秦历史著作，有"记言""记事"之别，《尚书》与《春秋》还截然分明，到后期就渐渐混淆了，所以都被视作叙事散文。越是往后，官方意识不断减弱，民间色彩逐渐浓厚，义学成分愈加显著，其史学的严格性就有所折损。

第二节 往哲先贤的思考——诸子散文

春秋末期，中国逐渐陷入战争纷乱之中，周王室的地位已经衰微，周公制定的"礼乐"遭到前所未有的挑战。思想乱了，礼崩乐坏，天下自然更乱，列国交兵，诸侯争霸，"问鼎"已不是冒天下大不韪之事，社会进入了一个大变革时期。随着奴隶社会的动摇瓦解，社会结构也发生了重大的变化。一个新兴的阶层出现了，那就是"士"。"士"原是周朝宗法分封制度下贵族阶层最低的一层，随着贵族阶层的衰落，他们从原来的阶层中游离出来，成为社会上可以自由流动的人群，他们属于中间阶层，地位比上不足比下有余。他们中有通晓天文、地理、历法的学者，也有政治、军事方面的杰出人才。在他们的教育下，庶民中又产生了新一代的文士，构成了新的"士"阶层，他们是中国最早的知识阶层，不仅掌握着知识，而且更重要的是他们怀有强烈的社会责任感，面对礼崩乐坏的社会现实，他们纷纷提出自己的治国主张与社会理想。

一、百家争鸣

面对激烈的兼并战争与社会发展的需要，统治者们也认识到国家发展需要新的理论来支持与推动，所以纷纷招贤纳士。一时间，学派蜂起，形成百家争鸣的局面。春秋战国的路上活跃着的几乎都是这些"士"，他们或游说各国，献计献策；或退隐林下，聚徒讲学；或独善其身，著书立说。他们无不立足历史和现实，面对社会和人生，做出理性思考。他们各自从不同的出发点，分别探讨了自然、社会、人生、政治、伦理等问题，各家都系统地提出了自己的哲学思想和政治主张，学术上形成了儒、道、墨、法、阴阳、纵横、农、杂、小说家等流派，是谓诸子百家。

这是一个张扬的时代，在中国历史上其精神自由、人性得以解放，堪与古希腊哲学的黄金时期媲美；这是一个智者的时代，一切问题都在争鸣、辩论中升华为更理性的思考；这是一个美好的时代，是中国历史上涌现出哲学家、思想家、文人巨匠最多的一个时期，以后的两千多年都没有哪个时代产生过这么多耀眼的巨星。先秦哲学在中国古代历史上留下了其后任何一个时期都无法企及的庞大身影，它为中国哲学的发展奠定了坚实的思想基础，在很大程度上决定了秦汉以后中国传统文化的发展方向和演变轨迹，对民族精神的形成、国民性格的塑造起到了至关重要的作用，天人合一、人伦和谐、自强不息、中庸之道、以和为贵等思想都成为中国文化的核心内容。如果把中国思想比作一条奔腾不息的长河，那么先秦哲学就是那汩汩不绝的源头活水，后世的每一个思想浪潮都折射出它的光辉；如果把中国思想比作一棵万古长青的大树，那么先秦哲学就是那茁壮的根系主干，后世的每一个思想分支都渗透着它的养分。

二、诸子散文的发展阶段

先秦哲学的智慧，是古人留给后人的财富，就出发点和内容而言，这些文字属思想学术范畴，就形式表达、语言文字运用而言，记录哲人的文字，也是文学史上最为宝贵的典籍。郑振铎说："虽然他们并不以文学为业，但他们的文章，却也是光彩焕发，风致遒美，其结构的严整，文句的精粹，都为汉以后散文作家所少见。他们每能以盛水不漏的严密的哲学思想，装载于美丽多趣的文字里，驱遣着丰富的想象，生动的比喻，活泼而有情致的文辞，为他自己应用。因此，他们的作品，便不惟成了哲学上的名著，也成了文学上的名著。"（《中国文学史》）

诸子散文是在先秦理性精神觉醒的背景下和百家争鸣的学术氛围中形成并繁荣起来的，大体经历了三个阶段的发展后，奠定了我国古代论说散文的基本形式与表达体系，因此，诸子散文又称说理散文。

第一阶段为春秋战国之交的语录体，以《论语》《老子》《墨子》为代表，词约义丰，言近旨远。《论语》是记录孔子及其弟子言行的篇章辑录，还不能称为文章；《老子》又称《道德经》，其成书、形式与《论语》类似，多为韵语写成，表现自然无为的思想；《墨子》为墨家学派后学整理，墨家主张节用，其文少文饰，质朴、严谨。

第二阶段为战国中期的论辩体，以《孟子》《庄子》为代表，普遍采用对话形式，辞藻丰富，说理畅达，行文多有寓言和比喻。《孟子》富于雄辩，喜用反问，好设比喻，议论酣畅，气势浩然；《庄子》说理论证纵横恣肆，想象丰富奇特，大量运用寓言，对后世浪漫主义文学有很大的影响。

第三阶段为战国后期的论说体，以《荀子》《韩非子》《吕氏春秋》为代表，多以专论的形式出现，它们已经不是一个学派的集体著述，而是学者个人的论文集；不是以驳论为主，而是以正面论说为主。论证严谨缜密，语言犀利深刻，这是百家争鸣不断深入的结果。《荀子》一书多为荀子自作，荀子思想体系博大精深，是儒家思想集大成者和这个时期的最后一位大师。其文章结构严谨、朴实深厚，论说周详，标志先秦说理散文进入了完全成熟的阶段。韩非子口吃却善书，主张以法治国。

《韩非子》行文犀利峻拔，剖析入微，善于运用浅近的寓言来说明抽象的道理，具有较强的论辩性，如守株待兔、滥竽充数、自相矛盾等都是极好的例子。《吕氏春秋》是吕不韦门客的集体创作，体制宏大，内容博杂，兼收并蓄，是先秦学术思想的一次大规模总结，也具有较强的文学性。

三、儒道思想对中国文学的影响

无论就思想还是就文学而言，百家之中儒、道两家成就最高。儒与道，在中国的思想、文化里一直呈对立互补的关系。简而言之，儒家入世，道家出世；一个积极进取，一个消极退守。看起来对立，但实际上恰好可以相互补充、达成调和。所谓"穷则独善其身，达则兼济天下"，正是儒道两家作用于中国知识分子的最好体现。人生在世要有济世救国之志，得志时自强不息就是最好的鼓舞，但人生难免失意，失意时退隐山林、遗世绝俗也是不错的选择。总体来说，古代知识分子的精神归属还在儒家，因此身在江湖，心存魏阙也是他们的常规心理。儒、道思想对文学的影响也不同，儒家主要在思想内容方面，道家则更在创作手法和美学追求方面。

《论语》作为儒家的传世经典，其文学色彩在于表现了孔子及其弟子的形象，以及质朴无华、含蓄隽永的语言。《论语》只记录了孔子言行的一些片段，并非孔子一生的完整表现，但点点滴滴，散金碎玉，若全部读下来，一个亲切感人的文化巨人形象就展现在世人面前："子在川上曰，逝者如斯夫，不舍昼夜"（《子罕》），一个思考不息的孔子；"巧言令色足恭，左丘明耻之，丘亦耻之"（《公冶长》），一个正直坦率的孔子；"乡人饮酒，杖者出，斯出矣"（《乡党》），一个谦恭礼让的孔子；"吾岂匏瓜也哉？焉能系而不食"（《阳货》），一个风趣幽默的孔子；"颜渊死，子哭之恸"（《先进》），一个重情重义的孔子。在《侍坐》一篇中，孔子的形象表现得比较集中。作为一位长者、师者，孔子循循善诱，耐心启发，使学生"各言其志"。作为一个哲学家，他更赞赏曾皙的理想——"暮春者，春服既成，冠者五六人，童子六七人，浴乎沂，风乎舞雩，咏而归。"曾皙的话触动了他向往大自然的美好感情，在自然中尽情欢乐放松身心是人生乐事，也是自己理想中仁爱社会的最高境界。在孔子的弟子中，不乏个性鲜明、给人印象深刻者，如率直鲁莽的子路，温雅贤良的颜回，聪颖善辩的子贡，潇洒脱俗的曾皙等。颜回是孔子最喜欢的弟子，"贤哉，回也，一箪食，一瓢饮，在陋巷，人不堪其忧，回也不改其乐。贤哉，回也！"。初看前几句，平实无华，感情真挚，最后一句一出，便见孔子对颜回安贫乐道的自在心境赞赏有加，抒情色彩也油然而生，文学感染力也就显现出来了。《论语》是一部颇具哲理的书，只提论断不作论述是它的典型特征，一来因为是对弟子们的教诲，精练则具有权威性，二来由于是对生活的提炼升华，如同公式定理无须论证，所以语言虽简明，却妙语连珠，耐人寻味。比如"岁寒然后知松柏之后凋也""三军可夺帅也，匹夫不可夺志也"，"学而不思则罔，思而不学则殆"，等等，闪烁着智慧光芒，文字也充满了盎然诗意。

庄子既是一个哲学家，又富有诗人气质，所以就哲学表达来说，他比别的先哲更为诗意，其著述更有浓厚的文学色彩。就文学意义而言，《庄子》代表了先秦散文的最高成就。庄子立论，既不采取孟子循循善诱、滔滔雄辩的方式，也不像荀子、韩非子那样正面立论、逻辑推导，而是通过形象化的寓言、拟人化的设譬，以奇诡荒诞的想象来象征、暗示其深奥玄妙的思想，在诸子著述中唯有《庄子》保存了大量的古代神话，也是这个原因。"北冥有鱼，其名为鲲，鲲之大，不知其几千里也。化而为鸟，其名为鹏，鹏之背，不知其几千里也。怒而飞，其翼若垂天之云。"（《逍遥游》）其文跌宕起伏，不可捉摸，宏伟壮观，惊心动魄，仿佛冲破一切世俗的羁绊，读来令人神思飞扬。庄子表达的行云流水，源于奔放的情感和奇特的想象，更源于精神的自由，因此不仅行文节奏鲜明，音调和谐，"尤缥缈奇变，乃如风行水上"（刘熙载《艺概·文概》），而且其文结构也很独特，往往看似并不严密，变化无端，思绪跳跃，但思想却能一线贯穿。庄子是先秦诸子中的寓言大师，他用寓言往往不是作比或为例，而是直接把思想融化在寓言故事里，鲁迅说他："著书十余万言，大抵寓言，人物土地，皆空言无事实，而其文则汪洋辟阖，仪态万方，晚周诸子之作，莫能先也。"（《汉文学史纲要》）庄子独特的个性、诗性的表达，有一种高举远蹈式的飘逸，这一点与屈骚精神是一致的，本质上他们都属于南方文化体系，所谓"庄狂屈狷"，正道出他们共有的浪漫主义精神。后代人在思想上、文学风格、文章体制、写作技巧上受庄子影响的可以开出很长一串名单，仅第一流的作家就有陶渊明、李白、苏轼、辛弃疾、曹雪芹等。

诸子散文是我国散文创作的典范，它以成熟的说理体制、形象的说理方式和丰富的语言修辞，大大影响了后世的文学创作，其确立的人格理想、审美风范及文化意蕴更是成为中国传统文化的重要源泉。

先哲远去，精神不散，透过古老神奇的文字，我们依然可以聆听到智者的声音。诸子魅力永恒！

• 原典阅读：《论语·子路曾皙、冉有、公西华侍坐章》《孟子·公孙丑下》《庄子·逍遥游》

练习·思考·延伸

1. 举例说明"春秋笔法"的含义。

2. 先秦历史散文的叙事艺术有哪些特征？请举例分析。

3. 寓言是先秦说理散文中独特的一种艺术手法，试比较庄子和韩非子运用寓言的不同之处。

*4. 刘勰在《文心雕龙·诸子》中有一段话："嗟夫！身与时舛，志共道申，标心于万古之上，而送怀于千载之下，金石靡矣，声其销乎！"结合诸子生平与著述，谈谈他们有着怎样的心怀。

*5. 在甲骨文中，一年是用"春""秋"来区分季节的，"冬""夏"指称季节的用法要略晚一些。当时，农耕文明所在的中原地区其实是四季分明的，为什么古人独对"春""秋"敏感？由此形成的"春秋"一词在中国文化中有怎样的含义？在传统意象中，"春"与"秋"的象征意义、情感倾向又有何不同？

*6. 《史记·秦始皇本纪》记载李斯奏议："臣请史官非秦记皆烧之。非博士官所职，天下敢有藏《诗》、《书》、百家语者，悉诣守、尉杂烧之。有敢偶语《诗》《书》者弃市。"始皇同意，下令焚毁了大量先秦典籍。怎样看待史上著名的"焚书"事件？与战国时期相比，秦朝的文化思想氛围发生了怎样的变化？近年来有学者对"坑儒"提出质疑，这又如何看待？

以"诗意朗读"作结

读《劝学》

朗读提示：在汉语言文学作品中，诗歌无疑具有无与伦比的韵律美，但并不等于说其他文体就不讲究韵律。自先秦以来，文言散文就不乏抑扬顿挫、精妙流转的名篇佳作。如《劝学》："青，取之于蓝，而青于蓝；冰，水为之，而寒于水。""青"与"冰"，皆平声，稍长，稍停，以示提顿。"取之于蓝，而青于蓝"，持续平声，语势上行，推进语义；"水为之，而寒于水"，平仄交错，落于仄声，形成变化。上下句字数、句型并非整齐对称，更没有韵脚，读来却顺畅起伏，韵律感十足。

朗声读来——

《劝学》

第五章

宏阔豪迈汉代文章

从铜奔马说起——

马是人类最早驯服的动物之一，是古代作战、运输、交通最为迅捷的工具，并且战马还是冷兵器时代取得军事胜利甚至征服世界的重要因素。汉朝因屡遭历史上声名显赫的游牧民族——匈奴的侵扰，建立强大的骑兵队伍就成为汉朝反击匈奴入侵、保持北部地区安定不可缺少的军事举措，所以汉人对马的喜爱超过了以前任何一个时代，马被视作民族尊严、国力强盛和英雄业绩的象征。

1969年，在甘肃武威的一座东汉墓中出土了一件青铜奔马。这件制作于东汉的铜奔马，身躯健壮，四肢修长，三足凌空飞腾，一足踏在飞鸟上，骁勇强健，矫健轻盈，它那迎风飘扬的鬃毛与尾巴，充满了"天马行空"的骄傲。飞鸟吃惊地回首而望，似乎错愕于同奔马的不期而遇，这"扬鞭只共鸟争飞"的瞬间，被艺术家巧妙地捕捉到并惟妙惟肖地表现出来，其大胆的构思及浪漫的手法，体现了汉代艺术的绝妙非凡。铜奔马造型以飞鸟的迅疾衬托奔马的神速，在快速的运动和健硕的力量中，展现了一种磅礴的气势，显示出一种蓬勃的生命力，准确地表达出汉朝奋发向上、豪迈进取的时代精神。1983年10月，铜奔马被国家旅游局确定为中国旅游标志。

▶ 铜奔马

学习提要

本章主要介绍汉赋和政论散文的基本情况、作家作品，以及司马迁与《史记》创作情况。

作为汉代代表性的文学样式，大赋有着独特的审美价值，学习中要了解其结构、手法、文字等方面的特点，认识其对楚汉浪漫精神的极致体现和对文学自觉时代的引领作用。

政论散文的学习要把握其与先秦说理散文的不同特征，以及这些特征与汉朝帝国昂扬向上的精神风貌的密切关系。

《史记》是汉朝文学成就的代表，学习中要以《报任安书》为解锁钥匙，认识司马迁的人生观、价值观、历史观，以及他的生命状态与整个时代风貌的关系；通过阅读人物传记体会司马迁刻画人物与运用语言的高超技巧。

相关信息

文景之治 文帝、景帝为稳定和巩固统治，在汉初社会经济衰敝的情况下，进一步减免田租，减少徭役，采取"与民休息""轻徭薄赋"政策，使生产得到了恢复和发展。当时土地开辟，人口增加，国家财力继续增强，出现多年未有的富裕景象。同时，先秦各派学术思想又活跃起来。

汉朝是中国历史上第一个真正意义上的大一统帝国。秦朝短短的十几年只能算是它的一个前奏。汉王朝以前所未有的恢弘气度，出现在世界舞台上，经济繁荣、社会进步、国力强盛、疆域扩展，是中国历史发展的上升期，其中有相当长一段时间是太平盛世。汉武帝时期，国家经济力量十分雄厚："非遇水旱之灾，民则人给家足……京师之钱累巨万，贯朽而不可校。太仓之粟，陈陈相因，充溢露积于外，至腐败不可食。"（《史记·平准书》）国家强盛且稳定，也吸引了大量外来文化，形成了历史上第一次中外交流的热潮。汉代是一个宏阔豪迈、人才辈出、大有作为的时代，虽然后世某些朝代的版图甚至比汉代还要大，但已缺乏汉朝人那种第一次征服世界的成就感和恢弘气度。生活在这样的时期士人，自然有一种特殊的精神气质。他们心中普遍充满了胜利的喜悦与豪迈的激情，普遍具有朝气蓬勃的进取精神，怀有建功立业的宏大愿望，而且也相信能够获得成功。

霍去病远征匈奴，立下赫赫战功，汉武帝想为他建造府第，他却说"匈奴未灭，无以家为也"（《史记》）；班超在他屈为小吏时投笔长叹"大丈夫无它智略，犹当效傅介子、张骞立功异域，以取封侯，安能久事笔砚间乎？"。之后，班超竟凭一个仅有 36 人的小使团巩固了汉朝在西域的统治，并为保证丝绸之路的畅通做出了巨大的贡献；老将马援克敌还朝，当故人向他致贺时，他说："方今匈奴，乌桓尚扰北边，欲自请击之。男儿要当死于边野，以马革裹尸还葬耳，何能卧床上，在儿女子手中耶？"

一个时代有一个时代的精神，这些豪言壮语正是汉代宏阔豪迈时代精神的折射。反映在文学上，汉代作品中贯穿着一种自强不息、积极向上的精神，保持着激扬高昂、自信豪迈的格调。西汉盛世的作品不必言，就是到了东汉王朝衰落时期，文人们念念不忘的依旧是建功立业、扬名后世。就作品的内容而言，古往今来、天上人间万物都置于自己的观照之下，加以艺术再现，无不体现汉代强大的中央集权国家特征。司马相如说："赋家之心，苞括宇宙，总揽人物。"（《西京杂记》）司马迁《史记》的写作宗旨是"究天人之际，通古今之变，成一家之言"（《报任安书》）。一个是辞赋家，一个是史学家，他们处于不同领域，却不约而同地提出了基本相同的文学主张。汉代文学，无论是赋还是文，都集中体现了对大一统帝国辉煌业绩的肯定与赞赏，其表现对象、领域、范围都达到了前所未有的广度，作品容量广大，手法铺张扬厉，气势恢弘豪迈，形成了一股唯美思潮。

第一节　泱泱辞赋　苞括宇宙——汉赋

汉代以前，文学是伴随着史学、政治、思想而存在的，先秦时代还没有人能够单独或主要凭借其作品就得到社会的认可，即便是作为文学史上的第一个作家屈原，其首要身份仍然是政治家。进入汉代，文学才开始受到人们的重视，辞赋创作的景象蔚为壮观。汉武帝本人甚好之，文学人才大量进入朝廷：枚乘死于征召途中，其子枚皋代替；司马相如因《子虚赋》被武帝召入宫中；东方朔等人入宫也与辞赋有关。中国文学史上真正意义上的文人群体，在汉武帝时期形成，这也使得赋成为当时通行的文学样式。赋的根本精神是楚汉浪漫主义，这是紧随先秦理性精神，并与它相辅相成的中国古代又一伟大的艺术传统。

一、赋的形成与分类

赋是汉代流行的文体，但赋的名称在周代已有，"大师教六诗：曰风，曰赋，曰比，曰兴，曰雅，曰颂"（《周礼·春官》）。不过这里的"赋"只是《诗经》中的一种表现手法，朱熹在《诗集传》里解释为"敷陈其事而直言之"。较早以"赋"名篇的是荀子的《赋篇》和宋玉的《登徒子好色赋》《神女赋》等，这些作品已有别于诗歌，一是韵文成分减少，散文成分增加；二是不宜合乐演唱，只适合吟诵；三是由诗的言志抒情向叙事转化。

对汉赋影响最大的是楚辞。尽管在政治、经济、法律等制度方面，汉代承袭秦制，但在艺术文学领域，却依然保持了它南楚故地的乡土本色。汉起楚地，刘邦、项羽队伍的核心成员都来自楚，项羽垓下被围听到的就是"楚歌"；刘邦衣锦还乡唱的是"大风起兮云飞扬，威加海内兮归故乡，安得猛士兮守四方"；西汉既立，宫廷音乐也始终是以楚声做主导的。汉代君臣在把自己的喜怒哀乐和审美感受付诸文学表达的时候，不自觉地继承了"楚辞"所代表的文学样式，从而创造出汉代文坛上独具风貌的文体——赋。楚辞虽然是诗歌，但其中已包含了汉赋的多种因素：第一，问答结构。《离骚》已有局部的问答，如使人同灵氛的问题，《卜居》《渔父》则整篇都是问答。第二，用华美的词句铺陈事物。《离骚》写远游和上天下地的求索，已有用华美的词句铺陈的倾向。第三，韵散间呈。如《卜居》《渔父》开端用散文，后面用韵文，开了汉赋序用散文、正文用韵的先河。

辞赋是从屈原的"楚辞"沿袭下来的一种文体，进入汉代以后分化为两支。

一支是直接承袭屈原"楚辞"传统、以抒情为主的骚体赋，又称抒情小赋，如贾谊的《吊屈原赋》《鹏鸟赋》，前者是以骚体写成的抒怀之作，后者以问答形式展开，可以看出楚辞体向汉大赋的过渡。司马相如的《长门赋》、董仲舒的《士不遇赋》、司马迁的《悲士不遇赋》、扬雄的《逐贫赋》都属于这类，只是这一脉在西汉时声息比较微弱，未形成气候。东汉时期，由于政治文化等方面条件的变化，又因文人抒发情志的需要，小赋才得以兴起，成为与传统大赋相抗衡的独立文体，代表性作家作品有：张衡的《归田赋》、赵壹的《刺世疾邪赋》、蔡邕的《述行赋》、祢衡的《鹦鹉赋》等，这些作品一般篇幅较短，主观色彩较浓厚，或托物言志，或寄情抒怀，或讽喻时事，它们的流行标志着鸿篇巨制、铺采摛文的大赋已随一个王朝的没落走向衰微。

另一支，在"楚辞"基础上，吸收了《诗经》中雅、颂一体的歌功颂德，战国纵横家与孟、庄等人的陈词博辨，以及荀子、宋玉等人作赋的夸张铺排等要素，形成了讲究文采、韵节，兼具诗歌、散文性质，以夸张铺陈为特征，以状物为主要功能的特殊文体，这种文体被后人称为"大赋"，是汉代文学的主流。

• 原典阅读：
《士不遇赋》

二、大赋的特点

与屈原的"楚辞"所不同的是，大赋是一个新变种。前者抒情，后者叙事；前者是诗，后者为文；前者批判现实黑暗，后者歌功颂德。屈原的作品尽管讲究辞藻华丽，但基本上是出自本色的抒发，而汉赋则是将夸饰作为追求目标。具体而言，大赋有以下突出特点。

特点一：大赋在内容上无所不包，从本质上体现了楚汉之浪漫精神。正如司马相如所说的"赋家之心，苞括宇宙，总揽人物"，如壮丽山河、辽阔土地、巍峨宫殿、丰饶物产、奇珍异宝、欢宴歌舞……都是赋所观照的对象。

其西则有涌泉清池，激水推移，外发芙蓉、菱华，内隐巨石、白沙。其中则有神龟、蛟鼍，玳瑁、鳖鼋。其北则有阴林，其树楩、楠、豫章，桂、椒、木兰，蘖、离、朱杨，楂、梨、梬、栗，橘、柚芬芳；其上则有鹓雏、孔鸾，腾远、射干。其下则有白虎、玄豹，蟃蜒、貙犴。

——司马相如《子虚赋》

大驾幸乎平乐，张甲乙而袭翠被。攒珍宝之玩好，纷瑰丽以参靡。临迥望之广场，程角觚之妙戏。乌获扛鼎，都卢寻橦。冲狭燕濯，胸突铦锋。跳丸剑之挥霍，走索上而相逢。华岳峨峨，冈峦参差；神木灵草，朱实离离。总会仙倡，戏豹舞罴。白虎鼓瑟，苍龙吹篪。

——张衡《西京赋》

雄夸藻饰，词采缤纷，展现出一派繁荣富贵的京都景象，令读者如睹其盛大场面。它的表达没有直接的政治功用，与史书记录历史、散文陈述观点的出发点不同，它完全是一种精神的需求，它表达出中华民族在进入一个新的文明之际的自豪与骄傲，这就是令后人不断回首惊叹的大汉气象。

特点二：完全以文学感染力本身为目标，引领了文学的自觉时代。配合无所不包的表现对象，大赋结构上宏伟巨大、富丽堂皇，动辄洋洋洒洒万语千言；在手法上铺张扬厉、雄词博辨，有着高度的修辞意识与技巧；尤其在文字运用上，极大地利用了中国方块字构造的特点堆砌变化，给人强烈的感官冲击，将汉字的审美特征发挥到了极致，体现了那个时代崇尚巨丽之美的审美风潮。

疾雷闻百里，江水逆流，海水上潮；山出内云，日夜不止。衍溢漂疾，波涌而涛起。其始起也，洪淋淋焉，若白鹭之下翔。其少进也，浩浩澄澄，如素车白马帷盖之张。

——枚乘《七发》

于是乎崇山矗矗，龙嵷崔巍，深林巨木，崭岩参嵯，九嵕嶻嶭。南山峨峨，岩陁甗崎，摧崣崛崎……奏陶唐氏之舞，听葛天氏之歌，千人唱，万人和，山陵为之震动，川谷为之荡波。

——司马相如《上林赋》

将十几个甚至几十个山字头、草字头、木字旁、三点水的字排列连用，看起来整齐美观，读起来好听押韵，惊心动魄，气势磅礴；"千""万"等词频繁运用，夸张渲染，穷形极相。它通过华美的文字，整齐的句式，严谨的结构，表现出社会和自然的种种事物，同音乐通过音符、旋律等对感官的刺激使人获得审美愉悦一样，它本身就是艺术的直接表现。如果说中国古代诗歌追求的是一种意境美，散文追求的是一种理性美，那么汉赋追求的则是一种修辞美、结构美，正因为如此，辞赋艺术在中国古代文学创作中才拥有重要的一席之地。

三、大赋的代表作家及作品

汉赋第一篇著名作品《七发》标志着新体赋的正式形成，司马相如的《子虚赋》《上林赋》为登峰造极之作，扬雄的《甘泉赋》《羽林赋》、东汉班固的《两都赋》、张衡的《二京赋》，都是汉大赋的典范之作。

司马相如原名犬子，因仰慕战国时蔺相如而改名，景帝时任武骑常侍。景帝弟梁孝王喜好文学，网罗了大量文学人才。一次梁孝王入朝，随从文人甚众，枚乘等辞赋家亦在其中。相如见后十分羡慕，遂托病离开宫廷，游于梁，成为梁园文学群体中的一员。在梁园良好的文化氛围中他的才华得以施展，数年后他作《子虚赋》，显示了超群的才华。梁孝王卒，梁园解散，相如归蜀，与卓文君私奔即在此时。汉武帝继位后，大征天下贤良方正文学之士，碰巧读到《子虚赋》，以为古人所作，大叹不能同时，后听说相如为当时之人，遂召相如。相如表示，《子虚赋》乃叙诸侯之事，不足以表现帝王之丰功伟绩，乃作《上林赋》献上，遂形成姊妹篇或上下篇。

《子虚赋》《上林赋》典型地体现了大赋的结构特征，即在一个虚构的故事框架中以问答体展开。上篇讲楚国使子虚到齐国，齐王为夸耀国力举行了类似今日阅兵式的大型狩猎活动。事后，子虚见到齐国乌有，嘲笑齐王没见过大世面，而盛夸楚国的排场。下篇写无是公听罢子虚、乌有相互攻击，嘲笑他们为井底之蛙，接着夸耀了皇家上林苑的广大富饶、皇帝狩猎场面的壮观以及猎后歌舞欢宴的盛大，直说得子虚、乌有失魂落魄。作品展现了汉帝国疆域的广袤，物产的富饶，山河的壮丽，生活的豪华，字里行间流露出对海内一统、万国来朝这样前所未有的文治武功的歌颂与自豪。这两篇赋文如同宋代的《清明上河图》一般，全景式地展示了帝国的声威与气势。

从先秦到西汉，人们普遍认为美刺讽谏是文艺的基本功能。司马相如不同于作为弄臣的东方朔、枚皋等同时代辞赋作家，他不仅有很强的独立精神，而且还有强烈的社会使命感，希望于极端铺张的文学创作中能够有所讽喻。基于这种文学观念，他在大赋结尾之处加上托讽之笔，由此形成汉赋"劝百讽一"的典型艺术特征。有人认为虽意在讽谏，但终因奢靡之辞过多而掩其本义。

汉代是中华民族统一后第一个真正的封建帝国，其豪迈之情需要一种与其磅礴气势相匹配的文学样式，汉赋就承担了这样的使命，用鸿篇巨制、昂扬笔调、庄严

• 原典阅读：
《子虚赋》

格局、绚丽文采艺术地再现了那个时代的繁荣强盛、显赫声威、博大胸襟、澎湃激情和杰出才华。在以诗歌、散文为主体的文坛上，汉赋的确是一种极为奇特的文化景观，王国维正是由此把汉赋与唐诗、宋词、元曲并称，得出"一代有一代之文学"的著名论断的。

汉赋是空前绝后的，后来随着历史的发展中国已不具备那样的时代条件，所以难以延续汉文章的宏阔豪迈。

盛世奏华章，华章歌盛世。二者是相辅相成的。

第二节　皇皇政论　恢弘气度——政论散文

一、政论散文的发展

先秦时代，政论散文主要是从诸子散文中分化并独立出来的，《孟子》《荀子》《韩非子》中的不少名篇都含有政论的色彩。秦统一六国前，秦相吕不韦召集门客畅论天地古今，编成《吕氏春秋》，又称《吕览》，因非一人所著，故《汉书·艺文志》把它列为"杂家"。在杂取各家为己所用的过程中，《吕氏春秋》也形成了自己的理论体系，预示着百家思想由分到合，逐渐向大一统理论建构的趋势。秦灭六国后，百家争鸣的局面消沉，只有臣下才能向帝王上奏章、言政事，所以政论散文多为大臣向皇帝呈上的奏疏。李斯，原为楚人，入秦官拜丞相，《谏逐客书》为劝阻始皇驱逐非秦国人而作，文章辞采华丽，气势奔放，有明显的纵横说辞之风，成为后世奏疏范本。

汉代士人们普遍怀有雄心壮志，他们把个人前途与国家命运系在一起。新王朝既立，豪迈自信之余，一批有着敏锐洞察力的政治家居安思危，纷纷为新政权的巩固出谋划策。秦王朝政治的失败给他们提出了一系列发人深思的课题，他们的聪明才智因此有了发挥的广阔天地。当然，这既是社会发展和君主统治的需求，也是他们自身发展的需要。西汉散文以政论为主，比起战国诸子来，他们更注重具体实际的政治政策，如军事、农业、经济等方面，而不是一般地从理论上来探讨。处于大一统的新政治格局下，他们的文章也许缺少了诸子时代的尖锐、冲撞，却显得严谨、实用，还不乏身在盛世的饱满热情、开阔胸襟和恢弘气度。贾谊就是汉初最重要的思想家和最杰出的文人，他的政论散文，全面而深刻地阐述了其高瞻远瞩的政治思想和治国方略，鲜明地体现了汉初士人在大一统封建帝国的初创时期积极的人生态度和昂扬向上的精神风貌，标志着中国散文发展进入一个新阶段。

二、政论散文的代表作家及作品

西汉政论散文，最早可推及陆贾的《新语》，但最具代表性的作品出自贾谊笔下。

贾谊（前200—前168），初汉年间的政论家、文学家，洛阳（今属河南）人，时称贾生。22岁任文帝太中大夫，参与国事，遭谗言被贬为长沙王太傅，过汨罗江时写下《吊屈原赋》，后被召回任梁怀王太傅。梁怀王坠马而死，贾谊颇为自责，终郁郁而死，年仅32岁。贾谊的代表作品有《过秦论》《论积贮疏》《陈政事疏》，代表了西汉前期散文的主流和最高成就。

《过秦论》是贾谊著名的政论文，分上、中、下三篇。这是一组见解深刻又极具感染力的文章。上篇讲秦自孝公以来在几代君主励精图治下逐渐强大的原因：不仅拥有地理优势，而且对内变法图强，对外采取连横策略，终于一统江山。行文大量采用排比和铺陈的手法，极尽夸张、渲染之力，生动且气势恢弘，恰似秦人以排山倒海之势统一六国一样不可阻挡。接着笔锋陡转，运用对比手法写秦始皇自以为"关中之固、金城千里"的万世之业，顷刻间被一个"瓮牖绳枢之子，才能不及中人"的陈涉轻而易举地推翻，给人强烈的震撼，从而总结出秦亡的教训："仁义不施，而攻守之势异也。"中、下篇指陈秦统一中国政策上的失误和暴政。三篇文章，环环相扣，层层剖析，思维严谨，说理透彻。文章借分析秦亡之得失告诫汉文帝，"前事不忘，后事之师也"。《过秦论》感情充沛，行文流畅，词语讲究，富有文采，颇有纵横家之遗风、史学家之气魄、政治家之睿智和诗人之气质，是汉代散文的典范之作。

晁错，是贾谊之后的另一位政论散文家，景帝时任御史大夫，因为主张削藩而引起"七国之变"，"七国"联兵以"清君侧"的名义向朝廷施加压力，终为汉景帝腰斩。其名作《论贵粟疏》，言辞恳切，畅所欲言，其重农抑商的主张成为后代统治者的一贯政策，其文比之贾谊更为细密严谨，文采和情感稍逊。

汉代以政论文闻名的作家还有董仲舒、东方朔、刘向等人，但其眼光之敏锐、见解之独到都不及贾谊、晁错，而且随着武帝尊儒与专制政策的施行，此后文风大变，两汉的群臣奏议再也难觅恳切之言辞了。大抵立国之初，帝王还励精图强能够听得

• 原典阅读：《过秦论》（上篇）

进忠臣直谏，往后国泰民安则奉承顺耳之言更易入耳。帝王的忧患意识需不断有人去敲打，江山如此，其他同理。

第三节　磅礴《史记》　空前绝后——史传文学

司马迁（约前145或前135—？）字子长，西汉夏阳（今陕西韩城南）人。其父司马谈为太史令。司马迁20岁起游历各地，后回到长安，任郎中，曾多次同汉武帝出外巡游，受汉武帝指派视察各地。元封三年（前108），接替父亲做太史令。太初元年（前104），着手编写《太史公书》，后称《史记》。天汉二年（前99），李陵出击匈奴，兵败投降，汉武帝大怒，司马迁为李陵辩护，惹怒武帝，获罪被捕，被处以宫刑。太始元年（前96）获赦出狱，做中书令。征和二年（前91）完成《史记》的撰写和修改工作。

一、司马迁的人生观与《史记》的写作背景

公元前91年，汉朝历史上发生了一件震惊全国的大事——巫蛊案，太子受人陷害卷入其中，汉武帝听信谗言向太子发难，太子无奈之下发兵杀死使者江充之后自杀身亡。司马迁的朋友任安受到牵连，下狱论死，死刑将在十二月执行，十一月司马迁写信到狱中，此信后人题为《报任安书》。这是历史上非常著名的一封信，后来只有嵇康的《与山巨源绝交书》可与之匹敌。中国文学史上纯粹的抒情散文是从书信这一文体开始形成的，它受到《报任安书》的直接启发。

这不是一封普通的信，在好友即将蒙冤被杀头的时刻，不能相救也罢，通篇三千言，无一句安慰之言，而是述说自己往日的遭遇和悲愤之情，"恐卒然不可讳，是仆终已不得舒愤懑以晓左右"，很显然这是有悖情理的。况巫蛊案是大案要案，任安自然是要犯，与谁书信往来，怎能逃过汉武帝的耳目？司马迁作为中书令，是皇帝身边的秘书，他不会不知道其中利害，为何要执意一抒愤懑？可见写这封信不是考虑不周，而是有意为之，甚至是公然为之，说白了，这封信不是写给任安的，而是写给汉武帝的。唯有已准备好接受和任安同样的命运，司马迁才可以在好友即将杀身之前告白天下，以免遗恨千古。死，就是一个彻底的理由，此刻他需要向任安，

更借此向汉武帝以及天下人说说自己的生死观。古往今来，无谁对生死做过如此深刻的思考。

> 夫仆与李陵俱居门下，素非能相善也，趋舍异路，未尝衔杯酒、接殷勤之余欢。然仆观其为人，自守奇士，事亲孝，与士信，临财廉，取与义，分别有让，恭俭下人，常思奋不顾身以殉国家之急。其素所蓄积也，仆以为有国士之风。夫人臣出万死不顾一生之计，赴公家之难，斯已奇矣。今举事一不当，而全躯保妻子之臣随而媒孽其短，仆诚私心痛之。且李陵提步卒不满五千，深践戎马之地，足历王庭，垂饵虎口，横挑强胡，仰亿万之师，与单于连战十有余日，所杀过当，虏救死扶伤不给。旃裘之君长咸震怖，乃悉征左右贤王，举引弓之人，一国共攻而围之。转斗千里，矢尽道穷，救兵不至，士卒死伤如积。然陵一呼劳军，士无不起，躬自流涕，沫血饮泣，更张空卷，冒白刃，北向争死敌者。
>
> ——《报任安书》

司马迁因何获罪？数年前，李陵率孤军深入大漠与匈奴数万铁骑激战十余日，因救兵不到而被俘降敌，而汉武帝却宁愿其死，以掩盖因任用无能之将李广利而导致战事失利的真相。司马迁挺身为李陵辩护，不料成为汉武帝发泄私愤的对象，侮辱性地将他处以宫刑，这对于精神高贵的司马迁来说，无疑是奇耻大辱。

> 太上不辱先，其次不辱身，其次不辱理色，其次不辱辞令，其次诎体受辱，其次易服受辱，其次关木索、被棰楚受辱，其次剔毛发、婴金铁受辱，其次毁肌肤、断肢体受辱，最下腐刑极矣！
>
> ——《报任安书》

古语说"刑不上大夫"，大丈夫在刑罚上身之前就应该自裁。古今士人无不因保全气节而大义凛然地面对死亡，司马迁何以能受此侮辱？难道是贪生怕死吗？"恨私心有所不尽，鄙陋没世而文采不表于后世也。"他有未尽之业啊！为了《史记》他宁愿隐忍苟活，这就是他的生死观："人固有一死，死有重于泰山，或轻于鸿毛。"死可以结束一切，但岂不成全了权力、暴力对自己人格和存在价值的蔑视吗？"古者富贵而名摩灭，不可胜记，唯倜傥非常之人称焉。"无数生命存在过而又消失在时间的长河里，富贵显赫者也不能逃脱身死名灭的结果，唯有杰出之人才能在世间留其姓名，此刻司马迁需要一个杰出的证明。

> 盖文王拘而演《周易》；仲尼厄而作《春秋》；屈原放逐，乃赋《离骚》；左丘失明，厥有《国语》；孙子膑脚，《兵法》修列；不韦迁蜀，世传《吕览》；韩非囚秦，《说难》《孤愤》；《诗》三百篇，大抵圣贤发愤之所为作也。此人皆意有所郁结，不得通其道，故述往事，思来者。
>
> ——《报任安书》

司马迁揭示了一个文学创作的规律，也道出了以古人激励自己完成与君主淫威和残酷命运的对抗这种宏大的人生观与世界观。《史记》的写作目的是"究天人之际，通古今之变，成一家之言"，不仅意味着记载历史总结历史，也意味着透过历史推究人生，推究人类的生存方式、人类在世界中的地位、人类生活的矛盾困境，这也是文学的根本目的。从宇宙到人生，从自然到社会，从古代到今天，在这样的大气魄面前，死已经是微不足道了。或许这篇文章会是我们打开《史记》的一把钥匙。

> 仆诚以著此书，藏之名山，传之其人，通邑大都，则仆偿前辱之责，虽万被戮，岂有悔哉！
>
> ——《报任安书》

苟活的耻辱司马迁一刻也没有忘记，只是自己的命运要掌握在自己的手里，自己决定死亡什么时候到来，这也是一种思想的自由。一部伟大的著作已和着血泪诞生了，《史记》既成，"藏之名山，传之其人，通邑大都"，残缺的生命已微不足道，"仆偿前辱之责，虽万被戮，岂有悔哉"，这简直是在向汉武帝宣战。"要之，死日然后是非乃定"，是非后世自有公论，只有理解这句话才能理解整封信的基调。据说，汉武帝读《史记》后大为恼火，下令削删，可见《史记》并不像后来的史书，表达的是统治者的意志。史书上没有记载司马迁是怎样死的，这是个谜，与汉武帝有没有关系？反正留下一个含糊其辞的说法，"卒年大致与武帝同"。当然，汉武帝一生好大喜功、刚愎自用，晚年政治上有很多失误。但毕竟那个时代宏阔豪迈，洋溢着激情，担当着使命，《史记》能成书，能留传，足见那个时代的专制尚未普及与强化，司马迁还有比较自由思考历史和现实的空间，后人不能以汉武帝一人之性判定时代色彩，况汉代宏阔豪迈的时代精神与汉武帝的治国作风还是有直接关系的。

二、《史记》高远立意下的宏大叙事

《史记》记述上起轩辕黄帝下至汉武帝当朝之事，围绕"究天人之际，通古今之变"的宏大目标而展开，全面反映了社会生活的总体风貌。

第一，《史记》的宏大叙事体现在内容与结构上。《史记》所记之事时间跨度约 3 000 年，跨越当时的远古、近古、现代、当代；空间上涉及作者所能了解的大部分地域，中原、华夏、边疆、外国等；内容涉及政治、军事、经济、文化；人物包括帝王将相、英雄豪杰、三教九流、下层人士。全书 50 多万字，共 130 篇，在结构上包括本纪、表、书、世家、列传五部分，本纪记述帝王政绩，表分列历史大事，书为天文、历法、水利、经济、文化各类专史，世家记述王侯贵族事迹，列传为各类人物传记。五部分内容相互补充，蕴含了极为丰富的文化理想。《史记》打通各领域，贯通古今中外，从整体上、根本上探究和把握人类生存方式和规律，对历史作出了富有文化意义的总结，可见，结构安排来自高远的立意。

《史记》开创了纪传体通史的先河，被奉为中国第一部"正史"，自此以后，中国修史传统不断，堪称世界文化史上的奇迹。但后世之正史都是按统治者意志所写的，有着直接的现实功利目的，终不脱"御用"色彩。

司马迁与司马相如，在表现时代意识方面有共同之处，但并不意味着二人在思想、艺术方面处于同样的高度。作为宫廷文学侍从的司马相如，为迎合君主趣味而写作，作赋歌颂帝王功德，"苞括宇宙，总揽人物"，也不过是"看，我们有"，骨子里透出的是一种夸耀。而司马迁虽也是宫廷史官，却可以保持独立的学者与史官立场，秉笔直书，指点江山。虽然司马迁时代，史官的地位已跌落至"主人所戏弄，倡优蓄之"的地位，但他仍然继承了孔子修《春秋》的严谨传统，不肯让自己的笔沦为为君主唱赞歌的工具。他以那个时代的宏大意识和胸怀以及他个人深邃的眼光、理性的态度和批评的意识来修史，反映了那个时代的社会矛盾，以及不断强化的君主专制对社会思想的巨大压迫，他对汉王朝包括当政的武帝保持的冷峻态度，对人类社会、历史的深刻思考，是汉赋所不可能及的。

第二，《史记》的宏大叙事体现在以人为本的记述视角上。自古史官"记言""记事"，都以时间、事件为本位来记述，人的主体地位并没有被充分意识到并表现出来，《史记》则首创以"纪传"为主的文学体裁，第一次以人为本记载历史。"历史是人创造的"这一点经历了多少历史时期才为人类所认识、认可。两千多年前，司马迁已经认识到社会是一个复杂的组合体，各个阶层的人物都在其中发挥着不同的作用，所以他笔下不仅有上层的政治人物，更有文学家、思想家、宦官、刺客、游侠、商人、医师、男宠等各阶层各行业的人物。譬如游侠，英豪尚义，战国以来一直生活在社会下层，一般著述里没有他们的位置，司马迁为他们作《游侠列传》；再如商人，历来因"逐利"为人所不齿，司马迁却看到他们对经济繁荣所起的作用，把他们提到了和农、工并列的地位，作《货殖列传》；又如刺客，荆轲、聂政都不是因个人恩怨采取报复行为，而是代表着人民的利益和愿望，司马迁在《刺客列传》里是把他们作为英雄人物来歌颂的。《史记》衡量历史人物的地位不以成败定论，而以人物的实际成就来判定，如《项羽本纪》，项羽虽没有称王，但仍不失为一个"力拔山兮气盖世"的英雄；如《吕太后本纪》，吕太后实际统治西汉十余年，是一位铁腕女政治家；如《陈涉世家》，一个平凡的农民揭竿而起，首事反秦，对全国政局产生很大的影响。司马迁提出了一个命题：历史上政治斗争的胜利者不一定就是拥有道德正义和高贵品质的人，有时甚至恰恰相反。《史记》表现出的是进步的历史观、价值观及平等的民主意识，司马迁不愧为一个深刻的思想家。而在他之后，所谓正史不过是帝王将相的家谱而已。

三、《史记》作为文学作品的感染力

与后世的历史著作相比，《史记》最大的特点是以文化理想为基准来评判历史，以诗人敏感的心灵来感受历史，将理性态度与感性笔触完美融合，形成了巨大的艺术张力，这是后世很多历史散文所无法比肩的。鲁迅在《汉文学史纲要》中称《史记》"史家之绝唱，无韵之《离骚》"，其评价也正着眼于此。

《史记》一书最有文学价值的就是人物传记。先秦史家的主要兴趣在完整地记述历史，人物描写只是片断式地散于叙事之中，不连贯、不完整、不集中，更没有完整的人物传记。司马迁则把典型人物形象的塑造，提高到了一个划时代的新高度，所以《史记》一书中最有文学价值的是人物传记。《史记》中，不同生活经历、文化修养、社会地位的人物形形色色，他们构成了一幅栩栩如生的社会长卷，反映了波澜壮阔的历史风貌。司马迁并不是一个呆板的历史记账员，而是一个善于摹写人物的艺术大师：或者通过人物语言准确刻画人物个性，同是观看始皇出行，刘邦嗟乎"大丈夫生当如此也"，项羽则说"彼可取而代之"，一向往艳羡，一狂妄口无遮拦，两相对比，人物城府自然显现；或者通过生活细节揭示人物心理，李斯因见"厕鼠"和"仓鼠"两种悬殊生活，遂萌生"从荀卿学帝王之术"的想法；或者

• 原典阅读：
《项羽本纪》
《廉颇蔺相如列传》《李将军列传》

以对比、互见法写出不同人物的特征，刘邦多疑狡诈、无赖残忍，却善于用人，项羽英勇善战，但优柔寡断、刚愎自用，在《鸿门宴》中有鲜明的对照，各自的本纪与其他篇章中相关的内容互为映照。《史记》以浓厚的人文情怀观照历史人物，又以浪漫的笔触表现历史人物，虽然笔墨繁简不同，然而一经点染，神情毕肖，廉颇、蔺相如、张良、樊哙、韩信、李广、荆轲、田横、窦婴、豫让、聂政等，无不因此而性格分明地立于纸上。后世小说多以"传"为名，且多带有传奇色彩，深受《史记》影响。

《史记》高超的叙事艺术是后世学习的典范。先秦的叙事文学已经经历了漫长的发展过程，为《史记》奠定了一定基础，但同《史记》相比，数量少且描述相对简陋，且叙事态度是史学性的。春秋战国末年，秦汉交替之际，天下纷乱，波诡云谲，对此司马迁不仅了然于心，且显示出很强的驾驭能力，取舍材料游刃有余，如椽巨笔得心应手。司马迁除了真实地记述历史外，更有艺术地再现历史场景和人物活动的强烈意识，很多传记是由一系列栩栩如生的故事构成的，且故事富于戏剧性，高潮迭起，扣人心弦。

乃行卜。卜者知其指意，曰："足下事皆成，有功。然足下卜之鬼乎！"陈胜、吴广喜，念鬼，曰："此教我先威众耳。"乃丹书帛曰"陈胜王"，置人所罾鱼腹中。卒买鱼烹食，得鱼腹中书，固以怪之矣。又间令吴广之次所旁丛祠中，夜篝火，狐鸣呼曰："大楚兴，陈胜王。"卒皆夜惊恐。旦日，卒中往往语，皆指目陈胜。

——《史记·陈涉世家》

如此精彩的描写不胜枚举，"鸿门宴""巨鹿之战""垓下之围""渑池之会""完璧归赵""负荆请罪""将相和""窃符救赵""田忌赛马""荆轲刺秦"等，为我国后代文学发展提供了一个重要的基础和多种可能性，尤其是小说、戏剧的创作对此多有借鉴。

在司马迁运用的艺术手法里，精练、生动、优美的语言也是极其重要的一个方面。他于史官世家长大，10岁诵古文，先后向大师孔安国、董仲舒学习，担任太史令，又有机会阅读国家典藏文献，20岁以后游历各地，在民间实地考察、搜集资料，掌握了大量的民谚、民谣。司马迁将古代语言和现实语言融汇为一体，创造出简洁流畅、富于生气、具有感染力的语言风格。比如："相如因持璧却立，倚柱，怒发上冲冠"（《廉颇蔺相如列传》）；"桃李不言，下自成蹊"（《李将军列传》）；"此鸟不飞则已，一飞冲天；不鸣则已，一鸣惊人"（《滑稽列传》）；"举世混浊而我独清，众人皆醉而我独醒"（《屈原列传》）；"高山仰止，景行行止"（《孔子世家》）；"仓廪实而知礼节，衣食足则知荣辱"（《管晏列传》）；"天下熙熙，皆为利来；天下攘攘，皆为利往"（《货殖列传》）；"风萧萧兮易水寒，壮士一去兮不复还"（《刺客列传》），这些至今都是我们的常用之语。《史记》不仅是史书的典范，更是散文的典范，受到了唐宋以后散文家的极力推崇。

《史记》作为第一部传记文学是具有世界意义的。过去西方人总是以欧洲为中心，称古希腊普鲁塔克为"世界传记之王"，其实他比司马迁晚了近两个世纪。

自《史记》之后，东汉又出现了一部史传文学的典范之作，即班固的《汉书》，这是我国第一部纪传体断代史，后来的"正史"都仿照此体例，均为断代史。较之《史记》，其精彩之处是楚汉相争和西汉初年的人物传记，《汉书》的精华在于通过记述历史人物，展现了西汉盛世的繁荣景象和时代风貌。《汉书》在古代声誉很高，与《史记》并称"史汉"。班固本人有着正统的儒家思想观念，《汉书》又实为官修，所以不具备司马迁相对独立的学者立场，批判意识与浪漫主义色彩明显减弱。班固作为一位严肃的有才华的历史学家，记述的汉代典章制度比《史记》更详细严密，文字具有温文尔雅之美，历来被视作古文楷模。

练习·思考·延伸

1. 试比较汉初政论散文与诸子散文的异同。

2. 阅读《项羽本纪》，分析作者是如何运用艺术手法塑造项羽这个形象的。

3. 结合作品谈谈你对"无韵之《离骚》"的认识。

*4. 汉赋与唐诗产生的时代背景、社会氛围都非常相似，但为何不像唐诗那样广为流传？

*5. 三皇五帝，是传说中夏朝以前的"帝王"，《史记》首篇是《五帝本纪》，司马迁是依据什么确定中国历史起于黄帝的史实的？

*6. 班固评价司马迁"是非颇谬于圣人，论大道则先黄老而后六经，序游侠则退处士而进奸雄，述货殖则崇势利而羞贱贫，此其所蔽也"（《汉书·司马迁传》），"不与圣人同，是非颇谬于经"（《汉书·扬雄传》），怎样理解？

以"诗意朗读"作结

读《过秦论》

朗读提示：政治家多现实理性，理论家多客观冷静。贾谊这样富有热情的政治家、思想家，少有。史载，"上因感鬼神事"，与贾谊宣室长谈至夜半。年轻的政治家遇上年轻的时代、年轻的皇帝，会是怎样的一种碰撞呢？汉朝初立，面临的巨大课题是如何避免重蹈亡秦之覆辙，《过秦论》即围绕这个主题展开，冷峻中流露出热切，真挚中显示出坚定，平和中包含着冲击力，尖锐中又具有渗透力。这是朗读需把握的情感基调。

朗声读来——

《过秦论》

第六章

古典诗歌在汉代的嬗变

从气候变迁说起——

公元3世纪初，汉都洛阳城的郊外，举目望去，杂草丛生，饿殍遍野，一片凄惨荒凉的景象。一代枭雄曹操经过这里，伤感提笔，写下了流传千古的诗句："白骨露于野，千里无鸡鸣。生民百遗一，念之断人肠。"(《蒿里行》）那么，是什么原因导致了这个可与当时强大的罗马帝国抗衡的王朝的迅速衰败呢？

▶ 念之断人肠

熟悉中国历史的人通常会首先想到这一时期政治腐败、宦官专权、外戚干政造成了频繁的战乱。的确，这是历史事实。然而两千多年以后，一位中国的科学家的研究让我们看到了这一时期还有一个更可怕的"杀手"——气候。竺可桢在《中国近五千年来气候变迁的初步研究》一文中证明，气候在历史上各个时代不是稳定的，而是波动的，从东汉、三国到南北朝时期是历史上明显的寒冷期之一。寒冷意味着什么？在日常生活中微小的温度变化很难引起人们的注意，但却能在冬、春季节给农作物以致命的影响。气候主宰着人类生存环境，对历史的影响也是非常直接的。

东汉末年各种自然灾害频发，终于导致了疫病大规模流行。在短短30年间，有明确记载的全国性大瘟疫就有十余次。在大疫流行期间，昔日繁华的洛阳地区，死者相枕于路的惨状比比皆是，"家家有僵尸之痛，室室有号泣之哀，或阖门而殪，或覆族而丧"（曹植《说疫气》）；当时著名的医学家张仲景在他的《伤寒杂病论·序》中提到，他的家庭在不到10年的时间里，就死了三分之二，其中死于伤寒的竟达七成。战争与灾荒连年不断，灭绝性的瘟疫又雪上加霜，不仅造成了人口锐减，土地荒芜，民不聊生，而且使东汉社会陷入极为恐慌的状态，最终导致了农民起义的爆发。而为了镇压起义，朝廷又不得不给地方守牧更多的军事权力，起义虽被镇压了，却从此军阀割据，天下大乱。

学习提要

汉代是古典诗歌嬗变的重要时期。本章主要介绍汉乐府民歌、文人五言诗和建安诗歌的基本情况。

汉乐府民歌的学习要了解它对《诗经》以来的现实主义精神的继承、对古典诗歌基本形式——五言诗的影响，及其叙事诗对以抒情为主的中国诗歌的开创意义。

文人五言诗是中国诗歌由民间集体创作走向文人个体创作的转折点，学习中主要了解文人五言诗的典范之作《古诗十九首》的思想意义和艺术价值。

汉末建安诗歌是文人创作的第一个繁荣时期，学习中重点要把握"建安风骨"慷慨悲凉的精神特征。

相关信息

九品中正制　又称九品官人法，是曹丕称帝后采用的选官制度，由各州郡推举德名俱高且在中央任职的官员为大中正，以下产生小中正，而后对本籍士人的品行加以鉴定，分为九等供朝廷依次录用。实际上，品第人物的标准主要是门第，因而形成了士族对政治的垄断，以致"上品无寒门，下品无士族"。九品中正制贯穿魏晋南北朝四百年之久，上承两汉察举制，下启隋唐之科举，在中国古代政治制度史上占有十分重要的地位，乃中国封建社会三大选官制度之一。

汉代文学创作的主流是文人，文人创作的主流是辞赋，因此与汉辞赋、散文的创作相比，汉代诗歌的创作十分冷清。好在此时恰有一种叫"乐府"的民间诗歌为之填补空白，成为这段诗歌枯萎期的一抹绿色。这种非主流的民间创作以其强大的生命力逐渐影响了文人的创作，促成了诗歌在东汉末年蓬勃兴起，五言诗成为诗歌新样式，最终取代了四言诗和辞赋的统治地位。汉魏之际的建安诗歌，以其显著的特征，为中国诗歌的发展提供了新的典范，其开创的文学创作新风气，直接引导了魏晋的文学自觉的时代。

第一节　诗歌新范本——汉乐府民歌

乐府是古代掌管音乐的官方机构，始于秦代。汉承秦制，也设有专门的乐府机构，但其规模、职能都大大地扩大了，具体任务包括编写乐谱、训练乐工、搜集民歌与创作歌辞等。乐府所用的音乐主要来自民间，为区别于文人创作的乐府歌辞，习惯上把采自民间的乐府歌辞称为"乐府民歌"，汉乐府一般指乐府民歌，后来在它基础上发展起来的带有叙事特征的、用乐府旧题或只是仿照乐府诗的某些特点写的诗，统称新乐府。现在流传的汉乐府民歌，多数为东汉时期所作，基本收录在宋代郭茂倩所编的《乐府诗集》中，分为郊庙歌辞、鼓吹曲辞、相和歌辞、杂曲歌辞等。汉乐府民歌的异彩，对后代诗歌的发展产生了巨大的影响。

一、开启叙事诗的传统，填补古典诗歌的空白

中国古代叙事诗一直不是主流，这与中国社会自先秦以来理性一直占据主导地位有很大关系，个体的生命感怀在多数情况下受到抑制，故而影响了叙事诗的发展。《陌上桑》《孔雀东南飞》等作品，标志着中国叙事诗正式问世。

《陌上桑》大量运用了铺陈和烘托的手法，塑造了一个美丽、机智、大胆、泼辣的女子形象。这位名叫秦罗敷的美女一出场就创造了一连串的戏剧效果："行者见罗敷，下担捋髭须；少年见罗敷，脱帽著帩头；耕者忘其犁，锄者忘其锄；来归相怨怒，但坐观罗敷。"挑担的过路人，大约是沉稳的中年人，被罗敷的美貌吸引，但不好表现得太张狂，故以捋胡须掩饰；少年人心浮气躁，乍遇美人，手足无措，

脱帽整理发巾，既是因为在美女面前须注意仪表，又是想借机炫耀一下自己以引起美女的注意；憨厚的农夫则因为贪看罗敷的美貌而耽误了农活，以致相互埋怨。句句都在写罗敷的美貌，但无一句直接言及，而是花费大量的笔墨渲染了旁观者如痴如醉、举止失当的种种表现，烘云托月，巧妙无比。叙事诗中的这种表现手法并非中国独有，在《荷马史诗·伊利亚特》中，特洛伊城为古希腊美人海伦打了许多仗，当敌人兵临城下，海伦应特洛伊元老们的召唤来到城墙上时，长老们都窃窃低语——难怪特洛伊人和希腊人这么多年为这个女人尝尽了苦头，看起来她真是一位不朽的仙子。同样不著一字，海伦的美貌呼之欲出。

作为叙事诗两个要素的故事情节与人物，在《陌上桑》中体现出虚设性的特点，故而人物的服饰、语言，甚至对旁人的描写都有很强的夸张性，这一点恰如西方的歌剧，另外故事的展开、故事的结局也颇有戏剧性和喜剧色彩，这种叙事中的虚构艺术为后世的叙事文学提供了学习的范本，这也是叙事诗成熟的标志之一。在《陌上桑》中过度的夸张和渲染，实际上也是感情的一种尽情抒发，其生机勃勃的活力和泼辣大胆的情调，恰好证明了喜剧色彩是民歌与生俱来的天性，而以浪漫始、以诙谐终的艺术构想，在以吟唱人生艰辛居多的汉乐府中显得尤为难得。

如果说《陌上桑》是汉乐府民歌中虚构性叙事诗的代表作，那么《孔雀东南飞》就是汉乐府民歌中纪实性叙事诗的代表作。《孔雀东南飞》全诗 350 余句，1 700 余字，是中国古代罕见的长篇叙事诗。该诗在人物形象塑造方面达到了前所未有的艺术高度，作者使用了叙事文学的各种手段，如心理刻画、动作描写、对话描写等，塑造了刘兰芝、焦仲卿、焦母、刘兄、刘母等性格鲜明的人物形象。

《孔雀东南飞》总体风格是纪实的，但在叙事中又不乏抒情，恰到好处的抒情，使叙事变得委婉动人，而其富有浪漫色彩的悲剧结局，更是凄美动人，有着余音袅袅的艺术魅力：

> 两家求合葬，合葬华山傍。东西植松柏，左右种梧桐。枝枝相覆盖，叶叶相交通。中有双飞鸟，自名为鸳鸯。仰头相向鸣，夜夜达五更。
>
> ——《孔雀东南飞》

与开头的"孔雀东南飞，五里一徘徊"遥相呼应，深情、缠绵，引起了读者的广泛共鸣。后世此类文学的创作深受其影响，如民间传说故事梁祝化蝶就与其极为相似。在以抒情为主流的中国诗歌中，优秀的叙事诗向来都不会忽略诗歌的抒情特质，早期的一些带有叙事特征的诗歌，如《诗经·卫风·氓》就是以抒情手法叙事的。在汉乐府民歌中约有1/3为叙事诗，虽不足以改变抒情诗主流的局面，但填补了抒情的空白，使中国诗歌呈现出了不同于西方叙事诗的美的形态。以情驭事，也成为后世文人创作的自觉追求。

再看《东门行》：

> 出东门，不顾归；来入门，怅欲悲。盎中无斗米储，还视架上无悬衣。拔剑东门去，舍中儿母牵衣啼："他家但愿富贵，贱妾与君共哺糜。上用仓浪天故，下当用此黄口儿。今非！""咄！行！吾去为迟！白发时下难久居。"
>
> ——《东门行》

原典阅读：
《陌上桑》
《妇病行》
《十五从军行》
《孔雀东南飞》

这首诗描写了一个男子为贫困所迫决心铤而走险的场景。从叙事诗的角度来讲它是不完整的，整首诗只讲了主人公出门前一小段时间内发生的事，事情的起因只在人物对话中点出，而关于他出东门到底要做什么以及最后结果如何都没有交代，前后的过程都是空的，这种写法可能会给人一种突兀和不彻底的感觉，这与西方叙事诗有一定长度的故事、偏重对事件的再现等叙事方式有着明显的不同。《东门行》只是在整个故事中截取最有价值、最核心并最能表达作者思想的部分加以详细描述，像一个话剧片段，将社会矛盾凝聚于人物瞬间的行为和精彩的对话中，给人强烈的震撼，有着巨大的艺术张力。毫不犹豫地删掉事件的原因、开端、结果等重要部分，是汉乐府民歌中短篇叙事诗的一个重要特征，尽管叙事不考虑其完整性，却提高了作品的艺术概括力，给读者更明确的褒贬观念，使诗歌主题更鲜明、更深刻，达到了借事言理的艺术效果。

中国的叙事诗，完全是在汉乐府民歌的基础上发展起来的，后世的叙事诗不管用不用乐府旧题，在分类上一般都归属乐府体。许多篇名直接以"歌""行""曲"为名，如《长恨歌》、《琵琶行》、《圆圆曲》、"三吏三别"、《秦妇吟》等新题乐府诗，也都明显地受到了汉乐府民歌的滋养。

二、继承"风雅精神"，反映民生疾苦

在汉代文学中，文人创作的重心在上层，所以极少涉及社会下层。汉代以前《诗经·国风》虽有着较为浓厚的生活气息，但有关篇章表现劳动人民的生活多为概括，

而具体深入地反映却不多。汉乐府民歌继承了《诗经》"饥者歌其食，劳者歌其事"的"风雅精神"，或写从军征战游子思乡，或写生活艰难弱者抗争，或写恋人相思爱情悲剧，像一幅巨幅画卷将整个两汉社会的现实展现在我们面前，是对汉代文学浪漫特征的一个补充。《妇病行》写一病妇临终托付丈夫看在孩子死去母亲的份上善待孩子，病妇死后丈夫不得不外出乞讨，留下遗孤饥饿号哭；《孤儿行》写孤儿受到兄嫂虐待，尝尽人间辛酸，发出"居生不乐，不如早去"的悲痛呼喊；《艳歌行》写女主人为远离家乡的流浪儿缝衣，流浪儿遭到人家丈夫的侧目，内心深感屈辱……这些作品，细细读来，无不催人泪下。汉乐府民歌在表现贫民疾苦时，既看到了他们物质生活的饥寒交迫，也关注了他们心灵深处的创伤。它反映现实生活的细致、强烈和尖锐程度，大大地超过了《诗经》。

班固在《汉书·艺文志》中提道："自孝武立乐府而采歌谣，于是有代赵之讴，秦楚之风，皆感于哀乐，缘事而发，亦可以观风俗，知薄厚云。""感于哀乐，缘事而发"，一方面，就创作题材而言是乐府诗作者有感而发，激发其创作热情和灵感的是日常生活中的具体事件及人们普遍关心的敏感问题；另一方面，既然是有感于现实事件中的悲哀或快乐，诗的创作手法也就以叙事为主了。"感于哀乐，缘事而发"被后人用于形容现实主义的创作方法，其内涵兼具形式和内容。此后，继承汉乐府民歌传统、反映民生疾苦成了中国诗歌的显著特征之一。

三、生命意识的萌发预示文的自觉时代的到来

汉乐府诗中强烈的生命意识预示着文的自觉时代即将到来。从进入理性文明以来，中国社会文化的主流一直以克制自己为前提，遵从甚至屈从社会秩序的"礼"。汉代士人普遍以建功立业为价值追求，把国家或者朝廷视作个体生命的精神归属，这实际上也是一种服从。汉代文学的政教功能已为文章所承担，所以民歌在某种程度上获得了一些自由。汉乐府民歌突破了《诗经》"温柔敦厚"的审美品格，以更为自由的形式大胆地表现对生命的感怀，是中国诗歌史上的一次深刻的革命。

秦罗敷面对使君的调戏，不卑不亢，一番滔滔不绝的夸夫，直说得使君狼狈不堪、落荒而逃，畅快淋漓地捍卫了自己的尊严；刘兰芝美丽、贤惠、善良、温柔，尽管被休又被逼婚，对自己的婚姻没有任何自主权，但她仍以自请还家、决然赴死的举动维护了自己的尊严和对爱情的忠贞，比起《氓》里的那个自怨自艾、泪水涟涟的女主人公，坚韧与刚强是显而易见的。这两个人物也正是因为她们具有突出的个性，

才成为文学史上光彩照人的经典形象。再如《上邪》："上邪，我欲与君长相知，长命无绝衰。山无陵，江山为竭，冬雷阵阵，夏雨雪，天地合，乃敢与君绝。"这样的海誓山盟，惊心动魄，令现代人都瞠目结舌。

为什么这个时代会有如此大胆的表达呢？归根到底，是强烈的生命意识使然。《诗经》时代中国气候处在稳定的温暖期，黄河流域有些地方的农业种植甚至可以一年两熟，而东汉末年天灾人祸不断，人民生活的幸福指数跌至低谷，社会灾难必然会对民众信仰与社会心理产生深刻影响。生命短促，人生无常，活下来不容易，活得有质量更不容易，爱上一个人是生命火花的迸发，所以一定要让这生命中的强烈愿望成为现实，无论付出什么代价都在所不惜。如何超越个体生命的有限，是那个时代的重要课题，《薤露》《蒿里》，哀伤生命的逝去；"少壮不努力，老大徒伤悲"（《长歌行》），表现出时不我待的奋发情绪；"今日不作乐，当待何时？"（《西门行》）则表现出及时行乐的人生态度；也有的不得不将精神寄托于神仙世界，"卒得神仙道，上与天相扶"（《步出夏门行》）。有些作品虽也有一定的消极因素，但对生命的慨叹，直接开启了魏晋六朝人的觉醒与文的自觉时代。

第二节　辉煌之转折——文人五言诗

汉乐府民歌中大量成熟的五言诗，在东汉以后引起了文人的关注，文人开始模仿乐府民歌创作五言诗，新体五言逐渐取代了传统四言，完整的七言也开始产生，诗歌创作出现了新局面。

一、班固、张衡等人的诗歌

《汉书·外戚传》记载李延年为武帝献歌"北方有佳人，绝世而独立。一顾倾人城，再顾倾人国"用的已是五言。东汉中后期以后，文人开始乐于在诗作上留下自己的名字，诗歌虽不足以取代辞赋的主流地位，但这至少说明受乐府诗影响的五言诗创作受到了一定的重视。

现存最早的文人五言诗是班固的《咏史》，讲述孝女缇萦救父的故事，以史学

家的笔法写诗，并无多少抒情言理，钟嵘评价"班固《咏史》，质木无文"（《诗品》），足见文人尝试新体尚处于模拟阶段。

班固之后，创作五言诗、七言诗的文人还有张衡，有五言作品《同声歌》、七言作品《四愁诗》；秦嘉的《赠妇诗》、辛延年的《羽林郎》、蔡邕的《翠鸟诗》都是东汉至汉末出现的有署名的五言诗。

二、《古诗十九首》

文人五言诗最高成就的代表当属产生于汉末的《古诗十九首》。非一人一时之作，它作为一个整体被收录在梁代萧统编辑的《昭明文选》中。

在中国古典诗词的总汇中，《古诗十九首》似乎是轻飘、单薄的一页，在中国古典诗歌的嬗变中看起来它也没有扭转乾坤的力量，但它在文学史上却有着独特的地位，它担负的是承前启后的重任，无论是形式还是内容都开一代之先声。中国古代诗歌，在先秦两汉时期是以民歌为主的，到魏晋以后则是以诗人个人创作为主的，"古诗"恰好是二者的过渡。

生命本来就应该是文学的主题，但自先秦以后，经学统治的强大，使得这一主题得不到应有的表现。东汉末年，政治黑暗，社会动乱，国家机器瘫痪，统治思想崩溃，儒学遭到质疑，天下毫无正义。乱世之下，文人既无现实出路，又无心灵归宿，不得不重新思考人生的价值与意义。自汉初以来，在汉乐府民歌中被反复吟唱的生命的短促、人生无常的感伤，又重新受到重视，并以新的形式更为强烈地表达出来。从这个主题出发，以悲情为基调，或思乡，或怀人，或宦游，或闺怨，抒发了汉末文人失意、忧愤、孤独、恐慌等种种复杂的思想情感。"人生天地间，忽如远行客。"（《青青陵上柏》）"生年不满百，常怀千岁忧。"（《生年不满百》）"人生非金石，岂能长寿考？"（《回车驾言迈》）"不惜歌者苦，但伤知音稀。"（《西北有高楼》）当安逸平和让人误以为来日方长时，人就不会在乎生命的价值；而当生命的长度不断受到威胁时，人就会思考如何让生命更有质量更有意义。这种表达真切动人，毫无矫饰，直抵人生的真谛，这是文学史上从未有过的生命悲歌，在这生命的悲情之中，透露出了人的觉醒的讯息，也为建安诗人的慷慨高歌唱响了前奏。

《古诗十九首》继承了《诗经》的比兴传统、《楚辞》的浪漫色彩和乐府民歌自然清新的风格，在艺术上取得了很高的成就。"盈盈一水间，脉脉不得语"（《迢

• 原典阅读：《行行重行行》《西北有高楼》《迢迢牵牛星》《明月何皎皎》

迢牵牛星》）婉转绵邈，"攀条折其荣，将以遗所思"（《庭中有奇树》）含蓄细腻，"白杨多悲风，萧萧愁杀人"（《去者日以疏》）敏感真切，可谓浅浅寄言，深深至情。钟嵘在《诗品》中说："五言居文辞之要，是众作之有滋味者也。"

诗之所以为诗，在于技巧手法，更在于语言、节奏、韵律。从四言的《诗经》到杂言的《楚辞》再到五言乐府民歌，诗歌一直在孜孜不倦地追求语言的抑扬顿挫之美。文人五言诗的诞生完成了中国诗歌形式上的蜕变，它打破了四言的规整与端庄，在过于严整的板块中加入了一个活动因子，奇偶的变化与错位，创造了诗歌节奏平衡中的不平衡、不平衡中的平衡，产生了奇妙的艺术效果。从语法的角度看，由四言的短语结构变为五言的句子结构，诗句的容量大大增加；从吟诵的角度看，音步由四言的"伐木——丁丁，鸟鸣——嘤嘤"，变为五言的"青青——河畔——草，郁郁——园中——柳"，节奏、韵律显得从容而丰富；而从抒情的角度看，多一字更增添了几分曲折与婉转，如"明月何皎皎"一句，若换成四言"明月皎皎"，仅有对客观物象的静态描摹，无主观的"问"，就产生不了诗人的痴怨，而若要表达这种情怀，必添一句，"明月皎皎，何其然也！"又显得松垮，若强行压缩为"月何皎皎"，又过生硬和逼仄，的确是"一字千金"（钟嵘《诗品》）！从四言到五言，诗歌艰难地走了近千年，《古诗十九首》更被刘勰称为"五言之冠冕"（《文心雕龙·明诗》）。

《古诗十九首》在诗歌史上仅是短短一瞬，但它把诗歌引向对人生的思考、对心灵的观照，使诗歌的表达更为细腻。它所表现的人生的迷惘与痛苦是人类生命普遍会遇到的，在后代文人那里产生了强烈而广泛的共鸣。它完成了由四言到五言的飞跃，是中国诗歌史上辉煌的转折。从此，五言成为中国古典诗歌的主要形式。后代诗人多喜爱"古诗"，并自觉地学习借鉴它，各个时期都可以见到"拟古"之作。

第三节　慷慨英豪气——建安诗歌

公元 196 年，曹操奉汉献帝移都许（今河南许昌东），改元"建安"，这就是史上著名的"挟天子以令诸侯"的曹操执政时期。在完成统一大业的过程中，在曹氏父子的周围聚集了大批文士，也渐渐形成了一个文学中心。这个时期及其后若干年的文学创作，习惯上称建安文学。建安时期的社会现实和时代感情需要与之相适应的表现形式，显然汉文学的代表样式——赋已承担不了这样的重任，大赋铺陈华美，往往媚而奢，缺乏深度，有浮华之嫌，小赋以抒情见长，质轻而笔力不够。因此，从乐府民歌中兴起的五言诗，就担当起了表达时代精神的重任，不仅诗歌由社会性集体创作转变为文人个人创作，而且文人创作的中心从辞赋转移到了诗歌，其精致华美的诗歌创作倾向，正是辞赋转向诗歌时所流露出的痕迹，文学自觉化的端倪初现。建安文学既延续了东汉中后期文学发展的方向，同时也在特定的条件下，使渐进的演变过程呈现出显著的转折，成为文学史上具有特殊意义的转变时期。建安诗歌，不仅是我国古代诗歌文人创作的第一个高潮，也以其独特的艺术风格，形成了被后代追慕的第一个现实主义诗歌流派。

一、曹操

[微课] 曹孟德慷慨念民生

• 原典阅读：《短歌行》《步出夏门行·龟虽寿》

　　曹操（155—220），字孟德，小名阿瞒，沛国谯（今安徽亳州）人，出身微贱，少时任侠放荡，曾被当时名士许劭评为"治世之能臣，乱世之奸雄"。后起兵讨伐董卓，迎汉献帝迁都许，从此用汉献帝名义发号施令，成为北方的实际统治者。此后，在北方致力于屯田、兴修水利，实施改革。曹操多才多艺，精通书法、音乐、围棋等，善诗歌。作为建安文学领军人物的曹操，首先是杰出的政治家、军事家，然后才是"横槊赋诗"的文学家。

　　曹操的诗歌能融济世豪情与诗人才情于一体，呈现出鲜明的个性色彩。"青青子衿，悠悠我心"（《短歌行》），在《诗经》里，不过是男女思恋之情，到了曹操手中竟变得广袤高远，"但为君故，沉吟至今"，是对天下贤才的渴求；"对酒当歌，人生几何"的发唱背后，是"烈士暮年，壮心不已"的豪迈气概，是"周公吐哺，天下归心"的雄心壮志。《短歌行》继承了《古诗十九首》的人生忧思，但其中蕴含着的向上、奋进的意绪，又超越了一般文人的人生哀伤，呈现出苍劲古朴、昂扬沉雄的审美风貌。

　　　关东有义士，兴兵讨群凶。初期会盟津，乃心在咸阳。军合力不齐，踌躇而雁行。势利使人争，嗣还自相戕。淮南弟称号，刻玺于北方。铠甲生虮虱，万姓以死亡。白骨露于野，千里无鸡鸣。生民百遗一，念之断人肠。

　　　　　　　　　　　　　　　　　　　　　　　　——曹操《蒿里行》

在曹操以前，《诗经》、汉乐府民歌都有反映现实的传统，但民歌反映现实一般眼界比较狭小，尤其是对重大政治事件很少也很难涉及。曹操作为叱咤风云的一代枭雄，又亲历了汉末军阀混战，自然有着不同于一般文人的胸襟和视野，他的诗反映了汉末战乱的现实和人民遭受的苦难，虽继承了汉乐府民歌的传统，但又有了很大的突破。《蒿里行》就是这样："白骨露于野，千里无鸡鸣。生民百遗一，念之断人肠。"其场景就像一部战争大片，以全景式的俯瞰手法展现触目惊心的历史画卷，气魄宏大，深郁悲凉，被后人称为"汉末实录，真史诗也"（钟惺《古诗归》）。

曹操同汉末其他文人一样身处乱世，但在文人们痛苦悲歌之际，他唱出的却是宏阔豪迈之音。沈德潜说："孟德诗，犹是汉音；子桓以下，纯乎魏响。"（《古诗源》）慷慨悲凉，是曹操诗最典型的特征，慷慨乃宏阔豪迈之底色，悲凉为汉末文学之基调，因此，可以说曹操是代表汉代文学风貌的最后一个压轴诗人。

曹操不仅以自己的创作开一代风气之先，还为各路英才提供了施展文学才华的机会，这些文人以饱满的热情，创作了许多优秀的作品，与曹氏父子共同开创了建安文学的繁荣局面。

二、曹植

曹植（192—232），字子建，曹操三子，曾封为陈王，死后谥"思"，世称陈思王。他天资聪颖，才学出众，一度被曹操偏爱，几乎立为太子，也因此埋下了日后被迫害的伏笔。他的创作以曹丕称帝为界，分为两个时期。前期作品有贵族优渥生活的宴游、赠答，但更多书写个人的志趣与抱负，"捐躯赴国难，视死忽如归"（《白马篇》），洋溢着豪迈、自信的少年意气。后期由于生活遭际的改变，曹植对人生与社会有了更为复杂、更加深刻的认识，作品内容与风格都发生了显著变化。《世说新语》记载："文帝尝令东阿王七步中作诗，不成者行大法，应声便为诗……帝深有惭色。""煮豆持作羹，漉菽以为汁。其在釜下燃，豆在釜中泣。本自同根生，相煎何太急？"《七步诗》的传说真实反映了曹植当时的处境。

《赠白马王彪》是最能表现他忧愤不平的作品。时年五月，诸王依例入朝"会节气"，曹彰暴死，令曹植十分震动，与曹彪返回封地，途中又被强令分道，他深感灾难如悬在头顶的利剑随时都有可能降临，于是愤而成篇。全诗分七章，情感丰富而复杂："泛舟越洪涛，怨彼东路长"，路途遥远、前程黯淡的孤苦；"苍蝇间

• 原典阅读：
《白马篇》《洛神赋》《燕歌行》

白黑，谗巧令亲疏"，小人离间血肉亲情的愤懑；"原野何萧条，白日忽西匿"，日暮秋凉、肃杀凄清的悲伤；"奈何念同生，一往形不归"，手足相煎兄弟不归的感喟；"丈夫志四海，万里犹比邻"，心有不甘昂扬振作的激切；"离别永无会，执手将何时"，骨肉分离后会无期的伤怀……层见叠出，真切动人。此外，全诗首尾蝉联，环环相扣，叙事抒情，比兴自如，有很强的艺术张力。

曹植是建安文学的杰出代表，在文学史上影响深远，其贡献主要体现在：一是，其诗风骨文采兼有，钟嵘《诗品》评价他"骨气奇高，词采华茂；情兼雅怨，体被文质"。所谓骨气，既有曹操诗歌的阔大意境，又有自己执著刚健的内质；所谓词采，即以华美的辞藻和优美的音律，典型地体现了建安文学"诗赋欲丽"的审美潮流。曹植不仅诗歌注重声色，而且辞赋也文采斐然，代表作《洛神赋》就以华美流畅的语言塑造了美丽的神女形象，成为后人追捧的经典。二是，从诗歌体制上看，曹操诗歌尚有优秀的四言作品，而曹植则是一位全力写作五言诗的文人。他现存的诗歌九十余首，有六十多首是五言诗。他真正完成了乐府民歌向文人诗歌的转变。"这是一个时代的事业，却通过了曹植才获得了完成。"（林庚《中国文学简史》）

后世对建安风骨的追慕，在很大程度上是对曹植的欣赏。"文帝（丕）以位尊减才，思王（植）以势窘益价，未为笃论也。"（刘勰《文心雕龙·才略》）政治的悲剧也客观地促成了他在诗歌创作上的卓越成就，并获得了后世沦落文人的普遍认同。

三、曹丕与建安七子

曹丕（187—226），字子桓，曹操次子，公元 220 年自立曹魏，史称魏文帝。曹丕博学多识，喜好文学，常与文士宴游唱和，开创了文人雅集的先河。与其父曹操多抒写大的时代感不同，他更擅长个人情感的表达，诗歌娟丽委婉，语浅情长，"子桓诗有文士气，一变乃父悲壮之习矣"（沈德潜《古诗源》）。与表现内容相适应的是精美文辞，谐和音韵，引领了诗歌走向华丽的新趋势，即沈德潜所说的"魏响"。在艺术形式上，他善于向民歌学习又勇于创新，《燕歌行》就是沿用民歌题材表现游子思妇离情别绪的一首优秀之作，也是我国现存第一首成熟的七言诗，对后代歌行体诗的发展产生了重大影响。

曹丕在《典论·论文》中称孔融、陈琳、王粲、徐干、阮瑀、应场、刘桢为"七子"，这就是文学史上著名的"建安七子"。除孔融为曹操所杀外，其余六人在政治上皆依附曹氏，形成了邺下文人集团，他们的文学活动促进了这一时期的文学繁荣。其中，王粲、刘桢的成就较为突出。

"七子"之外，女诗人蔡琰（字文姬），也是有重要影响的作家，她的五言长篇自传体叙事诗《悲愤诗》，以个人离乱遭遇为线索，反映了汉末社会的真实面貌，具有一定的典型意义。

汉末的社会动荡，使建安文人饱受离乱之苦，但也引起了他们对社会和人生的深刻思考。他们一方面与其他文人一样强烈地感受到人生的悲苦，另一方面又有着力挽狂澜的雄心和自信，并把建立不朽的功业视为短暂生命的延续。忧时伤乱，悲叹人生短暂，渴望建功立业，它们结合起来就使得建安文学产生了异乎寻常的感染力，这种具有鲜明时代特征的慷慨悲凉的精神，被后人称作"建安风骨"，也成为中国诗歌的美学典范。风骨乃指作品内在的气韵和感染力，以及语言表达上简练刚健，后世作家在反对片面追求形式，强调文学的内在感染力时，往往标举"建安风骨"的旗帜。

练习·思考·延伸

1. 为什么说汉代是中国古典诗歌的嬗变时期？它对中国诗歌发展有哪些重要影响？

2. 结合具体作品谈谈你对"建安风骨"的理解。

*3. 汉以前的诗歌并不是一种单纯的语言艺术，而是在音乐的母体中孕育的，《汉书·艺文志》说"不歌而诵谓之赋"，这说明，歌与不歌是汉代区别诗与赋的一个重要标志。查阅资料，讨论音乐对先秦两汉诗歌语言形式的影响。

*4. 曹操是历史上性格最为复杂、形象最为多面的人物之一，这不仅来源于历史资料，更受小说戏剧影响。查阅相关资料谈谈你对这个历史人物或文学形象的认识。

以"诗意朗读"作结

读《蒿里行》

朗读提示：曹操在汉末文人们痛苦悲歌之际，唱出的却是典型的汉代宏阔豪迈之音，这种基于建功立业理想之上的苍劲古朴、昂扬沉雄的审美风貌，被后人称为"建安风骨"，而"建安风骨"的关键词就是"慷慨悲凉"。"关东有义士，兴兵讨群凶"，是谓慷慨。慷慨之气，是政治家的激情和胸怀所致，是朗读的基调；"生民百遗一，念之断人肠"，则具悲凉，悲凉之情，是天下之己任的外现，是情感的落点。

朗声读来——

《蒿里行》

第七章

文的自觉——

魏晋南北朝文学

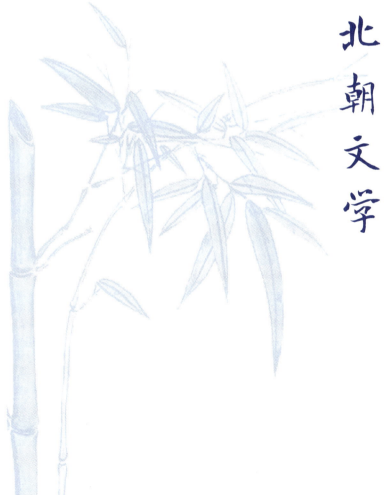

从美男子潘安说起——

　　"貌若潘安"是中国人对于男子外貌的最高褒奖。潘安，名岳，字安仁，西晋著名美男子。刘义庆《世说新语》中有一篇《容止》，专门写美男子的仪容，其中潘安就占了极大的篇幅，"潘岳妙有姿容，好神情。少时挟弹出洛阳道，妇人遇者，莫不连手共萦之"。刘孝标注引《语林》："安仁至美，每行，老妪以果掷之，满车。""掷果盈车""掷果潘郎"讲的就是这段惊艳的传说。潘安之美在正史上亦有多处记载，如《晋书·潘岳传》："岳，美姿仪"；《文心雕龙》中写道："潘岳，少有客止。"潘安小名檀奴，因此后世文学中，"檀奴""檀郎""潘郎"都成了俊美情郎的代名词。韦庄词《江城子》中："缓揭绣衾，抽皓腕，移凤枕，枕潘郎。"李后主词《一斛珠》中："绣床斜凭娇无那，烂嚼红茸，笑向檀郎唾。"其实潘安还是西晋著名的文学家，但他的文学影响力似乎不敌他的美貌在民间的影响力。

　　在《晋书》中还记载了两个丑才子的小故事，一个叫张载，"甚丑，每行，小儿以瓦石掷之"。另一个人叫左思，"绝丑，亦复效岳游遨。于是群妪齐共乱唾之"。这二人，一个是名重一时的文学家，一个是因《三都赋》造成"洛阳纸贵"的文学家，却因相貌丑陋在出行时遭遇攻击，"委顿而返"。

　　美男子潘安为什么出现在这个时代？难道说别的时代就不曾有过美男子吗？当然不是，魏晋以前，人物评判的价值取向多以道德、才能、功业为标准，而魏晋时期要求以外在风貌体现出人的内在智慧与人格，从东晋画家顾恺之的《洛神赋图》中就可以窥见一斑。这种人物品藻审美标准的出现，是士人人格精神独立的表现，也是他们面对残酷的社会现实对生命意义所作的重新思考。

　　▶ 顾恺之《洛神赋图》（局部）

学习提要

本章主要介绍魏晋南北朝时期文学的发展线索。

这个时期是中国历史上重要的文化大变革时期，要深刻理解魏晋风度的内涵，重点把握人的生命意识觉醒对文学自觉的开启作用。

这个时期还是诗歌追求新变、古体诗向近体诗转变的关键时期，要了解各个阶段诗人在丽辞、章法、句法、声律以及山水、边塞等题材上的探索与价值。

相关信息

魏晋南北朝 220年，曹操死，曹丕废汉献帝自立，孙权、刘备相继称号建国，魏、蜀、吴三国鼎立。263年，魏灭蜀。265年司马炎篡位建西晋。280年西晋灭吴，统一中国。317年西北少数民族入侵中原，晋灭，此后南北分裂。北方进入五胡(匈奴、羯、鲜卑、氐、羌)十六国时期，南方司马家族又建东晋。420年，宋代晋，南方历经宋、齐、梁、陈四代，史称南朝。439年鲜卑族统一北方建北魏，534年北魏分裂为东魏、西魏，后北齐、北周分别代东魏、西魏，577年北周灭北齐，581年北周为隋所灭，北方140多年，史称北朝。589年隋灭南朝陈，统一中国。

$$
汉-\begin{cases}魏\\蜀\\吴\end{cases}-西晋-\begin{cases}五胡十六国—北朝\left(北魏-\begin{cases}东魏—北齐\\ | \\西魏—北周\end{cases}\right)\\东晋—南朝（宋—齐—梁—陈）\end{cases}-隋
$$

从汉末关东诸侯起兵讨伐董卓开始，到南朝最后一个政权陈被灭，这段 400 年的历史给人最突出的印象就是"乱"，政权更迭，国土分裂，社会动乱，灾祸不断，这也是中国历史上政治、经济、文化的大变革时期。

第一节　人的觉醒与文的自觉

一、魏晋风度

来比较两组人物：汉朝的贾谊、司马相如、司马迁、霍去病、张骞、班超，魏晋时期的阮籍、嵇康、陶渊明、谢灵运、顾恺之、王羲之。前一组人物有国家官员、将军、使者，因突出的功业著称于世，后人多以他们为榜样；后一组人物有诗人、画家、书法家，给人普遍的印象是风流洒脱，后人多追慕他们的风采。这两组人物所处时期不同，价值取向不同，汉代评价人物重德，而魏晋则重智、重格。汉代是一个大有作为的时代，士人普遍以追求建功立业为人生目标，社会对人的评价往往注重功业、节操、学问，这些东西是正统的也是外在的，这与汉代豪迈的时代精神相吻合。而魏晋时期是一个乱世，在动荡的社会中人的生命受到巨大的威胁，人生苦短，如何活出自己的精彩？士人的选择是，怀疑传统，否定权威，超越现实。他们个个才情不凡、气质脱俗、格调高扬、风度潇洒，他们因内在的精神吸引人，他们是惊世骇俗的另类，是放浪形骸的"时尚先锋"。在两汉社会中，人是国家的、社会的、时代的，人活着体现的是社会价值；而魏晋时期，人是独立的，人生而在世体现的是自身价值，不把个人看作社会的附属品，不把依附国家看作个人必然的义务。

魏晋时期，是继战国百家争鸣之后，又一个思想空前解放、空前活跃的时期。"乱世"之于民生是不幸的，然而之于思想、文化，"乱"却不无价值，道的重现、玄的兴起、佛的引入，加上民族融合带来的不同民族的价值观念的碰撞，使得一切权威正统、道德经纶都受到挑战与质疑，维系汉王朝统治的儒学失去了昔日的控制力，一切的重构给中华民族带来了思辨精神，这是一个文化、思想辉煌而灿烂的时期。魏晋时期还有一个重要现象，就是门阀士族制度的存在，它对当时社会的价值取向影响很大。门阀士族有着相对独立而又长期稳定的政治、经济地位，他们有权、有钱，得闲又有文化，所以，因适应贵族气派讲求个体存在的风神风貌，就成了一代审美理想。正如李泽厚所说："门阀士族们的心思、眼界、兴趣由环境转向内心，由社会转向自然，由经学转向艺术，由客观外物转向主体存在，也并不奇怪。"（《美的历程》）所谓"目送归鸿，手挥五弦，俯仰自得，游心太玄"（嵇康《赠秀才入军》），他们恐惧早死，追求长生，服药炼丹，饮酒作乐，纵情享乐，潇洒不群，超然自得，追慕老庄，清谈玄理，满怀哲意，无为而无不为，这就是为后人所仰慕的魏晋风度。关于魏晋风度，鲁迅给出的关键词是：药、酒及文章；冯友兰则认为玄心——心怀玄理，洞见——对人生的敏锐洞察，妙赏——高妙的艺术情趣，深情——对生命的执着追求，是魏晋风流人士的四大素质。

人的个体意识的觉醒，是人对自己生命、意义、命运的重新发现、思索、把握与追求，表现在文学创作上，就是"生命主题"。从东汉后期《古诗十九首》感叹生命短促、人生无常开始，到建安曹氏父子以及晋宋阮籍、嵇康、陆机、左思乃至陶渊明，这种感慨、悲叹，在相当一段时间内弥漫开来，成为整个魏晋时代的典型音调。活着有什么意义？怎么样才有价值？人生既然短暂，那么何不及时行乐，让它更有质量呢？"昼短苦夜长，何不秉烛游"（《生年不满百》），"不如饮美酒，被服纨与素"（《驱车上东门》），干脆、坦率，直接得不加掩饰，看来是贪图享乐，但此"乐"不同于现代人理解的"享乐"，而是对生命质量、精神生活的重视。"死生亦大矣，岂不痛哉。""固知一死生为虚诞，齐彭殇为妄作。后之视今，亦犹今之视昔，悲夫！"（王羲之《兰亭集序》）在生命必然走向死亡的真实面前，一切外在的功业、学问、信仰都不可靠，只有精神不朽才可以在肉体的生命消亡之后达成人的不朽。在看似消极、悲观的慨叹背后，深藏的是强烈的欲望与追求，因此它给人的不是颓丧，恰是一种具有一定深度的积极情感。

• 原典阅读：
《兰亭集序》

二、文的自觉的标志

如果说人的觉醒是这个时代的新内容，那么文的自觉就是它的新形式。文学进入自觉时代的标志如下。

一是，文学有了独立的地位与审美价值。文学的自觉是一个相当漫长的过程，它贯穿了整个魏晋南北朝，经过约三百年才得以实现。魏晋以前，文学尚未显现出自己的本质，而是作为功利附庸和政治工具混沌地存在着。汉代人所说的文学指的是学术，特别是儒术。到了南朝，宋文帝立四学，文学与儒学、玄学、史学并列，文学才真正从广义的学术中独立出来。进入魏晋，文学成为人的情感、思想、精神、品格的表达，这种回归个体生命的写作意识也是文学独立的表现之一。这个时期，讲求文体划分、文笔区别、文思辨析、文理探求、文辞品藻、文作评议、文集汇编，并对文学自身的创作规律与特性进行了自觉的探求。

二是，自觉追求文学审美特性。文学的自觉，最重要或最终还是要表现在对文学审美特性的自觉追求上。尽管汉大赋在语言、结构、修辞等方面已表现出较为自觉的审美追求，但由于其根本的创作动机为润色鸿业、歌功颂德，因此只能视作文学自觉时代的先导。自曹丕提出"诗赋欲丽"（《典论·论文》）后，陆机也在《文赋》中指出："诗缘情而绮靡，赋体物而浏亮"，追求文辞的华美，成了普遍的风气，大大增强了文学作品的艺术表现力。汉语四声的发现，将汉语字义、音韵、修辞的审美特性研究推向了极致，其研究成果被普遍地应用到诗歌创作上；"永明体"的出现，标志着中国近体诗的开端，不仅为日后唐诗的繁荣做了有益的探索，而且对中国文学包括诗、骈文、词、曲的发展产生了重要影响；对仗的运用，因其契合了中华民族追求和谐、圆满、中正、平和的文化心理，成为中国文学最重要的审美因素之一。

三是，专业作家的出现与创作的成熟。在汉代，文学实际上是宫廷的玩物，司马相如、东方朔等文学大家不过是被皇帝"倡优蓄之"的御用文人，那些千言万语的皇皇大赋，根本的价值也不过是那个辉煌盛世的点缀与配合，即使有很高文学成就的司马迁、贾谊、班固、张衡等人，也首先是臣子，他们的身份从根本上是依附统治者的，远没有获得一个专业作家进行文学创作所必需的独立人格。进入魏晋，文学越来越多地被用来表现人的思想情感和审美追求，于是出现了大量的专业作家，而审美观点及艺术趣味相同的作家又形成了文学团体，如曹氏父子、竹林七贤、二十四友、兰亭集会等，群体性、团体化的文学活动，推动了文学创作的发展，促进了文学风格的多样化。魏晋南北朝文学的重大演变，几乎都和这些文学团体的活动有关。

四是，文学理论与文学批评的兴起。随着文学的渐趋成熟，魏晋南北朝时期文学理论和文学批评也异常繁荣起来。曹丕的《典论·论文》是我国第一篇文学专论，用全新的观念来论述文学问题，他提出了许多重要命题，在文学理论批评史上具有开创意义；陆机的《文赋》是我国第一部创作论，对创作的构思与技巧、文体的划分与特征等问题作了分析，对后世影响非常显著；刘勰的《文心雕龙》是我国文学理论史上的一部划时代巨著，全书50篇，从文学的本体论、创作论、文体论、流变论等方面论述了文学的本质、特点和发展规律，建立了完整严密的文学理论体系；钟嵘的《诗品》开创了中国诗歌研究的先河，在对122位诗人及其作品的具体品评中，提出了诗歌创作上的"物感说"等理论，淡化了儒家诗歌理论中的教化功能。

所谓"文的自觉"，其实是一个宽泛的美学概念，它还指文学以外的其他艺术形式，从魏晋起也进入了自觉时代。在这之前，艺术是作为"礼"的一部分以维护社会秩序的形态存在的，并没有独立的价值。魏晋以后，书法艺术成为一门纯粹的"线的艺术"，中国的绘画与造型艺术提出"以形写神""气韵生动"等美学理论，都始于魏晋。"形神"也好，"气韵"也好，人物品评与艺术品评的美学趣味竟是这般一致，这不正是这个时代精神——魏晋风度的极好体现吗？人也好，文也好，书也好，画也好，传神之关键在"眼"，当时的画家顾恺之说："四体妍蚩，本无关于妙处，传神写照，正在阿堵中。"（《世说新语》）眼睛是灵魂的窗户！这样说来，"画龙点睛"的故事诞生于梁朝不是偶然的，它是当时审美追求的合理想象。如果说魏晋以前的文学是在"画龙"的话，那么，这时的自觉意识就是文学独立出世的"点睛之笔"。

第二节 正始之音与太康之风

一、正始之音

提及魏晋风度，人们自然而然会想到竹林七贤——阮籍、嵇康、山涛、刘伶、阮咸、向秀、王戎，他们的人生态度和处世方式，已成为一个时代的文化符号。1960年，从南京市一座古墓中出土了一组竹林七贤人物砖画，砖画上人物秀骨清像，悠然自得，又各具气质：嵇康旷达，以《广陵散》名世，画面上他怡然抚琴，自足于怀；阮籍"嗜酒能啸"，画面上他身边置酒器，仰天吹指作长啸状；山涛善饮但从不失态，画面上他一手挽袖一手执杯，从容优雅；王戎是富贵子弟，画面上他跷着脚斜身靠几，一手摆弄着如意，正是庾信《对酒歌》中"王戎舞如意"的写照；向秀文儒解读老庄曲尽其妙，画面上他一肩裸露，倚树闭目沉思；刘伶贪杯，画面上他凝视手中酒杯，另一只手蘸酒品尝；阮咸善弹琵琶，但画面中他弹的是另一种四弦乐器，也就是因他而命名的"阮"。相传七人常在嵇康所住一带的竹林聚会，高歌纵酒，狂放不羁，因"弃经典而尚老庄，蔑礼法而崇放达"（顾炎武《日知录》），推动了当时的思想解放，"竹林之风"不仅成为魏晋风度的重要内容，而且为士人注入了隐逸和清高的文化基因。令人奇怪的是，砖画上有银杏、槐树、松树、柳树等，却没有竹子。为什么"竹林七贤"砖画却没有竹林？陈寅恪曾有论断："先有'七贤'，而后有'竹林'。"（《陈寅恪魏晋南北朝讲演录》）中国文化爱竹、尚竹之风源远流长，竹有"君子"之美誉，用"庄周化蝶"的故事类推，或许是七贤化作了临风拔节的竹林，抑或是竹林化作了潇洒不群的七贤。无论七贤和竹林的相遇是在当时还是在后世，都折射了中国文化中"君子比德"的美学观念。

▶ 竹林七贤砖刻画

魏晋名士的根本特点是不与统治者合作，他们的内心世界孤傲、狂妄，药、酒、文章是他们真实而独特的表达，他们不仅是文学家，更是行为艺术家。他们看起来潇洒不群、飘逸自得，而实际上在那个充满了动荡、混乱、灾难、血腥的社会和时代，他们的生命充满了浓重的悲情。"天下多故，名士少有全者"（《三国志·魏书》），在政治斗争异常残酷的当时，惊世骇俗、放浪形骸的外表与内心对生命价值的渴求，形成了强烈的冲突。如此的魏晋风度产生于这样一个黑暗年代，看似不合礼教，实则更符合人性，这正是魏晋风度深刻的内涵所在。正是这样一组极富个人魅力的生命雕塑，相互映衬，相互支撑，才有了一个让后人追慕的群星灿烂的时代，人性解放的时代。

来看看这些超凡脱俗、狂放不羁的名士吧——

阮籍（210—263），字嗣宗，陈留尉氏（今属河南）人，阮瑀之子，曾为步兵校尉，人称"阮步兵"。他因步兵营中有一位厨师很会酿酒，而且营中藏有美酒数百缸，故主动要求担任步兵校尉，酒喝完后便辞职离去；之前，担任东平太守时，他骑驴上任，进了衙门便令人拆去隔墙，让官员们开放式办公，不得偷懒耍奸，十几天后又骑驴离开了；司马家族看上他的名气想与他家联姻，他天天烂醉如泥，终使媒人无法开口而不了了之。王勃《滕王阁序》有句："孟尝高洁，空余报国之情；阮籍猖狂，岂效穷途之哭？"阮籍醉后常常驱车游走，行至途穷之处便放声大哭。穷途之哭是他不合作的态度，以酒避祸是他保护自己的手段。

嵇康（223—262或224—263），字叔夜，曾为中散大夫，人称嵇中散。"龙章凤姿，天质自然"是时人对嵇康形象的一句定评。他不仅外形俊朗，而且才华盖世，精通玄学、文学、音乐。他娶曹操孙女为妻，因不屑与司马集团合作，终招杀身之祸。临刑之日，京城三千太学生集体请愿挽留他的生命。面对死亡，嵇康却出人意料地索其心爱的古琴从容弹奏，"目送归鸿，手挥五弦"，对死亡的极度蔑视，让就此定格的画面超凡脱俗，这是何等高远深邃的人生境界！"《广陵散》于今绝矣！"这是嵇康留在世间的最后一句话，于无声处，却分明惊天地泣鬼神，它需要怎样的生命底蕴才可以平静出口啊！

正始是魏齐王曹芳的年号，正始文学包括正始以后直到西晋立国这段时期，达二十多年，时间虽短，文学风貌却发生了很大的变化。建安风骨不见了，取而代之的是哀伤中的忧愤、清峻中的沉思。

阮籍好诗书又好老庄，有济世之志，但身仕乱朝，对曹魏的腐败深感不满，又不愿与图谋篡权的司马集团同流合污，卷入政治旋涡无法摆脱，内心十分痛苦。代表作82首《咏怀诗》，非一时一地所作，也非咏一事一物，是其政治感慨与哲学思考的记录，开创了政治抒情组诗的先河，在中国文学史上占有崇高的地位。

• 原典阅读：《咏怀独坐空堂上》《与山巨源绝交书》

夜中不能寐，起坐弹鸣琴。薄帷鉴明月，清风吹我襟。孤鸿号外野，翔鸟鸣北林。徘徊将何见？忧思独伤心。

此为《咏怀》第一首。清风冷月，旷野孤鸿，忧思萦绕，挥之不去。人前放达的狂人，夜里却只能手捧自己无处安放的灵魂孤独地徘徊于月下，生命是如此凄冷与无奈，内心是多么执着与渴望，对生命的哀叹，源自对生命的歌颂，这是魏晋人士深刻的理性思考，这是一个玄哲的高度。将此诗与曹操"白骨露于野，千里无鸡鸣"汉末实录的场面相比较，前者更重情怀，后者重在写实。建安时期，文人普遍还有建功立业的渴望和自信，悲凉但慷慨着，总体看文学的风貌是昂扬的、浓重的。而进入正始时期，人生的悲凉越发沉重，慷慨变成了任气，"弃经典而尚老庄，蔑礼法而崇放达"（顾炎武《日知录·卷十三·正始》）。竹林七贤的政治理想和生活态度已不同于建安七子，面对严酷的现实，他们很少针对具体政治现状发表见解，而以哲学的眼光把生活所得的感受推及对人类社会和历史的思考，更具广阔的历史意义，更呈现出孤独幽深的意味。文学动人的地方在于它表现出来的生命的孤独感，叹人生不遇，不遇知己，不遇伯乐，不遇时运。因追求生命本质意义上产生的孤独感而成就的名作大作不胜枚举。

阮籍还有散文《大人先生传》较著名。嵇康的文学成就不及阮籍，有《赠兄秀才入军》《幽愤诗》等诗作，以散文《与山巨源绝交书》为代表作。竹林七贤除向秀《思旧赋》还比较有名，其他几人少有作品流传。

往事越千年，名士风流已被雨打风吹去。作为一个时代的代表，竹林七贤留给后人的不仅仅是他们任情和率性的故事，他们的人格精神，他们的潇洒胸襟，他们的脱俗之举，他们的非凡之作，他们的多才多艺，深刻地影响了中国文化和传统文人。前人已逝，风度永炽，临风追想，心驰神往……

二、太康之风

正始文学之后，是西晋初年的太康文学。这一时期，江南农业大发展，人民生活相对安定，文学较为繁荣，但已没有了建安的慷慨之音和正始的深刻思考，更多地在艺术技巧方面着力，诗歌呈现出繁缛的特征。这时的作家有三张——张载、张协、张华，二陆——陆机、陆云兄弟，两潘——潘岳、潘尼叔侄，一左——左思。

陆机（261—303），字士衡，生于世家，祖父陆逊、父亲陆抗都是东吴名将。他是继曹植之后的又一个关键人物，其《文赋》是我国第一篇对作家创作构思进行较为系统探索的理论文章，在文学研究和发展方面具有重要的开创意义。他在《文赋》中明确提出"诗缘情而绮靡"的创作准则，肯定了建安以来诗歌向抒情化发展的方向，引导了太康华丽繁复的诗风，鲜明地标志了西晋文风与建安的不同。其诗"才高词瞻，通体华美"（钟嵘《诗品》），以《拟古诗》十二首为代表，但内容不够深厚，缺乏感人的力量，有少数力作，如《赴洛道中》。陆机散文成就高于诗歌，《吊魏武文帝》《豪士赋》，文辞富丽，骈散有致，在文体发展史上有一定的地位。

潘岳（247—300）与陆机齐名，字安仁，少有才名，仕途蹉跎。与陆机在追求辞采方面是一致的，其诗同样缺乏深刻的思想内容。潘岳擅抒情，尤善抒写哀思，具有动人的美学效果，以《悼亡诗》而闻名。他还是一个重要的辞赋家，代表作有《秋兴赋》《西征赋》《怀旧赋》等。

左思（约250—约305）字太冲，齐国临淄（今山东淄博市临淄区北）人，出身寒素，在西晋作家中独树一帜，曾因《三都赋》造成"洛阳纸贵"而名震京城，虽博学多才，但无进身之阶。为此，他将寒门之士因门阀制度的阻隔不得仕进的悲愤写成《咏史》八首，"郁郁涧底松，离离山上苗"，"世胄蹑高位，英俊沉下僚"，笔力矫健，豪气贯注，开创了借咏史抒怀的新路，奠定了他的文学地位，被钟嵘标举为"左思风力"，为后世诗人效法。在形式主义诗风盛行的太康时期，左思能够继承"建安风骨"传统，写出有实际内容的作品，实属难得。

稍后有一定影响的诗人还有刘琨与郭璞。刘琨诗表现国家民族处于危难之际的现实，清刚悲壮，提振了西晋诗坛的颓风；郭璞游仙诗通过曲折隐晦的表现方法寄托伤时忧世的思想情感，比当时"淡乎寡味"的玄言诗要引人入胜些。

• 原典阅读：《赴洛道中作·远游越山川》《悼亡诗·荏苒冬春谢》《咏史·郁郁涧底松》

第三节　求新求变——南北朝诗歌

南朝是中国诗歌发展史上诗运转关的重要时期，以追求新变为价值标准和突出风气，新题材、新形式、新风格不断出现，在并不长的时间内，文学的面貌发生了许多变化，一切符合当时审美观念的对象，都被搜索来写入文学作品中，尤其是山水自然、女性以及男女之情。这一时期的文学对于艺术形式的追求达到了极致，诗歌经历了正始时期的强烈、陶诗的平和又趋向绮丽。随着对语言修辞研究成果的运用，不仅诗歌越来越注重技巧，文的骈偶化倾向也明显起来，四六骈文盛行一时。

一、谢灵运与山水诗

中国诗歌在《诗经》、楚辞时代就出现了山水景物，但它们往往是比兴手法的媒介或生活衬景、抒情的工具，还不是独立的审美对象。魏晋时的游仙诗写到了山水，玄言诗借山水体悟玄理，都为山水诗的诞生提供了丰富的艺术经验。魏晋以后，社会动乱、政治黑暗使得士人不得不选择清高的避世方式，隐逸之风大盛。晋宋时代，江南经济发展，士族地主阶层物质生活优越，在秀美的景色中过着登临山水的悠闲生活，他们的山水审美意识不断浓厚起来，与此相呼应的是山水绘画理论也应运而生。

谢灵运致力于山水诗的创作，完成了山水诗从玄言诗脱胎换骨的转变，是开创古典诗歌中山水一派的代表。谢灵运（385—433），原名谢公义，字灵运，陈郡阳夏（今河南太康）人，移籍会稽（治今浙江绍兴市），出生于士族大家，生活于刘宋时期，才学出众，本颇有政治抱负，却因卷入权力之争，终死于非命。谢家资产丰厚，因此，谢灵运无论是出仕还是隐居都有条件游历览胜。他吟诗记述，每有新诗，总能远近闻名，引人争相模仿。谢灵运与陶渊明差不多同时代，由于当时崇尚绮丽文风，陶渊明只被看作隐逸诗人，因此对南北朝乃至唐代诗歌的实际影响，明显不及谢灵运，而若论诗歌的艺术境界，谢灵运则未有陶渊明的高度。魏晋诗上承汉代，这之前中国诗歌总体古朴，手法以写意为主，陶渊明是古朴最高境界的最后体现者。在陶渊明那里，无意见山，而自然景物往往内化为他的性情与人格；在谢灵运那里，有意寻景，山水于他则显得外在而客观。陶诗无意模山范水，常常淡淡几笔白描，就浑然天成，物我合一，呈现出自然美态；而谢诗更注重对山水景物的描摹刻画，过分追求新奇的语言技巧，不免有雕琢生涩之弊，往往难以到达情景交融的艺术境界。如"白云抱幽石，绿筱媚清涟"（《过始宁墅》），"池塘生春草，园柳变鸣禽"（《登池上楼》），是新鲜又精致的佳句，但若就全篇来看还是差些精神，南北朝诗歌因追求声色往往被后人诟病为"有句无篇"，谢灵运就是典型。如果说，陶渊明是结束一个时代的集大成者，谢灵运则是开启新变的首创者。

数十年后，对山水诗有所继承的是南齐的谢朓，后人将他与谢灵运合称"大小谢"。谢朓的"天际识归舟，云中辨江树"（《之宣城郡出新林浦向板桥》）"余霞散成绮，澄江静如练"（《晚登三山还望京邑》），已接近唐人风韵。

• 原典阅读：《登池上楼》《拟行路难·泻水置平地》《晚登三山还望京邑》

二、鲍照与七言诗

鲍照（约414—466），字明远，东海（郡治今山东郯城北）人，生活在南朝宋时，出生寒微，实现人生价值的欲望却很强烈，左思也有叹门阀不平之句，但终归隐。鲍照不同，生于贫贱而不安于贫贱，羡慕富贵而又鄙视富贵，他的抗争与奋斗历程代表了那个时期另一类才俊的遭遇，具有广阔的社会面。他诗、赋、骈文皆不乏名篇，其成就主要在诗歌。他创造了以七言诗为主的乐府歌行体，变逐句押韵为隔句押韵，使诗歌节奏产生了新变化，为七言诗的发展开拓了宽广的道路，是曹丕创七言以来到唐代七言成熟之间的最大贡献者。他的五言古体诗《拟行路难》表现怀才不遇、磊落不平之气，慷慨悲郁；《代出自蓟北门行》是当时十分少见的边塞题材，格调昂扬，铿锵豪迈，有飞动之势，无板滞之感。杜甫《春日忆李白》里有"俊逸鲍参军"之句，就是赞扬李白有鲍照的不群浪漫诗风。鲍照不仅是一位杰出的诗人，其文才也不减诗才，他的《芜城赋》《登大雷岸与妹书》都是盛传不衰的名作。

三、齐梁诗人与永明体

中国古代诗歌一向讲究声律之美，但有一个由自然声律到人为总结、规定并运用于诗歌创作的发展演变过程。中国古代诗分古体诗与新体诗，后者诞生于南朝，成熟于唐代。新体诗的特点是讲究声律和对偶，可见，新体诗诞生的关键是声律论的提出。在南朝新体诗诞生之前，诗赋创作并非不讲究声律，但讲的是自然声律，而且往往与音乐伴随，直到五言古诗成熟，才逐步脱离乐府而独立发展为"不被管弦"的徒歌。脱离了对乐律的依附，诗歌就必然要创造自己的声律。南齐周颙发现了四声，即汉字发声的高低长短。同样是声韵学家的沈约将这一新的研究成果运用到了文学创作中，将四声的区辨同传统的诗赋音韵知识相结合，规定了一套五言诗创作时应避免的声律上的毛病，即"八病"，这种依"四声八病"创作的新体诗形成于南朝齐永明间，故称永明体。永明体的产生，标志着古典诗歌由古体诗向格律诗的转变。经过沈约、谢朓、王融等诗人的不断探索，新体诗较古体诗显得更加工巧华美、严整精练。声律首先在五言诗创作中运用，大致到陈代，五律就基本成熟了，七言的律化主要在唐代完成。由于"声病"的限制和对形式的过分追求，永明体诗歌创作未免产生流弊，但对声律的自觉运用毕竟是一大进步，没有永明体对诗歌艺术形式的探求，就不会有唐代诗歌的繁荣。

四、萧氏文学集团与宫体诗

梁代延续齐代文学，出现不少文学新现象，是南朝文学的鼎盛时期。以梁武帝萧衍和昭明太子萧统、简文帝萧纲为中心形成的几个文学集团，对梁代文学的繁荣起了重要的促进作用。此时的文学家有较强的学术意识，除刘勰、钟嵘等人有文学理论专著外，体现着当时文学观念的《文选》，影响也相当深远。这是我国现存最早一部诗文总集，共60卷，由萧统组织文人编选，因萧统死后谥"昭明"，故又称作《昭明文选》。它虽是一部文学选集，但有其独特的文学视角，不收"经""史""子"方面的著作，专收先秦以来的诗、赋和富有文采之文，崇尚典雅华美，收录极为丰富，被视作对传统文学的一次系统总结，为后代文人提供了较好的学习范本，在中国文学史上的地位十分重要，对它的研究，后来被称为"选学"。梁代诗歌最为引人注目的是宫体诗，"宫体"中的"宫"指太子东宫。萧纲为太子时，围绕他形成了影响极为广泛的文学集团，他们的以宫廷生活为描写对象，尤其是对女性容貌、举止、情态及生活环境进行描摹的诗，被称为宫体诗。宫体诗源于南朝民歌中的艳情诗，风格柔弱，伤于轻艳，内容上对女性加以审美观照，是当时新变意识的产物，扩大了诗歌的审美表现范围，形式上对永明体进行了进一步的艺术探索，对诗歌发展有一定贡献。中国古代儒家文学观特别强调文学的政治与道德功用，以萧纲的特殊身份应该自觉维护传统道德，而他却倡导对女性及宫闱生活进行描摹，所以从唐代起，宫体诗一直受到世人的严厉批评。

五、庾信与南文北渐

庾信（513—581），北周文学家，字子山，南阳新野（今属河南）人。庾信的人生经历十分特殊。庾信前期仕梁，是梁朝文学集团中的主要成员，创作不外乎宫体。庾信41岁出使西魏，正值梁亡，从此流寓北方。由南入北后，庾信饱尝故国之思，一改绮靡精巧诗风为苍劲悲凉，杜甫称"庾信文章老更成，凌云健笔意纵横"（《戏为六绝句》）。在梁朝积累的丰厚的文化经验，和在北方经历的沉重的人生苦难，使得庾信的作品"华实相扶，情文兼至"（《四库全书总目》），也使他成为南北朝文学的集大成者。庾信的创作也昭示了南北文风的交融，在文学史上具有典型的意义。其《拟咏怀诗》27首，表现出的乡关之思、故国之恨，历来为人称道。另有骈文名作《哀江南赋》。

• 原典阅读：《西洲曲》《木兰诗》

六、江南歌女与北方汉子的对歌

尽管门阀士族垄断了文化，但在民间，从来就没有什么能够阻断人们对生活的歌唱。倒是由于南北政权长期对峙，政治、经济、文化以及地理环境、民族风尚等方面的差异，南朝、北朝的民歌呈现出迥异的风情与格调。

南朝民歌大致指长江中下游地区反映吴楚风情的情歌，主要有吴歌、杂曲等类，基本上是属于城市中的歌，由歌女与中下层文人创作并传唱。南朝民歌与多方面反映现实的汉乐府民歌不同，大多表现男女情爱，以女性的口吻唱出，"为欢憔悴尽，那得好容颜？"（《子夜四时歌·冬歌》）"执手双泪落，何时见欢还？"（《石城乐》）风格清丽柔弱、哀怨缠绵，这与江南优美的自然环境、充裕的经济条件以及统治者的爱好倡导有直接的关系。南朝民歌从市井进入宫廷，其艳情风格对宫体诗产生的影响相当深刻。抒情长诗《西洲曲》表现青年女子的相思之情，"采莲南塘秋，莲花过人头。低头弄莲子，莲子清如水"，以"莲"双关"怜"，委婉含蓄，声情摇曳，代表了南朝民歌的最高成就。

如果说北朝文人创作不及南朝的话，那么北朝的民歌则可以和南朝民歌分庭抗礼。北朝民歌质朴粗犷，豪迈雄壮，这很大程度上是由地理环境、民俗文化和生活方式影响所致。北方没有南方那样繁密的植物、曲折的水网，景观缺乏细部变化，单调之中却显出严峻、崇高、阔达的风格，生活在这里的人不大会注意细微的东西，目光总是被引向高远之处，心胸也随之扩展，性格也变得豪迈粗犷。北朝多为游牧的少数民族，在与自然或敌手的严酷斗争中，形成了彪悍的体魄与尚武的精神。比之南朝城市中温柔的风情小调，北朝民歌是大自然之歌，在蓝天白云大草原的广阔空间弥漫成深沉、辽远、悠长的韵致，由现代北方蒙古长调民歌大致可见其刚健深沉、清朗爽直的特征。北朝民歌流传数量不多，但内容却较为广泛，如："上马不捉鞭，反折杨柳枝。""我是虏家儿，不解汉儿歌。"（《折杨柳歌辞》）"天苍苍，野茫茫，风吹草低见牛羊。"（《敕勒歌》）《木兰诗》是北朝民歌杰出的代表作，成功地塑造了木兰这个集中了中华民族优秀品质的巾帼英雄形象，它与《孔雀东南飞》合称民歌"双璧"。

纵观魏晋六朝诗歌，诗人可谓前仆后继，作诗可谓呕心沥血，但若将其置于中国诗歌的发展历史中看，这个时期很显然缺乏顶天立地的领袖人物和元气淋漓的佳作。陶渊明成就虽高，却不在当时的主流之中。为什么这么长的时期这么多的诗人却只能摘句不能寻篇？是动荡不安的政局造成的，还是天下割据天地狭小所致，抑或是天下名士多殇于青壮年？这些似乎都不足以解释为什么六朝诗歌会陷于低谷。其实艺术就是艺术，诗歌发展有其内在的规律。刘熙载在《艺概》中认为，诗由"无法"到"有法"再到"无法"，所谓"无法之法，大法也"，即诗由"自然状态"到"自由状态"，必将经历一个痛苦的裂变过程。《诗经》与汉乐府民歌是民间歌谣，是诗的自然境界，"楚辞"是天才的表达，属于艺术领域的个案，而魏晋南北朝是一个对文学孜孜不倦地追求的自觉阶段，诗歌的创作技巧自然会被提到极高的位置。那种雕章琢句可能会在某种程度上损害诗的自然美，但却是一种必要的修炼，当技巧被锤炼到炉火纯青的程度，成为一种内在的生命冲动时，诗便穿越了黑洞进入了一个光明自由的境界。六朝人注定了要做艰难跋涉的先驱者，而让唐人尽占风流。

练习·思考·延伸

1. 从建安到正始再到太康，人的精神追求发生了怎样的变化？对文学发展有什么影响？

2. 魏晋南北朝各个阶段在文学上的探索都有哪些方面？试简述。

3. 赏析北朝民歌《木兰诗》。

*4. 闻一多当年在清华讲课，据说特别推崇《世说新语·任诞》中的一段话："但使常得无事，痛饮酒，熟读《离骚》，便可称名士。"对此你有何见解？鲁迅在《魏晋风度及文章与药及酒之关系》中也提到了"自汉末至晋末文章的一部分的变化与药及酒之关系"。清谈、牢骚、饮酒、服药这些社会习尚之间是怎样的关系？与魏晋风度又是什么关系？

*5. 山水文学为什么在晋宋之交发展起来？如何理解刘勰"庄老告退，山水方滋"的说法？

*6. 魏晋南北朝是中国文化艺术上全面创新发展的一个阶段，所以"文的自觉"是一个宽泛的美学概念，试以一种艺术形式如书法、绘画、雕塑为例，谈谈你对当时"风神""气韵"美学标准的理解。

以"诗意朗读"作结

读《敕勒歌》

朗读提示："敕勒川，阴山下"，颇富异域情调的"敕勒"一下子把人的思绪带到了辽远的北方，"阴山"虽为地名，却也为画面涂上阴沉的色彩。上句两仄一平，下句两平一仄，音律自然抑扬，语势错落有致，尤其下句，平声略沉接去声，形成下行语势，奠定全诗之基调。铿锵稳健，深沉辽远。三、四句，镜头从地面移向天空，信手拈来，将天空比作游牧民族最为熟悉的穹庐，贴切自然，极具民族特色，极富构图秩序。音节上不再是简明直捷的三字，而是一三（天／似穹庐）和二二（笼盖／四野）音步，沉浑庄重的节奏，使人更觉天阔地大。

朗声读来——

《敕勒歌》

第八章

重归桃花源——

陶渊明

从"旧时王谢"说起——

"朱雀桥边野草花，乌衣巷口夕阳斜。旧时王谢堂前燕，飞入寻常百姓家。"刘禹锡写这首《乌衣巷》时，晋代的王、谢两大家族成为明日黄花已好几百年了，再听说"大家族"这个词，该到了千年后的《红楼梦》里了，但《红楼梦》只是一梦而已，不过三代，哪里能比得上王、谢这样的世代家族？两晋直至南北朝，王、谢两家世代替缨，为朝廷倚重，可谓"山阴道上桂花初，王谢风流荡晋书"（羊士谔《忆江南旧游》）。王氏自西晋以来就是重要的世族，比较而言，谢氏只能算新出门户，直到谢安淝水一战，击退苻坚建立不朽功勋，以风流宰相之名传扬天下，王、谢方才并称。王、谢还时有联姻，但两家家风并不相同。王氏家族的子弟在政治上进取心更强一些，他们多数有很明显的政治诉求，并愿意为之付出奋斗，所以在政治上，王氏家族的影响力要远远超过谢家。谢家受黄老学说的影响更深一些，政治意识相对淡薄，谢家子弟往往不在意官职，更愿寄情山水之间。如果说王家是"爵位蝉联"，那么谢家就是"文才相继"；如果说王家高级官员远远超过谢家，那谢家在文采上则高王家一头；王家出了王羲之父子这样的大书法家，谢家的耀眼之处则在山水诗，谢灵运、谢朓都因此名动一时。《世说新语》中有一段记载：谢安的侄女、著名才女谢道韫嫁给王羲之次子王凝之，回娘家时很郁闷地说，看咱们谢家的叔伯兄弟，个个是何等的杰出风流，天底下怎么居然有王凝之这样的平庸之人呢？！王凝之的确不是一个才华横溢的人，相比他父亲"坦腹东床"的洒脱和兰亭雅集的风流，自然是让谢道韫委屈无比。这也正显示出王、谢两家精神气质的区别：王氏家族相对刻板一些，谢氏家族则清华显贵、芝兰玉树。

在重视门阀的晋代，陶渊明只是一介低微寒士，其家世无法与王、谢等士族相比。曾祖父陶侃，是东晋开国元勋，虽军功显著，但出身寒微，家族政治处境在当时比较尴尬。

▶ 乌衣巷

学习提要

本章主要介绍陶渊明的文学创作及成就。

学习时要理解陶渊明作为魏晋风度的代表人物，其人格魅力、理想追求对中国文化的重要影响。

陶渊明是第一个大量写作田园诗的作家，学习时不仅要把握他对诗歌发展的贡献，还要体悟其诗歌语言的精工自然和意境的平淡高远。

相关信息

鲁迅评陶渊明："自己放出眼光看过较多的作品，就知道历来的伟大的作者，是没有一个浑身是'静穆'的。陶潜正因为并非'浑身是"静穆"，所以他伟大。'""又如被选家录取了《归去来辞》和《桃花源记》，被论客赞赏着'采菊东篱下，悠然见南山'的陶潜先生，在后人的心目中，实在飘逸得太久了……就是诗，除论客所佩服的'悠然见南山'之外，也还有'精卫衔微木，将以填沧海，形天舞干戚，猛志固常在'之类的'金刚怒目'式，在证明着他并非整天整夜的飘飘然。"（《且介亭杂文》）

在东晋，诗坛充斥的几乎都是玄言诗。直到陶渊明出现，才将魏晋时的古朴诗风带入一个更加纯熟的境地。陶渊明成为中古第一段里程碑式的终结者。

第一节 归去来兮——陶渊明的人生范式

陶渊明（365—427）又名潜，字元亮，号五柳先生，世称靖节先生，浔阳郡柴桑（今江西九江）人。曾祖父陶侃，是东晋开国元勋，军功显著，祖父陶茂、父亲陶逸都做过太守陶渊明9岁丧父，家道衰落。外祖父孟嘉为东晋名士，官至征西大将军长史，陶渊明的个性、修养，都很有外祖父之遗风。陶渊明29岁做江州祭酒，不久辞官闲居，六七年后又出仕，先后断断续续任桓玄幕僚、镇军参军、建威参军等职，41岁任彭泽令，八十余天后辞官归隐。之后的二十余年，陶渊明固守田园，过着隐居生活，直到62岁终老。

陶渊明生活在晋宋易代之际"乱"与"篡"的政治环境中。在重视门阀的当时，他既无法和王谢等士族相比，又不同于寒门士子。一方面他所受的教育使他具有一般读书人应有的"大济苍生"的壮志；另一方面他又受阶级地位的影响，政治处境十分尴尬。所以，29岁出任江州祭酒后，他一直时官时隐，这足以说明他对现实的不满与不适应。他最后一次出仕为彭泽令，但短短八十多天后便辞官。萧统所编的《陶渊明传》记载，"会郡遣督邮至县，吏请曰：'应束带见之。'渊明叹曰：'我岂能为五斗米折腰向乡里小儿！'即日解绶去职，赋《归去来》"。从此，他再也没有出仕，直到生命结束。《归去来》即《归去来兮辞》，是他脱离仕途与世俗而回归田园、回归自然的宣言书。

> 归去来兮！田园将芜胡不归？既自以心为形役，奚惆怅而独悲？悟已往之不谏，知来者之可追；实迷途其未远，觉今是而昨非。
>
> ——《归去来兮辞》（节选）

"心为形役"是他身居官场的最大痛苦，摆脱官场、物质的束缚，释放心灵深处的政治失落感，使得他找到生命的归宿；"舟遥遥以轻飏，风飘飘而吹衣"，这般如释重负，这般飘然欲飞。这篇文章之所以有着永恒的生命力，是因为对后人来讲，

• 原典阅读：
《归去来兮辞》《五柳先生传》

一切的自由、解放、舒畅、欣喜，都可以在此间抒发得淋漓尽致，难怪欧阳修评价："晋无文章，惟陶渊明《归去来兮辞》一篇而已。"（《东坡志林》）魏晋人其实很沉重。曹操时代的人，渴望改变，崇尚建功立业，虽悲凉但也慷慨；阮籍时代的人，知道改变不了，内心愤然悲凉，将慷慨变作任情；到了陶渊明，这个时代的人不设法改变了，不生气了，在人境，心却远，外界与我无关。陶渊明做到了超越，他回到了自然，将自己的生命紧贴在农耕社会的这片土地上，他才是真正地从生命的本源来认识生命的人，他才是魏晋时期哲学意味上解放得最彻底的一个。李泽厚在《美的历程》中说："他（陶渊明）把自《十九首》以来的人的觉醒提到了一个远远超出同时代人的高度，提到了寻求一种更深沉的人生态度和精神境界的高度。"（李泽厚《美的历程》）

第二节 桃花源——陶渊明的理想家园

在我们民族的文化里一直存在着一种"桃花源情结"。

中国文学史上有许多游记名作，也造就了许多名胜古迹，但没有哪一处游记中的风景能像桃花源一样，将自己的基因遍洒中华大地，而且繁衍不息。不但文学家在诗文里反复对它渲染，而且在现实中许多地处偏远、闭塞但稍有姿色的山村，也自称"世外桃源"，被真真假假地当成理想的栖身之所在。从《桃花源记》起，一千多年来，中国人一直在为陶渊明笔下的这个理想世界按图索骥、寻寻觅觅。

有人认为，武陵渔人进入的桃花源，应该是一处天坑。中国南部一带天坑众多，至今还有许多未发现者。天坑，大者长宽数百米，周长数千米，像重庆的小寨天坑，战乱时就有人避难于此，所以"桃花源"在天坑是有可能的。《桃花源记》说："林尽水源，便得一山。山有小口，仿佛若有光。便舍船，从口入。初极狭，才通人。"占人游记中多有这样的描述：先经过一个狭小的口子，接着见到一个豁然开朗的洞中厅堂。古人所说的洞中厅堂的景观，多见于喀斯特地貌，洞顶长时间受侵蚀后塌陷，就形成了天坑。天坑是隐秘的，需"复行数十步，豁然开朗"；天坑是宜居的，"土地平旷，屋舍俨然"；天坑是有阳光的，"良田美池桑竹之属，阡陌交通，鸡犬相闻。其中往来种作"才有可能。

桃花源存在于现实中吗？若存在，到底在哪儿？陈寅恪首先质疑桃花源在武陵的传统说法，认为桃花源在北方的弘农或洛水上游一带。（《桃花源记旁证》）之后这个问题被争论了几十年，湖南常德、湖北十堰、安徽黟县、重庆酉阳……处处自诩桃花源，人人争当武陵人，全国疑似桃花源的地方不下几十个，至今官司犹酣。其实，地理上的桃花源是否真实地存在过或者在哪里并不重要，重要的是它已然成为中国人诗意地寄放自己灵魂的精神家园，这是任何一处山水都比不上的。中国的农耕文明非常漫长，那时候先民们过的是一种自然式的生活，这种生活方式培育了他们对大自然的高依赖心理，使他们对世界不求甚解，只要安定就好，习惯于追求"三十亩地一头牛，老婆孩子热炕头"。这样的价值追求被陶渊明在《桃花源记》里形象地描绘和提炼了：人民安居乐业，彼此和睦相处，民风古朴淳厚，田园牧歌式的风光，宁静淡远的意境……这里没有阶级，没有剥削，没有欺诈，人与人，人与自然，人与神灵，和谐共生。当政治家、理论家们还在为什么是理想的治国之道争论不休时，文学家的陶渊明却轻叹一声："不如不治。"提笔濡墨，将中国古人的生存理想、生存智慧与生存艺术汇聚笔端，一幅桃花源幸福蓝图，不焦不躁，不偏不激，于淡淡写景叙事中，铺排出热烈的社会理想，如椽巨笔，令人叫绝。

　　晋太元中，武陵人捕鱼为业。缘溪行，忘路之远近。忽逢桃花林，夹岸数百步，中无杂树，芳草鲜美，落英缤纷。渔人甚异之。复前行，欲穷其林。

　　林尽水源，便得一山，山有小口，仿佛若有光。便舍船，从口入。初极狭，才通人。复行数十步，豁然开朗。土地平旷，屋舍俨然，有良田、美池、桑竹之属。阡陌交通，鸡犬相闻。其中往来种作，男女衣着，悉如外人。黄发垂髫，并怡然自乐。

　　见渔人，乃大惊，问所从来。具答之。便要还家，设酒杀鸡作食。村中闻有此人，咸来问讯。自云先世避秦时乱，率妻子邑人来此绝境，不复出焉，遂与外人间隔。问今是何世，乃不知有汉，无论魏晋。此人一一为具言所闻，皆叹惋。余人各复延至其家，皆出酒食。停数日，辞去。此中人语云："不足为外人道也。"

　　既出，得其船，便扶向路，处处志之。及郡下，诣太守，说如此。太守即遣人随其往，寻向所志，遂迷，不复得路。

　　南阳刘子骥，高尚士也，闻之，欣然规往。未果，寻病终。后遂无问津者。

——《桃花源记》

　　陶渊明笔下的桃花源是一处风景，但又绝不仅仅是一处风景，还是一种生活符号、文化标记。16世纪，欧洲出现了空想社会主义——"乌托邦"，20世纪，德国哲学

家海德格尔提出"诗意地栖居"，而这时，距离陶渊明以其对山水自然的伟大理解而完成朴素诗意的表达，已有一千多年。

第三节　田园诗——中国文学的新园地

习惯上我们总把山水和田园并称，实际上无论从审美对象还是审美角度看二者都是不同的。山水诗往往和行旅连在一起，写诗人主体对山水客体的审美，是欣赏；田园诗则表现农村、农夫、农耕，是体验。在陶渊明以前，农村生活题材的诗文，主要以表现劳作的艰辛与生活的不易为主，并没有把农村、田园当作审美对象去看待。陶渊明在田园劳动中找到了心灵的归宿和寄托，也几乎在荒野空白里，为中国诗歌开辟出了田园诗这块艺术园地，从此，中国诗歌增添了一种新题材。

他的田园诗或春游，或登高，或酌酒，或读书，或与家人团聚，或与邻里唠嗑，时而种豆南山，时而采菊东篱，描摹田园风景的恬淡，表现田园生活的简朴，真实平凡，悠然自得。

> 少无适俗韵，性本爱丘山。误落尘网中，一去三十年。羁鸟恋旧林，池鱼思故渊。开荒南野际，守拙归园田。方宅十余亩，草屋八九间。榆柳荫后檐，桃李罗堂前。暧暧远人村，依依墟里烟。狗吠深巷中，鸡鸣桑树颠。户庭无尘杂，虚室有余闲。久在樊笼里，复得返自然。
>
> ——《归园田居》其一

笔墨简淡，出神入化，勾勒出了归隐后的居住环境，由近及远，以动写静。没有哪个诗人能将平凡的鸡鸣狗吠写得这么情趣盎然，如此亲切的自然与污浊喧嚣的樊笼两相对照，表现了诗人的社会理想与价值观念。又见炊烟，那未被庸俗污染过的乡下的天空，是否轻啜一口都满是甘甜？

> 种豆南山下，草盛豆苗稀。晨兴理荒秽，带月荷锄归。道狭草木长，夕露沾我衣。衣沾不足惜，但使愿无违。
>
> ——《归园田居》其三

没有哪个人如陶渊明一般耕种不为收成，草盛豆苗稀，仍然乐此不疲。当这个可爱、率真的老头扛着锄头出现在有月的画面里时，我们释然了：劳动最美好，过程最惬意。这正是陶渊明最深刻的发现。

陶诗铺排少，用典少，朴素的语言，简单的白描，连形容词都不多，更无辞藻堆砌。因了心境淡然，笔触才能简淡，虽然题材平淡，却境界高远，这和他"人淡如菊"的人生境界一样，自然、静虚、悠远。陶渊明自有一种内在的定力吸引着后人，所谓"淡定"，淡就是定，淡在表象而定在内心。苏轼评："渊明诗，初视若散缓，熟视有奇趣。"（《冷斋夜话》）元好问评："一语天然万古新，豪华落尽见真淳。"（《论诗绝句》）平淡绝非无味，它是一种超越绮丽雕饰的老道，一种炉火纯青的境界。"淡极始知花更艳"（曹雪芹《红楼梦·薛宝钗咏白海棠》），绚烂至极归于平淡，灿然只在心里。如同画水墨，初学者一定弄得满纸脏墨，只有得其神韵者方可以控好墨色。然也因其淡才需要品，陶渊明的价值在他生活的时代并不为人所尽识，直到唐宋以后才被文人普遍接受。与阮籍忧愤无端、慷慨任气所不同，陶渊明的超然事外，平淡冲和，是魏晋风度另一种深刻的表现。

● 原典阅读：
《时运四章》
《饮酒·秋菊有佳色》《杂诗·人生无根蒂》

> 结庐在人境，而无车马喧。问君何能尔，心远地自偏。采菊东篱下，悠然见南山。山气日夕佳，飞鸟相与还。此中有真意，欲辨已忘言。
>
> ——《饮酒》其五

王国维在《人间词话》中说："有有我之境，有无我之境。'泪眼问花花不语，乱红飞过秋千去''可堪孤馆闭春寒，杜鹃声里斜阳暮'，有我之境也。'采菊东篱下，悠然见南山''寒波澹澹起，白鸟悠悠下'，无我之境也。"本无意见山，不过偶尔抬头，心与境瞬间感应，一时间心中澄澈透明，物我两忘，竟然无言以对，此所谓"得意忘言"。陶诗不仅诗意盎然，而且蕴含哲理，其最大贡献是于乱世、乱政、乱象之中，为中国人开辟出了一块"静土"，那就是——心远地自偏。

在中国文化里，屈原代表主流的载道文化，陶渊明代表非主流的休闲文化。屈原在前面"带路"，陶渊明在后面"断后"，他们伴随着知识分子的整个生命历程。仕途顺，你就跟着屈原往前冲，在前线受伤了，你可以退下，来到陶渊明的桃花源里疗伤。之后，你有两个选择：或官，或隐。

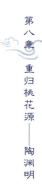

练习·思考·延伸

1. 陶诗的特点是平淡中见深情，质朴中含至味，试以具体作品为例分析。

2. 陶渊明写"菊"并不多，但为什么他能成为"菊"的化身？试述中国文学经典意象——"菊"的成因及内涵。

*3. 陶渊明在文学史上有着重要的影响，但为什么在他之后的一两百年中，只被作为"隐逸诗人之宗"看待，而其文学成就没有受到应有的重视？陶渊明的诗歌得到很高评价始于哪个时代？历代都有哪些代表性的评价？

以"诗意朗读"作结

读《饮酒》

朗读提示："凡音之起，由人心生也。""气有感动，声随气发。""斯感有万端之异，斯音有万态之殊。"古人的这些描述讲出了有声语言的情感、气息和声音的关系，即内心情感决定气息状态，气息状态支配声音形式。可见只有因情用气，以气托声，才可以达到以声传情的朗读效果。一般来说，喜则气满声高，爱则气徐声柔，悲则气沉声缓，急则气短声促……"采菊东篱下，悠然见南山"，是王国维"无我之境"的典型，至闲至静、怡然自得的心境下，开口定是气舒声平，淡然悠远。

朗声读来——

《饮酒》

第九章

唐诗江山

从《簪花仕女图》说起——

　　《簪花仕女图》是唐代画家周昉的名作，表现了春夏之交六位盛装的贵族女性游园赏花的情景。画中人物体态丰腴，风姿绰约，面庞圆润，艳若桃花，眼睛修长，小嘴樱红，描着当时流行的如今我们都不敢轻易尝试的桂叶眉，穿着露肩的如今我们所说的抹胸连衣裙，外披有着精美刺绣的纱衫，透明、轻薄、飘逸、奢华、高贵。而画中最引人注目的是最右侧的美人头上盛开的牡丹花。娇娆、旖旎的花瓣，连同那带着生命的绿枝，或许还有露珠，承着唐人的厚爱，一起簪于高而精致的峨髻上。"风带舒还卷，簪花举复低。"（谢偃《杂曲歌辞·踏歌词》）静止的美人已是雍容妩媚，想来举步间更是仪态万方了。簪花在南北朝时已成风气，一般是根据时令在髻上簪各种花。到了唐朝，牡丹集万千宠爱于一身，一跃升为国花，自然就引领了头顶的时尚。"唯有牡丹真国色，花开时节动京城。"（刘禹锡《赏牡丹》）唐人喜爱牡丹，甚至成就了一个洛阳牡丹城。为什么在唐朝独牡丹能艳压群芳呢？比之其他花朵，牡丹花型硕大丰满，且盛开时艳丽无比，其雍容之风度、绽放之气势非他者能比。唯牡丹才配得上唐人的自信，唯牡丹才契合时代的气度，故牡丹自唐代开始成为富贵繁盛的象征。"环肥燕瘦"极准确地概括了汉与唐两代不同的审美取向，汉及古代大多数时期皆以窈窕内敛为美，独唐代爱丰肥浓丽之美，可能是因为李唐皇室有着鲜卑族血统，游牧民族自古以"羊大"为美，因此，民族的审美习惯成为时代的审美风尚就再自然不过了。时代审美视野下的"肥"，其实是一种开放、从容的姿态，唐人大胆的装束在中国古代可谓空前绝后，这就是"盛唐气象"。

▶ 周昉《簪花仕女图》

学习提要

　　本章主要介绍唐诗演进的各个阶段的发展情况、重要流派、主要作家及其作品。

　　初唐，主要了解"四杰"与陈子昂对唐诗演进的重要作用；盛唐，重点把握山水田园和边塞两大诗歌类型的创作及审美价值；中唐，重点了解新乐府运动在唐诗发展过程中的意义，基本了解中唐各个流派、各种风格的创作情况；晚唐，要对"小李杜"的创作及其意义加以关注。

　　通过阅读和背诵优秀篇目，把握诗歌的意象、意境，进一步提升诗歌鉴赏能力。

相关信息

　　科举　是隋唐以来以考试选拔官吏的制度。由于采用分科取士的办法，所以叫作科举。科举起于隋，发展于唐，完善于宋，盛行于明清，延续至清末，存在了1300多年。隋朝以前，通过"九品中正制"选拔官员，这种选拔方式导致寒门学子无法步入仕途，隋朝开始改为科举制。唐因隋制，分常举和制举两种，武则天时创殿试和武举，殿试杜绝了通过钱财取士的现象，是完善科举制的一项重大措施。唐玄宗时，诗赋成为主要的考试内容。明清时期科举考试逐渐僵化，被称为八股取士。

仿佛是柳暗花明，峰回路转。公元 618 年，李渊推翻了隋朝统治，建立了李唐政权。经历了汉末至南北朝持久的战乱后，中国的历史终于又进入了一个大一统时期，迎来了与汉代相提并称盛世。

唐朝政权稳固、军事强大、经济与文化繁荣，皆得益于统治者的开放心态。李氏统治者起兵于太原，相传有北方少数民族的血统，这使其能够视华夷为一家，这种思想全面地体现在上及国家政权、下至民众生活的各个方面。政治上，吸取历史教训，实行开明政策，使社会经济得以迅速发展，出现了"贞观之治""开元盛世"的鼎盛局面，为文化的发展创造了极为有利的条件；思想上，以儒为主，兼取百家，形成了儒、佛、道交融的基本形态，极大地影响了士人的生活方式，从而影响了文学的发展；文化上，敞开胸怀，以相当宽容的态度，广泛接受来自西域及其他各国的文化信息，从文学艺术到衣食住行，无不杂取中西，商旅往来、文化交流、宗教传播，则构成了唐代独有的异域风景。这些都对文学题材、风格的多样化有着重要的意义。

唐朝像一朵盛放的牡丹，华丽、高贵、惊艳，美得旁若无人，美得独占鳌头。如日中天的国力，旺盛的生命力，八面来风的宏大气度，共同绽放出让后人瞠目结舌的艳丽之花。盛唐是中国古代历史上最激动人心的时期，也是最令人向往的时期。盛唐之盛，固然体现在国家的强盛上，但也在士人通过文学尤其是诗歌表达出来的自由精神与青春气息上。开放、强盛的国家为文人士子提供了一条广阔的人生之路，科举取士使他们有意愿指点江山，交通发达使他们有条件漫游天下，开疆拓土使他们有机会建功立业，安定富足使他们有兴趣读书于山林，即使被贬在路上、在边地，也能开出灿烂的生命之花。同样是大有作为令人豪迈的时代，比之刚从上古的荒茫中走来，还带有拙朴甚至原始崇拜的浪漫的汉代，唐代更多了一份明媚与自信；同样是有着进取精神的昂扬浪漫情调，唐代文学更呈现出一种少年般的轻快与激荡。"天生我材必有用"，李白所唱出的正是唐朝这个时代的主旋律。

唐朝人恢弘的胸怀气度，对不同文化的兼容，以及文人多姿多彩的生活，造就了文学、艺术的全面繁荣。唐诗，是那个时代最具代表性的艺术样式，它所体现的"盛唐气象"是了中国文学审美追求的理想境界。《全唐诗》收录了 2 800 多位诗人的近 5 万首诗，数量之多令人称奇；诗仙、诗圣、诗佛同时出现在盛唐时期，颇有三教并存的恢弘气度；屈指数来独具风格的诗人少说也有五六十个，这是任何时代所不能比肩的；那种上至皇帝下至平民全民皆诗的盛况，让后人几乎相信唐朝人就是生活在诗里，出口即吟俯拾皆诗。这些都让后人艳羡不已，心向往之。

第一节　初唐曙光　风骨兴象

任何一个朝代，在其开创伟大基业时总是充满了自豪与激情的，它需要表达，尤其需要文学的表达。汉王朝在它建立了大一统帝国后选择了以铺张的手法来加以抒发，而唐王朝则选择了诗歌这种历经四言、五言、七言的发展已经成熟的文学形式来作为其激情灿烂的表达。唐朝成就了诗歌，唐诗更为唐朝锦上添花。

一、律诗定型

唐太宗是开国后第一代诗人的领袖，在他周围形成了一个以宫廷文人为主力的诗人群体，与他在政治上具有雄才大略形成反差的是，他作诗却喜风花雪月。上行下效，一时间以宫廷宴乐为表现形式的诗歌成为创作主流。唐初先后出现了几个宫廷文人集团，有太宗时期的虞世南，高宗时期的上官仪，武后时期的"文章四友"李峤、苏味道、崔融、杜审言，中宗时期的沈佺期、宋之问，他们无不在艺术上追求繁缛、绮丽的声辞之美。较有代表性的是做过宫廷侍臣的上官仪，其应制之作被称为"上官体"，尽管它不似齐梁宫体诗那么绮丽浮华，但香艳的脂粉气也很重，缺乏雄杰之气。

初唐时期，律诗体制的建设也是唐诗走向繁荣必不可少的准备，除上官仪之外，杜审言、沈佺期、宋之问三人对于律诗体制的规范与成熟也起到了显著的作用。杜审言诗以五律为主，律句严谨，笔力雄浑，《和晋陵陆丞早春游望》被明人胡应麟誉为"初唐五言律第一"（《诗薮》）。"沈宋"完成了永明体的四声律到唐诗平仄律的演变，并且形成了一种可以推而广之的声律规范。"沈、宋之流，研练精切，稳顺声势，谓之律诗。"（元稹《唐故工部员外郎杜君墓系铭并序》）这是"律诗"之名最早的记载，可见"沈、宋之流"不仅成为律诗定型的标志，也因此确立了沈、宋在诗坛的地位。

文学经历了魏晋南北朝的自觉时代，积累了丰厚的艺术经验，但六朝积习一时难以扭转，况新朝乍立也需要歌颂与粉饰，因此，诗歌革新的重任不可能由视野有限的宫廷诗人来完成，只能落在社会中下层士人的身上。

• 原典阅读：
《和晋陵陆丞早春游望》《题大庾北驿》《送杜少府之任蜀州》《在狱咏蝉》《从军行》

二、唐诗风骨

王勃、杨炯、卢照邻、骆宾王，人称"初唐四杰"。他们都聪明早慧，才高位卑，充满了激情与幻想，在初唐东征西讨扩大疆土的时代，在英雄主义、建功立业的社会氛围里，他们挺身而出，怀揣着变革诗风的自觉意识，抒发着那个时代文人的热情与豪气。他们反对纤巧绮靡，主张刚健骨气，他们的创作实践与美学追求都与宫廷诗人大不相同，他们把诗歌从局限的宫廷引向了广阔的社会，展现了清新活泼的诗风，引导唐诗走上了健康之路。如王勃的《送杜少府之任蜀州》充满了好男儿志在四方的慷慨情怀；杨炯的《从军行》挥洒着立功边塞的书生意气，其内在气骨已让人隐约感受到即将来临的盛唐之音；卢照邻的《长安古意》抒发了沉沦下僚的激愤之情；骆宾王的《在狱咏蝉》寄托了无人信高洁的内心不平，其内在气骨已让人隐约感受到即将来临的盛唐之音。但四杰也没有真正革除六朝遗风，他们甚至还以大量的骈文而名世。

真正有意识地改变前朝诗风并从理论到实践呼唤盛唐之音的是稍后一些的陈子昂。在馆阁诗人醉心于诗律的新变之时，他却尖锐地对齐梁诗歌提出批评："观齐、梁间诗，彩丽竞繁，而兴寄都绝，每以永叹。思古人，常恐逶迤颓靡，风雅不作，以耿耿也"。（《与东方左史虬修竹篇序》）他鲜明地举起"汉魏风骨"的复古旗帜，提出了"骨气端翔，音情顿挫，光英朗练，有金石声"的诗歌理想。陈子昂荡涤了六朝余习，彻底扭转了齐梁诗风的影响，但他绝不是单纯复古，而是以汉魏时期的刚健之风激发时代的豪侠之气、壮伟之情，其代表作《感遇诗三十八首》就是他人格意识和进取精神的最好体现。"前不见古人，后不见来者。念天地之悠悠，独怆然而涕下。"《登幽州台歌》突破一般怀古题材的窠臼，格式上也不大讲究，直抒胸臆。陈子昂抒发的似乎是个人怀才不遇的悲苦，表达的却是古往今来文人的激情与不平，喷薄而出，不可遏止，诗人用"前""后""天""地"画出纵横坐标，将一个"独"字置于大时空格局之中，使激烈忧愤之"情"与悠悠天地寥廓之"境"妙合无垠，有着汉魏时曹操的苍凉，又透出唐代文人积极进取而敢当天下之大任的开创胸怀。一种得风气之先的伟大的孤独感穿透千年，震惊千古！

• 原典阅读：
《感遇》《代悲白头翁》

三、唐诗兴象

诗歌经过了题材、声律以及气骨等方面的磨砺，到初、盛唐之交，刘希夷、张

若虚两位诗人，更将绵邈情韵与玲珑兴象结合，创造出了意味无穷的诗歌境界，唐诗的高潮已经呼之欲出。

刘希夷的《代悲白头翁》取自于南朝乐府诗，以落花起兴，"洛阳城东桃李花，飞来飞去落谁家？洛阳儿女惜颜色，坐见落花长叹息。今年落花颜色改，明年花开谁复在？"一面是青春不永，一面是万物常新，伤感并不颓丧，惆怅中透着向往，"年年岁岁花相似，岁岁年年人不同"，既是青春的旋律，又有着深远的哲思。

唐诗由宫廷走向江山，由颓靡的夜生活醒来到鸟语花香的早晨，由六朝宫女的靡靡之音变为青春少年的清新歌唱，其标志性的作品是张若虚的《春江花月夜》。

春江潮水连海平，海上明月共潮生。滟滟随波千万里，何处春江无月明。江流宛转绕芳甸，月照花林皆似霰。空里流霜不觉飞，汀上白沙看不见。江天一色无纤尘，皎皎空中孤月轮。江畔何人初见月？江月何年初照人？人生代代无穷已，江月年年望相似。不知江月待何人，但见长江送流水。白云一片去悠悠，青枫浦上不胜愁。谁家今夜扁舟子？何处相思明月楼？可怜楼上月徘徊，应照离人妆镜台。玉户帘中卷不去，捣衣砧上拂还来。此时相望不相闻，愿逐月华流照君。鸿雁长飞光不度，鱼龙潜跃水成文。昨夜闲潭梦落花，可怜春半不还家。江水流春去欲尽，江潭落月复西斜。斜月沉沉藏海雾，碣石潇湘无限路。不知乘月几人归，落月摇情满江树。

——张若虚《春江花月夜》

春、江、花、月、夜，五个名词组成一幅澄明、纯净、美妙、静谧、迷离的自然美景。自有天地之分，便有此江月，究竟是谁第一个看见月亮的？这江月是哪一年起照临人间的？人有生死，代代交替，月无古今，年年相似，月不择人而照，而人却望月生情，明月长照江水，水却东流不返。这是一个哲学命题，天真稚气，永无答案，正如李白的"今人不见古时月，今月曾经照古人"，苏轼的"明月几时有，把酒问青天"，这些不是写景，而是对人生的思考，更是对宇宙的探寻。人生易老，江月不变，只见水流不见人来，莫非江月也在期待？生命是短暂的，在神奇的永恒面前，一种莫名的伤感涌上心头，那是少年的哀愁，青春的感伤，是一种觉醒的生命意识，那是初次展望人生时所感到的轻烟般的惆怅，"少年不识愁滋味""独上高楼，望尽天涯路"，有憧憬，也有迷惘，尽管悲伤，仍然轻快，虽然叹息，总归轻盈。这时期的唐诗，上与**魏晋**时期人如草芥的沉重哀歌不同，下与"安史之乱"后杜甫饱经苦难的现实悲苦相异，它并不是真正的沉重，它一语百媚，甜蜜轻快。"永恒的江山、无垠的风月给这些诗人们的，是一种少年式的人生哲理和夹着感伤、怅惘的激励和欢愉。"（李泽厚《美的历程》）闻一多对此赞不绝口：这是一个"更夐绝的宇宙意识！一个更深沉更寥廓更宁静的境界！在神奇的永恒面前，作者只有错愕，没有憧憬，没有悲伤。……他得到的仿佛是一个更神秘的更渊默的微笑，他更迷惘了，然而，也满足了。……这里一番神秘而亲切的，如梦境的晤谈，有的是强烈的宇宙意识。……这是诗中的诗，顶峰上的顶峰"。（《唐诗杂论·宫体诗的自赎》）勃发的生命力，空明的诗情，纯美的画意，让人有理由相信盛唐即将来临。

第二节　盛唐之音　田园边塞

唐代是一个让人产生豪气的时代，"江山如此多娇"，引无数诗人竞高歌，其优美宁静的一面为田园派写出，壮丽动荡的一面为边塞诗占有，它们构成了盛唐之音的基本内容。

一、山水田园诗派

在唐代长安附近有两座著名的山，一曰骊山，乃皇家度假胜地，有杨贵妃沐浴的华清池；一曰终南山，是文人的隐居之地，有很多著名的诗人、画家在这里建有别业。积极进取大有作为的时代，为何还会有那么多人隐居山中呢？终南山，千峰叠翠，幽雅静谧，不仅是读书山林的绝佳之地，更主要的是地接长安，与大明宫阙遥遥相对，是政治中心不可割裂的舞台。可守可攻！文人本好山水，当仕途不得意时，就容易生超脱之心，但断然远避尘世，往往下不了决心，找一僻静之处，暂时聊作排遣，也是好的。对于那些从各地赶赴京城以求登科擢第的学子来说，选一处山林寺院，潜心研学，把对前途的期望与等待置于终南山中，也是不错的。官僚权贵则因终南山的秀色与地理之便，在这里修建别业，暂别繁华都市，尽享清幽安逸，官场加山林生活成了他们理想的生活模式。无论是自置别业，还是借居寺院，隐者

们在"云深不知处"的终南山中，流连忘返，陶冶性情，寻找着陶渊明笔下世外桃源的感觉，是谓守；这些暂居终南山的人，看起来是在专心地读书归隐，实际上没有几个人真正坦然于尘世之外，他们用余光观察着长安城里的动静，互相走动走动，看似在交流诗作，实则在打探着谁又被皇帝一纸诏书请了去做官，心里免不了酸溜溜的，回来写几句怀才不遇的诗，想办法先在圈中叫了好，然后期望着传到朝中，这暗地里的秋波说不定就被皇帝收到了呢，是谓攻。《新唐书·卢藏用传》记载：卢藏用考中进士，但未得到赏识，便去终南山隐居，后来果然以高士被聘，授官左拾遗，没几年就做到了吏部侍郎，被时人讽为"终南捷径"。终南捷径可谓"儒道兼容"，既得了独善其身，又赚了兼济天下。

唐代诗人也并非全在作秀。归隐也是傲世独立的一种表现，抛开尘世的纷纷扰扰，忘情山水以显示高洁人格，返归田园以寻求自然与心灵的契合点，本来就是文人的必修课。也唯有寂寞静心，才能敏锐地观察和细致地表现自然，才能以虚灵空明的胸襟体悟山水，才能创造出宁静高逸的诗境。在创作的过程中，诗人向外发现了山水之美，向内发现了自己的真性情，因而就有了自然美与心境美的交融。"终南阴岭秀，积雪浮云端"（祖咏《终南望余雪》），"时有落花至，远随流水香"（刘眘虚《阙题》），"云光侵履迹，山翠拂人衣"（裴迪《华子冈》），"疏钟清月殿，幽梵静花台"（储光羲《苑外至龙兴院作》），"坐听闲猿啸，弥清尘外心"（孟浩然《武陵泛舟》）……隐逸之风催生了一个诗歌流派——山水田园派。盛唐诗人大多数都有隐居经历，即使身在官场，也是心向山林。唐代是一个可以隐又隐不住的时代，消极遁世的纯粹隐士几乎没有。

王维（701？—761），字摩诘，诗人、画家。先世为太原祁县（今属山西）人，其父迁居于蒲州（治今山西永济西南蒲州镇），遂为河东人。开元进士，任太乐丞，因事受累，贬济州司参军，后得名相张九龄赏识，擢为右拾遗，又迁监察御史，一度奉命出塞，为凉州河西节度判官。40岁左右半官半隐。在"安史之乱"中为叛军所捕，被迫出任伪职，战乱平息后下狱，旋即得赦，后官至尚书右丞。

王维是山水田园一派的代表，享有"诗佛"之美誉，原因有二：其一，一生向佛。王维名"维"，以"摩诘"为字。维摩诘是古印度佛陀时代的著名居士，在梵文里，"维"意为"没有"，"摩"是"脏"，"诘"是"匀称"，"维摩诘"就是以洁净、没有污染而著称的人。王维其名、其字恐怕与其母信佛不无关系，而王维一生向佛，与其早年所受影响更有直接关联，虽历任右拾遗、监察御史等职，但他一直是时隐时官。王维晚年得终南山宋之问辋川别业，于山水绝胜之间，弹琴赋诗，长斋奉佛。

▶ 辋川别业

其二，王维诗澄明宁静，优美明秀，有佛家的空灵虚静，如"维摩诘"之意，纯然一片。如果说陶渊明之诗如山泉一般的话，那王维之诗则如同层层滤过的纯净水一样。王维喜用"空"字，"薄暮空潭曲"（《过香积寺》），"空翠湿人衣"（《山中》），"空林独与白云期"（《早秋山中作》），"空"指向的不是"无"而是丰富，不是"死"而是灵动。王维对"空"境的营造来自对山水的体悟和佛家万物皆空的领会，其境界在于，参禅而不露禅机，赋诗而意在诗外，达到了诗境与禅境融合的极致。在中国诗歌的审美中，意境是一个必不可少的关键词，是指诗人的主观情思与客观景物相交融而创造出来的浑然一体的艺术境界。意境的创造离不开意象的选择，而境生于象，应超乎象，"行到水穷处，坐看云起时"（《终南别业》），人无意而至此，云无心而出岫，思与境谐，神与物会，诗歌才会呈现出巨大的艺术张力。

空山不见人，但闻人语响。返景入深林，复照青苔上。

——王维《鹿柴》

独坐幽篁里，弹琴复长啸。深林人不知，明月来相照。

——王维《竹里馆》

人闲桂花落，夜静春山空。月出惊山鸟，时鸣春涧中。

——王维《鸟鸣涧》

木末芙蓉花，山中发红萼。涧户寂无人，纷纷开且落。

——王维《辛夷坞》

• 原典阅读:
《少年行》《终
南山》《渭川
田家》等

宁静至极却又生趣盎然，清新、明朗、健康，完全是盛唐的风范。王维有着很高的音乐造诣，又是当时著名的画家，对自然的感受非常敏锐，善于捕捉自然事物的光影、色彩与节奏。"明月松间照，清泉石上流"（《山居秋暝》），松与月光皆为直线条，一垂直一斜向，光影移动间造成一种流动；石与泉流都是曲线的，相触相碰间叮咚成乐。诗句既有音乐的美感，又有丰富的画面层次。类似的诗句在王维的集子里有很多："泉声咽危石，日色冷青松"（《过香积寺》）、"荆溪白石出，天寒红叶稀"（《山中》）、"漠漠水田飞白鹭，阴阴夏木啭黄鹂"（《积雨辋川庄作》）等，不一而足。对此，苏轼的评价最为精当："味摩诘诗，诗中有画，观摩诘画，画中有诗。"（《书摩诘蓝田烟雨两首》）"诗情画意"，可谓中国最具特色的美学理论。不仅诗与画密切关联，连书法也是与之统一的，这是由于在创作中三者可以达到境界互通，即"不求形似"而"得之于象外"。但诗、书、画真要相得益彰，岂是说说了得？这既和天赋才思有关，更需要有学养积淀和不断的艺术实践。在古代，诗文出众、翰墨尤高、兼擅丹青之士，如王维、郑虔、苏东坡、唐寅、徐渭、郑板桥等无不如此。诗心可以激活画趣，画意也可激发诗情，可仔细想来，诗可以入画，但画真能尽诗意吗？宋徽宗时期设立的画院常以"野渡无人舟自横""竹锁桥边卖酒家""踏花归去马蹄香""嫩绿枝头红一点，动人春色不需多"等题目考学生，"以诗入画"倒可以见得诗歌对绘画的影响更为深远一些。

孟浩然与王维齐名，是山水田园诗派的另一个代表，是唐代诗人当中极少的布衣诗人之一。他秉性孤高，虽有济世怀抱，却求仕无门，"欲取鸣琴弹，恨无知音赏"（《夏日南亭怀辛大》），可见他出仕的迫切心情，但既然"不才明主弃，多病故人疏"（《岁暮归终南山》），索性也就断了念想，放任于山水之间。他潇洒逍遥的生活方式和个人魅力，倒让当时已有诗名的李白仰慕不已："吾爱孟夫子，风流天下闻。红颜弃轩冕，白首卧松云。"（《赠孟浩然》）

八月湖水平，涵虚混太清。气蒸云梦泽，波撼岳阳城。欲济无舟楫，端居耻圣明。坐观垂钓者，徒有羡鱼情。

——孟浩然《望洞庭湖赠张丞相》

与其他盛唐诗人相同，孟浩然有着强烈的济世愿望，《望洞庭湖赠张丞相》就是他希望得到引荐写给丞相张九龄的，既有"气蒸云梦泽，波撼岳阳城"的磅礴气势，也有"欲济无舟楫,端居耻圣明"的深阔感慨,确是非同凡响、大气吞吐的盛唐之音,用清人潘德舆的话说就是"精力浑健,俯视一切"(《养一斋诗话》)。

如果说王维隐居山林是一种文艺的生活,那孟浩然就是一种返归田园的自然生活,孟浩然的诗有一种质朴纯真的美,他的《过故人庄》深得陶渊明的真意,以"我"的口吻叙家常,简朴亲切,味道醇厚。"绿树村边合,青山郭外斜",白描写来,似又见"暖暖远人村,依依墟里烟"(陶渊明《归园田居》),"开轩面场圃,把酒话桑麻","癯而实腴"(苏轼《与苏辙书》),同工于"欢然酌春酒,摘我园中蔬"(陶渊明《读山海经》)。不同的是,陶是避世,于艰苦中坚守,于污浊黑暗中努力经营一个世外桃源。孟处盛世,田园乃太平景象,无贫困之局促,有丰足之自得,因而世人爱他诗酒风流。孟浩然的《春晓》更是妙手偶得,炉火纯青,堪称唐人生活的代言。

> 春眠不觉晓,处处闻啼鸟。夜来风雨声,花落知多少。
>
> ——孟浩然《春晓》

那个早春的清晨,诗人一觉醒来,耳边满是清脆的鸟语,或者诗人就是被小鸟叽叽喳喳唤醒的,隐约想起昨晚好像刮风了下雨了,那么花儿该是落了一地吧?似乎漫不经心,有些惜花,淡淡的伤春,但并不哀伤,这就是盛唐的清新与明媚。盛唐是一个让人睡得着而且能睡到自然醒的时代,而不是如魏晋人心怀强烈的生命之忧那样,"夜中不能寐,起坐弹鸣琴"(阮籍《咏怀》)。

与前人单纯地歌咏归隐山林相比,王维、孟浩然等盛唐诗人向往的隐逸,已超出了一般意义上的避世,更有一种无迹可寻、天机清妙的精神境界。山水田园派诗人创造的清幽静谧的诗歌意境,可谓中国诗歌的典范。

与王维、孟浩然同时且诗风相近的还有一批诗人,如裴迪、祖咏、储光羲、常建等。裴迪曾与王维一起隐居终南山,二人多有唱和之作;祖咏的《终南望余雪》、储光羲的《钓鱼湾》都是格调高远的优秀之作;常建则是其中成就较高的一位。

> 清晨入古寺,初日照高林。曲径通幽处,禅房花木深。山光悦鸟性,潭影空人心。万籁此俱寂,惟余钟磬音。
>
> ——常建《题破山寺后禅院》

古寺静寂，山林空明，本就让人忘却尘世杂念，清悠佛音更引人进入纯净怡悦的禅境。常建诗被称为"清而僻"（《诗薮》），与王维的诗境相近，下启孟郊、贾岛一路。

二、边塞诗派

就在王维、孟浩然等诗人歌咏盛唐明山秀水的同时，一群具有阳刚气质的豪侠型才子，以一种全新的生命姿态登上诗坛，他们热衷于功名，即使失意也不失雄杰之气，他们满怀豪情地唱响了唐诗最高亢、最激昂、最强劲的音符，浪漫的英雄主义情怀弥漫了整个盛唐的天空。高适、岑参、王昌龄、王之涣、李颀、崔颢……这一串响亮的名字，总能让人想起那一段激情燃烧的岁月。沙场，这个自古以来就与荒凉、饥寒、苦难连在一起的名词，在边塞诗人的笔下，在唐朝的时代背景里，变得无比开阔与壮丽，可谓前无古人，后无来者，其题材与色彩更是西方文学中绝无仅有的。

大漠穷秋塞草腓，孤城落日斗兵稀。

——高适《燕歌行》

山回路转不见君，雪上空留马行处。

——岑参《白雪歌送武判官归京》

秦时明月汉时关，万里长征人未还。

——王昌龄《出塞》

羌笛何须怨杨柳，春风不度玉门关。

——王之涣《凉州词》

行人刁斗风沙暗，公主琵琶幽怨多。

——李颀《古从军行》

青海长云暗雪山，孤城遥望玉门关。

——王昌龄《从军行》

露重宝刀湿，沙虚金鼓鸣。

——崔颢《辽西作》

唐朝的边塞诗里有两个关键词，就是阳关和玉门关，它们始建于汉代，是内地去往西域的必经之路，是汉代"丝绸之路"的南北重要通道和关隘，也是唐代重要的军事要冲。"劝君更尽一杯酒，西出阳关无故人。"出了阳关，就离了故土，风沙茫茫生死难测；出了玉门关，就是出塞，要准备好出生入死的决心。在唐代诗人眼里，这两个地方表达的不仅是苍凉、悲苦，更是豪迈、勇敢与一往无前，明知出了关等待自己的是"古来征战几人回"的生死未卜，但就是抱定了"送君万里西击胡，功名只向马上取"的决心；虽然有"故园东望路漫漫"的割舍不下，但也有"忽如一夜春风来，千树万树梨花开"的边塞胜景；虽然严寒冰冻，但依然乐观，纵然是艰苦战争，也豪气勃发，即使是出征远戍，也健朗劲爽。这是汉民族在欣欣向荣氛围里的一个表征，不再是"风萧萧兮易水寒"式的悲壮与决然，不仅有"匈奴未灭无以家为"式的豪迈与担当，而且更添了"醉卧沙场君莫笑"式的坦然与洒脱，"一生大笑能几回"式的自信与激情。阳关、玉门关这两个原本普通的意象，在唐朝诗人反复的吟咏与传递中，积淀成了雄浑苍凉、离愁别绪的象征，最终成为中国文化空间里一个具有特定意蕴的文化概念。

宇宙万物纷繁复杂，人类情感茫无定象，自有语言以来，人类就饱受不能尽意的困惑。对此，中西方古人找到的是两种完全不同的求解方式：西方人努力追求语言的准确与精密，擅长进行淋漓尽致的心理剖析；中国人则从另一个角度找到了弥合言与意距离的抒情方式，那就是"意象"，意象不是一般的客观景象，而是诗人情感的外化。由于意象更含蓄、更浓缩、更传神，故诗歌审美的关键在"悟"而不在"解"。若将"秦时明月汉时关"简单地理解为秦朝的月亮、汉朝的关隘，不仅文意不通，而且完全没有上下千年万里同悲的壮怀与磅礴，岂不糟蹋了这"唐人绝句压卷之作"？

在盛唐边塞诗人中，最具代表性的莫过于高适和岑参。

高适，是盛唐著名诗人中唯一做到高官而封侯者。性情狂放，有游侠之气。力量、勇武是他的生命基调，因此其诗歌雄厚浑朴，笔力遒劲。

汉家烟尘在东北，汉将辞家破残贼。男儿本自重横行，天子非常赐颜色。拟金伐鼓下榆关，旌旆逶迤碣石间。校尉羽书飞瀚海，单于猎火照狼山。山川萧条极边土，

● 原典阅读：
《从军行》《芙蓉楼送辛渐》
《黄鹤楼》等

胡骑凭陵杂风雨。战士军前半死生，美人帐下犹歌舞！大漠穷秋塞草衰，孤城落日斗兵稀。身当恩遇常轻敌，力尽关山未解围。铁衣远戍辛勤久，玉箸应啼别离后。少妇城南欲断肠，征人蓟北空回首。边庭飘飘那可度，绝域苍茫更何有！杀气三时作阵云，寒声一夜传刁斗。相看白刃血纷纷，死节从来岂顾勋？君不见沙场征战苦，至今犹忆李将军！

——高适《燕歌行》

岑参，曾两次出塞深入西北边陲。他的诗充满了奇情异彩，比之高适的苍劲和厚实，多了几分俊逸和瑰丽，典型地表现出盛唐气象的豪迈气概、乐观精神和浪漫情调。如果说高适如一个戎马将军的话，岑参则像一个随军记者。

北风卷地白草折，胡天八月即飞雪。忽如一夜春风来，千树万树梨花开。散入珠帘湿罗幕，狐裘不暖锦衾薄。将军角弓不得控，都护铁衣冷难着。瀚海阑干百丈冰，愁云惨淡万里凝。中军置酒饮归客，胡琴琵琶与羌笛。纷纷暮雪下辕门，风掣红旗冻不翻。轮台东门送君去，去时雪满天山路。山回路转不见君，雪上空留马行处。

——岑参《白雪歌送武判官归京》

王昌龄是一位享有盛誉的诗人，殷璠《河岳英灵集》称其为"中兴高作"，他的边塞诗有一种深阔的历史感。"关城榆叶早疏黄，日暮云沙古战场。"（《从军行》）"昔日长城战，咸言意气高。黄尘足今古，白骨乱蓬蒿。"（《塞下曲》）在中华大地上，人类不同群体之间发生过激烈的生存竞争，也留下了无数历史的遗迹，为诗人挥洒想象、深入思考提供了广阔空间。擅长边塞诗的王昌龄，又以情思婉转的闺情、宫怨诗著称，如《闺怨》《长信秋词》。从诗体来说，王昌龄专攻七绝，胡应麟说："七言绝，太白（李白）、龙标（王昌龄），皆千秋绝技"（《诗薮》），"七绝圣手"当之无愧。

• 原典阅读：
《旗亭画壁》

与此同时，王之涣、李颀、崔颢等人虽然在题材、形式上各有侧重，但与上述几位声气共同，体现了那个时代凛然的风骨与风貌。

以边塞为题的诗人，不仅有像高适、岑参这样有过军旅生活的人，还有那些受时代精神所感染到边塞漫游体验生活的人，如李白，"明月出天山，苍茫云海间。长风几万里，吹度玉门关"（《关山月》）。甚至还有虽未到过边塞却怀着激动的心情对待战事的人，如孟浩然，"一闻边烽动，万里忽争先"（《送陈七赴西军》）。

而以田园为至爱的王维，稍稍旁逸斜出，偶染边塞，便令那些主攻边塞的诗人歇手。他在奉命赴河西节度使府慰问前线将士时写的那些诗作，如《观猎》《出塞作》《从军行》等，同样洋溢着豪逸之气，具有盛唐的壮阔景象，"大漠孤烟直，长河落日圆"（《使至塞上》）更以其雄浑奇伟的色彩成为盛唐边塞的经典画面。

第三节　繁荣中唐　名家辈出

"安史之乱"历时八年，席卷大半个中国，繁华毁于一旦，唐朝气骨顿衰，如同一股突起的凛冽寒风，把人逼进了万木凋零的萧瑟秋季，在士人心中投下了巨大的阴影。从杜甫开始，中年强烈深沉的忧思取代了少年清新明媚的歌唱，进入中唐后，昂扬风貌、浪漫情调不再，彷徨心绪、寂寞情怀在整个诗坛弥漫开来，诗人的视野开始由广阔的江山向内心退缩。到贞元、元和年间，士人渴望中兴，与政治改革同时，诗坛又现革新风气，诗歌进入另一个发展高峰，从思想、情感到题材、写法再到风格、流派，都显现出不同于盛唐的个性特点，不像盛唐之音那么刚健爽朗，光芒耀眼，但百花齐放，名家辈出，创造了唐诗别样的辉煌。

一、大历诗风

大历诗风是指"安史之乱"后，大历年间一批诗人的共同创作风貌。这批诗人的青春年华多数伴随着盛唐的富庶风流，突如其来的"安史之乱"让他们跌入了破败萧条的境地，强烈的失落感几乎摧毁了他们的仕进欲望，这一点反映在他们的诗中，如："年少逢胡乱，时平似梦中。"（戎昱《八月十五日》）"白发壮心死，愁看国步移。"（钱起《銮驾避狄岁寄别韩云卿》）"莫问生涯事，只应持钓竿。"（朗士元《长安逢故人》）"愿向空门里，修持比画龙。"（耿湋《晚秋宿裴员外寺院》）描绘山水寺观的清幽荒远，寄托散淡孤寂的生活态度，就成了这个时期审美的共同取向。

韦应物，出身贵族，早年也曾意气昂扬，但战乱使他对从政失去信心，便效仿陶渊明从山水中寻求慰藉。他的《滁州西涧》最具代表性，"独怜幽草涧边生，上有黄鹂深树鸣。春潮带雨晚来急，野渡无人舟自横"，简淡宁静的诗境中透出野趣

与落寞，被司空图形容为"澄淡精致"（《与李生论诗书》）。

反映这个时期士人低落、冷漠心态比较典型的还有刘长卿。刘长卿出身贫寒，仕途坎坷，本就郁郁寡欢，"安史之乱"前后的盛衰巨变更让他心灰意冷。在诗歌的创作技巧上，刘长卿有其独到之处，其五言最工，人称"五言长城"，最为著名的是《逢雪后宿芙蓉山主人》："日暮苍山远，天寒白屋贫。柴门闻犬吠，风雪夜归人。"这首诗文字省净，意境幽远，同样有大历时期的衰瑟之气。

当时名气较盛的还有"大历十才子"——钱起、卢纶、李端、吉中孚、韩翃、司空曙、苗发、崔峒、耿湋、夏侯审，他们多有生不逢时之感，实际成就并不大，个别诗如卢纶的《塞下曲》，带有盛唐余风。

除大历诗风这一主流之外，元结在诗歌现实主义理论与创作方面积极实践，成为新乐府运动的先驱；顾况在诗歌技巧方面有意探索，对中唐诗人的创作产生了一定影响；李益边塞诗独树一帜，但其感伤肃杀的情调，有大历风貌。此时，终归盛唐雄风不再。

二、新乐府运动与元白诗派

中唐是一个文化转型时期，文学转向通俗、写实早在杜甫笔下已经开启，经过元结、顾况、戴叔伦等人不同程度的传承，到了白居易、元稹这里有了强烈的呼应。

白居易（772—846），字乐天。其先太原（今山西太原西南）人，后迁居下邽（今陕西渭南北）。早年家境贫困，28岁中进士曾任秘书省校书郎、左拾遗、左赞善大夫，43岁因越职言事被贬江州司马后历任苏州刺史，刑部侍郎，官至刑部尚书。晚年闲居洛阳，号香山居士、醉吟先生，又因晚年与刘禹锡唱和甚多，人称"刘白"。

元稹（779—831），字微之，河南（府治今河南洛阳）人，居京兆万年（今陕西西安）。早年家贫。与白居易同科登第。曾任监察御史，因得罪宦官及权臣，遭到贬斥。与白居易友善，常相唱和，世称"元白"。

元、白二人生活经历相似，早年都家贫，同登及第，都抱有积极入世的态度，有着进步的政治观点，早期立足现实进行批评，同时触怒权贵被贬。他们有着共同的政治倾向，共同的文学追求，也有着深厚的友谊。元、白并称，更在于他们同为新乐府运动的领袖。

新乐府运动，是元、白等倡导的中唐诗歌革新运动。"新乐府"一名，是白居易相对汉乐府而提出的，其含义是创新题、写时事、不入乐，故标以"新"。新乐府运动继承并发扬了《诗经》、汉魏乐府和杜甫以来的现实主义诗歌传统，强调诗歌的社会功用，提出"文章合为时而著，歌诗合为事而作"（白居易《与元九书》）的创作纲领，主动向民歌学习，倡导通俗浅近，是中唐诗人开拓诗歌艺术新境界的尝试，在诗歌发展史上具有重要的意义。白居易与元稹、张籍、王建等人积极用乐府新题的形式创作了大量反映现实的诗歌，白居易的《新乐府》五十首、《秦中吟》十首、《卖炭翁》、《观刈麦》，元稹的《田家词》《织妇词》，张籍的《野老歌》，王建的《水夫谣》，等等，皆为这个时期的优秀作品。

后人对白居易以《新乐府》为代表的讽喻诗历来评价不一。一方面，他直承杜甫，缘事而发，广泛反映民生疾苦，并且对造成民众苦难的根源进行无情鞭笞。"嗷嗷万族中，唯农最辛苦"（《夏旱》），"夺我身上暖，买尔眼前恩"（《重赋》），"一丛深色花，十户中人赋"（《买花》），"白麻纸上书德音，京畿尽放今年税"（《杜陵叟》），"可怜身上衣正单，心忧炭贱愿天寒"（《卖炭翁》）……白居易以巨大的政治热情投入时政，忠实地践行"志在兼济"（《与元九书》）的理想追求，其诗反映现实、揭露政弊，具有深刻性、尖锐性，对社会发展产生非常积极的作用。另一方面，他写实的出发点在讽喻，如"唯歌生民病，愿得天子知"（《寄唐生》）。与杜甫诗的发乎情不同，他是"为君、为臣、为民、为物、为事而作"（《新乐府序》）具有强烈的功用色彩，削弱了诗歌的形象性，作诗等同于奏章、策论，导致诗将不诗。这对当时和后世产生了一定的不良影响。

白居易在艺术上对后世影响颇深的是他的长篇叙事诗《琵琶行》《长恨歌》。作为传诵千古的惊世之作，它们的成功之处在于以下几个方面。

一是主题的提炼。《琵琶行》借琵琶女的身世影射作者自己被贬的际遇，从而发出"同是天涯沦落人"的深沉慨叹。《长恨歌》在表现唐玄宗、杨贵妃二人的情感悲剧之时，也寄托了作者自己爱情失败的憾恨。白居易年轻时与湘灵相恋，但受母亲阻挠，苦恋三十余年无果，他有多首诗是为湘灵而作，"愿作远方兽，步步比肩行；愿作深山木，枝枝连理生"（《长相思》）与"在天愿为比翼鸟，在地愿做连理枝"（《长恨歌》）异曲同工，可见"长恨"寄托遥深，李、杨爱情的升华，震撼了普天下痴男怨女的心灵。《琵琶行》《长恨歌》一为现实题材，一为历史题材，但共同之处在于把一种个人的遭遇、感慨泛化成了具有普遍意义的悲剧体验，因而产生了巨大的艺术感染力。

二是叙事兼抒情。中国的诗歌叙事诗晚起，主流的抒情诗已为其提供了丰富的艺术经验。白居易特别擅长将叙事与抒情结合。如《琵琶行》："枫叶荻花秋瑟瑟"，

• 原典阅读：《卖炭翁》《长恨歌》《暮江吟》等

营造萧瑟落寞的送别氛围；"唯见江心秋月白"，突出荡气回肠的音乐效果。再如《长恨歌》："落叶满阶红不扫"，借花的凋零暗示人去楼空；"夜雨闻铃肠断声"，用雨的凄冷带出人的哀痛。而情到深处之时，诗人也往往直抒直呼，"天长地久有时尽，此恨绵绵无绝期"，动人的情感力量字字戳心。

三是语言优美，描写精当。无论写动作、刻画心理还是描摹乐声，常常仅一两句就神情毕肖，"回眸一笑百媚生""梨花一枝春带雨""犹抱琵琶半遮面""大珠小珠落玉盘"。李忱《吊白居易》中的"童子解吟长恨曲，牧儿能唱琵琶篇"即是对这两首诗艺术效果的最佳注脚。

被贬江州司马之后，白居易宦意渐消，虽又返朝中，官职也不低，但"独善"思想已成为主导，晚年所撰《醉吟先生》可见其生活状态："性嗜酒，耽琴淫诗。凡酒徒、琴侣、诗客，多与之游。游之外，栖心释氏。"由此产生的闲适诗，非常吻合文人士大夫的心理，像《大林寺桃花》《钱塘湖春行》《效陶潜体十六首》等，吟玩性情，淡泊清净，平易浅近，闲逸自适。再如这首"绿蚁新醅酒，红泥小火炉。晚来天欲雪，能饮一杯无？"（《问刘十九》）一个将要下雪的傍晚，诗人坐在火炉前，炉上烫着一壶小酒，周围弥散着温馨的气息。要有个朋友聊聊天喝两盅多好，于是，信手把笔，就有了这首小诗。知足、散淡、无心、随意，有些孟浩然"春眠不觉晓"的味道。问而无须回，就那么一想，情怀淡淡地流露，张力就显现出来了。

元稹的文学思想是和白居易相互启发的，他的乐府诗《织妇词》、叙事诗《连昌宫词》也有很强的讽喻性。元稹是才子型诗人，其悼亡诗最为人称道，《离思五首》《遣悲怀三首》，一往情深，哀思动人。总体上，艺术成就元稹不及白居易，有"元浅白深"之说。

三、韩孟诗

韩愈（768—824），字退之，自谓郡望昌黎，世称韩昌黎。早孤，由嫂抚养成人。24岁进士及第，35岁因上书请求朝廷减免赋税徭役，被贬为阳山县令，后迁刑部侍郎，但不久就因反对唐宪宗拜迎佛骨入朝，被贬为潮州刺史。他一生用心甚切，是非观念强，性格木讷刚直，昂然不肯屈从，致使步入官场后屡遭打击。内心的怨愤与不平，导致他的审美追求不会是淡泊、平和的，因此他的诗风走向了奇崛怪险一路。他被贬南方后，将荒僻奇特之景入诗，故意象险怪，用语也多奇险。身为文章大家，他大胆地将散文技法引入诗歌的创作，虽不免冷峭艰涩，有损诗歌的艺术魅力，但其以文为诗、刻意求新的变革意识，为诗歌发展开辟了新的境界，创立了新流派，对后世尤其是宋诗的创作产生了深远的影响。诗进入中唐，在破坏传统的同时，需要建立新的规范，比起韩文来，韩诗尚不足以撑起局面，但他的崛起对唐诗的发展起到了积极的推动作用。

韩愈作为当时文坛的主将，广交文友，奖掖后人，在他周围聚集了一批志趣相投的文人，形成了韩孟诗派。诗派成员之间酬唱切磋，形成了共同的审美追求，也就是后人总结的好奇尚险。孟郊、贾岛，都受到过韩愈的推荐和帮助，二人一生功名失意，在艺术技巧上颇为用心，追求奇险怪异、古朴瘦硬，以苦吟著称，被苏轼形容为"郊寒岛瘦"。"两句三年得，一吟双泪流。知音如不赏，归卧故山秋。"（贾岛《题诗后》）他们将杜甫"语不惊人死不休"的追求放大至极点，但没有杜甫那样博大的胸怀作底色，诗境、风格皆为中唐意绪。盛唐是不会出产他们这样的"苦吟诗人"的。虽然他们同属韩派诗人，在审美取向上与韩愈趋同，但是他们的诗都缺乏韩诗的雄奇奔放。

四、刘柳诗

刘禹锡（772—842），字梦得，洛阳（今属河南）人，自言系出中山（治今河北定州）；柳宗元（773—819），字子厚，河东解县（今山西运河西南）人，世称柳河东。二人交情甚笃，才华相当，遭遇接近，"二十年来万事同"（柳宗元《重别梦得》）。二人同登进士，同调入京城，同参加王叔文的革新运动，失败后同被贬为司马，后同时奉诏回京，不久分别被贬为连州刺史、柳州刺史。与当时活跃在文坛中心的韩孟、元白不同，他们一生大部分时间都在穷僻荒远的贬所度过。他们的诗歌主要抒写内心的苦闷哀怨，表现身处逆境而不肯降心辱志的精神。但由于个性不同，二人诗风也不尽相同，二人并称，更主要是源于他们被传诵千古的深厚友谊。

刘禹锡是唐朝著名的唯物思想家，有着进步的思想观念，面对政治打击，他能够以乐观的态度傲视忧患、超越苦难。"自古逢秋悲寂寥，我言秋日胜春朝"（《秋词》），透出一股磊落之气。他的咏史咏物诗辛辣刚健，发人深省，具有豪迈之气，如《石头城》《西塞山怀古》《元和十年自朗州承召至京戏赠看花诸君子》《再游玄都观》等；而他的《竹枝词》清新质朴，风格旖旎，可以看出他自觉向民歌学习的创作追求。

柳宗元也是唐代著名的政治家、思想家，有着敏锐的洞察力，但性格褊狭执着，

• 原典阅读：
《听颖师弹琴》《西塞山怀古》等

不够超脱，长期的贬谪生活，沉重的政治压力，使得他年仅 46 岁客死柳州。他死后，韩愈为他写了《柳子厚墓志铭》，他的文集则由刘禹锡整理完成。宦海沉浮，世事沧桑，难得这人间至真友情。柳宗元的诗清峭幽冷，简淡悠远，异于俗流，如"千山鸟飞绝，万径人踪灭。孤舟蓑笠翁，独钓寒江雪"（《江雪》），画面简洁到几乎全白，天地一色，孤寂冷清，诗人遗世独立，超尘脱俗。更耐人寻味的是，这是一首藏头诗，诗人有多少话不愿说、不能说呢？他把自己丰富的内心交付于这短短的 20 个字，留下一个"千万孤独"的密码，透过这个"千万孤独"的背影，我们看到的是一种深沉凝重、孤傲高洁的生命姿态。苏轼曰："所贵乎枯淡者，谓其外枯而中膏，似淡而实美，渊明、子厚之流是也。"（《东坡题跋》）

• 论文：
《以色彩理论解读李贺"鬼世界"》

五、鬼才李贺

李贺（790—816），字长吉，福昌（今河南宜阳西）人，自幼才华出众，自视甚高，却因父名晋肃中"晋"与"进"同音，不得参加科举考试，26 岁时郁郁而死。在中国古代社会里，有许多读书人因为这样那样的原因应举落第，而这个理由是最为荒唐的了。李贺所遭遇的无疑是封建时代文人最致命的打击，这个永远解不开的死结让他的生命生出一种失落感和屈辱感，使他的诗歌蒙上了一层浓重的悲剧色彩。本就体弱多病，加之志向不遂，李贺将其卓越的才华和全部精力投入到诗歌的创作中，苦吟成性，近乎呕心沥血。病弱的躯体与强大的灵魂、死神的威胁与对生命的渴望使他的内心产生巨大矛盾，所以，死亡意象在他的诗里频频出现。他喜欢血色，喜欢炫目五色，他是将悲剧的自己撕开给人看，在别人的颤栗与惊恐中获得快意，他把解脱痛苦的希望寄托于虚无缥缈的神仙世界，他也本该是另一个世界的，否则他不会把听觉、视觉、味觉、触觉等各种感觉奇妙而大胆地组合成一种不真实的幻觉。但是，他的生命太过沉重，以至于那些奇特的想象不是向上进入仙境，而是向下变成了鬼魅，因此他得名"鬼才"。李贺虽受过韩愈提携，在语言、意象的审美追求上与韩派一致，但他受屈原、李白浪漫主义的影响更甚，其诗瑰诡冷艳，自成一派，如："玉轮轧露湿团光，鸾佩相逢桂香陌。"（《梦天》）"昆山玉碎凤凰叫，芙蓉泣露香兰笑。"（《李凭箜篌引》）"漆灰骨末丹水砂，凄凄古血生铜花。"（《长平箭头歌》）"秋白鲜红死，水香莲子齐。"（《月漉漉篇》）"秋坟鬼唱鲍家诗，恨血千年土中碧。"（《秋来》）

第四节 晚唐悲风 夕阳西下

晚唐社会，宦官当权，党争不休，藩镇割据，经济凋敝，对于文人士子而言，国事无望，济世无门，一种感伤无奈、衰飒迟暮的情绪随之投射到诗歌创作中来。

一、小李杜

杜牧（803—853），字牧之，号樊川居士，京兆万年（今陕西西安）人；李商隐（813—858），字义山，号玉溪谷生，怀州河内（今河南沁阳）人。二人并称"小李杜"，他们继承了李白、杜甫关心国家命运的传统，艺术上学习杜甫严谨的风格，是晚唐杰出的诗人。

杜牧祖辈世代为官，进士出身，颇有济世之志，可惜生在让人失望的晚唐，加之秉性刚直，受人排挤而不能得志。他的咏史之作颇多，如《过华清宫绝句三首》《赤壁》《题乌江亭》等都很出色，代表了晚唐时期的普遍感怀。咏史怀古是唐人诗歌的重要题材，但不同时代情调不同。初唐怀古多告诫君主以史为鉴，盛唐怀古多表现文人对功名的热望，中唐咏史则寄托对国家中兴的希望，而到了晚唐吊古更具有伤今的意味。杜牧的咏史，透露出在社会衰败时士人伤今怀古的忧患意识，有一种深沉的历史感和不甘沉沦的社会责任感。突出之处是，以诗论史，议论精到，这种论史绝句的形式，常为后人所效仿。杜牧以抒情写景的七言绝句最好，《山行》《秋夕》《赠别》等，脍炙人口，有些像刘禹锡，忧郁中显得清新俊逸，意气风发。

• 原典阅读：
《过华清宫》
《江南春》《无题》等

李商隐是唐朝最感伤的朦胧诗人。他家世孤苦，长期沉沦下僚，又卷入牛李党争，一生潦倒不得志。翻开他的诗集，满纸都是残破、衰败、枯寂，读来令人神伤。"夕阳无限好，只是近黄昏"，是他特殊心境的写照，更是他对西风残照的时代氛围的准确揭示，不再轻盈，没了豪气，只留下无力的叹惋与感伤。梁启超的说法代表很多人读李商隐诗的心理："叫我解释，我连文义也解不出来，但我觉得它美，读起来令我精神上得一种新鲜的愉快。"（《饮冰室文集·中国韵文内所表现的情感》）其实过于穿凿，反而兴味索然，我们何不在他开掘的心灵世界与艺术境界中，去把玩深致绵邈与婉约精丽呢？李商隐已完成了唐诗向宋词的情绪转换，现在，让我们准备好心情去体味那别是一番滋味。

相见时难别亦难，东风无力百花残。春蚕到死丝方尽，蜡炬成灰泪始干。晓镜但愁云鬓改，夜吟应觉月光寒。蓬山此去无多路，青鸟殷勤为探看。

——李商隐《无题》

飒飒东风细雨来，芙蓉塘外有轻雷。金蟾啮锁烧香入，玉虎牵丝汲井回。贾氏窥帘韩掾少，宓妃留枕魏王才。春心莫共花争发，一寸相思一寸灰。

——李商隐《无题》

李商隐咏史也咏物，还写政治诗，更以爱情诗著称于世。李商隐诗歌中的爱情不是耳鬓厮磨，不是香艳温存，而是隔座相看的别离，月斜楼上的等待，空言绝踪的凄然，青鸟不回的无望。这种爱情的失意中或多或少都会融入身世之感，春风得意之人怕对爱情的体验也会失之肤浅。痴情的人更愿意将这些无题诗视作爱情诗，研究者们则认为"楚雨含情皆有托"（李商隐《梓州罢吟》）。爱情？政治？抑或其他？也许他所写的根本就不是一时一事，乃是深微复杂的心境。他不想说，不愿说，不能说，所以发明了"无题"。"咏怀""有感"都含糊，唯"无题"最难捉摸，想象奇幻，处处用典，有时令人费解的程度不亚于李贺的诗，但李商隐比李贺更有"人气"，就像一袭华美云锦，虽不知何以织就，但就是爱极了它的精致与绮丽，尤为它那星辰月下的迷人色泽而神醉不已。诗虽然还是那个诗，但已将我们带入了词的情深意永中。

二、其他诗人

唐代末年，社会矛盾不断加剧，王朝进入风雨飘摇的最后阶段。这时的诗歌创作分成两类：一类秉承现实主义传统，忧患时势，揭露时弊，如皮日休、聂夷中、杜荀鹤的一些有社会意义的诗篇，为晚唐文学带来一股生气；另一类看淡世事，闲散放任，自称江湖隐逸一派，如陆龟蒙、司空图等。

值得一提的是司空图，他的诗并不出色，主要以诗论著称。著名的《二十四诗品》采用四言格式，用诗的形象语言，将诗歌艺术风格和美学意境细分，即雄浑、冲淡、纤秾、沉着、高古、典雅、洗练、劲健、绮丽、自然、含蓄、豪放、精神、缜密、疏野、清奇、委曲、实境、悲慨、形容、超诣、飘逸、旷达、流动二十四品。司空图的诗歌理论以中国古代文学创作理想的审美境界——"自然淡远"为基础，强调"韵外之致""象外之象""不着一字，尽得风流"，对后代影响相当深远。

"往事悠悠成浩叹"（郑谷《慈恩寺偶题》），当诗人对时代已经失去最后的希望与信心时，诗境就难再开拓，唐诗也就黯然落幕了。

练习·思考·延伸

1. 简述"初唐四杰"和陈子昂在唐诗演进中的作用。

2. 对照前人的山水诗、田园诗，谈谈盛唐田园诗的艺术价值。

3. 有人说，盛唐诗歌发展的关键在于乐府民歌，试通过李白、杜甫、高适、岑参直至元稹、白居易、张籍、王建等人的作品，谈谈乐府民歌等民间文学对唐诗的影响。

4. 比较白居易《琵琶行》、韩愈《听颖师弹琴》、李贺《李凭箜篌引》中的音乐描写。

*5. "诗家总爱西昆好，独恨无人作郑笺"，元好问对李商隐的这两句诗评常被后人引用来形容李商隐诗的晦涩难懂，怎样认识李商隐以比兴、象征、用典、暗示等隐约曲折的方式将内心视像化为诗的意象，从而形成深邃朦胧的美感？

*6. 明代诗评家胡应麟曾择取盛唐、中唐、晚唐三个富有时代特质的名句，来象征唐诗在各个不同时期的风貌："盛唐句，如'海日生残夜，江春入旧年'；中唐句，如'风兼残雪起，河带断水流'；晚唐句，如'鸡声茅店月，人迹板桥霜'，皆形容景物，妙绝千古。而盛、中、晚界限斩然。固知文章关气运，非人力。"（《诗薮》）如何理解唐代诗歌精神的流变？

以"诗意朗读"作结

读《春江花月夜》

朗读提示：文学与音乐都是"人心之感于物"的结果，所以朗读配乐是一种渲染氛围、强化抒情的有效手段，如陆游所说："情到言语难传恨，不似琵琶道得真"（《鹧鸪天》）。琵琶古曲《春江花月夜》借张若虚同名诗作的意境进行演绎，用柔美委婉的旋律，流畅多变的节奏，形象地描绘出月夜春江的迷人景色。由现代艺术家们改编的《春江花月夜》增加了二胡、古筝、洞箫、钟鼓等演奏乐器，使这首古曲更加流丽、优美、宁静、澄明。名同境同，诚可相互激发、相互映衬。

朗声读来——

《春江花月夜》

第十章

青春李白

从张旭狂草说起——

在中国古代的文化氛围里，写字不仅是写字，还是一种表达和表现。所谓笔歌墨舞，就是在线条的流动、墨色的枯润间形成节奏，使中国的文字于实用之外有更多的遣兴，而真正能够做到飞笔尽意的还是张旭创造的狂草艺术。相传，张旭作书，每每在酒醉时，脱帽散发，狂奔高喊，有时兴起，索性将头发蘸墨挥毫，一笔狂草变化莫测，世人称他为"颠张""草圣"。他的草书纯系一片神机，点画自如、变幻无常、笔走龙蛇、气吞山河，一派浪漫、流丽的盛唐气息。相传，张旭见公孙大娘舞剑器，从而笔势益振。公孙大娘是唐玄宗时著名的舞蹈家，剑器舞是唐代流行的女子戎装武舞，有着异域少数民族纵横跳动、旋转如风的情态气势。舞蹈，在一定的时间顺序中，通过造型、节奏的变化来表现美；草书，在连绵不断的书写中，通过布局、力度形成旋律。观舞姿而进书法，盛唐的草书不正是纸上的舞蹈吗？唐文宗曾下诏御封：李白歌诗、裴旻剑舞、张旭草书为"三绝"。这三者都是盛唐艺术追求浪漫个性的代表，后人称"盛唐三绝"。他们在不同的艺术领域共同传达了盛唐的艺术精神和审美气质——天马行空、龙飞凤舞、轻盈华美、飞逸飘动、浪漫不羁、畅快淋漓……

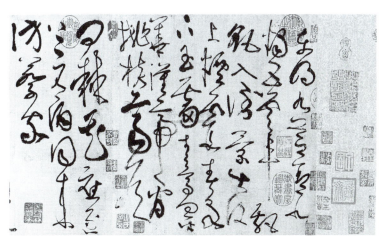

▶ 张旭《古诗四帖》（局部）

学习提要

本章主要介绍李白的生平与思想、艺术风格等。

学习中主要了解李白的人生经历和创作情况，把握李白自我超然、豪迈洒脱的精神形象之于盛唐的意义，以及李白诗歌对唐代和后世诗歌发展的重要影响。

通过品读作品，体悟李白用丰富的想象、奇特的比喻、大胆的夸张创造出的浪漫主义的艺术境界。

相关信息

开元之治　指唐玄宗李隆基统治前期出现的盛世，是唐朝的鼎盛时期。开元元年（713），玄宗先发制人，消灭了政敌太平公主，结束了政治混乱局面。此后，为了稳定政局，玄宗采取了许多改革措施。他励精图治，任用贤能，姚崇、宋璟、张说、张九龄等颇有建树的名相皆出现在这个时期；他发展农业，兴修水利，使得国库充裕，人口倍增，物价廉宜，行旅安全，长安成为一座国际性的大都市；他提倡文教，厚待儒生，著名诗人李白、杜甫、孟浩然、王维、高适、岑参等都生活在这个时期，中唐很多著名诗人也是这个时期培育出来的，其他艺术领域如音乐、绘画、书法、雕塑等也无不有显著成就；军事防务强大，使一些脱离了唐朝控制的地区重新归顺，保证了中国和中亚、西亚的交通顺畅。但是，在繁荣强盛的背后，社会及政治危机也在发展。

盛唐之音的代表，当属李白。"酒入豪肠，七分酿成了月光，剩下的三分啸成剑气，绣口一吐，就半个盛唐。"（《寻李白》）这是现代诗人余光中对李白的追慕。毫不夸张！后人提到李白，是仰视的，是惊叹的，因为他是一个光芒四射、无与伦比的人物，豪迈、洒脱、飘逸、浪漫……李白以其不羁的青春姿态将盛唐带上了诗歌的巅峰。没有李白，盛唐将不可想象，甚至连整个中国文学都会黯然失色。

第一节　洒脱人生——李白的生平

李白（701—762），字太白，号青莲居士，祖籍陇西成纪（今甘肃静宁西南），隋末其先人流寓碎叶（唐时属安西都护府，在今吉尔吉斯斯坦境内）。一直以来，李白的身世都有几分神秘色彩。

幼时，李白随家人迁居绵州昌隆（今四川江油），在那里度过了少年时期。蜀国的神秘气息，蜀中道教的浓厚氛围，历来是滋养浪漫主义的沃土。李白家境优渥，天资聪颖，读书涉猎很广，所谓"五岁诵六甲，十岁观百家"（《上安州裴长史书》），"十五观奇书，作赋凌相如"（《赠张相镐》）。他虽读儒家经典，但深受道教影响，从小就向往求仙问道的生活，少年时常到附近紫云山道教圣地游玩，"十五游神仙，仙游未曾歇"（《感兴八首》）。后来的漫游也是"仙药满囊，道书盈箧"（独孤及《送李白之曹南序》），以至于当时著名道士见到他时都夸他"有仙风道骨，可与神游八极之表"（《大鹏赋序》）。李白年轻时学过纵横术，喜豪饮纵博，好骑射任侠，"十五好剑术，遍干诸侯"（《与韩荆州书》），"托身白刃里，杀人红尘中"（《赠从兄襄阳少府皓》）。李白是个聪明绝顶又无人能驯服的问题少年，幸运的是他生在唐代，他的个人行为正是盛唐时代社会风尚和文化精神的体现，他是那个时代的宠儿，曾经有人为一睹他的风采而不远千里追踪。可见，他就是盛唐人伦风范的代表，为当时人所心仪。

25岁前，李白在蜀中漫游，25岁后，他"仗剑去国，辞亲远游"（《上安州裴长史书》），开始了漫游天下的生活。他沿江而下，远游四川、重庆、江苏、湖北等地，还北游河南、山东、山西、陕西等地，足迹遍布大半个中国。在李白的一生中，漫游是生活的主要方式，"一生好入名山游"（《庐山谣寄卢侍御虚舟》）。深受道家思想影响的李白，游历固然有纵情快意的一面，但这不是他人生的终极追求，他有自己的政治目的——高调地寻找出仕之路。他生活在盛唐，一样具有"济苍生""安

黎元"的理想，但他不屑于通过科举考试走上仕途，像他这样的人即使考也未必考得上，他哪里是循规蹈矩会被一张试卷就束缚的人？像他这样的天才，等待的是破格录取的机遇。

42岁时，李白终于等来了人生中最重要的一次机会——奉诏入长安供奉翰林，"仰天大笑出门去，我辈岂是蓬蒿人。"（《南陵别儿童入京》）踌躇满志的李白自以为灿烂前程已在眼前拉开了帷幕。在他初到长安时，连贺知章这样德高望重、名满天下的长者都解下随身所佩戴的金龟换酒请他痛饮。"四明有狂客，风流贺季真。长安一相见，呼我谪仙人。"（《对酒忆贺监二首》）这是他一生最得意的时期。但很快问题来了：做个文学侍从、花瓶诗人点缀宫廷，大志怎能实现？李白对御用文人生活日渐厌倦，始纵酒以自昏秽，"天子呼来不上船，自称臣是酒中仙"（杜甫《饮中八仙歌》）。李白作诗令高力士脱靴，要杨贵妃研墨，野史笔记中的故事，无须考证其真伪，以李白的个体人格，承载得起这样的传奇情节，不如此，倒遗憾。他狂放不羁的性格，藐视权贵的个性，"安能摧眉折腰事权贵"（《梦游天姥吟留别》），自然要招致旁人的诡毁，最后玄宗疏之，赐金放还。

李白离开长安后，继续他的漫游之旅。在洛阳，他与杜甫相遇，结下深厚的友谊，二人同游梁宋；又遇高适，他们登临怀古纵酒赋诗，成为千古佳话。这个时期，他的思想是复杂的：一方面，痛饮狂歌以排遣怀才不遇之幽愤，"我本不弃世，世人自弃我"（《送蔡山人》）；另一方面，积极入世的热情并没有消退。

"安史之乱"爆发时，李白正在庐山，永王李璘起兵，邀他出山，他以为报国时机已到，慷慨从军，没想到却站错了队，被后来继位的唐肃宗流放夜郎（今贵州桐梓）。虽中途放还，但不久病死于安徽当涂，时年61岁。李白之死，历来众说纷纭。有一个流传颇广的传说，说他是在船上捞月落水而亡的。真与假不计，这个传说为他的一生画上了一个具有浪漫、传奇色彩的句号。

第二节 浪漫飘逸——李诗的艺术风格

一、自我的李白——独特的抒情方式

洒脱不羁的气质，傲然不群的品质，易于触动又易于暴发强烈的情感，形成了

李白独特的个性。他的抒情犹如火山爆发一般，往往一发不可收拾。他把自己的一腔热血倾注于描写对象上，表现出强烈的主观色彩，这表现在以下三个方面：

一是，他喜用第一人称抒怀议论，表达主观感受。"弃我去者昨日之日不可留，乱我心者今日之日多烦忧。"（《宣州谢朓楼饯别校书叔云》）"我欲因之梦吴越，一夜飞渡镜湖月。""安能摧眉折腰事权贵，使我不得开心颜。"（《梦游天姥吟留别》）"我歌月徘徊，我舞影零乱。"（《月下独酌》）即使不直接用第一人称，诗中也是处处有"我"在："停杯投箸不能食，拔剑四顾心茫然"（《行路难》），"但用东山谢安石，为君谈笑静胡沙"（《永王东巡歌》），展露出他人无法比拟的个性气质。

▶ 太白醉酒

二是，他喜用歌行与乐府体，但在形式上不拘旧制，总能翻案创新。三言、五言、七言夹杂，冲口而出没有约束，比前人更加放纵自由，痛快淋漓。例如《蜀道难》：劈头就是"噫吁嚱！危乎高哉！蜀道难难于上青天！"崎岖、惊险，接下来或长至十几字，或短到三四言，"其险也如此，嗟尔远道之人胡为乎来哉！剑阁峥嵘而崔嵬，一夫当关，万夫莫开。"句式的长短变化和音节的错落，显示出回旋震荡的节奏旋律，造成诗的气势，突出诗的力度，将诗人的激情推向高潮。又如，"君不见，黄河之水天上来，奔流到海不复回""五花马，千金裘，呼儿将出换美酒，与尔同销万古愁"。（《将进酒》）

三是，就抒情方式而言，李白的乐府歌行，完全打破诗歌创作的一切固有格式，空无依傍，笔法多变，奔腾回旋，行云流水，达到了随性所至、变幻莫测、摇曳多姿的神奇境界。比如《将进酒》是一首乐府旧题，本就是饮酒放歌之意，李白却借此表达对圣贤、富贵的蔑视，开篇"君不见，黄河之水天上来，奔流到海不复回"，大河澎湃、势不可挡的力量扑面而来，全篇大开大合，纵横捭阖，情极悲愤而作狂放，语极豪纵而又沉着。而"天生我材必有用，千金散尽还复来"的千古金句，更是气概豪壮，令一切凡夫俗子惊叹。李白独特的艺术个性及其非凡的气魄和生命激情，具有壮伟的阳刚之美，正如他自己所言："兴酣落笔摇五岳，诗成笑傲凌沧州。"（《江上吟》）杜甫也说他："笔落惊风雨，诗成泣鬼神。"（《寄李太白二十韵》）

无论从内容上还是从形式上，李白都是那个欣欣向荣时代的代表，笑傲王侯，蔑视世俗，不满现实，饮酒赋诗，纵情欢乐，指点江山，渴望建功立业，猎取功名

● 原典阅读：《宣州谢朓楼饯别校书叔云》《梦游天姥吟留别》《行路难》《月下独酌》

富贵，希望突破现实藩篱，进入上层社会。李白代表了那个时代知识分子的情感、要求和愿望，是他们中的极致，是盛唐的骄子，他的血液里流淌着"万国皆以我为尊"的狂傲，裹挟着一股雷霆般的气势。自我、自信、自负的李白，将足迹踏遍大江南北，以纵情长歌为世人留下一路风流、一路惊奇。

二、超然的李白——非凡的艺术境界

李白有着盛唐士人积极入世的进取态度，但他并没被道统束缚，"我本楚狂人，凤歌笑孔丘"（《庐山谣寄卢侍御虚舟》），更看不上那些迂腐的儒生，"鲁叟谈五经，白发死章句"（《嘲鲁儒》）。他的生命不愿受到任何形式的约束，所以他对自己人生的设计是理想化的，"待吾尽节报明主，然后相携卧白云"（《驾去温泉后赠杨山人》），济世理想也要，自由人生也想，当仕途失意时，神仙道教的信仰给予他的自我超越能力，便可以让他进入放任于山水的逍遥境界。恰恰是这种人生境界成就了李白的艺术境界。李白的非凡艺术境界主要体现在三个方面：

一是，超现实的意象。"大鹏一日同风起，扶摇直上九万里"（《上李邕》），他以大鹏自居，希望一飞冲天，一鸣惊人，"人间物象不供取，饱饮游神向玄圃"（齐己《读李白集》）。他简直就是来自天外的"宇宙公民"，作诗尤其倾心于那些吞吐山河、包孕日月的壮美意象，大鹏、长鲸、大江、沧海、雪山等都是他喜吟的对象，如"飞流直下三千尺，疑是银河落九天"（《望庐山瀑布》），"长风破浪会有时，直挂云帆济沧海"（《行路难》），"清风朗月不用一钱买，玉山自倒非人推"（《襄阳歌》）。他很少对生活过程作具体详尽的描绘，只求整体把握气势或氛围，那些体积巨大甚至超现实的意象，为他所用。天上地下、四面八方任意驱遣，意象或跳跃或组合，可谓极尽敏捷才思之所能。

二是，非凡的想象。李白在运用体积巨大，甚至超现实的意象时，特别善于配合超凡的想象，构成令人惊叹的泱泱大气象，自然界壮阔的景象和神话、传说、梦境、幻觉组合起来，形成了不可思议的雄奇壮阔境界。比如《蜀道难》，李白并未亲历剑阁蜀道，却想落天外，渲染出蜀道连峰绝壁之险，创造出真实壮美的诗境，把"难于上青天"变成了对蜀道最逼真、最准确的描述。"言出天地外，思出鬼神表。"（皮日休《刘枣强碑文》）

三是，大胆的夸张。夸张并不是浪漫主义的专利，但李白将夸张用到极致，他那些变幻莫测的想象，是与意出天外的夸张连在一起的，如："我且为君槌碎黄鹤楼，君亦为吾倒却鹦鹉洲。"（《江夏赠韦南陵冰》）"白发三千丈，缘愁似个长。"（《秋浦歌》）"燕山雪花大如席，片片吹落轩辕台。"（《北风行》）"黄河落天走东海，万里写入胸怀间。"（《赠裴十四》）"海神来过恶风回，浪打天门石壁开"（《横江词》）"狂风吹我心，西挂咸阳树。"（《金乡送韦八之西京》）"言出天地外，思出鬼神表。"（皮日休《刘枣强碑文》）这就是李白式的想象与夸张，出人意料，出神入化。

李白不像屈原那么执着、深沉，道教信仰给了他极强的自我解脱能力，使他的生命焕发出一种本真之美，进入了一种超越式的自由境界，这正是盛世之巅所提供的最高的审美境界。

三、透明的李白——天然雕饰的语言

李白崇尚道家自然观，认为"万物兴歇皆自然"（《日出入行》），"清水出芙蓉，天然去雕饰"（《经乱离后天恩流夜郎忆旧游书怀赠江夏韦太守良宰》），这是他的生命状态，祛除雕饰只留本真。他这种不受外力束缚的纯真个性，在文人个体意识普遍受到压抑的封建社会，无疑有着巨大的魅力。反映在创作上，则是诗歌境界的清新秀逸和诗歌语言的纯净明快。

众鸟高飞尽，孤云独去闲。相看两不厌，只有敬亭山。

——《独坐敬亭山》

一时的寂寞心情，片刻的超然意趣，人与山的灵性相通，景与境的浑然一体，信手拈来，空明透彻。李白诗壮美之外的清韵更在他那些颇具神来之笔的绝句里，如《静夜思》《独坐敬亭山》《早发白帝城》《山中问答》《越女词五首》等。可谓"字字神境，篇篇神物"（胡应麟《诗薮》）。

"自从建安来，绮丽不足珍。"（《古风》）李白反对绮丽侈靡，崇尚清真自然，他的诗歌语言从乐府中点化而来，由生活中提炼升华，新鲜明朗，自成格调。他也惯用清溪、白露、春风、柳色这样的意象，他不喜欢暗色，喜欢白色的透明体，尤其是月亮，透亮洁净，一如他的人格。

小时不识月，呼作白玉盘。又疑瑶台镜，飞在青云端。……

——《古朗月行》

玉阶生白露，夜久侵罗袜。却下水晶帘，玲珑望秋月。

——《玉阶怨》

渡远荆门外，来从楚国游。山随平野尽，江入大荒流。
月下飞天镜，云生结海楼。仍怜故乡水，万里送行舟。

——《渡荆门送别》

南湖秋水夜无烟，耐可乘流直上天。且就洞庭赊月色，将船买酒白云边。

——《陪族叔刑部侍郎晔及中书贾舍人至游洞庭五首·其二》

李白的生命因追求自由理想而敞亮、透明、天真，他笔下的月是满月、朗月、皓月，明亮、皎洁、新鲜，绝没有"缺月挂疏桐"（苏轼《卜算子》）和"晓风残月"（柳永《雨霖铃》）的残缺与寒意。月亮的纯洁静雅，合于心地的光明磊落，就有了诗仙的望月、思月、呼月、邀月、问月、醉月、赏月、弄月、梦月，乃至"欲上青天揽明月"（《宣州谢朓楼饯别校书叔云》）的超逸风神。于是，走向生命尽头的李白乘一叶小舟，泛舟于采石矶江中。此时，清风徐来，水波不兴，皓月当空，银光万点。"醉后不知天在水，满船清梦压星河。"（唐温如《题龙阳县青草湖》）李白醉倚在船舷上向水中伸出了双手，完成了对月亮的最后一次深情拥抱。他去追月亮了，他化作了月亮了，也许，只有月亮，才是他生命的最好归宿，只有月亮，才能让他的生命得到最理想的升华。

李白的一生其实是充满了悲剧色彩的，但无论怎样的不平与失望，他始终保持着自信与自负。李白是为青春而生的，终其一生未见衰惫，他是盛唐士人积极进取之人生态度的理想化身，是魏晋以来人的觉醒发展到巅峰的代表。尽管由于时代的原因，李白缺乏庄子的思辨力量和屈原的深沉感情，但庄周的飘逸与屈骚的瑰丽，在李白天才的作品中确已合二为一，达到了中国古代浪漫主义文学的极峰。青春李白是独特的，在唐代乃至中国历史上仅此一个，不可复制。对李白，我们只有仰望，心怀憧憬地仰望。

练习·思考·延伸

1. 李白浪漫主义的艺术境界是建立在丰富的想象与大胆的夸张基础上的，试以一首或多首为例加以分析。

2. 李白笔下有很多月亮的形象，"月"的意象表现了诗人怎样的情感？

*3. 李白不仅是诗仙，还是酒仙。杜甫这样形容他："李白斗酒诗百篇，长安市上酒家眠。天子呼来不上船，自称臣是酒中仙。"（《饮中八仙歌》）李白自己是怎样引"酒"入诗的？在李白的生命中，诗、酒、青春是如何相互促生的？"太白醉酒"之于盛唐的典型意义又在哪里？

以"诗意朗读"作结

读《将进酒》

朗读提示：有声语言具有流动感，流动的规律形成节奏，而节奏本是思想情感的律动，把握节奏，必先顺其文思、通其文路。李白式的节奏往往捭阖纵横，但把

《将进酒》

握好首句，即可统帅全篇。"黄河之水天上来"，"天"字上提，有高处的示意性，"奔流到海不复回"，"奔"字远送，有空间的开阔性。在起笔两句勾勒出的立体、动态的时空限阈里，或跳脱，或黏连，或倾泻，或突兀……自由挥洒吧！

朗声读来——

第十一章

沧桑杜甫

从颜体楷书说起——

　　后人只知颜真卿为大书法家，而不知他还是忠烈之士。颜真卿是开元进士，曾任殿中侍御史，受当时权臣杨国忠排斥，被贬为平原太守。"安史之乱"时，他联络十七郡起兵抵抗，使安禄山不敢急攻潼关。当时，他的堂兄颜杲卿任常山太守，贼兵进逼，太原节度使拥兵不救，以致城破，颜杲卿与其子颜季明罹难。事后颜真卿命人前往善后，仅得颜杲卿一足、颜季明头骨，悲痛之下乃作《祭侄文稿》："贼臣不救，孤城围逼，父陷子死，巢倾卵覆。"肠断笔沉，墨酣挟血，悲怆激昂，痛彻肺腑，成为千古名帖。唐德宗时，淮西节度使李希烈叛乱，嫉恨颜真卿的奸相卢杞乘机向唐德宗说："颜真卿三朝旧臣，忠直刚决，名重海内，人所信服，真其人也！"欲借李希烈之手杀害颜真卿。颜真卿以社稷为重，亲赴敌营，李希烈以高官厚禄许之，他不为所动，可叹古稀老人终被缢杀！半年后叛乱平定，灵柩才得以护送回京，厚葬于京兆万年颜氏祖茔。唐德宗痛诏废朝五日，举国悼念。"器质天资，公忠杰出，出入四朝，坚贞一志。"（《旧唐书·颜真卿传》）其精神气节之于翰墨，表现为用笔匀而藏锋芒，内刚劲而外温润，字曲折而出圆有力，形成丰腴雄浑、气势恢弘、骨力道劲、气概凛然的风格。欧阳修曾说："颜公书如忠臣烈士、道德君子，其端严尊重，人初见而畏之，然愈久而愈可爱也。"（《集古录跋尾》）书法乃为人之法，书境与心境相贯而通，千古之下，众人为何临帖偏选颜真卿之楷？"颜筋柳骨"，实乃字如其人，心正则笔正，笔正则字正！苏轼曾云："诗至于杜子美，文至于韩退之，书至于颜鲁公，画至于吴道子，而古今之变，天下之能事尽矣。"（《东坡题跋》）"安史之乱"后，盛唐雄伟豪壮的气势已被纳入凝练的规范之中。

▶ 颜真卿《颜勤礼碑》

学习提要

本章主要介绍杜甫的文学创作及成就。

学习中主要了解杜甫的人生经历和创作情况，理解"诗史"和"诗圣"的内涵，通过分析作品体悟杜甫诗"沉郁顿挫"的艺术风格，把握杜甫作为盛唐诗歌的代表人物对盛唐精神的表现和对诗歌体制，尤其是律诗的贡献，以及对唐代和后世诗歌发展的重要影响。

相关信息

安史之乱　指安禄山（初名轧荦山，本姓唐，因母嫁突厥人安延偃，改姓安，更名禄山）、史思明（与安禄山同乡）针对唐朝的一次叛乱，自唐玄宗天宝十四年（755）发起至唐代宗广德元年（763）结束，前后历时八年，是中国历史上一次重要事件，是唐朝由盛而衰的转折点。"安史之乱"的爆发是唐朝各种社会矛盾的集中反映。开元时期，社会经济虽达到空前繁荣，但同时也加速了土地兼并，致使大量农民失去土地成为流民。开元晚期，承平日久，国家无事，唐玄宗丧失了向上求治的精神，过起了纵情声色的生活。杨贵妃一家势倾天下，任意挥霍，加重了人民的负担。唐玄宗后期，李林甫、杨国忠奸相当道，加深了统治阶级内部的矛盾，尤其是杨国忠与安禄山之间争权夺利，成了"安史之乱"的导火线。中央和地方军阀之间以及民族之间的矛盾，也是导致"安史之乱"发生的重要因素。

比较李白，杜甫给后人的突出印象是忧国忧民。如果给两个人分别画像的话，李白飘逸洒脱，衣袂飘飘，玉树临风，仙风道骨；杜甫则青衫布衣，面容清瘦，两鬓霜白，一脸沧桑。他们都生活在盛唐，而且杜甫比李白要小11岁。为什么形象会如此迥异呢？这是因为他们代表的是盛唐两种不同的风貌。唐以"安史之乱"为分界线，由盛转衰。这场巨大的灾难不仅给唐代社会带来严重的破坏，而且给唐诗带来了很大的转变，人间的艰辛代替了理想色彩，中年的思虑送走了少年情怀。同处在盛唐诗歌的顶峰，李白的人生和诗歌折射出的是唐代极盛时期的伟大风采，是积极的浪漫主义；而杜甫的人生与诗歌却因盛唐浪漫自信情调的戛然而止，变得沉重而现实。

第一节　离乱人生——杜甫的生平

杜甫（712—770），字子美，祖籍襄阳（今属湖北），生于河南巩县（今河南巩义西南），晋朝名将杜预之后，祖父杜审言是初唐著名诗人，家庭传统中忠君仁爱的思想对他影响巨大。

33岁以前，杜甫也曾南北漫游，足迹至吴越齐鲁，与李白同游，是他人生的一笔财富，登泰山抒"会当凌绝顶，一览众山小"（《望岳》）之情怀，可见他雄心万丈、激情涌动。杜甫也曾有过盛唐浪漫自信的气魄。

35岁左右，他满怀信心前往长安，以期实现"致君尧舜上，再使风俗淳"（《奉赠韦左丞丈二十二韵》）的政治理想。随后十年，他历经落第、父逝、献赋、赠诗种种，但却屡屡碰壁。在经历了人生的艰辛后，杜甫忠君爱民的情怀，不仅未曾衰退，反而更加强烈了。这段时间，他创作了《兵车行》《丽人行》《自京赴奉先县咏怀五百字》等作品，反映天宝后期动乱行将到来的社会风貌。山雨欲来风满楼，作为一个诗人，他是敏感的，而处在逆境中的诗人，更容易在个人不幸的体验中看到现实的弊病，感受到国家的不幸。"朱门酒肉臭，路有冻死骨。"（《自京赴奉先县咏怀五百字》）这样震撼人心的诗句，直指社会的黑暗与矛盾。能够看到繁华背后的败象，这既源于他生活在社会底层的经历和处境，更源自他强烈的社会责任感和儒家的忧患意识。

"安史之乱"起，杜甫落入叛军之手，被押到陷落的长安。不久他听说唐肃宗即位，

• 原典阅读：
《兵车行》《月夜》《羌村三首》

便历尽艰辛追随而去，被授予左拾遗，虽说官不大，只是个七八品谏官，但也算是一个尽忠报国的机会，这是他唯一的一次做官，而且是在中央政府做官。这时期他写了《春望》《哀江头》《羌村三首》《北征》"三吏三别"等著名作品。

杜甫救国心切，为人正直，不久就因上疏救房琯被贬。之后他终于弃官西去，举家入蜀，开始了晚年漂泊西南的生活。"飘飘何所似，天地一沙鸥。"（《旅夜书怀》）"亲朋无一字，老病有孤舟。"（《登岳阳楼》）从"安史之乱"到他入蜀的几年中，整个国家处在剧烈的动荡之中，王朝倾覆，百姓死亡，个人危难，但他的诗歌却因有了血与泪的滋养，达到了巅峰。

在成都，他靠朋友的帮助建了一座草堂，在这里过了三年简单、闲淡的生活，作诗二百余首，其中就有《江畔独步寻花七绝句》《春夜喜雨》《闻官军收河南河北》《茅屋为秋风所破歌》等传世名作。但好景不长，国家继续衰败下去，而蜀中又发生大乱，他的生活失去了依靠。他带全家登上了一条小船，开始了晚年的漂泊生涯，直到58岁，客死湘江舟中。潦倒一生，凄凉万分！

相似的人生境遇，在李白那里叫"漫游"，而到杜甫这里就成了"漂泊"；前者意味着主动与放达，后者饱含着无奈与隐忍。这也是儒道两家思想在两位大诗人身上的不同投射。

第二节　诗圣的诗史——杜诗的价值

杜甫不仅经历了"安史之乱"，而且就在风暴的中心。大难来临时，他心系国家、身为平民的双重体验，以及儒家的仁人之心和平民百姓的视角，使他能够既有深度又有广度地用诗记录下战争的许多重要事件和百姓的遭遇，既可以证史，又可以补史之不足，其诗被后人称作"诗史"。

"诗史"的价值，不仅在于它提供了史实，更在于它反映了更为宽广、更为具体生动的历史风貌，并做出合乎历史原则的社会生活评价。

一、诗史——现实主义的主题

杜诗最突出的主题就是围绕"安史之乱"这一重大历史事件，深刻反映严酷的社会现实。早在"安史之乱"爆发之前，他就敏锐地感受到了王朝岌岌可危的形势，"边庭流血成海水，武皇开边意未已"（《兵车行》），锋芒直指穷兵黩武的唐玄宗。"彤庭所分帛，本自寒女出。鞭挞其夫家，聚敛贡城阙"（《自京赴奉先县咏怀五百字》），笔已触及社会的根本矛盾。"安史之乱"中的很多重大事件，在他诗中都有反映，如《悲陈陶》《喜闻官军已临贼境二十韵》《洗兵马》等，就记叙了唐军陈陶兵败与收复西京胜利的事件。历史可以伪饰，文人也可以粉饰太平，但有责任感的诗人透露出来的一定是真实的社会心理状态。杜甫的有些诗并未写时事，只写一时一己的感慨，但同样力透纸背，震撼人心。"世乱怜渠小，家贫仰母慈。"（《遣兴》）"邻人满墙头，感叹亦歔欷。"（《羌村三首》）应当注意的是，杜诗对时代苦难的记述浸透着他个人的辛酸血泪，而后代有些诗人往往有意存史，却有骨无肉，不足以抵达我们的心灵。

　　寂寞天宝后，园庐但蒿藜。我里百余家，世乱各东西。存者无消息，死者为尘泥。贱子因阵败，归来寻旧蹊。久行见空巷，日瘦气惨凄。但对狐与狸，竖毛怒我啼。四邻何所有，一二老寡妻。宿鸟恋本枝，安辞且穷栖。方春独荷锄，日暮还灌畦。县吏知我至，召令习鼓鞞。虽从本州役，内顾无所携。近行止一身，远去终转迷。家乡既荡尽，远近理亦齐。永痛长病母，五年委沟溪。生我不得力，终身两酸嘶。人生无家别，何以为蒸黎。

——杜甫《无家别》

　　《无家别》是"三吏""三别"的最后一篇。整个组诗，从"新安"无丁到"石壕"遣妪，再到"新婚"有怨，"垂老"别妻，最后到这里已是单身汉再次被征召当兵，既无人送别，又无人可告别，踏上征途之时，孑然一身，无限伤怀。同一个主题的系列短剧，展开至此已到不忍卒读的地步。从一人一家写起，"园庐"荒废，"蒿藜"丛生，"四邻"无人，"家乡"无存，没有直接写战争灾难，但离乱世像、惨淡人生一一尽显。"人生无家别，何以为蒸黎。"最后两句，缩结六篇，问而不答，引人深思，整个组诗对人民苦难生活的反映，由于这一问，其思想意义被提到了一个新的高度。

　　"诗史"的性质也决定了杜诗用叙事写时事的手法，诗的叙事在《诗经》、乐府诗里已有，而大量地以五言、七言古体叙事写时事，则是杜甫的创造。杜诗叙事，既叙事件经过，又重细部描写；既述历史状况，又抒一己情怀。这种客观真实的叙

事与主观强烈的抒情融为一体的表现方法，是杜甫为唐诗做出的新贡献，它直接引导了中唐的"新乐府运动"，宋诗"以文为诗"的倾向也显然是受此影响的。

二、诗圣——忧国忧民的情怀

杜甫之所以被尊为"诗圣"，即诗歌领域的孔孟，根本在于他以博大的儒家情怀以如椽巨笔表现了那个时代的真实状况，如果以儒家文化的视角来观照杜诗，我们会感受到厚重深沉的忧患意识与人格魅力。历代文人抒发忠君爱国情怀的作品很多，但少有杜甫这样，无论自己身处何时何地何境，都把关心国家的命运当作自己的天职。"穷则独善其身，达则兼济天下"（《孟子》），这是中国知识分子面对多变人生的普遍选择，历朝历代进退从容者不在少数，而杜甫不是，无论"穷"还是"达"，始终把国家安危放在自己心中最重要的位置。与其说是国家的包容让他有一份信念，不如说是他对国家不离不弃、至死不渝，这种情怀不是谁都能达到的。在他的诗中几乎见不到牢骚，只有无尽的忧患，这是后人奉他为"诗圣"的一个重要原因。忧国与忧民在现实中并不那么容易统一起来，仔细分辨，忧国要易而忧民则难，因为以古代知识分子所受的教育和所处的立场来讲，他们首先属于皇权统治下的国家，而不是人民，尽管人民的利益与国家的存亡有一定关系，尽管他们自己也曾是这其中的一份子。但忧国忧民兼具，杜甫做到了。他一生不得施展抱负，过着屈辱的生活，寄人篱下，仰人救助，内心非常敏感，所以他十分能体恤别人的情感，尤其是一般下层人民。在成都，他自己的茅屋为秋风所破，但还能发出"安得广厦千万间，大庇天下寒士俱欢颜……吾庐独破受冻死亦足"的呼喊。最为感人的情愫在他的《又呈吴郎》一诗里：

堂前扑枣任西邻，无食无儿一妇人。不为困穷宁有此？只缘恐惧转须亲。即防远客虽多事，便插疏篱却甚真。已诉征求贫到骨，正思戎马泪盈巾。

——《又呈吴郎》

杜甫在成都时，有一无依无靠的老妇人常来草堂前捡拾些树上掉落的枣子充饥，他从来都视若无睹，生怕自己稍有举动便让老妇人误以为施以脸色。他离开成都时将草堂让给了一个吴姓的亲戚，不料这位吴郎却在房前插上了篱笆，这不恰恰防住了有"君子之心"的老妇人？为此杜甫特意作诗一首寄予吴郎。一个知识分子做到忧国不难，难的是他真正地忧民，这是怎样一种悲悯情怀啊！这不是哪个读书人坐在舒适的书房里所谓的心怀天下，而是站在天地之间的发出的生命呼喊，它已经超越了阶级，超越了宗教，超越了国界，这是人文意义上的高尚情怀，是自然而然散发出来的人格力量，它是刻在杜甫骨子里的，是作秀作不出来的。

如果说诗歌是李白表达生命本真的载体的话，那对于杜甫而言，诗人不仅是他的职业，更是他的人生。这也正是杜甫的魅力！

第三节 严于律己 沉郁顿挫——杜诗的艺术风格

在中国诗歌史上，杜甫是公认的集大成者，"上薄《风》《骚》，下该沈、宋"（元稹《唐故工部员外郎杜君墓系铭并序》），众体兼备，各体皆工。

一、对律诗的贡献

杜甫在古体诗上的成就，无疑是巨大的，而在律诗方面的贡献更为卓著。七律的兴起，晚于五律。杜甫之前，七律多用于宫廷应制唱和，佳作不多。他充分发掘了七言律诗的艺术潜力，全面开辟了律诗的境界，将时事政论、身世怀抱、风土人情、文物古迹等熔铸于精严的格律之中，把这一诗体的价值提到了足与古诗、绝句并立相峙的高度。为了提高律诗的表现力，杜甫开创性的运用组诗的形式表现较宽泛的内容，如《秋兴八首》，堪称他律诗中的登峰造极之作。

杜甫的律诗纵横恣肆，合律严密但看不出声律限制，对仗工整而又不露对仗痕迹。如：

剑外忽传收蓟北，初闻涕泪满衣裳。却看妻子愁何在，漫卷诗书喜欲狂。白日放歌须纵酒，青春作伴好还乡。即从巴峡穿巫峡，便下襄阳向洛阳。

——《闻官军收河南河北》

"忽传""初闻""却看""漫卷""即从""便下"，章法曲折，情感流畅，丝毫不受律体的影响，后人称其为杜甫"生平第一快诗"（清·浦起龙）。

"别裁伪体亲风雅，转益多师是汝师"（《戏为六绝句》），广泛从前代与时人的优秀作品中汲取养分，是杜甫诗歌创作的自觉追求；"读书破万卷，下笔如有神"（《奉赠韦左丞丈二十二韵》），道出了创作与积累的关系，也是他自己创作经验的真实总结；"为人性僻耽佳句，语不惊人死不休"（《江上值水如海势聊短述》），正因有艺术上的一丝不苟，才有日后出神入化的妙手佳境。

二、沉郁顿挫的艺术风格

杜甫诗歌的艺术风格多种多样，但从整体看，最具有特征的、为杜甫自道且历来公认的风格是沉郁顿挫。所谓"沉郁"，主要指悲慨苍凉、深沉阔大的感情基调，侧重于内容；所谓"顿挫"，是指抒情的方式，不是任情奔放，而是理性节制，沉着蕴藉。对于世间的一切苦难，杜甫没有佯狂避世，更没有遁入空门，而是将深沉压抑的忧患意识升华为一种积极、坚毅的精神支柱。

李白、杜甫的诗歌代表着唐诗的最高成就，他们是比肩站立在唐诗江山巅峰之上的两个人物。尽管他们对盛唐表达的侧重点不同，风格一浪漫一现实，一个是盛唐强音，一个为中唐前响，但是，二人诗歌的内在精神却是一致的，其巨大的张力正来自盛唐旺盛的血脉和自由的境界。

比较李、杜代表作二首，以进一步认识杜诗沉郁顿挫的艺术风格：

君不见黄河之水天上来，奔流到海不复回。君不见高堂明镜悲白发，朝如青丝暮成雪。人生得意须尽欢，莫使金樽空对月。天生我材必有用，千金散尽还复来。烹羊宰牛且为乐，会须一饮三百杯。岑夫子，丹丘生，将进酒，杯莫停。与君歌一曲，请君为我侧耳听。钟鼓馔玉不足贵，但愿长醉不愿醒。古来圣贤皆寂寞，惟有饮者留其名。陈王昔时宴平乐，斗酒十千恣欢谑。主人何为言少钱，径须沽取对君酌。五花马，千金裘，呼儿将出换美酒，与尔同销万古愁。

——李白《将进酒》

风急天高猿啸哀，渚清沙白鸟飞回。无边落木萧萧下，不尽长江滚滚来。万里悲秋常作客，百年多病独登台。艰难苦恨繁霜鬓，潦倒新停浊酒杯。

——杜甫《登高》

《将进酒》起句"君不见黄河之水天上来，奔流到海不复回"，不仅表现了生命的激情与黄河的气象，更成为民族精神的准确写照；杜甫《登高》中的"无边落木萧萧下，不尽长江滚滚来"，写出了长江磅礴的气势，也传达了华夏文明的博大气度。黄河、长江，"从雪山走来，向东海奔去""从远古走来，向未来奔去"，从物象上看，它们代表的是华夏的壮丽山河，但这不仅仅是空间上的，更是时间上的，它们更象征着中华文明的阔大与久远。李白、杜甫生于盛唐，得大唐气骨精髓，所以不约而同地选择了象征民族血脉的大江大河来入题，大诗人取大景象，大手笔写大时空，大作品呈大气象。而同时代的很多诗人，虽也不乏对江山的描摹与歌颂，但大多着眼于一时一景，或景不够代表大唐，或气势上略输一筹。当然也正是由于众多优秀诗人从多角度、多层面对社会进行了表现，映衬了李、杜二人，才使唐诗江山具有雄厚坚实的基底。

李白喜用古体，行文较为自由，没有严格的格律限制，可以创造性地发挥，乐府虽有旧制，但他往往不拘，将自己的主观感受带入诗中，使古题乐府得以新生。在李白那里，一切所谓的"诗律"似乎都不存在，李白是自由的，诗歌的格律和语言也因他的自由而获得了自由。杜甫众体兼备，律诗成就尤为突出。所谓"律"，约束也，比之乐府歌行体诗，需要遵循的格律谨严细致，而于严格的诗律中，呈现对称、和谐、秩序、稳定的意蕴，创作难度则很大。

李白生活在一个开放的时代，一切大胆的质疑和挑战都可以有存在的空间，如李泽厚所言："'盛唐'是对旧的社会规范和美学标准的冲决和突破。""不受形式的任何束缚拘限，是一种还没有确定形式、无可仿效的天才抒发。"（《美的历程》）对于李白而言，"破"是他的天性，所以不喜有过多束缚的李白，律诗数量不多。而杜甫就不同了，他正处于"破"之后需要确立新规范的时期，"晚节渐于诗律细"（《遣闷戏呈路十九曹长》），杜甫用律诗写羁旅、咏怀、宴饮、时事，对自己要求甚严，对诗歌雕琢甚细，终使唐代律诗达到了无迹可寻、炉火纯青的地步，为后人提供了可效仿学习的范本。

在古体诗与律诗两种不同的体制里，李、杜二人的抒情方式也颇为不同。"黄河之水天上来，奔流到海不复回。"大气、磅礴、坚定，典型的李白式的抒情。李白诗歌多从大处着眼、极少细节描摹是多数人认可的，而一般认为杜甫则是藏虚于实，多有生活细节的表现。其实能于细微之处见深阔，也是由杜甫的视野与胸怀所致，从"一览众山小"到"无边落木萧萧下，不尽长江滚滚来"，杜甫的豪迈大气是潜伏在灵魂里的另一个盛唐，后者也完全是大处落笔，奔腾、冲撞、动荡、急速、飞动、深阔，折射出了时代的巨大变革，雄伟、壮大不输于李白，深邃、苍劲则有过之。形式要求极为严格的律诗，回旋张弛的余地似乎很有限，而《登高》整首对仗严格工整，声律精密考究，又不失开合抑扬。如果说李白诗歌是内容溢出形式，那么杜甫诗歌则是内容与形式严丝合缝。

李白天上而来，将上一个时代推向高峰，一脚踏上盛唐之巅，看到的是蓝天白云，呈现的是春天般的明媚，他的抒情也是向外、向上走的，勃发、飞扬、流动，即使揭露政治黑暗、抒发失意不平，也是黄河之水天上来的势不可挡，飞流直下三千尺的奔腾回旋。杜甫扎根于大地，开启下一个时代。他一脚跨过盛唐之脊，看到了人间沧桑，呈现的是秋天的况味，他的抒情是向下、向内走的，内敛、深沉、执着，如火山爆发之后缓缓流淌的岩浆，炽热含蓄，苍凉慷慨，具有沉郁之美。同一个盛唐，在李、杜二人这里呈现了不同的风貌。

"子美不能为太白之飘逸，太白不能为子美之沉郁。"（严羽《沧浪诗话》）李、杜诗歌之所以有着完全不同的抒情方式，除了他们恰好各处唐代由盛转衰的分水岭两边这个原因以外，更与他们对儒、道两家思想的接受程度有直接关系。《将进酒》通篇洋溢着"天生我材必有用"的生命激情和及时行乐的浪漫情怀，体现的完全是道家崇尚自然的生命观。与儒家的生命观相比，道家的生命观是齐死生的生命观。道家把人的生命的意义放在了生命存在本身，生命的存在，而且是自然的不受异化的存在，是生命最根本的意义与价值。《登高》颔联用"无边""不尽"，将历史的变迁和人事万物的兴衰包容进无边无际的大时空中，而"万里悲秋常作客，百年多病独登台。艰难苦恨繁霜鬓，潦倒新停浊酒杯"，则层层剥揭了诗人作为生命个体的弱小与孤独，时空的无限大、无限远，与生命的有限、死亡的恒定构成了强烈的悲剧冲突，也使全诗形成了巨大的张力。与道家不同的是，儒家对生命意义的认识更强调人的社会性和伦理性，个体生命是渺小的，只有融入永恒的时空，才能获得永恒的价值。而时间如白驹过隙，自己作为人的社会价值却不能实现，悲剧情怀在深重的感慨中获得了某种超越。

后世对中国古代文化的基本概括是，儒家为主、道家为辅，二者互相补充又互相辉映。李、杜二人对盛唐精神的表达也正与此吻合。李白所代表的盛唐，超然、理想、浪漫，本质上是道家的，所以李白被誉为"诗仙"；杜甫所代表的盛唐，仁爱、宽厚、现实，本质上是儒家的，因此杜甫被尊为"诗圣"。道法自然，故李白喜用天上而来一泻千里的方式抒情，仰望星空，无拘无束，将天然、天真的青春姿态感性地呈现于世人面前。而杜诗脚踏实地，蕴含着一种厚积的感情力量，每欲喷薄而出时，儒家温柔敦厚的美学品格使他理性地把浓烈的情感抑制在心，让奔涌的悲怆于大地间，变得低回起伏。李白动辄"仰天大笑出门去"，而杜甫至极不过是"漫卷诗书喜欲狂", 再悲也只是"少陵野老吞声哭"。更有意味的是, 奔腾在中原大地上的孕育了理性文明的黄河, 由成长在道教氛围中的李白用古体诗歌唱, 呈现出浪漫主义的异彩; 而滋养了浪漫主义的长江却由传统教育下严守秩序的杜甫用律诗讴歌, 具有现实主义的意蕴。这本身就是一种融合, 不仅反映了盛唐文化的开放兼容, 也体现了中国古代儒道文化的互补和博大精深, 这也正是李、杜二人对盛唐精神表达的深刻之处。

就表现现实的深刻程度以及在创作技法上, 许多人认为李白不及杜甫, 但李白在他生活的时代已经成为世人追捧的明星, 而杜甫的价值是在中唐韩愈指出"李杜文章在, 光焰万丈长"(《调张籍》)以后才逐渐为人所识。这里固然有境遇的原因, 但也和诗风有关。浪漫的东西总是最能吸引人的眼球, 而现实的东西浸入人的心灵则需要时间。李白身上集中体现了盛唐精神, 他是那个时代的理想人物。理想是对未来美好生活和美好社会的向往和追求, 指向人的生活远景。理想具有时代性和超越性, 一个时代不能没有有理想, 天才、自由的李白之于盛唐, 其价值更在于引领, 而一个时代同样不能没有楷模, 历史选择杜甫做了时代内容与形式的榜样, 这也正是后人总认为李白只可追随、难以模仿, 而杜甫则更容易效法的原因。李、杜二人之于唐代乃至后代诗歌的影响, 前者在精神层面, 后者更在操作层面, 这恰是道、儒两家对中国文化所作出的不同贡献, 也是李白、杜甫在同时代诗人中乃至中国诗歌史上独领风骚的根本原因。

、练习·思考·延伸

1. 结合作品分析杜诗"沉郁顿挫"的艺术风格。

2. 杜诗语言上的成就离不开字句的锤炼, 试以一首诗或若干首诗为例进行分析。

3. 杜甫叙事善于将高度概括与细节描摹有机结合, 阅读《北征》, 分析其细节描写的作用。

*4. 杜甫历来为诗家所推崇, 元稹的评价最有代表性: "上薄风骚, 下该沈宋, 言夺苏李, 气吞曹刘, 掩颜谢之孤高, 杂徐庾之流丽, 尽得古今之体势, 而兼人人之所独专矣。"如何理解这段话的含义?

以"诗意朗读"作结

读《登高》

朗读提示：读《登高》会发现一个问题：诗中的韵脚"哀""回""来""台""杯"，用普通话读并不全押韵。这当然不是杜甫的失误，这首诗押的是《唐韵·平水韵》"十灰"部的韵脚。语音是发展变化的，现代汉语与古代汉语的音韵是存在差异的。那么，现代人读古诗词要遵循古音吗？古音是一个不定数，何时何地何人操何种方言，很难考证，不仅韵脚，还有平仄声问题，要一一复原，况原本什么样子已久远模糊，势必会造成无所适从的状况。因此，虽韵律美感上可能会有些折损，但为了利于传播，还是读今音为宜。

朗声读来——

《登高》

第十二章

千古文章在唐宋

从滕王阁说起——

　　滕王阁，江南三大名楼之一，在今江西省南昌市，于唐高祖之子滕王李元婴任洪州都督时始建，以其封号为名，因王勃一篇《滕王阁序》而闻名天下。公元 675 年秋，王勃南下探望父亲，途经洪州，适逢洪州牧阎伯屿在滕王阁举行宴会。这天，达官显贵济济一堂，文人墨客灿若群星，可谓"高朋满座，胜友如云"。酒过三巡后，阎伯屿假意邀请在场嘉宾行文赋诗以记欢宴之盛况，而实际上他早已让已有诗名的女婿孟学士将诗文写好，只等当场吟诵博得喝彩。不料在假意谦让时，才华横溢的王勃却慨然应允欣然提笔，这不仅令满座愕然，更让阎伯屿脸上有些挂不住，于是以更衣为借口愤然离席，同时吩咐小吏随时通报现场情况。当小吏报来第一句"豫章故郡，洪都新府"时，阎伯屿不以为然；再报来"台隍枕夷夏之郊，宾主尽东南之美"时，阎伯屿沉吟不语；当报至"落霞与孤鹜齐飞，秋水共长天一色"时，阎伯屿拍手赞曰："此真天才，当垂不朽矣！"王勃和滕王阁的故事，成就了中国古典文学史上的千秋佳话！真可谓，文以阁名，阁以文传。登高感怀，是古代文学的传统主题；宴饮作序，是当时文人中流行的风习。这篇应景即兴之作，却充分发挥了骈文特有的表现手法，熔对偶、声韵、典故、辞藻于一炉，于严整中呈行云流水之势，气象雄阔，格调高逸，成为脍炙人口的千古名作。更有意味的是，王勃诗歌创作虽以改造宫体诗为己任，却不排斥同样是追求声色之美的骈文。

▶ 滕王阁

学习提要

本章主要介绍唐代古文运动和北宋诗文革新运动的基本情况。

学习中要了解古文运动的理论及意义、贡献和影响，了解唐宋八大家的文风特点和他们各自的成就，重点了解韩愈、柳宗元、欧阳修、苏轼的散文创作，通过研读作品提升散文鉴赏能力。

相关信息

迎佛骨事件　唐代皇帝迎送、供养佛骨的佛事活动，有史可查者共七次，唐宪宗是第六次。晚年的唐宪宗非常信佛，公元819年宪宗为求风调雨顺，派人把法门寺佛塔的佛骨隆重地迎入宫中供奉三日，然后送往各大寺院供百姓瞻仰。此举引起儒学学者的强烈不满，从而使儒佛矛盾大爆发。韩愈上奏疏《论佛骨表》，力陈信佛的弊害，为此被贬潮州刺史。"一封朝奏九重天，夕贬潮阳路八千，欲为圣明除弊事，肯将衰朽惜残年"（韩愈《左迁至蓝关示侄孙湘》）的诗句，反映的就是这次迎佛骨事件。

从先秦历史散文、诸子散文，到两汉史传散文，我国散文达到了很高的艺术水准。那时的文章，基本都是散体，长短不拘，形式自由，没有特定规格。两汉时期流行的赋体，崇尚辞采，对偶、排比的修辞手法运用得十分广泛，到汉末，辞赋作品已显露出明显的骈化迹象。如曹植的《洛神赋》："翩若惊鸿，婉若游龙；荣曜秋菊，华茂春松；仿佛兮若轻云蔽月，飘飘兮若流风之回雪。"经魏晋到齐梁，随着文的自觉时代的来临，在新的审美趣味需求的驱动下，以及在声律发现的基础上，骈文成为一种普遍风行的独立文体。在统治者的大力倡导下，骈文在文坛上竟一跃占据了主导位置，此后风靡数百年，直至盛唐。

第一节　中唐古文运动

一、骈散之争

繁兴于六朝的骈文，作为一种新文体，在当时其实并没有一个正式和固定的名称，被时人称作"今文""今体"，"骈文""骈俪文"的说法是唐代以后才有的。"骈，驾二马也"（《说文解字》），二马并驾为骈，夫妻成双作俪，"骈俪"正概括了这种文体最基本的特点，语句结构平行，通篇使用对偶，因对偶以四、六字句为主，所以中晚唐以后它又被称作"四六文"，柳宗元形容"骈四俪六，锦心绣口"（《乞巧文》），到宋代，四、六字句格式趋于定型，"四六"就成了骈文的另一个名称。骈文充分表现了中国方块字所蕴含的文化意蕴，对仗工整，声韵和谐，辞藻华丽，讲究用典，这些特点使它突破了早期散文过于古朴简单的格局，成为中国文学中独具审美价值的文体。骈文始于对形式的追求，并且日益精致华美，对增强语言的感染力是十分有益的，这在散文发展中无疑是一种进步。作为一种美文学，各个时代尤其是南北朝时期出现过不少优秀的骈文作品，如鲍照的《登大雷岸与妹书》、丘迟的《与陈伯之书》、孔稚珪的《北山移文》、吴均的《与朱元思书》、陶弘景的《答谢中书书》、庾信的《哀江南赋》等。

自有"今文"一说，先秦两汉的散体文就被称为"古文"，既古，就有过时之嫌，被冷落轻视成为自然。其实，古文重气势，今文重气韵；古文讲畅达，今文讲含蓄；古文显质朴，骈文呈典丽。二者风格迥异，各有千秋，若不是走至极端，完

• 原典阅读：
《与朱元思书》《滕王阁序》

全可以相互借鉴学习。初期的骈文，一般只要能对仗就行，而后期则力求工整精巧，格律出现后，对声韵的要求愈发严格，创作几乎变成了一种文字游戏。藻饰和用典，本为援古证今，增添文采，而步步用典，处处藻饰，使人读来如坠云雾里，近乎是在炫耀肚子里的学问了。

六朝后期，随着贵族士大夫们生活的日渐空虚和审美追求的日益病态，骈文不断片面追求形式，逐渐变成了高雅华丽的文化装饰品，成了表达思想、反映现实的障碍，于是骈散之争兴起。六朝时，就不断有人批评骈俪，提倡古体，但都没形成气候。隋文帝曾下诏禁止浮靡的骈文，提倡质朴的文风，却收效甚微。到初唐时，朝野之间仍爱骈文，"初唐四杰"、陈子昂等都不满于华艳文风，但并不否定骈文本身，甚至他们还是骈文大家，王勃的《滕王阁序》、骆宾王的《讨武曌檄》都是名噪一时的四六文。陈子昂打出复古大旗，大力提倡汉魏风骨，反对齐梁靡靡之音，同时也大量用古文写作，对文坛有所震动，但他的成就更在于诗歌。骈文积习太久，势力太大，在韩愈、柳宗元之前，古文一直没能取代它的统治地位。

二、古文运动

古文，指先秦两汉的散文，它以质朴自然、散行单句为特点。中唐代古文运动，是以儒学复兴为旗帜，用质朴刚健的散文取代绮丽柔靡的骈文，以达到弘扬道统的目的的一次重要文学革新运动。

"安史之乱"后，社会问题日益突出，部分士人怀着强烈的忧患意识，慨然奋起，思欲变革，以期王朝中兴，与强烈的中兴愿望伴随而来的是儒学的复兴，而儒学的复兴也促成了政治的革新，政治的革新又推动了文风文体的改革。就文章发展的规律而言，这时革新时机也已成熟。韩愈、柳宗元应运而生，他们既将儒学思潮推向了高潮，也用创作理论和实践促成了古文运动。

韩、柳古文理论的核心主张是"文以明道"。韩愈说："愈之为古文，岂独取其句读不类于今者邪？思古人而不得见，学古道则欲兼通其辞。通其辞者，本志乎古道者也。"（《题欧阳生哀辞后》）柳宗元也说："圣人之言，期以明道，学者务求诸道而遗其辞。辞之传于世者，必由于书。道假辞而明，辞假书而传，要之，之道而已耳。"（《报崔黯秀才论为文书》）

韩、柳出于相同的政治目的，不约而同地强调了"文道"关系中"道"的先导性作用。

道为内容，文为形式，道是目的，文是手段。首先解决写什么的问题。韩愈所说的"道"，既指孔孟正统思想，兼指人的内在道德修养和人格精神，同时也承认个人情感活动在散文中表现的合理性。这说明韩愈的"文以明道"有着较大的包容性，它并不排斥，甚至赞许强烈的喜怒哀乐之情的存在。其次解决怎么写的问题。韩愈倡导"文以明道"，文章必须反映现实的同时，也注重"文"的作用。"愈之志在古道，又甚好其言辞。"（《答陈生书》）他一是主张"宜师古圣贤人"（《答刘正夫书》）。韩愈作为一个普通官员，推行政治主张的重要阵地就是文章，骈俪文体显然不适合，为此他极力号召他的弟子们为文首学先秦两汉古文。他对前代文章的借鉴吸收范围是很广的，既有圣人经典，还有庄周、屈原、司马迁、司马相如、扬雄等诸家古文，又有骈文。二是反对因袭而志在创新，复古又能变古。"师其意不师其辞"（《答刘正夫书》），倡导"惟陈言之务去"（《答李翊书》）"文从字顺"（《南阳樊绍述墓志铭》），这也就使得韩愈古文的内容和形式都有了一定的开放性。三是提出"不平则鸣"的创作原则，"郁于中而泄于外"（《送孟东野序》），"夫和平之音淡薄，而愁思之声要妙；欢愉之辞难工，而穷苦之言易好也。"（《荆谭唱和诗序》）韩愈认为文章之所以有动人的力量，关键在"气"，"气盛则言之短长与声之高下者皆宜"（《答李翊书》）。柳宗元也说："感激愤悱，思奋其志略以效于当世。必形于文字、伸于歌咏"（《娄二十四秀才花下对酒唱和诗序》）。二人的主张有着内在的一致性。

在继承与创新的基础上，韩、柳提炼出了一种辞采生动、声情并茂，且具有形象性和感染力的散文书面语言，扩大了古文的表达功能；同时还确立了一套包括杂文、议论文、祭文、序文、传记、游记、墓志、寓言等在内的散文文体。"古文"以其浓郁的抒情特征和独特的艺术魅力进入到文学的境界，一种与六朝"旧规"相对立的新的散文美学规范就此形成。

由于有系统的理论和典范性的实践，古文运动终于取得了辉煌的成果。至此，骈文败下阵来，再无风头，散文则走上了健康的发展之路。

三、代表人物及作品

韩愈作为唐宋以降散文的先驱和一代文宗，受到后人的极力推崇，历来有"杜诗韩文"之称，苏轼更是满怀热情地赞誉他"文起八代之衰，道济天下之溺"（《潮州韩文公庙碑》）。

韩愈散文中最为人称道的不是那些宣讲道统的论说文，而是杂文，这种文字正是他"不平则鸣"之鸣，对许多社会现象的批评和讽刺大胆辛辣，犀利明快，笔力雄健，气如长虹，苏洵评价"韩子之文，如长江大河，浑浩流转"（《上欧阳内翰书》）。如："父名晋肃，子不得举进士；若父名仁，子不得为人乎？"（《讳辩》）"世有伯乐，然后有千里马。千里马常有，而伯乐不常有。"（《马说》）"今无故取朽秽之物，亲临观之。巫祝不先，桃茢不用。群臣不言其非，御史不举其失，臣实耻之。乞以此骨付有司，投诸水火，永绝根本。断天下之疑，绝后代之惑。"（《论佛骨表》）这类文章往往形式不拘，姿态横生，语言新颖，构思精巧，读来畅快淋漓。韩愈的一些祭文、碑志和序文，看似应酬之作，实为抒情佳篇，有赋一般的写法，诗一般的语言，如《祭十二郎文》《柳子厚墓志铭》《张中丞传后叙》《送李愿归盘谷序》等，有的感人肺腑，有的形象生动，有的近似小说，风格不一而足。

• 原典阅读：《祭十二郎文》《黔之驴》

嗚呼！汝病吾不知时，汝殁吾不知日。生不能相养以共居，殁不得抚汝以尽哀，敛不凭其棺，窆不临其穴。吾行负神明，而使汝夭。不孝不慈，而不得与汝相养以生，相守以死。一在天之涯，一在地之角，生而影不与吾形相依，死而魂不与吾梦相接。吾实为之，其又何尤！彼苍者天，曷其有极！自今已往，吾其无意于人世矣！当求数顷之田于伊颍之上，以待余年，教吾子与汝子幸其成；长吾女与汝女待其嫁，如此而已！

嗚呼！言有穷而情不可终，汝其知也邪！其不知也邪！嗚呼哀哉！尚飨。

——韩愈《祭十二郎文》（节选）

十二郎是韩愈的侄子。韩愈由长嫂郑氏抚养成人，与侄子自幼相守，共历患难，感情特别深厚。但长大之后，韩愈在外漂泊，二人很少见面。正当韩愈官运好转，有可能与十二郎相聚的时候，突然传来十二郎去世的噩耗。韩愈悲痛欲绝，写下了这篇祭文。宋人安子顺评："读孔明出师表而不堕泪者，其人必不忠；读令伯陈情表而不堕泪者，其人必不孝；读退之祭十二郎文而不堕泪者，其人必不友。"此文收入《古文观止》，其评论为："情之至者，自然流为至文。读此等文，须想其一面哭一面写，字字是血，字字是泪。"明代茅坤誉之为"祭文中千年绝调"。

当韩愈在古文运动的主战场上奋力拼杀的时候，柳宗元在偏远的南方贬所，借助自己"衡湘以南为进士者，皆以子厚为师"（韩愈《柳子厚墓志铭》）的特殊影响，也在竭力地推动着古文运动，成为韩愈的文坛战友。作为古文运动的核心人物，柳宗元的文学理论也许不如韩愈的系统，但他杰出的创作实绩同样令后人瞩目。他的散文有议论文、游记、传记和寓言，成就最为突出的是山水游记。中国山水散文萌芽于西晋，产生于南北朝，郦道元的《水经注》是北朝文学的优秀代表，柳宗元继承了《水经注》的成就，又有创造性的突破，为中国文学开创了一种文学化、抒情化的散文体式。代表作《永州八记》为他被贬永州司马时所作，其中《至小丘西小石潭记》被誉为游记典范。

　　从小丘西行百二十步，隔篁竹，闻水声，如鸣珮环，心乐之。伐竹取道，下见小潭，水尤清冽。全石以为底，近岸，卷石底以出，为坻，为屿，为嵁，为岩。青树翠蔓，蒙络摇缀，参差披拂。

　　潭中鱼可百许头，皆若空游无所依。日光下澈，影布石上，怡然不动；俶尔远逝，往来翕忽，似与游者相乐。

　　潭西南而望，斗折蛇行，明灭可见。其岸势犬牙差互，不可知其源。坐潭上，四面竹树环合，寂寥无人，凄神寒骨，悄怆幽邃。以其境过清，不可久居，乃记之而去。

　　同游者：吴武陵，龚古，余弟宗玄。隶而从者，崔氏二小生，曰恕己，曰奉壹。

——柳宗元《至小丘西小石潭记》

石之底，鱼之游，日之影，以衬水之清，吸取陶弘景"青林翠竹""沉鳞竞跃"（《答谢中书书》）笔意，又融庄子"鲦鱼出游从容"（《庄子·秋水》）之玄想，清冷峻洁，深邃幽寂，不愧千古美文！

　　韩、柳倡导文体文风改革的同时，中唐文坛上还活跃着一大批作家，刘禹锡、白居易、元稹、裴度、张籍等，一时间古文写手如林，声势大振。但随着韩愈及其同道们的相继离世，古文领域没了力能扛鼎的人物，一些继承者片面地发展了韩愈的主张。加之晚唐世风日下，文人消极追求享乐，古文失去了社会基础，华丽骈文重新得势，古文终于丧失了统治地位。晚唐小品文倒还坚持古文运动的方向，但也只是余波而已。

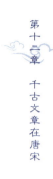

第二节　北宋诗文革新运动

一、古文运动的承续

北宋立国之后，社会趋于安定，经济开始复苏，部分文人醉心于太平，歌功颂德，以致晚唐五代华艳文风不仅未得到纠正，反而更有抬头之势，并与诗坛上同时出现的"西昆体"遥相呼应。宋代立国之初就有强敌压境、疆域不全的先天不足，对此中下层士人深感忧虑，于是就在政治上要求革新变法、在文学上提倡反映现实的呼声，不断有人对轻浮华靡、不切时用的文风文体展开批判。终于，到欧阳修入主文坛时，形成了中国文学史上的第二次古文运动。比之中唐古文运动，北宋诗文革新运动的优势在于，首先它得到了执政者的大力支持，几任皇帝都亲自过问文风改革问题，执政大臣如范仲淹、欧阳修、司马光、王安石、苏轼、苏辙都是散文大家，而韩愈当时最高官职也只相当于现在的副部长，他几乎是顶着周围人的耻笑孤军奋战的。唐代诗歌革新完成之后才有古文运动，而北宋诗与文的革新是同步的，不少古文家同时也是诗人，诗与文无疑可以相互启发、相互作用，产生更大的影响。古文在欧阳修时代取得了压倒骈文的绝对优势，到苏轼时代取得了全面的胜利。如果没有韩、柳的竭力倡导，宋朝古文不会有此成就，而如果没有欧阳修等人的继承与发展，韩、柳的古文运动也不会有如此深远的影响。

北宋诗文革新运动，是对唐代古文运动、新乐府运动的继承和发展。它以"复古"为旗帜，以韩、柳为学习典范，在关于文道、文风、语言、文体等方面改革的基础上，进一步作了理论方面的探讨，比较正确地解决了文道关系，肯定了平易畅达的文风和通俗明白的语言风格。北宋各家，特别是欧阳修、苏轼的诗文理论，是诗文革新运动的重大成果，不但在当时显示了巨大的批判力量，廓清了诗文发展的道路，在中国文学批评史上，也是一份珍贵的遗产。

二、代表人物及其作品

欧阳修（1007—1072），字永叔，号醉翁，晚年又号六一居士，吉州吉水（今属江西）人。幼时丧父，家境贫穷，23岁中进士，官至翰林学士、枢密副使、参知政事，因参与范仲淹"庆历新政"曾两次被贬。晚年退居颍州（今属安徽阜阳）至病卒，谥号文忠。一生创作甚丰，有《欧阳文忠公集》《新五代史》等。

欧阳修是一个融通之人。历史上对他几乎没有不利的评价，无论从哪个角度看他都是正面的、正直的、正义的。他进退从容，宠辱不惊，具有大家风范，领袖气质。不像王安石，固然有阳光灿烂的一面，但也有浓重的阴影，毁誉参半，颇受争议。欧阳修博学多才，官至参知政事，为天下所仰慕，在北宋文坛上享有盛誉，这主要源于他的人格修养与道德节操，当时几乎所有著名的文学家都得到过他的提携，因此以他为核心形成了一个庞大的文学创作队伍，避免了重蹈中唐古文运动后继乏人之覆辙。欧阳修在文学理论上发展了韩愈的积极主张，取法韩文"文从字顺"的一面，弃其奇险深奥的一面，为北宋诗文运动建立了正确的指导思想，为宋代古文的发展开辟了广阔的前景。他利用自己的声望与地位，在主持科举考试时，严格规定考试文章必须写平实的散文，有力地引导了一代文风。欧阳修一生创作1 200多篇文章，政论文如《朋党论》《五代史伶官传序》等，记事兼抒情散文如《醉翁亭记》《丰乐亭记》《秋声赋》《祭石曼卿文》等，都有很高的成就。如果说韩文雄奇奔放，呈现出一种阳刚之美，欧文则委婉曲折，平易自然，流丽顺畅，偏于阴柔之美。茅坤在《唐宋八大家文钞》中以"风神"一词评欧文，"六一风神"即成为一种美学风格。

苏轼，北宋文坛又一位领袖人物，中国文化史上罕见的全才，其散文既有诗情画意，又含美学兴味，兼具哲学深度，是唐宋古文运动成就最高者。唐宋八大家起于韩止于苏；古文运动起于明道，而到苏轼这里，"道"已不是孔孟之道，而是自然之"道"。苏轼以其自由不羁而又思无所依的文艺创作和生命实践，建立了自由的文艺观，他第一次突破了儒家的古文阈限，可以说是解构了"文以明道"。六朝人已关注到文的审美价值，但一方面得到认可，一方面遭到批评，受到批评的原因大致也是它对"载道"的忽视。宋代以前，文人作文多带政治功利性，宋代文人有了自己的业余时间与业余休闲，开始逐步将政治角色与文人身份分离。真正的文人出现才是文学真正的觉醒。可以这样说，文到六朝而一变，骈文以美文而不是应用文的面目流行开来，但时人多侧重对语言、章法等形式的追求；到北宋又一变，苏轼挑战文章的功利作用，当他把文学当作抒写自由心灵的形式时，才触及了文的本质，这也是生命的本质。是谓文有两次觉醒，一曰外形，二曰内核。如果说六朝的觉醒是青春期的反叛，那苏轼的觉醒就是想清楚了的"离家出走"。"乌台诗案"之后，苏轼被贬黄州，他对人生、对文学做了新的思考，他想通了，也超然了。韩、柳也写游记、碑志、书札等，但大体上是文体上的拓展，还没有像他这样自觉地从写作目的上彻底改变。游记、杂记、随笔、政论、史论、书简、题跋等，信手把笔，苏轼表达的是自我。难怪黄庭坚说他作文是"嬉笑怒骂皆成文章"（《东坡先生真赞》）。他自己也说："某平生无快意事，惟作文章。意之所到，则笔力曲折，无不尽意，自谓世间乐事无逾此者。"（《春渚纪闻》）这本身就是一种不同于道统的人生态度和写作态度。杜诗韩文都不会嬉笑怒骂，他们是正统严肃、一本正经的，韩愈有时候奇奇怪怪，多数是不够平和所致。后人喜欢苏轼，是喜欢他于儒之外的道的风范。古时读书人，在儒家思想的荫翳下生活得千篇一律，读书—科考—做官，内心其实也渴望浪漫、洒脱，在大多数不能实现的情况下，就代之以追慕、向往。

也许，正是苏轼把古文运动带出了泥沼。理学文艺观持有者朱熹说："苏文害正道，甚于老佛。"（《朱子语类》）这个观点为明清唐宋派、桐城派所继承，而公安派极爱苏轼，提出性灵说，现代学者也有人认为苏轼是现代小品文活的源头。

唐宋八大家之文皆有特点，但苏文最不好形容，精神自由带来的是形式上的行云流水，呈现出文理自然、姿态横生的风格，如他在《自评文》中所说："吾文如万斛泉源，不择地皆可出，在平地滔滔汩汩，虽一日千里无难；及其与山石曲折，随物赋形而不可知也，所可知者，常行于所当行，常止于不可不止，如是而已矣。"

夫所为求福而辞祸者，以福可喜而祸可悲也。人之所欲无穷，而物之可以足吾欲者有尽。美恶之辨战乎中，而去取之择交乎前，则可乐者常少，而可悲者常多，是谓求祸而辞福。夫求祸而辞福，岂人之情也哉！

——苏轼《超然台记》

元丰六年十月十二日夜，解衣欲睡，月色入户，欣然起行。念无与乐者，遂至承天寺寻张怀民。怀民亦未寝，相与步于中庭。庭下如积水空明，水中藻荇交横，盖竹柏影也。何夜无月？何处无竹柏？但少闲人如吾两人耳。

——苏轼《记承天寺夜游》

君讳弗，眉之青神人，乡贡进士方之女。生十有六年而归于轼。有子迈。君之未嫁，事父母，既嫁，事吾先君、先夫人，皆以谨肃闻。其始，未尝自言其知书也。见轼读书，则终日不去，亦不知其能通也。……轼有所为于外，君未尝不问知其详。

——苏轼《亡妻王氏墓志铭》

苏子夜坐，有鼠方啮。拊床而止之，既止复作。使童子烛之，有橐中空，嘐嘐聱聱，声在橐中。曰："嘻！此鼠之见闭而不得去者也。"发而视之，寂无所有。举烛而索，中有死鼠。童子惊曰："是方啮也，而遽死耶？向为何声，岂其鬼耶？"覆而出之，堕地乃走，虽有敏者，莫措其手。

——苏轼《黠鼠赋》

苏轼各体散文今存约四千余篇，大致分为议论文、记叙文、小品文、赋等类，这些优秀作品的出现标志着宋代古文运动的完全胜利。他对散文发展的贡献总体在于：一是突破了散文的创作观念，不再以为文章只为"载道"而存在，肯定了文学作为艺术创作的价值；二是提倡艺术的多样化和生动性，反对千篇一律的程式，主张行文要随物赋形、求物之妙。

王安石，字介甫，号半山，作为北宋著名的政治改革家，他更注重文学经世致用的实用价值，其文直接为政治变法服务，风格雄健劲峭，峻洁奇崛，《答司马谏议书》《读孟尝君传》《祭欧阳文忠公》《游褒禅山记》《伤仲永》等名作皆"简而精"。王安石的文章有的过于瘦硬，缺乏平顺之感，政治上当时有人戏称他为"拗相公"，文如其人，诗文也有些"拗"。

苏洵，字允明，号老泉，苏轼之父，大器晚成，曾受欧阳修提掖。为文纵横肆意，笔墨酣畅，气势充沛，汹涌澎湃，不可阻挡，颇有纵横家之遗风。

苏辙，字子由，苏轼之弟。不及其父雄健恣肆，不及其兄挥洒自如，但正如苏轼所说："汪洋澹泊，有一唱三叹之声，而其秀杰之气，终不可没。"（《答张文潜县丞书》）

曾巩，字子固，北宋文学家、史学家、政治家。其文内容以阐扬儒家思想为主旨，温醇典雅，结构严谨，条理清楚，语言简朴，讲究法度，节奏舒缓，易于初学。

唐宋八大家之称，最早起于元末朱右的《八先生集》，明代唐顺之选定《文编》，唐宋文中非八大家不取，古文家茅坤选编《唐宋八大家文钞》，"唐宋八大家"由此定名。他们的文学观点一脉相承，散文成就相当而又各具特点，韩峻峭，柳清幽，欧舒缓，苏恣肆，王劲健，曾谨严，老苏纵横，小苏秀杰。这其中，苏轼是一位不可模仿的天才，嬉笑怒骂皆成文章，信手拈来就是大作，其境界后人多半难以企及，而曾巩虽难免平庸，恰因这点也受人推崇。个性其实就是一种境界，为人独有不易学得，规规矩矩才易入手，因此后代倒多以曾巩为典范。

• 原典阅读：《秋声赋》《喜雨亭记》《读孟尝君传》《墨池记》

练习·思考·延伸

1. 古文运动理论有哪些基本内容？哪些观点在今天仍有意义？

2. 唐宋八大家散文各有什么特点？

3. 欧阳修和苏轼分别对北宋诗文革新运动做出了什么贡献？

*4. 古文运动为什么不是发生在魏晋或盛唐，而是在中唐？诗文革新运动为什么不是发生在"靖康之变"后的南宋，而是在北宋？

以"诗意朗读"作结

《六国论》

读《六国论》

朗读提示："呜呼！"长长的感叹，重重的叹息，叹六国悲剧本来可以避免的，恨那些以地事秦者，赞那些义不赂秦者，惜那些用武不终者，痛那些为积威之所劫者，感统治者竟不知从中汲取教训。"可悲呀！"这一叹惋，既是给古人，更是给今人，拳拳之心，跃然而出，理服人，情更感人！"夫六国与秦皆诸侯，其势力弱于秦，而犹有可以不赂而胜之势。苟以天下之大，下而从六国破亡之故事，是又在六国下矣。"朗读时要强调"下"字，以突出心中涌起的强烈而急迫的忧患之情。

朗声读来——

第十三章

宋词庭院

从《唐风宋韵》说起——

你是诗，那首格律诗，
平平仄仄，驰骋胸臆；
我是词，那阕婉约词，
曲曲弯弯，缠绕心思。

山水激发了你的诗情，
便有你擎天傲宇穿云志；
你装饰了我柔情的梦，
让我爱上落叶翩飞的舞姿。

唐时的风骨宋时的韵，
金风玉露胜却多少故事？
传说中该是有棵幸福的连理枝，
可擦肩而过的长恨谁人能知！
我踏入红尘时你前脚刚走，
生生地我们写就天涯咫尺。
在我面前你已凝成山峰一座，
没挡我去路倒让我曲水逶迤。

只要在回眸的瞬间交换过彼此，
又岂在世俗的今生今世！

——李雅君《唐风宋韵》

听起来，这像一首爱情诗。唐诗、宋词，这两个总是被后人相提并论的名字，像一对情侣，擦肩而过，未成眷属，它们将中国古典诗歌的不同体制推到了极致，它们共同创造了后人难以企及的诗歌神话。唐诗像少年，阳光下那么清新、明朗、刚健，宋词如佳人，月光下那么幽怨、淡雅、含蓄；一个白天一个黑夜，一个唐朝一个宋朝，日月岂能同辉？它们虽不在同一个时代，但它们一定有过世俗所不知的神交，"每一阵风过，我们都互相致意，但没有人，听得懂我们的言语"（舒婷《致橡树》）。文学史上最伟大的爱情，最摄人魂魄的爱情！秦观说："两情若是久长时，又岂在朝朝暮暮。"（《鹊桥仙》）其实，只要在回眸的瞬间交换过彼此，又岂在世俗今生今世！

▶ 王诜人物画

都说唐诗已是一座不可逾越的高峰，宋人硬是于唐诗江山的脚下，为中国古典诗歌开辟了一个深深庭院，使中国诗歌于阳刚之外增添了一缕柔情。

学习提要

本章主要介绍唐诗、宋词的不同意蕴，词从唐五代到宋代的发展情况及主要作家的创作。

学习中要了解花间词、南唐词、北宋词、南宋词各自的基本特征以及李煜、柳永、苏轼、李清照、辛弃疾、姜夔等词人的贡献，进而认识宋词最终与唐诗比肩的审美价值。

相关信息

靖康之变 又称靖康之难，发生于北宋靖康年间(1126—1127)因而得名。北宋宣和七年（1125），金军南下攻打宋朝，徽宗见势危，乃让位于太子赵桓，年号靖康。靖康二年四月，金军攻破东京（今开封），俘虏了徽钦二帝及赵氏皇族、后宫妃嫔与朝臣等三千余人，押解北上，东京城中公私积蓄为之一空。靖康之耻导致北宋灭亡。南宋大将岳飞在《满江红》中唱道："靖康耻，犹未雪，臣子恨，何时灭！"可见靖康之变是深深扎入南宋人心里的一根刺。

唐诗是眼中的世界，宋词是心里的世界，心有多大世界就有多大，宋人不输于唐人。唐与宋，一个博大，一个精深。

第一节 剪不断理还乱——唐诗宋词之别

读唐诗，有一种春天的蓬勃之感，总觉得来日方长，"春江潮水连海平，海上明月共潮生"（张若虚《春江花月夜》）、"长风破浪会有时，直挂云帆济沧海"（李白《行路难》）。而读宋词就不同了，总有一种秋天的感觉，黄昏的味道，有一点凄凉，有一点孤独，总像是什么东西快要过去了，快要抓不住了，便生出惆怅，发出叹息。一切有如月光下的景物，笼了一层纱，罩了一层雾，说不清，道不明，剪不断，理还乱。宋词，一方面无限追求，一方面又永远在水一方，完全得了中国古典诗歌含蓄蕴藉之精髓。

从宋瓷到宋词

一、唐诗宋词意蕴之别

唐、宋是中国封建时期文学艺术成就非常卓著的两个时代，但二者的审美趣味、艺术主题是大不相同的。唐诗追求外在的博大气象，而宋词更注重内在的神韵趣味；唐代流行唐三彩，与阳光辉映，而宋代兴起的青瓷白瓷，与月色吻合；唐诗的情感视野在马上，在仕途上，在旅途中，在大漠边塞，对现实的关注和建功立业的渴望，构成了唐诗广阔的情感空间，而宋词的情感观照不在政治层面、仕途层面，它更注重在庸常的日子里对心灵的审视，它呈现的是人的心境与意绪，它是对心灵的纵深开掘，宋代精神已不在马上，而转向了人间烟火，转向了闺房。从六朝开始，生命意识的觉醒就成了文学作品中永恒的主题，但不同时期有不同的内涵与表达：六朝是生命如朝露的悲苦，唐代是功名只向马上取的昂扬，而宋代则是青春易逝、红颜易老、时光易去的惆怅。有人说汉尚武，唐养艺，宋培育的是文。的确，到"郁郁乎文哉"的宋代，才有了真正意义上的文人，而唐代一般读书人的角色定位基本在政治层面。

当读书人变成了文人，他的精神需求就多元化了。如同一个人，西装革履地去上班或出席正式场合，一整天都端着是很累的，他需要换上休闲装在日常生活中展示自己的另一面。于是在宋代，我们看到了这样的景象：朝堂之上进国策，朋友之间赠诗歌。诗、文是科举必考的，文考政治素质，诗考写作水平，综合起来考量人才，那些治国平天下的策论文章是给皇帝看的，考场外"眉来眼去"的诗歌赠答也有加分的作用。业余时间在哪儿发挥文学才能呢？最佳场所就是夜宴、歌会，这种场合写诗未免有些陈腐，最应景的就是小词，人生的遗憾、失意、思恋、倾慕等，凡没处可写的情怀都可以在这儿抒发抒发。作诗是正事，作词是业余玩票，词又名诗余、小道，可见在文人那里诗、词被赋予了不同功能，当然也显示出尊卑有别，诗言志，词抒情，志为豪情壮志，情为缠绵柔情。

比之经国大业，词所抒发的情感可以归入"闲愁"之列，这也是文人出现带来的副产品。北宋之初，国泰民安，经济发达，城市繁荣，文人地位优越，生活富足，有什么好愁的呢？北宋词人晏殊，就是这种莫名闲愁出色的表达者。他自小聪颖，7岁能文，14岁时就以神童之名参加庭试，被赐进士，宋仁宗时出任宰相，政治生涯从未遭遇波折，人称"太平宰相"。家庭生活更是充满艺术趣味，几乎是日日宴饮，天天歌舞。这样一个雍容富贵的晏殊，当然不会写出像李煜失去江山那种痛心疾首的辞章，也不会有日后他儿子晏几道那般落难公子痴心人的体验。但他似乎总是徘徊在小院香径，对着落花斜阳，试图清理着那些说不清道不明的莫名闲愁，品味着他自己营造出的那份惆怅与孤独，"小园香径独徘徊"（《浣溪沙·一曲新词酒一杯》）就是晏殊独有的生命姿态。这就是文人！闲愁之于贫穷的人来讲是奢侈品，卖炭翁不会有闲愁，他有的是实实在在的生存之忧。对文人而言闲愁却是氧气，没有闲愁，何来风雅？伤春悲秋，看似无缘无故的叹息，其实这种感物而动是源于一种内心深处的生命意识，是一种高层次的精神需求。往往这种闲愁并没有具体指向，但恰恰是因为这个它才更具有广阔的涵盖性，那些短小的词章里盛装着人类共同的迷茫与伤感，任何不可言说的情怀在那里都可以找到恰当的表达，尤其是情爱，所以说，词是最能触动人心灵深处最柔软部位的东西。今人写情书，多向宋词寻章摘句，宋词就是一部情书的百科全书。

有人说宋词的词境太狭隘，然而，宋人选择了对人的心灵的开掘，并且做到了极致。唐诗博大，宋词精深，各有其道。

二、唐诗宋词形式之别

读唐诗，谁都知道读的是诗的精华。但很多人不知道，唐诗意义的最深处不是内容，而是形式，文化精神最深厚、最牢固地蕴藏在形式之中，其代表为律诗。读宋词，也如此。

[微课] 唐诗宋词意蕴之别

从外观形式上看诗、词的区别：诗的句式整齐方正，庄重大气；每句字为奇数，整首句为偶数，阴阳错落之美由此而生；从音韵层面上看，一句之中平仄相间，一联之间平仄相对，对称工稳，秩序谨严，给人稳定感、归属感，像中国的宫殿建筑，庄严、宏阔、大度，易抒发豪迈刚健之情。词则不同，句有长有短有错落，是谓"长短句"。长长短短、曲曲弯弯，最契合情意缠绵，尤其是表达矛盾的、复杂的、委婉的难言之情，例如"梧桐树，三更雨，不道离情正苦"（温庭筠《更漏子·玉炉香》），三字三字又六字，好像说不出来，说不出来，突然间说了出来；又如"又怎知人在小红楼，帘影间"（姜夔《满江红·仙姥来时》），由八字突然变为三字，犹如说了好多好多，突然间又不知怎么说了；"一怀愁绪，几年离索。错，错，错"（陆游《钗头凤·红酥手》），本来就说得很艰难，错误，错过，错失，罢！罢！罢！不说也罢！"寻寻觅觅，冷冷清清，凄凄惨惨戚戚"（李清照《声声慢·寻寻觅觅》），劈头14个叠字，以舌尖齿间音为多，形成抽泣的节奏，如同饱含人间辛酸后的一串眼泪，又如一串被扯断而落下的珠玉，长短参差，让人不知所对。长安的大明宫是不会曲径通幽的，而江南的庭院，又是绝不可以一眼看到头的，即使是几步也要三曲两折。词有了长短，就如眼波流转，飘忽不定，完全是美人意态，缠绵情致。

一句话概括，诗庄词媚。庄，宏阔大度；媚，婉转曲折。诗之体如壮士，词之体如美人。诗、词之不同体制，如郎才女貌，相得益彰。

相传，纪晓岚为乾隆献上一把题字扇，内容是王之涣的《凉州词》，不小心漏掉了"间"字，他灵机一动，重新断句，诗就变成了词："黄河远上，白云一片，孤城万仞山。羌笛何须怨，杨柳春风，不度玉门关。"化诗为词，仅仅是句式长短的重新排列吗？"无边落木萧萧下，不尽长江滚滚来"，诗也；"无可奈何花落去，似曾相识燕归来"，词也。即使是相同句式，也因体制的不同，显出内质的差别。前者格调沉郁，苍凉深阔，显示出力度；后者情致缠绵，音调谐婉，骨子里透着柔媚。唐诗可以高歌，宋词则需要低吟。

三、唐宋核心意象之别

"意象"是承载了作者某种主观情志的自然物象或客观表象，诗与词一样都写天地山川、草木鱼虫、亭台楼阁等，但是由于诗词形式和内质不同，唐宋美学趣味与精神有别，故而在意象的运用上唐诗宋词还是有差异的。

唐诗如阳刚少年，打马走天涯，眼见的多是阔大之景，从初唐的关河、烽火、云霞、江月，到盛唐的落日、孤城、蜀道、剑阁，再到中唐的海天、风雪、苍山、荒城，这些意象撑起了唐诗的广阔视野，呈现出大唐的磅礴气象，即使到了令人灰心的晚唐，也不乏枫林、霜叶、鸡声、板桥这样的清隽明朗之词。

　　而宋词之媚，是美人之情态，是以缠绵之情为根底的，这取决于词的产生与流行环境。中国诗歌和音乐的关系非常密切，汉魏乐府，一般是先有歌词后配乐，所配的是清商乐，到隋唐兴起燕乐，配合燕乐而歌的词，就叫曲子词，它是先有曲调后填词。唐五代词所用的曲调，多数是以教坊妓为代表的歌舞艺人创制的，这也和当时宴饮风气之下的娱乐酒令有关。宋时，词成为文人宴饮歌唱、红袖添香的必要组成部分，于是写词必写佳人、必写柔情、必写香艳的特质就显现出来了，"香汗罗幕""绣幌绮筵""纤纤玉指""妖娆之态"，规定了闺房的场景氛围，也就规定了词的女性色彩与核心意象。这种情形在晚唐第一个专力作词的温庭筠手里，首先得到推进，进而趋于定型，从此，词主艳情就成为总体范式。打他开始，到五代韦庄、冯延巳、李煜，再到宋代晏殊、晏几道、周邦彦、秦观、柳永、姜夔、吴文英等，无不是一片软语，就连壮怀激烈"先天下之忧而忧，后天下之乐而乐"（《岳阳楼记》）的范仲淹，都会写"明月楼高休独倚，酒入愁肠，化作相思泪"（《苏幕遮·怀旧》）；平和大度的欧阳修也作"寸寸柔肠，盈盈粉泪"（《踏莎行·候馆梅残》）之句；豪放大家苏轼怀念妻子时，伤情不已而"无处话凄凉"（《江城子·乙卯正月二十二日夜记梦》）；辛弃疾这位"金戈铁马，气吞万里如虎"（《永遇乐·京口北固亭怀古》）的抗敌英雄，也有"千金纵买相如赋，脉脉此情谁诉"（《摸鱼儿·更能消几番风雨》）的幽怨。

　　宋词不以追求"善"为最高目的，而以"真"感动人心，以"美"悦人视听，于唐诗之外开辟出了一片新的天地，取得了可以和唐诗比肩的成就。王国维更是将其与楚之骚、汉之赋、六朝之骈文、唐之诗、元之曲并论，视作宋代一代之文学代表。一个时代选择什么文学样式表达时代精神不是偶然的，汉选择铺张的赋来表达征服世界的豪迈，六朝骈文适应了门阀制度下装饰浮华的需要，唐诗纯净明朗是唐朝盛世风范的体现，而宋词所呈现出来的典型境界和意蕴正与宋代国势沉危相吻合。

第二节　花间与小楼——晚唐五代词

　　早在唐诗繁荣的同时，中国诗歌的另一种新形式——词，就出现了。现传最早的词是在敦煌发现的曲子词。词先在民间发展，中唐以后开始进入文人的生活，白居易、刘禹锡、张子和等都曾依曲配词，并留下一些佳作，如白居易的《忆江南》，至今仍是描绘江南美景的经典之作。

词的最初状态似民歌，情感真率，语言拙朴。文人接手后，在语言、题材、风格上稍加改变，使它摆脱了粗糙简陋的原型，渐渐形成一种正式的文学体裁。

一、婉媚轻艳的花间派

五代后蜀赵崇祚选录唐末五代 18 位词人的 500 首作品编成《花间集》十卷，他们词风大体相近，内容大都写上层宴乐生活和闺情离思，词风艳丽，后世称之为"花间派"。《花间集》将温庭筠列于首位，收词 66 首。文人词成熟于晚唐温庭筠的创作。

温庭筠（约 801—866），字飞卿，太原（今山西太原西南）人，是唐初宰相温彦博之后。其才思敏捷，每每入试，叉手构思，八次叉手而成八韵，人称"温八叉"。温庭筠诗、词俱佳，其诗与李商隐齐名，并称"温李"。其诗清婉精丽，备受时人推崇，《商山早行》中的"鸡声茅店月，人迹板桥霜"更是不朽名句。和李商隐诗里已是词的情思氛围不同，温庭筠是第一个专力作词的人。他生于贵族，长于颓世，自视才高，颇有些风流浮浪习性，精通音律，又与歌妓们来往密切，使他可以大量地"倚声填词"。据说温庭筠长相不佳，却写出了中国文学史上最温婉、最多情、最华丽、最脂粉气的词句，被称作"花间鼻祖"。

> 小山重叠金明灭，鬓云欲度香腮雪。懒起画蛾眉，弄妆梳洗迟。　照花前后镜，花面交相映。新贴绣罗襦，双双金鹧鸪。
>
> ——温庭筠《菩萨蛮》

• 原典阅读：《更漏子》《生查子》《女冠子》

这首《菩萨蛮》是温庭筠词的代表作，以观赏的心态摹写一个女子晨起梳妆的慵懒姿态，辞藻艳丽，流光溢彩，画风细腻，曲折精致，这是温庭筠最显著的特征。这首词题材上走不出闺房绮怨，风格上不外乎红香翠软，显然是齐梁绮艳诗风在新的历史条件下的产物，婉约词风也由此基本定型。

温庭筠的词风不尽一致，有些写得疏朗淡远，接近民歌词风，如：

梳洗罢，独倚望江楼。过尽千帆皆不是，斜晖脉脉水悠悠，肠断白蘋洲。

——温庭筠《梦江南》

西蜀词人韦庄是"花间派"另一位代表作家，如：

春日游，杏花吹满头。陌上谁家年少，足风流。妾拟将身嫁与，一生休。纵被无情弃，不能羞。

——韦庄《思帝乡》

春日春游，春情春心，与温庭筠旁观角度不同，完全一个小女子自叙的口吻，热情率真，意脉流畅，保留了民间词的纯真本色。韦庄词多数没有艳丽辞藻，没有晦涩暗示，往往紧扣人物心理抒情，从容而又不失深婉低回。他最著名的词是：

人人尽说江南好，游人只合江南老。春水碧于天，画船听雨眠。　　垆边人似月，皓腕凝霜雪。未老莫还乡，还乡须断肠。

——韦庄《菩萨蛮》

前人论词，历来"温韦"并称，二人虽都侧重写艳情离愁，但实则风格不同，温词浓艳华美，韦词疏淡明秀，前者以绵密深隐取胜，后者以浅近明快见长。西蜀词人的"花间词"在思想上无甚可取，艺术上多未脱出温、韦窠臼，但共同形成了阴柔之美的基本风貌，对后世词作影响较大。

二、情致缠绵的南唐词

五代衰乱，在南方形成了几个相对稳定的割据政权，其中西蜀与南唐，军事实力虽弱，但经济却发达，成了乱世文人的避难所。割据者安于繁华，溺于声色，给词的发展提供了极好的温床。比起"花间派"来，稍晚的南唐词人文化修养更高，审美情趣也相应更雅，成就和地位都在西蜀词人之上。

南唐词人主要以南唐宰相冯延巳、中主李璟及其儿子后主李煜为代表。很显然，这三位虽然无甚雄心大志，也会纵情歌舞，但毕竟担着国家的干系，降尊称主、国势孤危的无奈、无助、无力不自觉地在词中流露出来。如：

谁道闲情抛弃久？每到春来，惆怅还依旧。日日花前常病酒，不辞镜里朱颜瘦。河畔青芜堤上柳，为问新愁，何事年年有？独立小桥风满袖，平林新月人归后。

——冯延巳《蝶恋花》

"独立小桥风满袖"，让人想起"山雨欲来风满楼"，虽不似那么强劲，但隐约中有一种忧患危苦。抑或只是男女相思，在爱情失落的苦闷中又包含着一层生命短暂的隐忧。这种抒情的不确定性和朦胧性，给人留下更大的想象空间，显得开阔、深沉而持久，这是"花间派"力所不逮的。王国维评说："冯正中词虽不失五代风格，而堂庑特大，开北宋一代风气。与中、后二主词皆在《花间》范围之外。"（《人间词话》）李璟一首《摊破浣溪沙》，就因前两句大有"众芳芜秽，美人迟暮"之感，为王国维所激赏：

菡萏香销翠叶残，西风愁起绿波间。还与韶光共憔悴，不堪看。　　细雨梦回鸡塞远，小楼吹彻玉笙寒。多少泪珠何限恨，倚阑干。

——李璟《摊破浣溪沙》

南唐君臣的词，总有掩不住的"愁"，耐不住的"寒"，"帘幕里，青苔地，谁信闲愁如醉"（冯延巳《更漏子·雁孤飞》），"砌下落花风起，罗衣特地春寒"（冯延巳《清平乐·雨晴烟晚》），"青鸟不传云外信，丁香空结雨中愁"（李璟《摊破浣溪沙·手卷真珠上玉钩》），"人生愁恨何能免，销魂独我情何限"（李煜《子夜歌》），"帘外雨潺潺，春意阑珊，罗衾不耐五更寒"（李煜《浪淘沙令》）。与花间樽前不同，南唐词里的花是落花，从"重帘静，层楼迥，惆怅落花风不定"（李璟《应长天·一钩初月临妆镜》），到"风里落花谁是主，思悠悠"（李璟《摊破浣溪沙·手卷真珠上玉钩》），再到"流水落花春去也，天上人间"（李煜《浪淘沙令·帘外雨潺潺》），带着几分飘摇零落的悲剧色彩醒目地向我们而来，这真挚的情感、清疏的意象、深阔的境界，已然是宋词风姿了。

当然，王国维更偏爱李煜，说他"粗服乱头，不掩国色"（《人间词话》）。

李煜（937—978），字重光，南唐后主。通晓音律，工于书画，尤擅作词，本来就是个艺术家，24岁阴差阳错被推上政治舞台，不称职地当了十几年宋朝附属国的儿皇帝，最终还是国为宋灭，身为人死。以他38岁被羁押到汴京囚居为界，其创作分前后两期，做人却纯真一贯。前期"生于深宫之中，长于妇人之手"（王国维《人间词话》），多

• 原典阅读：《谒金门》《摊破浣溪沙》《乌夜啼》《相见欢》《浪淘沙》

写宫廷生活，清丽流畅；后期由一国之君沦为阶下囚，直悟惨痛命运，真挚深切。

> 别来春半，触目愁肠断。砌下落梅如雪乱，拂了一身还满。　　雁来音信无凭，路遥归梦难成。离恨恰如春草，更行更远还生。
>
> ——李煜《清平乐》

此篇是为入宋进贡而被扣留的弟弟而作的，始于"别"，诚挚深切，结于"恨"，绵绵不绝。离愁如落梅，别恨似春草，化无形为有形本已生动委婉，更令人叫绝的是"拂了一身还满""更行更远还生"，刻画了动态的心理过程，给人无穷无尽、有增无已的感觉，读来意味无穷。

亡国后李煜并没有理性反省，反倒是在词中毫无遮拦地倾泻自己的愁苦与哀戚、悔恨与绝望，正是这本色真性情成就了他的大家地位。

> 四十年来家国，三千里地山河。凤阁龙楼连霄汉，玉树琼枝作烟萝，几曾识干戈？一旦归为臣虏，沈腰潘鬓消磨。最是仓皇辞庙日，教坊犹奏别离歌，垂泪对宫娥。
>
> ——李煜《破阵子》

> 春花秋月何时了，往事知多少。小楼昨夜又东风，故国不堪回首月明中。　　雕栏玉砌应犹在，只是朱颜改。问君能有几多愁？恰似一江春水向东流。
>
> ——李煜《虞美人》

"林花谢了春红，太匆匆""故国不堪回首""往事已成空"，李煜将亡国之痛的一己之感慨升华为人生普遍意义上的苦难与无常。王国维的《人间词话》说："词至李后主而眼界始大，感慨遂深，遂变伶工之词而为士大夫之词。"伶工词娱乐遣兴，士大夫词抒情言志，西蜀的花间美艳轻佻，而南唐的小楼清彻高远。

第三节　庭院深深——北宋词坛

入宋以来，词成为皇帝和士人的普遍爱好。词的娱乐性质决定了它的"小道"

地位，但没有载道的政治任务，倒使它较少拘谨而能够随性发展，获得了意外的兴旺，填补了诗所不能及的感情空白。

宋初的词，多为酒筵歌席的遣兴小令之作，及至柳永而大变，新声慢词始流行。北宋后期，建立音乐机构大晟府，以周邦彦为代表的大晟词派产生，达到了词与乐的完美结合。

一、婉约词

晏殊（991—1055），字叔同，擅长小令，开创了宋词婉约派的正宗风格。其词多表现悠游生活和闲情逸致，语言婉丽、精致典雅，现存《珠玉词》。

> 槛菊愁烟兰泣露，罗幕轻寒，燕子双飞去。明月不谙离恨苦，斜光到晓穿朱户。昨夜西风凋碧树，独上高楼，望尽天涯路。欲寄彩笺兼尺素，山长水阔知何处？
>
> ——晏殊《蝶恋花》

张先（990—1078），字子野，词风清新明丽，因写有"云破月来花弄影""娇柔懒起，帘幕卷花影""柔柳摇摇，坠轻絮无影"而得名"张三影"。

> 水调数声持酒听，午醉醒来愁未醒。送春春去几时回？临晚镜，伤流景，往事后期空记省。　沙上并禽池上暝，云破月来花弄影。重重帘幕密遮灯，风不定，人初静，明日落红应满径。
>
> ——张先《天仙子》

欧阳修，其词深婉细致，精工流丽，香艳之处与他诗文雅正的面目判若两人，部分词富有民歌特征，自然活泼。

> 庭院深深深几许，杨柳堆烟，帘幕无重数。玉勒雕鞍游冶处，楼高不见章台路。　雨横风狂三月暮，门掩黄昏，无计留春住。泪眼问花花不语，乱红飞过秋千去。
>
> ——欧阳修《蝶恋花》

• 原典阅读：《蝶恋花》《踏莎行》《鹧鸪天》等

晏几道（1038—1110），晏殊幼子，号小山，有《小山词》。出于相门，后家境中落，尝尽人间冷暖，恋情词写得凄楚入骨，词风近李煜。

梦后楼台高锁，酒醒帘幕低垂。去年春恨却来时。落花人独立，微雨燕双飞。记得小蘋初见，两重心字罗衣。琵琶弦上说相思。当时明月在，曾照彩云归。

——晏几道《临江仙》

秦观（1049—1100），字少游，苏门四学士之一，词多婉约感伤之作，纤巧柔美，凄婉深情，后人称他与晏几道为"古之伤心人"。

雾失楼台，月迷津渡，桃源望断无寻处。可堪孤馆闭春寒，杜鹃声里斜阳暮。驿寄梅花，鱼传尺素，砌成此恨无重数。郴江幸自绕郴山，为谁流下潇湘去？

——秦观《踏莎行》

贺铸（1052—1125），字方回，因在《青玉案》中，将难以言状又无处不在的"闲愁"化虚为实，获"贺梅子"的雅号。

凌波不过横塘路，但目送、芳尘去。锦瑟华年谁与度？月楼花院，绮窗朱户，惟有春知处。　碧云冉冉蘅皋暮，彩笔新题断肠句。试问闲愁知几许？一川烟草，满城风絮，梅子黄时雨。

——贺铸《青玉案》

周邦彦（1056—1121），字美成，号清真居士，精通音律，能自度曲，为北宋词之集大成者。词多写闺情与羁旅之思，长于铺叙，格律谨严，风格富丽，精致蕴藉，自成典雅一派，著有《清真词》。

燎沉香，消溽暑。鸟雀呼晴，侵晓窥檐语。叶上初阳干宿雨、水面清圆，一一风荷举。　故乡遥，何日去？家住吴门，久作长安旅。五月渔郎相忆否？小楫轻舟，梦入芙蓉浦。

——周邦彦《苏幕遮》

二、向下一路与向上一路——柳永与苏轼

与北宋大多数词人相比，柳永显然属于另类。柳永（约987—约1053），原名三变，

字耆卿，崇安（今福建武夷山市）人早年也曾热望功名，但屡试不第，索性就"忍把浮名，换了浅斟低唱"（《鹤冲天》），青楼买醉，诗酒风流，以补仕途失意的空虚。柳永以浪子的身份，以另类的生命姿态，在繁华世俗间体验到了达官贵人无法也不屑体验的乐趣，他用全部才华为青楼妓馆的教坊新声填词，不想却为词拓出一片新的领地。他不顾当时文人的排斥，大量地在词中表现市民生活、市井风貌，大量填写与长调匹配的慢词，大量引进民间口语、俚语。题材、语言、体制上的突破，使词由清雅变世俗，在创作方向上改变了词的审美内涵和趣味。

　　东南形胜，三吴都会，钱塘自古繁华。烟柳画桥，风帘翠幕，参差十万人家。云树绕堤沙，怒涛卷霜雪，天堑无涯。市列珠玑，户盈罗绮，竞豪奢。　　重湖叠巘清嘉，有三秋桂子，十里荷花。羌管弄晴，菱歌泛夜，嬉嬉钓叟莲娃。千骑拥高牙，乘醉听箫鼓，吟赏烟霞。异日图将好景，归去凤池夸。

——柳永《望海潮》

这首词描写杭州的繁华富庶。用世俗的眼光，铺排的笔法，将"承平气象，形容曲尽"（陈振孙《直斋书录解题》）。据说，此词流传甚广，传到金国后，"三秋桂子，十里荷花"，引得金主垂涎欲滴，遂起南侵之意。《四库全书总目》指出："词自晚唐五代以来，以清切婉丽为宗。至柳永而一变，如诗家之有白居易。至苏轼而又一变，如诗家之韩愈，遂开南宋辛弃疾等一派，与花间一派并行。"柳词浓浓的市民味，迎合了读者世俗的口味，以至于"凡有井水饮处，皆能歌柳词"（叶梦得《避暑录话》）。他的好多词已有了曲的境界，预示着中国诗歌将要出现一种新的体制。

　　如果说柳永词指出了诗歌发展向下的一路，那么词在苏轼这里的主题变奏，则指出了诗歌发展向上的一路，"以诗为词"，与诗争地位，争"言志"的话语权，为词找到了新的价值增长点。从晚唐五代到北宋中叶，在文人观念中词是纯娱乐的"末道小技"，所以总转不出儿女情长、悲欢离合的圈子，总摆脱不了卑俗的"艳科"地位。"及眉山苏氏，一洗绮罗香泽之态，摆脱绸缪宛转之度，使人登高望远，举首高歌，而逸怀浩气，超然乎尘垢之外。"（胡寅《酒边词序》）苏轼以自由人格、开阔胸襟进入词的创作领域，首先是拓宽了词的题材，说理、怀古、送别、悼亡、闲适、旅怀、谐戏等，可谓"无意不可入，无事不可言"（刘熙载《艺概》）；其次是词境、风格变化，开豪放一派，创造了高远清逸的境界，将词带出了狭小的闺房，并脱离音乐成为独立的抒情诗体，在观念上取得了与当时的最高文艺形式诗、文一样的地位。

南宋《吹剑续录》里记载一个故事，东坡在玉堂日，有幕士善歌，因问："我词何如柳七？"对曰："柳郎中词，只合十七八女郎，执红牙板，歌'杨柳岸，晓风残月'。学士词，须关西大汉，铜琵琶，铁绰板，唱'大江东去'。"东坡为之绝倒。

就《雨霖铃》与《念奴娇》来看，苏、柳词风的确不同，后人往往以此来分辨婉约、豪放。其实有些片面。词从诞生之日起就沾染了女性色彩、闺房情调，苏轼也不例外，一手出卿侬软语，"笑渐不闻声渐悄，多情却被无情恼"（《蝶恋花·春景》），"细看来，不是杨花，点点是离人泪"（《水龙吟·次韵章质夫杨花词》），细腻委婉，并无旷远之风；一手以其大胸怀大手笔将诗的题材、手法、语言引入词中，"大江东去"气象之大直逼杜甫"不尽长江"，但"小乔"一出，词的柔婉本色就显露出来了，英雄豪杰也要美人红袖添香，老杜"登高"是绝不会为佳人留一席之地的，这就是诗与词的不同。因此，所谓豪放，只是对婉约的拓出，而不是对婉约的否定，"婉约为宗，豪放别体"，就是此理。苏轼的向上一路也好，柳永的向下一路也好，都是以婉约为根底的。不入，焉能出？

在词境的开拓上，王安石也值得一提。王词的成就虽不能与其诗文相比，也不及苏轼，但他不受五代绮媚柔弱词风影响，将自己桀骜的个性与政治上的革新精神引入词的创作当中，立意高远，格调苍凉，呈现出别一番气象。

• 原典阅读：《雨霖铃》《八声甘州》《江城子·十年生死》《水调歌头》《定风波》

三、怎一个愁字了得——李清照

作为女性词人，李清照无疑是最具代表性的，词的女性化的中心品格决定了她对情感的体验比男性词人更直接、更准确、更细腻，故用她晚年词作《声声慢》中"怎一个愁字了得"形容她本人及其创作，是非常恰当的。李清照的生活跨越北宋和南宋，她的词典型地代表了宋词由北南渡，由闲愁到愁苦的深刻转变，可谓集宋词愁之大成，她既"恪守妇道"，又将词带出了"闺房"，从深层意义上拓宽了词境，故以她"怎一个愁字了得"概括宋词，也是妥帖的。词的本色就是营造笔端的孤寂，表现美丽的哀愁，"怎一个愁字了得"也正是词的内核所在，李清照"人比黄花瘦"的经典形象，堪当词的最佳代言。

李清照（1084—约1151），号易安居士，齐州章丘（今山东济南市章丘区西北）人。父李格非为当时著名学者，夫赵明诚为金石考据家。她的生命历程分为两个时期，前期生活美满、安定、幸福、适意，后期遭遇国破家亡，饱经苦难艰辛。照理其作品应该是前期热情明快，后期凄苦伤感。为何也用一个"愁"字概括？

的确，李清照前期的生活是美满的、令人羡慕的。其父亲李格非官至礼部员外郎，学识渊博，文章受知于苏轼，是苏门后四学士之一；母亲为状元之孙女，善诗文，文化修养颇高。她自幼读经史子集，诵诗词歌赋，生活在风景如画、人文荟萃的济南，后随父入京，见多识广。18岁时李清照与宰相的儿子太学生赵明诚结婚，二人情投意合，婚后诗词唱和，生活得非常舒心。李清照在《金石录》后序中这样写道："得书画、彝鼎，亦摩玩舒卷，指摘疵病……每饭罢，坐归来堂，烹茶，指堆积书史，言某事在某书、某卷第几叶第几行，以中否角胜负，为饮茶先后。中则举杯大笑，至茶倾覆怀中，反不得饮而起。"夫妻之间不是你侬我侬的缠绵，而是充满了文人的高雅情趣。这样的生活反映在词作里，照理该是欢乐活泼的，但李清照毕竟是一个文艺女性，文人感物而动的艺术敏感，使得她即使是将一些日常生活情景纳入词中，也能渗出淡淡的愁绪来。

> 昨夜雨疏风骤，浓睡不消残酒，试问卷帘人，却道海棠依旧。知否，知否，应是绿肥红瘦。
>
> ——《如梦令》

隐约有点《春晓》的影子，在唐代那个春光明媚的早上，诗人一觉睡到自然醒，慵懒地躺在床上望着窗外，听着鸟鸣，记起昨夜好像下雨了？落花了？落了多少？问得无所用心，并不为了找到答案，空灵、散淡、安适。这里则不同，风雨不似《春晓》那般柔和催眠，"骤"急，有摧残的意味，睡前是喝了酒的，大概是想浇愁，乃至成醉，沉沉睡去，醒来尚存残醉，已是自带了几分愁。问的心情不同，目的也不同，对话极简，却意味隽永。清人黄蓼园评："一问极有情，答以'依旧'，答得极淡，跌出'知否'二句来，而'绿肥红瘦'无限凄婉，却又妙在含蓄。短幅中藏无数曲折，自是圣于词者。"（《蓼园诗选》）这堂美学启蒙课的一问一答，让人隐约窥到了词人内心的生命意识，而伤春本比悲秋更具女性特征，女性词人写来就越发散发出动人的魅力。

李清照生活的宋代，女子生活圈子开始变窄，丰富的物质条件使她们可以将生活经营得很精致，但不可如男子一般在社会上抛头露面，即便如李清照这样才情颇高的女子，也不例外。丈夫外出求学，远游仕宦，她也只能在狭小的闺阁中被动地等待，

守着窗儿无奈地独自感叹，幸福的日子也就自然而然地被她把玩出淡淡的伤感来。词以闺房佳人为核心意象，以往多是男作女腔，毕竟隔了一层，李清照以女性主体抒情，新鲜、生动、真切，自然更压倒须眉。

《一剪梅》是一首作于婚后不久的相思曲，堪称精妙绝伦。"一种相思，两处闲愁"，天各一方，两相惦念，一种离愁，两人分担，苦涩中流露的是心心相印的幸福感。范仲淹有"都来此事，眉间心上，无计相回避"（《御街行》），"眉间""心上"原本无先后，而"才下眉头，却上心头"，化静态为动态，层层递进，更加曲折，更加女性化，将文人的闲愁与女性的闺怨叠加在一起，传达出复杂微妙的心理变化与情感流程，生成一种深婉细致的闺情。不愧为相思绝句！

> 薄雾浓云愁永昼，瑞脑销金兽。佳节又重阳，玉枕纱厨，半夜凉初透。　　东篱把酒黄昏后，有暗香盈袖。莫道不销魂，帘卷西风，人比黄花瘦。
>
> ——《醉花阴》

重阳佳节，黄昏又至，薄雾缥缈，暗香缭绕，此情此景唯酒与愁才相配。把酒对菊，唯觉黯然销魂，憔悴面庞与雅洁花容叠印在一起，真个是"寂寞让我如此美丽"。古人写诗，花比人并不稀奇，难得的是词人更胜一筹，"人比黄花瘦"，妙绝！传说李清照将这首词寄给赵明诚，赵自叹不如又不甘，闭门谢客废寝忘食作词约50首，将"莫道不销魂，帘卷西风，人比黄花瘦"揉入，请朋友赏读，朋友评价"唯三句最好"，即李清照所作。

靖康之变，金人的铁蹄踏碎了李清照的幸福生活。她与丈夫南逃，颠沛流离，经历了数不清的惊吓与磨难，刚在江南稳定下来，却又遭受丧夫之痛。李清照从此孑然一身，漂泊他乡。命运的巨大落差，使她的词境词风发生了巨大的变化，再也不是莫名闲愁，再也不是一般的离愁别恨，整个人生、整个世相的大悲大痛经过她心灵的过滤，再渗透出来，化作生命的呜咽，格外哀婉，格外凄楚。

> 风住尘香花已尽，日晚倦梳头。物是人非事事休，欲语泪先流。　　闻说双溪春尚好，也拟泛轻舟。只恐双溪舴艋舟，载不动许多愁。
>
> ——《武陵春》

早已"物是人非"，那些"兴尽晚归舟"的美好时光定格在记忆当中，再也回不去了。那无边的愁苦，又岂是这小小的"蚱蜢舟"能载得动的？李煜形容"愁"，如"一江春水向东流"（《虞美人》），道其无尽；李清照形容"愁"，船载斗量，写其有形。异曲同工之妙！故国之痛、乡土之思、亡夫之哀，飘零之苦，"怎一个愁字了得！"。

> 寻寻觅觅，冷冷清清，凄凄惨惨戚戚。乍暖还寒时候，最难将息。三杯两盏淡酒，怎敌他晚来风急？雁过也，正伤心，却是旧时相识。　满地黄花堆积，憔悴损，如今有谁堪摘？守着窗儿，独自怎生得黑？梧桐更兼细雨，到黄昏，点点滴滴。这次第，怎一个愁字了得！
>
> ——《声声慢》

起首14个字叠用，看似杂乱，却极有层次。寻，似乎要找回什么，抓住什么。是旧日的美满生活？是夫妻的缱绻深情？还是那些价值连城的金石文物？觅，寻而不得，更为仔细，甚至动作都是跌跌撞撞的；冷，既有主观又有客观，有天气的变化，又有外界刺激引发的感受；清，旧欢不来新愁又至，外境引发内情，孤寂袭上心头；凄，冷清渐蘩而凝于心；惨，凝于心又不堪任；戚，肠断心碎已至极点。由浅入深，层层推进，绝非一般堆积。从音韵的角度看，七组叠音词多为舌尖齿间音，吐字受阻，出口凄厉，喋喋而来，直抵人心，非语言、音律功底深厚者不能驾驭，前无古人后无来者，被誉为"公孙大娘舞剑手"（张端义《贵耳集》）。这首词用慢词长调，冗长凄凉，一颗饱经苦难的心被无休无止地揉搓后，终于变成了不可遏制的一声长叹，"这次第，怎一个愁字了得！"，这一句统摄全篇，震撼人心。

李清照作词，不矫饰，不用典，于寻常口语中锤炼出一份雅致与清真。也许，她没有像男性词人那样在词中表现山河破碎，她的女性身份决定了她的视角与视野，但她用生命去体验残败，去承受孤独，而这种残败与孤独不仅仅是个人情感，它勾勒出的是时代的表情。正如李煜把亡国之痛泛化成一种人类普遍共有的悲剧性体验一般，李清照的词也同样引起了千古共鸣，词中女性特有的婉约与不逊于男性的刚健，让我们在悲剧性的体验中获得一种崇高的精神力量。余光中说她是"中国最美丽的寂寞芳心"（《山东甘旅》）。没错，姿态婉约，端庄娴雅，词心玲珑，千折百回。

第四节　冷月无声——南宋词坛

"天凉好个秋！"（辛弃疾《丑奴儿》）南渡以后，山河破碎的文化氛围，像空气一样弥漫开来，又冷冷地沉潜在文人的骨髓中。虽然辛弃疾等豪放派词人也写了不少振奋人心的爱国辞章，但随着宋金议和渐成定局，那些壮怀激烈的呐喊声渐行渐远，文人又回到了北宋婉约派和格律派的路子上。与北宋不同的是，即使文人偶作疏狂，骨子里总有一段隐情，即使是吟风弄月，也透出几分幽幽阴冷。

一、辛派词

南宋初期，由于时势的原因，词人多受苏轼"以诗为词"的影响，以词言志抒怀，词的风格突破了婉约派的限阈，遂形成以辛弃疾为核心，包括张元幹、张孝祥、陈亮、刘过等人的辛派词，他们以浓郁的爱国激情和慷慨悲壮的风格，谱写了时代的热血篇章。

张元幹主张抗金，反对议和，他的代表作两首《贺新郎》，一首写给因主战而被罢职的著名将领李纲，一首是为上书请斩奸臣秦桧而被流放的胡铨所作，"怅望关河空吊影""大意从来高难问"，振聋发聩，成为爱国词的先导。张孝祥与苏轼气质相近，作词也向"豪"的一路靠近，为辛派词人的先驱者；陆游一直以诗为正统，不肯以词言志，但漫不经意的偶作也有其独特的精神风貌，也是辛派词人的中坚；陈亮作为辛弃疾的密友，才气超迈，豪气纵横，以爱国壮词享誉词坛；刘过是辛弃疾的忠实追随者，词风有意效仿辛弃疾。"长淮望断，关塞莽然平"（张孝祥《六州歌头·长淮望断》），"不见南师久，漫说北群空"（陈亮《水调歌头·送章德茂大卿使虏》），"此生谁料，心在天山，身老沧州"（陆游《诉衷情·当年万里觅封侯》）……辛派词所表现出来的壮阔景象和悲愤情调，为宋词注入了一种刚烈的精气神。

• 原典阅读：《诉衷情》《贺新郎》《六州歌头》等

辛弃疾（1140—1207），字幼安，号稼轩，出生于金国初期的济南府历城。21岁参加抗金义军，23岁率五十余骑兵突入几万之众的金兵营地擒获降金叛徒，就此归附南宋。25岁向孝宗上奏《美芹十论》，31岁进献《九议》，谋划复国中兴大计。辛弃疾入仕前十余年调换过十几任官职，41岁遭弹劾罢职，64岁被启用准备北伐，但并未得到重用，两年后被迫离职，67岁含恨辞世。

辛弃疾是一位英雄！是文学史上独一无二且极具光彩的传奇英雄。他是骑着战马登上人生舞台的，他人生的第一个角色是沦陷区起义军的首领。辛弃疾23岁率军南归时，一心想收复北方失地，梦中都是"醉里挑灯看剑""沙场秋点兵"（《破阵子·为陈同甫赋壮词以寄之》）。他以英雄自许，也是以英雄的标准要求自己的。但南宋朝廷，偏安江南，屈辱求和，辛弃疾一直得不到信任。可叹他一腔报国热血无处抛洒，天南地北频繁调任，无法作为，难有建树，更叹一生三次被罢官，年富力壮时赋闲在家近20年，据说他离世时口中还大呼杀贼。辛弃疾富有政治头脑和军事才能，给他一个位置，大刀阔斧也许可以成为王安石那样的政治家；给他一袭战袍，横刀跃马也许会是又一个叱咤风云的岳飞。南宋朝廷错过了辛弃疾，否则历史可能重写。历史没给他政治的舞台、杀敌的战场，但让他把满腔的热血和纵横的才气挥洒在词坛上，成了顶天立地驰骋文坛的英雄，却道是"国家不幸诗家幸"（赵翼《题遗山诗》）。

楚天千里清秋，水随天去秋无际。遥岑远目，献愁供恨，玉簪螺髻。落日楼头，断鸿声里，江南游子。把吴钩看了，栏杆拍遍，无人会，登临意。　　休说鲈鱼堪脍，尽西风，季鹰归未？求田问舍，怕应羞见，刘郎才气。可惜流年，忧愁风雨，树犹如此！倩何人、唤取红巾翠袖，揾英雄泪？

——《水龙吟·登建康赏心亭》

词史上每以苏、辛并称，是就词境的廓大恢弘而言的，其实苏、辛二人精神气质并不相同。苏轼是文人，苏词关注的是人生、生命的终极意义，其思想境界中有道家的风范，又不失儒家的积极，词境阔达、高远、超迈。辛弃疾是军人，他的人生坐标是儒家的入世进取，他的人生理想是报国雪耻，"了却君王天下事，赢得生前身后名"（《破阵子·为陈同甫赋壮词以寄之》），他从未想过"穷则独善其身"，面对现实他愈挫愈勇，始终"咬定青山不放松"。他没有苏轼的旷达超脱，一生悲愤压抑，收复中原的雄心壮志始终横亘在胸，成为他人生的一个死结。"把吴钩看了，栏杆拍遍，无人会，登临意"（《水龙吟·登建康赏心亭》），这是他悲愤心情的外化，更是他独特的生命姿态，寂寞英雄泪，是他留给后人的经典表情。

辛弃疾以其英雄本色和超拔笔力，创立了风格独特的"稼轩体"，成为南宋第一大家。他对词有以下贡献：一是词体的解放。如果说苏轼"以诗为词"是解放了词体，那么辛弃疾则是继承这种精神并将词的表现功能发挥到了极致，既能抒情、咏物，又可铺陈事实、议论说理，即"以文为词"。二是词境的开拓。苏轼是典型的文人词，辛弃疾乃英雄之词，他以刚健的气势和宏大的意境，将词从阴柔婉约之中引向了比苏词更为激荡的广阔天地，形成了"深雄雅健"的独特风格。他的词不仅仅有爱国题材，也有田园风光的农村题材，甚至还有大量的咏春词、艳情词，血性男儿的"百炼钢"在某些时刻也可化为情致婉媚的"绕指柔"。三是语言的点化。辛弃疾熟读百家，转益多师，有着高超的语言运用能力，既效仿骚体、陶体、花间体、易安体等，又善于从民间语言中吸收提炼，还好使事用典，刚柔相济，浑然无痕，亦庄亦谐，自得风流。比如这首田园牧歌词：

> 茅檐低小，溪上青青草。醉里吴音相媚好，白发谁家翁媪？　大儿锄豆溪东，中儿正织鸡笼。最喜小儿亡赖，溪头卧剥莲蓬。

——《清平乐·村居》

二、清雅词

南宋词可谓一热一冷。辛弃疾这批词人逝去之后，词中激情消退，代之而起的是清冷的雅词。

姜夔则是这一词派的代表。他是一位职业艺术家，自号白石道人，一生未仕，品格高洁，精通音律，兼擅书法，为当时名流所推重。姜夔词极讲究音律，极讲究炼意，极讲究用字，词在他手里走向玲珑精雅，因此他当之无愧地成为格律雅词的一代宗师。姜夔生活在一个令人灰心的时代，他的骨子里蜷伏着一个伤感的幽灵，他以忧郁的眼光看世界，淡月、冷云、暗柳、衰荷就成了他最偏爱的意象。他最著名的自创调《暗香》《疏影》，词调来自林逋的诗句："疏影横斜水清浅，暗香浮动月黄昏。"（《山园小梅》）转引即态度，未曾读词已见"幽韵冷香"之格调。

> 旧时月色。算几番照我，梅边吹笛。唤起玉人，不管清寒与攀摘。何逊而今渐老，都忘却、春风词笔。但怪得、竹外疏花，香冷入瑶席。　江国。正寂寂。叹寄与路遥，夜雪初积。翠尊易泣。红萼无言耿相忆。长记曾携手处，千树压、西湖寒碧。又片片、吹尽也，几时见得。

——《暗香》

咏物怀人兼以梅喻人，朦胧隐晦，又见晚唐李商隐，但更"清空""骚雅"（张炎《词源》）。以健笔写柔情，清逸之中蕴含一种峭拔之气，于豪放、婉约之外又开清雅一派。

淮左名都，竹西佳处，解鞍少驻初程。过春风十里，尽荠麦青青。自胡马窥江去后，废池乔木，犹厌言兵。渐黄昏，清角吹寒，都在空城。　　杜郎俊赏，算而今、重到须惊。纵豆蔻词工，青楼梦好，难赋深情。二十四桥仍在，波心荡、冷月无声。念桥边红药，年年知为谁生。

——《扬州慢》（节选）

词至姜夔，已臻圆熟。圆熟是一种境界，一种需要以老道、精巧支撑的境界，也是一种预示着衰老的境界。如果说李清照是在用生命写词，那姜夔则是以技巧为词。没有了粗疏，但也失去了鲜活；没有了青春的轻盈鲜亮，没有了壮年的沉雄健朗，则意味着要走下坡路了。

"冷月无声"是姜夔心态的表征，也是南宋词坛的准确写照，这种况味其实也是一种暗示：宋词已经渡过了它辉煌的岁月。尽管姜夔之后有吴文英、史达祖、蒋捷、周密等人追随，但毕竟已是末流。宋词在空中努力画出最后一道优美弧线，之后，终于渐归沉寂。

• 原典阅读：《双双燕》《疏影》《唐多令·惜别》《一剪梅·舟过吴江》

练习·思考·延伸

1. 为什么词有许多别称？你是怎样理解它们的？

2. 试述柳永和苏轼对宋词发展的贡献。

3. "苏辛"因豪放词而并称，试比较二人的异同。

*4. 翻开宋词，满眼都是"伤春""悲秋""别离""相思""闺怨""乡愁"，在这些情结中孕化的诗篇，沉潜着深刻的意蕴，而这些丰富的意蕴往往又是通过明月、高楼、落红、流水、兰舟、长亭、丝弦、幽篁等意象渗透出来的，试择取一二首词作分析。

*5. 唐宋诗词领域名家辈出，你喜欢谁呢？试以其诗（词）句为题，借助其作品一首或若干首，解读诗（词）人独有的生命姿态。

以"诗意朗读"作结

读《虞美人》

朗读提示："问君能有几多愁？恰似一江春水向东流。"这一问，是对人生彻底的究诘，一个"愁"字，滞缓，延长，慢收，一点点收，收到心底，然后等待着一江春水、一腔愁绪汪洋恣肆奔泻而下，可实际上"恰似"二字从齿间吐出是多么艰难，连续两个去声下挫，"一江"提起，放开，"春"字顺"江"之势平推，"水"呈下行之势，"向"再次形成长流不断推进之势，拉住气息，似要挣扎着抓住故国的影子、逝去的流水一般，"东流"平声渐远，深沉无尽。

朗声读来——

《虞美人》

第十四章

文坛巨擘苏轼

从林语堂说起——

美国女作家赛珍珠在中国生活了近40年,她的描写中国农民生活的长篇小说《大地》,获得诺贝尔文学奖,但她自认为与中国文化还有些隔膜。赛珍珠希望能有一个中国人用流畅的英语,向西方世界介绍真正的中国,她找到的这个人就是林语堂。

林语堂从小接受中西合璧的教育,早年留学国外,回国后在北京大学等著名大学任教,是中国现代著名学者。1936年后,林语堂在美国开始用英文写作介绍中国文化,如《吾国与吾民》等,成为欧美各阶层人士的"枕上书"。中英文著作有《我的话》《京华烟云》等,小说《京华烟云》获得诺贝尔文学奖提名。对中国文化精神的认同,使他将"两脚踏东西文化,一心评宇宙文章"(《我的话》)作为自己的文化理想,他曾说:"我偶尔想到有一宗开心的事,即是把两千年前的老子与美国的福特拉在一个房间之内,让他们畅谈心曲,共同讨论货币的价值和人生的价值。"(《人生不过如此》)西方很多人先知道有"Lin",后了解中国,因他的名字而认识了一个丰富生动的中国,这样说一点儿都不为过。他还用英文翻译了中国古籍《论语》《老子》等,至今还没有一个人能像他一样把中国文化有效地推向西方,使西方人对中国产生一种好感,当时国外就有人评价他是非官方的中国大使。现代汉语里的"幽默"一词是林语堂译定的,这不仅仅是对中国语言的贡献,更是中国人智慧的人生态度在他身上的映射,他幽默、闲适与性灵的生活主张,也许受到古代的文化智者苏东坡的启发。1936年举家迁往美国时,林语堂的行李中东坡的珍本古籍竟占了很大一部分,那时他就希望写一部关于东坡的书,即使不成,旅居海外时有这么一位隔代知音相伴,也可有丰富的精神食粮享用。之后,他以深厚的国学修养和对东坡的深切景仰与理解,穿过千年时空,追寻先贤穷达多变的一生,游走于智者的精神世界,终于为读者奉上了 *The Gay Genius* 这部有关东坡的英文传记。如果直译过来,应是《欢乐的天才》才对,这个名字倒颇具一些喜剧色彩,应该符合外国读者的阅读心理,译者张振

▶ 东坡书法

213

玉选择以《苏东坡传》为名，恐怕是考虑到中华历代人才济济，仅以"天才"为题，会引发我们太多的遐思吧。无论如何，"天才"饱含的是至极的爱，林语堂与苏东坡，大师惜大师，惺惺相惜！

学习提要

　　本章主要介绍苏轼的人生经历及精神价值。

　　知人论世是中国古代文论的一种观念，只有知其人、论其世，才能客观地正确地理解和把握其文学作品的思想内容。苏轼在诗、词、文方面的成就和贡献，在相关章节已有介绍，学习中要结合其思想内涵认识其创作主张、创作实践和人格魅力，要了解他对宋代和后世文学发展的重要影响。

相关信息

　　乌台诗案　宋神宗元丰二年（1079）7月，苏轼在湖州任上以诗文讪谤新政的罪名被捕，押至汴京后关在御史台狱中，终因证据牵强被忠臣元老相救，于12月底结案出狱贬往黄州。因汉代御史府树上多乌鸦，御史府又称"乌台"，故苏轼遭遇的这场文字狱被称为"乌台诗案"。

纵观两千年的文化史，苏轼堪称第一大文人，是最具"知识分子"意味的中国文化人，在他身上集中了当时及后世所有赞叹与钦佩的目光。"一提到苏东坡，中国人总是会心地一笑。""像苏东坡这样的人物，人世间不可无一难能有二。"《苏东坡传》中，林语堂毫不掩饰他对这位文化伟人的无限敬爱："苏东坡是个秉性难改的乐天派，是悲天悯人的道德家，是黎民百姓的好朋友，是散文作家，是新派的画家，是伟大的书法家，是酿酒的实验者，是工程师，是假道学的反对派，是瑜伽术的修炼者，是佛教徒，是士大夫，是皇帝的秘书，是饮酒成癖者，是心肠慈悲的法官，是政治上的坚持己见者，是月下漫步者，是诗人，是生性诙谐爱开玩笑的人。"

第一节　也无风雨，也无晴——苏轼的人生

通常我们在文学史上认识的苏东坡多半是诗人的东坡，词人的东坡，散文家的东坡，往往也会提到他打通诗、词、文等，但实际上仅谈他的诗、词、文是不过瘾的，也不足以勾勒出他整个人的全貌。苏东坡是一个快乐且无所畏惧的文人，天真烂漫的心至死不渝。他走过的路，与大多数中国古代文人相似，但他灵魂所经历的一切，却足以让其他文人叹为观止。所以读苏东坡的作品，不去了解他那丰富的一生，就不能读得深入。

苏轼（1037—1101），字子瞻，号东坡居士，眉州眉山（今属四川）人。他是宋代欧阳修以后的文坛领袖，唐宋八大家之一，多才多艺，诗、词、文、书、画都是一代大师，被称为全才式的艺术巨匠。苏轼著述十分丰富，《念奴娇·赤壁怀古》《水调歌头》流传甚广。

苏轼的父亲苏洵为古文家，母亲知书达理，故苏轼从小受到了良好的教育。苏轼20岁同父亲、弟弟进京参加进士会考，在统一重抄试卷略去考生姓名的情况下，他的文章被欧阳修误以为是弟子曾巩之文，为避嫌名列第二。在随后的殿试中，苏轼以《春秋对义》获第一名。《宋史》记载，宋仁宗读了苏轼、苏辙兄弟制策，退朝后对皇后说："朕今日为子孙得两宰相矣！"宋朝文人颇有结盟意识，当时欧阳修主盟文坛，他在读到苏轼中第之后的感谢信时，十分感慨地写信给好友梅圣俞："读轼书，不觉汗出，快哉快哉！老夫当避路，放他出一头地也！可喜！可喜！"（《与梅圣俞书》）他对儿子说："汝记吾言，三十年后，世上人更不道著我也！"当时

欧阳修已名满天下，天下士子进退命运在握，此话一出，顷刻传遍全国。他兴奋地预言苏轼将超过自己，欣喜地表示文坛盟主的权利与责任将交付于年轻的苏轼，苏轼也当仁不让地挑起了重任，而且没有辜负前辈的期望，当之无愧地成了一代文坛巨擘。有人说：若无欧阳修，则无苏东坡。即世上无伯乐，就没有千里马。某种意义上有了欧阳修的胸襟气度，才有了苏轼的横空出世。苏轼同样也善于发现和培养文学人才，终将宋代文学全面推向了辉煌。苏轼一生都铭记欧阳修的赏识，并以此为荣，到晚年都还念念不忘。两代巨星人格，一段传承佳话，留给后人无尽启迪。

在中国古代，文章写得好，可以入仕途，却难保仕途一帆风顺。好文章总是关乎性情，而仕途通畅则注定要压抑性情。苏轼正是，才华加机遇，使他比较顺利地走上了仕途，但良好的开端并不等于一生顺风顺水，相反，等待他的是无尽的灾难与一生的坎坷。北宋是中国古代知识分子政治生活的黄金时期，也是历史上党争最为频繁、最为激烈的时期，自范仲淹以后，北宋著名文人几乎无一例外地被卷入党争漩涡，政治风波决定了他们的命运，也深深地影响了他们的文学创作。苏轼一生为人坦荡，勇于进言，政治上注重务实，所以王安石厉行新法时他上书反对，而作为"旧党"的一员，司马光废除新法时他又持不同意见，左右不逢源，"一肚皮不合时宜"，因此屡遭排斥打击。他一生的沉与浮，始终是与"新党""旧党"的拉锯战相伴随的。

　　　　心似已灰之木，身如不系之舟。问汝平生功业，黄州惠州儋州。

　　　　　　　　　　　　　　　　　　　　　　　　——《自题金山画像》

这首诗写于他自海南赦还后去世前，是自嘲地为自己画的一幅自题画像，也是对自己政治生命进行的一次检讨。在黄州、惠州、儋州任职时期，是苏轼政治上最为失败的三个时期，生活上最为艰难的时期，也是创作的黄金时期。出仕以来，他历任杭州、密州、徐州、湖州地方官，灭蝗救灾，抗洪筑堤，政绩卓著，深受地方百姓爱戴，42岁时被污作诗讽刺新法而被捕，之后他被贬为黄州团练副使。六年后旧党上台，他调任京城，后又任杭州、颖州、扬州、定州知府，治理西湖，赈济灾民，整肃军务，依然政绩斐然。57岁时，新党得势，他再度被贬至岭南（惠州），三年后又被贬往海南（儋州）。遇赦后，苏轼病逝于北归途中，终年64岁。

第二节　横看成岭侧成峰——苏轼的艺术境界

苏轼一生的轨迹线，可谓曲折无比，最不济时，投入大牢几近问死，最辉煌时，八个月内连升三级，官至翰林三品，距宰相仅一步之遥。被贬惠州他是宋朝第一人，被贬儋州时，送行的亲人朋友都以为天涯海角就此永诀，没想到这个饱经忧患的垂暮老人，不仅安然渡过了琼州海峡，而且三年后他还回来了。人生苦难没有击倒他，反而成就了一代文化伟人，他以超凡脱俗的精神境界把起落沉浮变奏成了一支丰富的生命交响曲。

一、哲人东坡

黄州，是苏轼人生的极度失意时期，漫游赤壁，他写出了《念奴娇·赤壁怀古》《前赤壁赋》《后赤壁赋》这样的千古名篇。黄州，也是他人生重要的思考时期，在这里他完成了由"苏轼"向"苏东坡"的超然蜕变。

> 莫听穿林打叶声，何妨吟啸且徐行。竹杖芒鞋轻胜马，谁怕？一蓑烟雨任平生。　料峭春风吹酒醒，微冷，山头斜照却相迎。回首向来萧瑟处，归去，也无风雨也无晴。
>
> ——《定风波》

> 雨洗东坡月色清，市人行尽野人行。莫嫌荦确坡头路，自爱铿然曳杖声。
>
> ——《东坡》

> 且夫天地之间，物各有主，苟非吾之所有，虽一毫而莫取。惟江上之清风，与山间之明月，耳得之而为声，目遇之而成色，取之无禁，用之不竭，是造物者之无尽藏也，而吾与子之所共适。
>
> ——《前赤壁赋》（节选）

东坡虽然不止一次地慨叹"人生如梦"，但他并没有因此否定人生，他甚至从没有放弃过经世济时的儒家思想，他把儒家的坚毅、道家的超然、释家的平常心有机地结合起来，对宇宙、社会、人生进行了哲学的思考，从而获得了寻常人难以企及的心灵净化与人格超越。这种执着于人生又超然于物外的生命范式，不仅使他能够始终保持旺盛的生命激情与创作活力，而且深刻地影响了后世文人的处世态度。"也无风雨也无晴"，这是一个澄明、宁静、平和、淡泊、旷远、深湛的审美境界，反映在文学创作中，就是他的诗、词、文不仅有深沉博大的理性思考特征，而且有超旷飘逸、豪放爽朗、清雄刚健的风神气骨，他豪迈的艺术风格是以爽朗旷达的胸襟为根本的，他对陶渊明诗独具慧眼的推崇，以及对其平和淡泊的美学风范的追求，是以其彻悟人生的超脱意识为前提的。对照下面两首诗：

日照香炉生紫烟，遥看瀑布挂前川。飞流直下三千尺，疑是银河落九天。

——李白《望庐山瀑布》

横看成岭侧成峰，远近高低各不同。不识庐山真面目，只缘身在此山中。

——《题西林壁》

李白写庐山，是感性的形象描绘，重气势、重心理冲击，是盛唐的元气淋漓；苏轼看庐山，像一个智者哲人，置身于世外俯视人间，于闲散中不经意地参透人生。高处、远处观照人生，自有另一番景象，人在世俗，陷落十俗务中，乍惊乍喜，忽忧忽乐，为生老病死、荣辱贵贱所困，如果上升到无限时空反观这一切，不过都是瞬间的变化。参不透是因为站得不高，所谓"身在此中"。美国教育家本杰明·拉什说："人活着，最要紧的是寻觅到那片代表着生命绿色和人类希望的丛林，然后选一高高的枝头站在那里观览人生，消化痛苦，孕育歌声，愉悦世界！""人站得高些，不但能有幸早些领略到希望的曙光，还能有幸发现生命的立体的诗篇。"（《站在历史的枝头微笑》）这是一种潇洒的人生姿态，也是一种智慧的哲学境界。苏轼岂止是打通诗、书、画、词、文各种艺术领域，他打通的是人生的后壁，所以，才有灵心慧眼，妙想理趣；才有超迈旷达，清逸高远；才有姿态横生，行云流水。

人生到处知何似？应似飞鸿踏雪泥。泥上偶然留指爪，鸿飞那复计东西？老僧已死成新塔，坏壁无由见旧题。往日崎岖还记否？路长人困蹇驴嘶。

——《和子由渑池怀旧》

若言琴上有琴声，放在匣中何不鸣？若言声在指头上，何不于君指上听？

——《琴诗》

明月几时有，把酒问青天。不知天上宫阙，今夕是何年。我欲乘风归去，又恐琼楼玉宇，高处不胜寒。起舞弄清影，何似在人间。　　转朱阁，低绮户，照无眠。不应有恨，何事长向别时圆。人有悲欢离合，月有阴晴圆缺，此事古难全。但愿人长久，千里共婵娟。

——《水调歌头·明月几时有》

很多优秀作家的作品都有自己的特点，如平和、清峻、婉丽、秾艳种种，形容东坡的作品会用超迈、恣意、旷远、万象等。前者多与感官有关，后者在精神、在胸怀、在境界层面。

二、性情东坡

"吾上可陪玉皇大帝，下可以陪卑田院乞儿。眼前见天下无一不好人！"这是苏轼对其弟弟子由说过的一句话。中国无数的读书人乃至普通人喜爱苏轼，绝不仅仅是因为他那些不朽文章，更重要的是，东坡就是好人一个！

东坡与弟弟子由相差两岁，是政治和文学上的同道，一生唱和，兄弟情深，留下许多传诵千古的诗篇，比如"丙辰中秋，欢饮达旦，大醉作此篇，兼怀子由"的那首《水调歌头·明月几时有》；19岁时娶王弗为妻，29岁时妻亡，十年后他作《江城子·十年生死两茫茫》以寄情思，感人肺腑；门生秦观死后，他把秦观词"郴江幸自绕郴山，为谁流下潇湘去"题在扇子上，以表怀念；在惠州他自己盖房子，房子上梁时村人带着鸡和猪肉前来道贺，他高兴地写了："儿郎喂！东拉梁！儿郎喂！西拉梁！"（林语堂《苏东坡传》）这样适合百姓唱的喜歌；在儋州时他曾欣然为以做环饼为生的邻居老太太作诗："纤手搓来玉色匀，碧油煎出嫩黄深。夜来春睡知轻重，压匾佳人缠臂金。"（《寒具》）

东坡一生居留多处，顺也好逆也好，他都"安之若素"，"却道，此心安处是吾乡"（《定风波·南海归赠王定国侍人寓娘》）。到杭州便爱杭州，"故乡无此好湖山"（《六月二十七日望湖楼醉书五首》）；到密州便爱密州，"为报倾城随太守，亲射虎、看孙郎"（《江城子·密州出猎》）；到黄州便爱黄州，"长江绕郭知鱼美，好竹连山觉笋香"（《初到黄州》）；到惠州便爱惠州，"日啖荔枝三百颗，不辞长做岭南人"（《惠州一绝》）；到儋州便爱儋州，"蜜酒募众毒，酸甜如梨楂。"（《丙子重九二首》）。这种随遇而安的思想浸透了他的日常生活，又透过他的诗笔美化成一种生活情趣。"活水还须活火烹，自临钓石取深清。大瓢贮月归春瓮，小杓分江入夜瓶。雪乳已翻煎处脚，松风忽作泻时声。枯肠未易禁三碗，坐听荒城长短更。"（《汲江煎茶》）浓茶淡水，细酌慢饮，品的是茶，也是人生。"龙丘居士亦可怜，谈空说有夜不眠。忽闻河东狮子吼，拄杖落手心茫然。"（《寄吴德仁兼简陈季常》）龙丘居士陈季常的妻子柳氏十分凶悍，东坡作诗一首取笑他惧内，成语"河东狮吼"就出于此诗，东坡也不总是一本正经的。他热爱生活又善于生活，在丰富的生活中遍尝各种滋味，发现其中"至味"，他的很多咏墨、咏纸、咏砚、咏茶、咏画扇、咏饮食诗，读来极见性情，颇具艺术情趣。清人赵翼评价："天生健笔一枝，爽如哀梨，快如并剪，有必达之隐，无难显之情。"（《瓯北诗话》）

东坡之所以可爱，是因为他有一个有趣的灵魂。好奇、率真、幽默、达观，使得他的生命体验更加丰富多元，这也成为他创作的动力和源泉，"万斛泉涌，不择地而出"，一旦流泻，随物赋形，处处逢春。追溯文学发展的历史，文的独立本就是因人的生命意识觉醒而成，对于苏轼而言，写作已和他的生命融为一体，文的本质即生命的本质。

哲学境界是东坡的高度与深度，丰富的人生经历则成就了他创作的广度，经纬交错，织就了一个立体的、独一无二的东坡。如果说他创作的题材是"嬉笑怒骂皆成文章"（黄庭坚《东坡先生真赞》），那他的创作风格就是"淡妆浓抹总相宜"（《饮湖上初晴后雨二首》），而他这个人简直就是"横看成岭侧成峰"（《题西林壁》）。他为诗辟路，为词拓境，为文推进。他旷达的人生态度，令人羡慕的才华，使他成为宋代文坛上无可争议的至尊人物。

东坡不仅是文学大家，还是一流的艺术大师，书法为"宋四家"之一，绘画为文人画的开创者，且这些都为业余所作，他的正业是朝廷官员，为官四方，政绩卓著，治水防洪、防灾减灾、赈灾捕蝗，在水利、医药、烹饪、酿酒等方面都有所贡献。所以，东坡的意义更在于文化，他进退自如、宠辱不惊的人生态度和人格魅力成为后人景仰的生命范式，他以一双发现美的眼睛拥抱大千世界，创造了生机盎然、意趣高远的艺术世界，启迪了后世国人的审美范式。有人说，宋代的美学领先千年，而我们透过东坡看到了真正繁花似锦的宋代文化。

练习·思考·延伸

1. 赏析《定风波·莫听穿林打叶声》一词，说说你对"也无风雨也无晴"的理解。

2. 比较李白和苏轼笔下"月"的意象，说说它们的异同。

*3. 苏轼门下有"四学士""六君子"，但他并没有将自己的好尚强加于门生，比如"苏黄"并称，其实诗风是不同的。这一现象在北宋的文化背景下具有什么意义？

*4. 苏轼是北宋"湖州竹派"画家之一，他对文人画的贡献在哪些方面？这与他的文学观有何关系？

*5. 今日西湖上有"白堤""苏堤"各一道，是白居易与苏轼各自在杭州为官时的德政，它们对杭州这座城市的文化价值在哪里？

以"诗意朗读"作结

读《水调歌头·明月几时有》

朗读提示："明月几时有，把酒问青天"，这样天真的发问，张若虚有过："江畔何人初见月，江月何年初照人？"（《春江花月夜》）李白有过："青天有月来几时？我今停杯一问之。"（《把酒问月·故人贾淳令予问之》）苏轼一问直追古人，问之痴迷，想之逸尘，语气更为关注，更为迫切，好似在问月之起源，又好像在叹宇宙之奇妙无垠。抬头，把声音定位于浩瀚星空之上，读出高远旷达。

　　朗声读来——

《水调歌头·
明月几时有》

第十五章

诗的最后灿烂——

宋辽金诗歌

从梅兰竹菊说起——

在中国传统文化中，梅兰竹菊占尽春夏秋冬，分别代表着傲岸、清逸、气节和淡泊四种品格，是古代知识分子理想人格的精神象征，被誉为花中四君子。古人对梅兰竹菊的喜爱由来已久，"芝兰生于深林，不以无人而不芳"（《孔子家语·在厄》），据传孔子称兰为王者之香；"朝饮木兰之坠露兮，夕餐秋菊之落英"（《离骚》），屈原的文字里香草与美德相得益彰，历代文人对它们都赞美有加。进入两宋，文艺全面走向内在，儒家士大夫的精神境界也提升到了新的高度，咏梅、赏兰、品竹、艺菊，相继出现高潮。林逋隐居孤山，不仕不娶，梅妻鹤子，他的"疏影横斜水清浅，暗香浮动月黄昏"（《山园小梅》），写尽梅花清雅俊逸神韵，冠领古今。苏轼《于潜僧绿筠轩》诗云："宁可食无肉，不可居无竹。无肉令人瘦，无竹令人俗。人瘦尚可肥，士俗不可医。"居有竹，乃高雅心神所寄。诗人兼画家郑思肖有诗赞菊花："宁可枝头抱香死，何曾吹落北风中。"（《寒菊》）南宋灭亡后，他隐居吴中，坐卧都朝南方，以示怀念先朝，耻作元朝贰臣。他画兰花，从不画土，如飘浮空中一般，人问原因，他答："国土已被番人夺去，我岂肯着地？"他的"露根兰"，笔墨纯净，枝叶萧疏，寥寥数笔，笔笔血泪。

清华其外，淡泊其中，幽芳逸致，高风绝尘，不作媚态，是梅兰竹菊共有的品格。观其外形，还可以看到它们惊人的相似之处，清寒瘦骨，风姿几近嶙峋。唐尚丰腴宋喜瘦，瘦是一种精心的雕琢，一种内敛的精致，它深刻地影响了明清以后的审美走向。

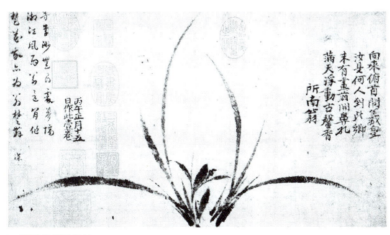

▶ 郑思肖的露根兰

本章主要介绍宋、辽、金诗歌的发展状况及其特征和代表人物。

　　通过比较，了解唐诗与宋诗的不同之处、北宋诗与南宋诗的不同之处；要了解宋代不同时期有影响力的诗人及流派，如苏轼、黄庭坚、陆游、元好问，江西诗派。

　　宋金元对峙　960 年赵匡胤发动"陈桥兵变"建立宋朝。1038 年党项人在西北部建大白高国，宋人称西夏。1115 年女真族在北方和东北地区建立金朝，1125 年灭辽，1127 年发动靖康之变，掳徽、钦二帝北去，灭北宋。同年，赵构即位，南宋始，宋、金形成南北对峙。崛起于漠北的蒙古分别于 1227 年、1234 年灭西夏和金。1271 年，蒙古定国号为元，1279 年南下灭南宋。

也许是唐诗的光芒太耀眼，也许是宋词的姿态太婀娜，它们吸引了后人太多的目光，以至于我们对宋诗多有忽略，甚至受南宋严羽"以文字为诗，以才学为诗，以议论为诗"的观点影响来诟病宋诗。唐诗之后，宋诗的确陷入了发展困境，前有唐诗，已成极峰，别说超越，就是走出它投下的巨大影子都很难；旁有宋词，另辟蹊径，用"新瓶"装了文人情感生活的"新酒"而去；后有戏曲、小说奋起直追，文学雅俗分化，社会审美需求多元化，正统诗文失去了审美中心的独尊地位。然而，宋诗并未因此陷入低谷，欧阳修、梅尧臣、苏舜钦、王安石、苏轼、黄庭坚等诗人，避陈俗求新变，较有成效地调整了创作的思维方式、价值观念和审美趣味，从而使宋诗形成了有别于唐诗的独特审美特质。对于唐宋诗，缪钺有一段非常精当的比较："唐诗以韵胜，故浑雅，而贵蕴藉空灵；宋诗以意胜，故精能，而贵深折透辟。唐诗之美在情辞，故丰腴；宋诗之美在气骨，故瘦劲。唐诗如芍药海棠，秾华繁采；宋诗如寒梅秋菊，幽韵冷香。读唐诗如啖荔枝，一颗入口，则甘芳盈颊；读宋诗如食橄榄，初觉生涩，而回味隽永。"（《论宋诗》）

第一节　宋诗之理趣

儒家自汉武帝时期被推上独尊地位以来，虽经历佛、道等思想的冲击，但在政治上和学术上总体是居于正统的。中唐以后，很多文人认为国家的兴亡系于儒学所要求的伦理纲常的盛衰，韩愈也是基于这样的认识，才提出"文以明道"的理论。进入宋朝，士大夫阶层的卫道意识更有过之无不及，理论建树也是层出不穷，经过周敦颐、张载、二程（程颢、程颐）等人的不断探索，到南宋朱熹时终于集各家学说之大成，完成了儒学的道德重建与道统的延续，形成了博大的理学思想体系：外，将"天理"与"社会结构与秩序"对应，为儒家道德伦常找到宇宙天命的哲学依据；内，将"天理"与"人的心灵"对应，把外在的伦理约束转变为内在心性的自觉修养。理学在宋代并没有成为官方学术，但它强大的势头和广泛的影响，使中国思想文化的发展达到了一个空前的高度，最终成了元、明、清三朝的官方意识形态。

宋代是我国古代理学重建的时代，书院教育与理学传播结合，使得文人理论素养大大提高，善于议论也就很自然了；宋代文人地位很高，宋太祖曾立下"誓碑"，下令不得杀士大夫及上书言事人，这使得宋人比唐人更愿意议论，也敢于议论；宋代科举取士的规模比唐代更大，文人有更多时间研究学问，因此无论诗歌还是散文，都有浓厚的书卷气。

一、北宋诗风

宋初，诗坛上有香山体、西昆体、晚唐体三大派，最流行的是西昆体，它因馆阁文臣互相唱和、点缀升平的诗歌总集《西昆酬唱集》而得名，艺术上效仿李商隐，属对精工，文辞绚丽。西昆体诗大量用典虽符合宋代重知识积累的文化趋势，也可以说是"宋调"形成的先导，但只是刻板模仿，缺乏真情实感，后来备受北宋诗文革新人物的批评。

开创北宋新诗风的是欧阳修、梅尧臣、苏舜钦。作为文坛领军人物，欧阳修力捧梅、苏二人，"（苏）子美笔力豪隽，以超迈横绝为奇；（梅）圣俞覃思精微，以深远闲淡为意。各极所长"（《六一诗话》）。自梅诗起，宋体始峻；自苏诗起，宋体始雄。欧阳修自己作诗也受韩愈的影响，以文为诗，好议论，变重情韵为重气格。由此，宋诗开启了筋骨思理有别于唐诗的时代。

在欧阳修之后有王安石。王安石本身就是政治改革家兼学者型文人，长时间从政和从事学术研究的经历，以及宋代哲学发展的大气候，使王安石的诗歌创作打上了厚重的理性烙印，其诗具有逻辑性、议论性、哲理性的特点。早期王安石的诗注重反映现实，一些咏史或怀古的诗篇寄托了个人政治追求和批判精神，如《贾生》《登飞来峰》等，对宋调的形成起了重要作用，就求新求奇崛而言，实为江西派的先驱。王安石晚年写景抒情的绝句小诗，如《书湖阴先生壁》《泊船瓜洲》等，新颖别致，雅丽精绝，于宋调中带有唐音，可谓宋诗大家。

唐诗的佳作一般都易读易懂，而宋诗则未必。王安石、苏轼、黄庭坚的诗集在他们本朝就开始有人作注了，这是前所未有的现象。有些上品宋诗，一般人看来犹如"天书"，其用事之妙往往需同样有学问功底的文人才能读懂，才会拍案叫绝。这也是为什么宋诗不及唐诗流传广的主要原因。一般说来，宋诗缺少唐诗那种大气磅礴、浑然天成的审美特质，但具体的语言技巧无疑是更讲究、更精巧、更老成了。王安石曾说，世间好语言已被老杜道尽，世间俗语言已被乐天道尽。浑然天成已被唐人占尽，留给宋人的唯有人工了。陈师道曾有这样的概括："王介甫以工，苏子瞻以新，黄鲁直以奇。"（《后山诗话》）"工、新、奇"都是形式技巧，终极目标在"意胜"，这是宋诗的总体审美追求。宋人追求艺术技巧也反映在理论的建树上，宋代诗话兴起，使探讨诗歌艺术理论成为普遍，《六一诗话》《后山诗话》《白石道人诗说》《沧浪诗话》等，都对后世产生了深远影响。

二、主将苏轼

苏轼主盟文坛时，宋代文学发展达到高潮，宋诗创作也进入高峰。毫无疑问，苏轼是当时成就最高的诗人，其地位不亚于唐代的李白、杜甫。

苏轼现存诗歌 2 600 余首，内容极为丰富，以被贬黄州为界，前期本着儒家经世致用的思想干预现实，写了很多社会政事诗；后期以佛老思想为基调，抒写复杂的人生感慨，是他诗歌的巅峰期。以内容题材而言，苏诗可分为社会政事诗、山水景物诗、和陶诗、题画诗四种。他前期反映民生疾苦和时政得失的诗，艺术质量不是太高，他后期描写山水景物的诗，或有情趣或具理趣，皆能从遣兴抒怀上升到人生感悟的哲理高度，具有很高的艺术价值。苏轼本人是文人画家，绘画及鉴赏水平都非常高，他提出"诗画本一律"（《书鄢陵王主簿所画折枝二首》）的艺术主张，认为诗、画二者内在精神与逻辑选择是一致的，因此他的题画诗不仅能够准确地把握住画面的特征，更能补充和丰富原作的艺术意蕴。如：

> 竹外桃花三两枝，春江水暖鸭先知。蒌蒿满地芦芽短，正是河豚欲上时。
>
> ——苏轼《惠崇春江晚景二首》

惠崇是个僧人画家，原画《春江晚景》早已不知何处，但苏轼为它题诗，想必它是担得起"画中有诗"这个赞誉的。苏轼通过艺术联想，将无声的、静态的画面转化成有声的、活动的诗境，使诗情、画意得到了完美的结合。黄州以后，苏轼开始有意识地追求陶渊明"质而实绮，癯而实腴"（《和陶渊明诗集》）的平淡风格，他有和陶诗百余首，尤其到晚年，他在闲与静的意趣中融入了禅理，达到了神似陶诗的地步。

苏轼诗对于诗歌艺术的贡献在于全方位引领并做出示范，解决了写什么、怎样写和写成什么的问题：第一，无题不能，无意不入。在解决了文之道不仅是孔孟之"道"更是自然之"道"的基础上，进而突破了文体的限制，以文为诗，以议论为诗。第二，才气为诗，触手成春。苏轼才思横溢，阅世万千，又有敏锐的观察力和出色的文字表达力，所以任何事物经他点染都能显示出不凡的魅力。第三，旷远超妙，高风绝尘。

苏轼诗众体兼备，风格万象，或婀娜或清丽，或平淡或闲逸，或雄健或豪迈，他从来不把一种风格定为一尊，而是兼容并蓄，创造了一种超越世人的风神韵致和审美境界。他写作凭才情随心挥洒的作风，可以追随却很难效仿，激烈的党争又常招政治迫害，所以，他嬉笑怒骂的风格就使人敬而远之。然而现实需要一个可供人们学习的榜样，他就是创立"江西诗派"的黄庭坚。

三、江西诗派

"江西诗派"由吕本中作的《江西诗社宗派图》而得名，该书共列诗社成员25人。诗社成员不都是江西人，取名"江西"主要是因黄庭坚的关系。黄庭坚好论诗，尤其喜欢在理论上指点年轻人，受过他直接或间接指点者，皆属这一派。黄庭坚视杜甫为宋诗美学理想的参照典范，倡导以杜甫为诗家宗祖，后有陈师道、陈与义为继，故有"一祖三宗"之说。但他们并没有很好地继承杜甫的现实主义精神，而是过分强调技法，形成一种奇峭艰涩的诗风。"江西诗派"的影响甚广，延续到明清、近代。

黄庭坚（1045—1105），字鲁直，号山谷道人，洪州分宁（今江西修水）人，有《山谷集》，是"江西诗派"的核心人物，"苏门四学士之一"。诗与苏轼齐名，时称"苏黄"。他不主张诗歌讽喻政治，而主张怡情悦性，在题材上多思亲怀友、感时怀伤、描摹山水、题咏书画，体现了宋诗的文人气和书斋气；在诗歌技巧上，追求出奇制胜，刻意标新，"文章最忌随人后"，讲究"无一字无来处""点铁成金""脱胎换骨"，力争在前人诗句和古书典故的运用中花样翻新。黄诗斟字酌句，法度井然，形成了自己生、新、瘦、硬的诗风，鲜明地体现了宋诗的美学风范，受到当时很多青年人的追捧，时称"山谷体"。"以才学为诗"既是其特点，也是其硬伤，雕琢过分也就失去自然气息，所以后人批评宋诗，"山谷体"往往首当其冲。

> 爱酒醉魂在，能言机事疏。平生几两屐，身后五车书。物色看王会，勋劳在石渠。拔毛能济世，端为谢杨朱。
>
> ——黄庭坚《和答钱穆父咏猩猩毛笔》

这首诗短短八句用了不下九个典故，南宋有个叫任渊的人为黄庭坚诗作注，满以为把其中出典注明白了，可是杨万里又搜查出来两句暗藏的"古人陈言"，可见这些出处并不容易找到。这哪里是诗，简直就是谜！黄庭坚自己曾说"取古人之陈言入于翰墨"（《答洪驹父书》），虽然"平生几两屐，身后五车书"因用事精妙为人所欣赏，但是全诗不免有因文害意之嫌。

南渡以后，宋诗发生了重大转变。陆游、杨万里、范成大、尤袤等人因早年受"江西诗派"影响，进入南宋后又呈现出独特的诗歌风貌，被称为"中兴四大诗人"。其中陆游成就最高，在诗歌史上占有重要位置。

杨万里（1127—1206），字廷秀，号诚斋，早年也学"江西诗派"，后焚其少时所作诗千余篇，目的在于矫正以学问为诗，终一反"江西诗派"的生硬，创立了师法自然的"诚斋体"，他以新奇的眼光灵敏地捕捉身边稍纵即逝的情景，常以生活中的小情趣为题，构建富有生命灵性的诗意自然，如《小池》《题胡季亨观生亭》《闲居初夏午睡起》《晓出净慈寺送林子方》等诗作，新鲜风趣，流转灵活，又兼有宋诗理趣。

> 泉眼无声惜细流，树阴照水爱晴柔。小荷才露尖尖角，早有蜻蜓立上头。
>
> ——杨万里《小池》

> 漏泄春光有阿亨，一双诗眼太乖生。草根未响渠先觉，不待黄鹂第一声。
>
> ——杨万里《题胡季亨观生亭》

当然，杨万里还是一个清正廉明的儒者，流连自然时也并未忘怀现实，诗作有《初入淮河四绝句》《悯农》等。

范成大（1126—1193），号石湖居士，与陆游一样是爱国诗人，他的田园诗最具影响力。中国古代写田园农家的诗大致分两类：一是带有理想色彩的牧歌式的田园诗，二是反映农人艰辛的新乐府式的田园诗。范成大将二者结合，体现出更为深广的主题，有《四时田园杂兴》《催租行》等诗作。

尤袤（1127—1194），字延之，号遂初居士。诗作风格平淡，但大多失散，未能自成一家。

就在江西诗派的影响日渐衰微，陆游、杨万里等人的创作进入晚期的时候，"永嘉四灵"出现在诗坛上。他们是永嘉地区的四位诗人：徐照、徐玑、赵师秀和翁卷。因每人的字中都带有"灵"字，被合称"四灵"。他们不满体现着典型宋调的江西诗风，但才力不逮，未能有大的成就。

• 原典阅读：
《戏答元珍》
《北陂杏花》
《有美堂暴雨》
等

第二节　宋诗之雅趣

　　盛唐的精神在马上、在广阔的江山，大唐的雄浑对我们而言就像一个遥远的梦，倒是宋朝的许多生活情趣与细节，现在还在我们身边，正如近代思想家严复所说，"中国所以成为今日现象者，为宋人所造就十之八九"。在中国的封建王朝中，再没有比两宋王朝更让人泄气的了。然而在强敌压境，低眉顺眼，花钱买得暂时和平的一百余年间，宋朝却创造出经济上的丰足，文化上的极度辉煌，这是他朝望尘莫及的。宋朝这个满腹诗书、体单力薄的"文弱书生"，显然不会像盛唐那样尚军功、好游侠，重文轻武的国策使他不会以驰骋大漠为理想，屈辱求和的现实使他不敢再提好汉当年勇，而半壁江山的残缺更使他失去了遍访名山的底气。那么公事应酬之余，不如以一门一户将自身与外界隔绝开来，或独处，或雅集，留一幅墨迹，满室生辉，品一口清茶，齿颊留香，好山好水好风景，就在笔墨纸砚之间、琴棋书画之中。宋代画论的发达、书学的发展、品茗之风的盛行、金石之学的异军突起，无不说明文人生活情趣发生了深刻变化。这种变化从中唐白居易、元稹等人那里就开始了，至两宋达到高潮，不再崇尚汉唐外拓的宏大气魄，而是退回来深耕内心以求精致，中国文化开始呈现出南方的阴柔特点，宋、元后亭台楼阁大盛，梅兰竹菊受宠。犹如人生，年少时可以口出狂言、雄浑奔放，成年之后则有许多现实要面对，开始懂得怎样收敛、怎样沉静。说开始走下坡路也好，说逃避现实向内心退缩也可，总之，宋人终于知道了什么是生活，懂得了怎样在兼济与独善之间周旋调试以获得平衡。"琴棋书画诗酒花"，凡是文人日常生活中所接触到的事物，无论是高雅，还是浅俗，他们都津津乐道，乐此不疲；凡是唐人以为不能入诗或不宜入诗的材料，他们都能写入诗中。宋人不喜乐府，他们更愿意在有限尺幅间、琐事微物上逞才斗技，做到俗入雅出。

▶ 宋徽宗花鸟图

一、雅则固雅

　　宋朝是中国古代知识分子由大丈夫向士大夫转

型的关键时期，也是一个文化创新的时代。宋以前，"美"是置于"真""善"之下的，"君子比德"的传统即可窥见一斑，屈的兰、陶的菊、七贤的竹，更多的是一种人格的象征，少有人从艺术的角度关注其形、其味、其色。入宋，自欧阳修把石碑铭文当艺术品收藏，写成花谱《洛阳牡丹记》开始，宋朝文人的生活就打开了一扇新的窗户，他们在艺术鉴赏与儒家教化之间找到了一种平衡，对美的热烈追求冲破了以往被认为是不可逾越的界限。

宋人的风雅生活集中体现为"四艺"，吴自牧在其笔记《梦粱录》记载："烧香点茶，挂画插花，四般闲事，不许戾家。"透过嗅觉、味觉、触觉与视觉品味日常生活，将庸常提升为一种审美风尚。那些原本就属于高雅范畴的题材，被频频入诗，体现出宋朝士大夫沉静雅致的艺术品位。

> 胆样银瓶玉样梅，北枝折得未全开。为怜落莫空山里，唤入诗人几案来。
>
> ——欧阳修《昌英知县叔作岁坐上，赋瓶里梅花，时坐上九》

> 竹外梅花耿玉颜，凛然冰句落霜纨。莫将轻扇趋炎子，留作人间六月寒。
>
> ——胡铨《刘景仁画墨梅扇上又画梅影於扇阴求诗各题一绝》

> 熏然真腊水沉片，烝以洞庭春雪花。只得揉曹作南熏，国香未向俗人夸。
>
> ——杨万里《和仲良分送柚花沉》

宋人对美的追求，不仅仅限于"四艺"，宋诗中诸如闲居野处、送往迎来、谈禅论道、唱和赠答、品茶饮酒、题画题墨、评诗论艺等专写文人士大夫生活情状、情趣的内容比比皆是，更流露出一种由内而外的生活品质与人生态度。

二、俗则化雅

从《诗经》开始，诗歌就是阳春白雪，以"雅"为贵，普通人的世俗生活很难登堂入室纳入正统。进入宋朝，以往被认为离经叛道的娱乐和商人阶层的品位都被接受，最普通的"俗人"，最平常的"俗事"，最熟视的"俗物"，在宋人眼里都成了引发诗意和诗情的宝贵资源。梅尧臣、苏轼、黄庭坚都曾提出过"以俗为雅"的命题，力图在世俗中寻找诗歌创作的突破点。以戏题诗为例，中唐后多为诗人逞才游戏之作，而宋人则将它发展到嬉笑怒骂皆入诗的地步，这些以"戏"为题的诗，涉及内容丰富多彩，甚至千奇百怪——理发、濯足、洗澡、搓背、得蟹、烹鹅、驯鹧鸪、吃烧笋等。"俗"只是外在形式，诗人往往点石成金，不着痕迹地将其转换为高雅的审美趣味，使人在世俗世界中享受到高妙、豁达的人生境界。

宋人会玩儿，也会吃，宋诗中描写美食的诗作就不胜枚举，比如苏轼就写过《春菜》《食雉》《棕笋》等几十首以食物为题的诗作。叶梦得的《石林避暑录话》中有一段记录，梅尧臣以讲究吃海鲜闻名，且家有一厨娘，善烹鱼，因此他家经常吸引一些习气相投的、有文化的食客前来，一时间，鲤鲂之脍，飞刀徽整，梅家几乎成为海鲜研究中心。就是在这样的宴席上，梅尧臣赋《范饶州坐中客语食河豚鱼》一首："春洲生荻芽，春岸飞杨花。河豚当是时，贵不数鱼虾"。

争胜斗奇，弈棋赌胜，也是文人生活的雅趣之一。南宋笔记小说《夷坚志》（洪迈）记载，王安石晚年赋闲金陵，常与处士薛昂对弈，二人约定赌棋罚诗，输者赋梅花诗一首。王安石先负一局，即随口吟出："华发寻香始见梅，一枝临路雪培堆。凤城南陌他年忆，杳杳难随驿使来。"次局薛昂负，他迟迟不能成吟，王安石诗兴大发，忍不住代他赋诗云："野水荒山寂寞滨，芳条弄色最关春。欲将明艳凌霜雪，未怕青腰玉女嗔。"后来薛昂官场走运，有人作诗讥笑他说："好笑当年薛乞儿，荆公座上赌新诗。而今又向江东去，奉劝先生莫下棋。"弈棋赌诗成为诗坛一段佳话，也是棋史上的一则美谈。

颍阳道士青霞客，来似浮云去无迹。夜朝北斗太清坛，不道姓名人不识。我有龙团古苍璧，九龙泉深一百尺。凭君汲井试烹之，不是人间香味色。

——欧阳修《送龙茶与许道人》

人生何处不儿嬉，一世元知孰是非。汲井埋盆凿苔破，敲针作钓得鱼归。萧萧菰叶风声细，嫋嫋苹花雨点稀。并舍老翁能喜事，为添拳石象苔矶。

——陆游《盆池》

一段渔歌起夕阳，溪山佳处欠平章。受风杨柳丝丝弱，临水轩窗面面凉。约客有时同把酒，横琴无事自烧香。沙头鸥鸟忘机久，却被官船去较忙。

——陈必复《赋参政叔祖水亭》

这类诗歌成就虽然不太大，但它表现了文人"诗酒趁年华"的生命情调，透过这些诗我们看到的文人的生命姿态更真实、更可爱。

第三节　侠骨柔情——陆游

在南宋"中兴四大诗人"中，陆游的诗以更为广泛的题材、更为多样化的风格，取得了更为显著的成就。尤其是他在诗中反映山河破碎的国势，表现抗金复国的理想，赢得了当时以及后世的普遍尊重。

陆游（1125—1210），字务观，号放翁，越州山阴（今浙江绍兴）人，在文学史上是以"爱国诗人"闻名的。他出生第二年适逢"靖康之变"，随父南渡回到故乡山阴。陆游从小看父辈言及国事，痛哭流泪，摩拳擦掌，因此立下报国壮志，不仅学文而且习武，只为有朝一日能报效国家。陆游参加进士考试，因名列秦桧之孙前面而遭到嫉恨，直到秦桧死后才得以出仕。陆游一生仕途坎坷，因主张抗金而多次被贬。晚年赋闲在山阴农村长达20年，"塞上长城空自许，镜中衰鬓已先斑"（《书愤》），一生未能实现报国之志，"国仇未报壮士老，匣中宝剑夜有声"（《长歌行》），与辛弃疾"把吴钩看了"一样，寂寞英雄悲愤苍凉。南渡之初，正直的士大夫多有收复中原的理想，但随着主和派占据上风，半壁江山已成定局，抗敌呼声渐趋消弱，文人作诗又转回到书斋之中，而唯有陆游矢志不变，85岁临终时仍不忘杀敌报国、抗金复国。

一、终生不渝——陆游的爱国情怀

陆游是中国诗歌史上最多产的诗人，"六十年间万首诗"（《小饮梅花下作》）。他一生创作诗歌近万首，流传至今的就有9 000余首，收录于他的诗歌总集《剑南诗稿》中。"三日无诗自怪衰。"（《五月初病体益轻偶书》）"损食一年犹可健，无诗三日却堪忧"（《醉书》），足见他始终保持着旺盛的创作状态。他生活在民族矛盾异常尖锐的时代，作为时代的歌手，抗敌复国自然是他诗歌的主题，他唱出的是那个时代的主旋律。历史上每当国家危亡的时刻，爱国的主题总会大放异彩，陆游继承了传统并将其提升到前无古人的高度。他的爱国诗其实只是他创作的一部分，却贯穿了他创作的整个历程，成为他诗歌的灵魂与精华，被称作宋代的"诗史"。

　　和戎诏下十五年，将军不战空临边。朱门沉沉按歌舞，厩马肥死弓断弦。戍楼刁斗催落月，三十从军今白发。笛里谁知壮士心，沙头空照征人骨。中原干戈古亦闻，岂有逆胡传子孙！遗民忍死望恢复，几处今宵垂泪痕！

——《关山月》

　　黄金错刀白玉装，夜穿窗扉出光芒。丈夫五十功未立，提刀独立顾八荒。京华结交尽奇士，意气相期共生死。千年史策耻无名，一片丹心报天子。尔来从军天汉滨，南山晓雪玉嶙峋。呜呼！楚虽三户能亡秦，岂有堂堂中国空无人！

——《金错刀行》

　　三万里河东入海，五千仞岳上摩天。遗民泪尽胡尘里，南望王师又一年。

——《秋夜将晓，出篱门迎凉有感》

　　早岁那知世事艰，中原北望气如山。楼船夜雪瓜洲渡，铁马秋风大散关。塞上长城空自许，镜中衰鬓已先斑。出师一表真名世，千载谁堪伯仲间！

——《书愤》

　　岁月空度，壮志难酬，是诗人个人的不幸，也是民族命运的缩影。陆游与"江西诗派"有着很深的渊源，早年师法曾几、吕本中，受他们的爱国情操影响，而最终他能够摆脱"江西诗派"的藩篱，形成雄奇豪放又沉郁壮阔的独特诗风，源于他对前代优秀诗人的广泛学习。他继承了屈原的爱国精神，又把屈原的哀怨悱恻发展成一种刚烈雄壮；他推崇杜甫的责任使命感，又比杜甫的沉郁悲凉多了几份浪漫宏丽。在那个风雨飘摇令人不振的时代，理想与现实的巨大矛盾使他十分痛苦，他只有借助浪漫幻想才可以得到暂时的安慰与解脱，因此他常用奇特的想象和夸张的手法营造出梦境、醉境，来寄托他的壮志豪情，一吐胸中块垒，"起倾斗酒歌出塞，弹压胸中十万兵"（《弋阳道中遇大雪》），"更呼斗酒作长歌，要遣天山健儿唱"（《九月十六日夜梦驻军河外，遣使招降诸城，觉而有作》），"夜阑卧听风吹雨，铁马冰河入梦来"（《十一月四日风雨大作》），这些诗有李白的浪漫，但少了些青春色彩，而多了些激荡忧愤的时代悲慨；在他那些描写边关战事的诗中，我们又可以见到岑参边塞诗奇丽雄浑的境界；他的诗揭露现实、抨击时弊深刻警策，表现出宋诗"以才学为诗，以议论为诗"的时代特征。陆游将诗歌从"学问"的象牙塔中解放出来，成为南宋一代直追李杜的大诗人，更对后世产生了深远的影响。近代梁启超作诗云："诗界千年靡靡风，兵魂销尽国魂空。集中什九从军乐，亘古男儿一放翁。"（《读〈陆放翁集〉》）

二、梅香如故——陆游诗的经典意象

宋人热衷于咏梅，超出任何时代。受古人"山水比德"的影响，陆游一生视梅花为知己，爱梅成痴。用情之深，让人叹为观止。

由于仕途坎坷，陆游常以"脱巾漉酒""拄笏看山"为自得，被腐儒讥为"恃酒颓放"，他索性也就自号"放翁"。尽管受人排挤，但他的高洁品质始终不变，他以梅花的劲节自比，"逢时决非桃李辈，得道自保冰雪颜"（《梅》），"雪虐风饕愈凛然，花中气节最高坚"（《落梅》）；他爱梅开在百花之先，是春信使者，"向来冰雪凝严地，力斡春回竟是谁"（《落梅》），"云重惟愁雪欲作，梅花忽报一枝春"（《连阴欲雪排闷》）；面对漫山盛开的梅花，诗人恨不能分身与每一株梅相对，心相应，意相通："闻道梅花坼晓风，雪堆遍满四山中。何方可化身千亿，一树梅花一放翁。"（《梅花绝句》）

他一生作梅花诗词共160多首，最著名的莫过于下面这首：

驿外断桥边，寂寞开无主。已是黄昏独自愁，更着风和雨。 无意苦争春，一任群芳妒。零落成泥碾作尘，只有香如故。

——《卜算子·咏梅》

梅花象征陆游的精神气质、文采风流，晶莹雅洁，流芳百世。

宋人爱梅，蔚然成风，看似雅然，却有它的不得已。宋以前咏梅的诗篇也有，北宋人其实更喜爱菊花，到南宋梅花才开得灿烂起来，以至于深入人心。文人审美趣味的变化，折射出的是时代风貌的变迁。唐辉煌，骨子里渗着富贵的风韵，像牡丹，即使是坠落凋谢，也是鲜艳夺目地把花瓣绚丽地洒落一地。宋孱弱，南宋更是江山破碎，这让文人对顶风傲雪、凌寒独自开的梅花多了几分佩服和敬仰，以梅花的不屈寄情怀，实望国家能够挺起脊梁！

没有哪个时代文人的心灵境界能这样与梅更贴合，后世咏梅，都只是宋人的流风余韵。

三、钗头凤——陆游的爱情悲剧

在中国文学史上，我们看到的文人作家大多是社会的，他们的仕途或坎坷或平顺，他们的性格或正直或迂腐，但多是以儒家的道德标准来记载而流传的，个人情感生活几乎忽略不计。也许古代文人的感情本来大多没什么波澜，所以就没什么可书的了，而陆游特殊，因为他有一段惊世的爱情悲剧。

陆游与表妹唐琬青梅竹马，一个是才华横溢的青年才俊，一个是温婉贤淑的大家闺秀，郎才女貌本该羡煞旁人，不料唐琬却不得陆母欢心。婚后三年陆游被迫休妻，置于别馆，时往探视，被母亲发现，只得分离。后唐琬再嫁，陆游再娶。几年后，二人巧遇于绍兴沈园，陆游于沈园墙壁写成这首凄婉哀绝的词：

红酥手，黄縢酒，满城春色宫墙柳。东风恶，欢情薄，一怀愁绪，几年离索，错！错！错！　　春如旧，人空瘦，泪痕红浥鲛绡透；桃花落，闲池阁。山盟虽在，锦书难托，莫！莫！莫！

——《钗头凤》

据说唐琬看到陆游词后，和词一首，那年秋天，抑郁而死。在以后的几十年间，陆游一直把悲痛深藏于心，也曾形诸篇咏以寄眷念。63岁时，陆游"偶复采菊缝枕囊，凄然有感"，想起了曾和唐琬一起采撷菊花缝制菊枕的幸福往事，不禁潸然泪下，写下"采得黄花作枕囊，曲屏深幄闳幽香；唤回四十三年梦，灯暗无人说断肠。少日曾题菊枕诗，蠹编残稿锁蛛丝。人间万事消磨尽，只有清香似旧时"。陆游68岁时偶过沈园，又写诗感怀："枫叶初丹槲叶黄，河阳愁鬓怯新霜。林亭感旧空回首，泉路凭谁说断肠。坏壁醉题尘漠漠，断云幽梦事茫茫，年来妄念消除尽，回向蒲龛一炷香。"75岁时陆游再游沈园，物是人非，百感交集，写下《沈园二首》。79岁时陆游梦中又到沈园，醒来作《十二月二日夜梦游沈氏园亭》："路近城南已怕行，沈家园里更伤情。香穿客袖梅花在，绿蘸寺桥春水生。""城南小陌又逢春，只见梅花不见人；玉骨久成泉下土，墨痕犹锁壁间尘。"84岁时，在他去世的前一年，他最后一次游沈园，身如朽木，将别人生，情天恨海，诉之与谁？"沈家园里花如锦，

半是当年识放翁。也信美人终作土，不堪幽梦太匆匆。"（《春游》）

一个人把另一个人雪藏心中一辈子，那是怎样的一往情深！爱梅入痴的陆游，怕是把唐琬也当做一枝梅来歌咏的吧，也许梅花见证过两个人相识相知，或是记录了他们的疏离和凄苦？若是一介文弱书生这般缠绵，倒也罢，难得的是一个胸怀"上马击狂胡，下马草军书"（《观大散关图有感》）之志的铮铮铁汉，能有如此侠骨柔肠。真是令人唏嘘！令人扼腕！

陆游一生写了万首诗词，却不肯为母亲和续弦书一字。也许他从心底永远不能原谅母亲，但是既然选择了做孝子，就只能选择无言。而他后来的妻子，虽然也贤良，但陆游的魂魄已随唐琬而去，她已走不进他的心里。千古绝唱，只为一人！

爱国诗人除陆游之外，影响较大的非宋末文天祥莫属。"人生自古谁无死，留取丹心照汗青"，这两句我们耳熟能详的诗，折射的是一身的浩然正气。文天祥状元出身，南宋末年，举兵抗元，失败被俘，慷慨赴死。家国天下，系于一身，忠肝义胆，气贯长虹，在极其看重气节的封建时代，文天祥无疑是文人士大夫的精神榜样，他的《过零丁洋》《正气歌》《金陵驿》等爱国诗篇，让宋诗绽放出最后一道夺目的光彩。

古典诗歌自古至于南宋，童稚天真过，年少纯情过，青春华美过，它本该在唐诗之后委顿的，但宋代的天才和学问支撑了它，然而真纯与理性、质朴与修饰必然相互损益，它不可避免地要走向衰老，这是自然法则。启功说："唐以前诗是长出来的，唐人诗是嚷出来的，宋人诗是想出来的，宋以后诗是仿出来的。"（《启功讲学录》）形象地道出，诗分唐宋，各有千秋，这以前是积累，这以后则再无山峰。

第四节　辽　金　诗　歌

辽、金是我国北方与宋王朝同时并存的两个少数民族政权，虽然与北宋、南宋长期对峙，但文化上的交流却从未阻断。辽金统治者受汉文化影响很深，金人甚至以华夏文化的正宗后继者自居，因此其文学创作非常繁荣。游牧民族的粗犷勇武和北方地域的广袤苍凉，使辽金文学具有雄健磊落的风貌，与文雅的两宋文学形成了优势互补的格局。

一、辽朝女诗人

辽是契丹族于唐末五代之际建立的政权，建国于907年，1125年为金所灭。辽与北宋长期对峙，其皇室深受中原文化影响，爱好诗歌并能作诗，就现存的诗词作品来看，创作成就最高、特色最突出的当数萧观音、萧瑟瑟两位女诗人。

萧观音，是辽道宗耶律洪基的皇后，出身名门贵族，从小接受中原文化教育，善于模仿苏轼、欧阳修等文化名人，以善填词赋诗而闻名。"威风万里压南邦，东去能翻鸭绿江。灵怪大千俱破胆，那教猛虎不投降。"这首《伏虎林应制》，笔力雄健，豪气干云，指点江山，叱咤风云，出自女性之手，在诗史上实属罕见。另一首诗《怀古》"宫中只数赵家妆，败雨残云误汉王。惟有知情一片月，曾窥飞燕入昭阳"，借史感慨，含蓄委婉。

萧瑟瑟，辽天祚帝耶律延禧之妃，正直而有远见，善于以诗讽谏。"勿嗟塞上兮暗红尘，勿伤多难兮畏夷人；不如塞奸邪之路兮，选取贤臣。直须卧薪尝胆兮，激壮士之捐身。可以朝清漠北兮，夕枕燕、云。"这首《讽谏歌》用骚体写成，情感激切，风格奔放，具有很高的文学价值。

由于辽统治者禁止书籍传入中原，加之战乱，辽朝诗作保存极少。

二、金朝元好问

金是女真族建立的政权，1115年建国，1125年灭辽，1127年入主中原灭北宋。之后，与南宋逐渐形成对峙局面，1234年为蒙古国所灭。金接受汉文化影响最深，甚至通用汉族语言，在文化上比辽有显著的进步，文学成就也就远远超过了辽。

金朝文学最杰出的代表是跻身于中国古代著名诗人行列的元好问。

元好问（1190—1257），字裕之，号遗山，太原秀容（今山西忻州）人，祖先为北魏鲜卑拓跋氏。元好问多才多艺，工诗善义，广泛涉足诗、词、文、散曲和笔记小说等文学领域，尤以诗、词、曲的成就最突出，而且诗词数量居金朝之首，是金末元初之际声望最高的文坛领袖。

元好问生逢金元易代之际，青年时亲历战乱，中年时又经亡国，个人遭遇与国家命运始终联系在一起，他的诗富于现实主义精神，多为伤时感事之作，题材多样，内容丰富，善于以雄劲的笔力抒写深哀剧痛，情感悲凉而骨力苍劲。

元好问最具艺术价值的诗是金亡前后的"丧乱诗"，这类诗广泛而深刻地反映了国破家亡的现实，抒发了自己极度悲愤沉痛的心情，真实具体，富有感染力，被清人赵翼赞为："国家不幸诗家幸，赋到沧桑句便工。"（《题遗山诗》）其诗如《雁门道中书所见》《过晋阳故城书事》《岐阳》《癸巳四月二十九日出京》《壬辰十二月车驾东狩后即事五首》等，再现了蒙古族南下，金终覆灭的社会现实，表达了诗人忧国忧民的襟怀，表现出时代巨变的沧桑之感，这种"以诗存史"的意识为后人所称道。

> 万里荆襄入战尘，汴州门外即荆榛。蛟龙岂是池中物，虮虱空悲地上臣。乔木他年怀故国，野烟何处望行人。秋风不用吹华发，沧海横流要此身。
>
> ——《壬辰十二月车驾东狩后即事五首》其四

诗人面对战祸蔓延、山河破碎的惨象，虽然沉痛哀伤，但笔锋依然不失雄健。"百二关河草不横，十年戎马暗秦京"（《岐阳》），"兴亡谁识天公意，留着青城阅古今"（《癸巳四月二十九日出京》），悲怆之下更有理性的历史批判意识，这无疑增加了诗歌的思想深度。

元好问的写景诗也很有特色，如五言古诗《颖亭留别》中"寒波澹澹起，白鸟悠悠下"两句，意象平淡，恬静悠闲，物我交融，耐人玩味，体现了诗人驾驭语言的高超功力，王国维在《人间词话》里讲到"无我之境"时特地拈出。

元好问还是一位文艺理论家，他仿杜甫的《戏为六绝句》体例写作《论诗绝句三十首》，相当全面地评论了自汉魏到两宋一千多年间的重要诗人及诗派，推崇雄健豪迈的风格，反对绮靡纤丽的诗风，对后世诗歌评论和诗歌创作影响很大。他的论诗绝句自身也是优美的诗歌作品，"论"与"诗"完美融合，是历代诗论作品中最具有艺术性的作品之一。

> 一语天然万古新，豪华落尽见真淳。南窗白日羲皇上，未害渊明是晋人。
>
> ——《论诗绝句三十首》其四

> 奇外无奇更出奇，一波才动万波随。只知诗到苏黄尽，沧海横流却是谁？
>
> ——《论诗绝句三十首》其二十二

元好问又是金代最优秀的词人。其词以苏、辛为典范，兼有婉约、豪放等多种风格，

• 原典阅读：
《颖亭留别》
《论诗绝句
三十首》

博采众长,自成一家。其中尤以《摸鱼儿·雁丘词》最富艺术魅力:

问世间情是何物,直教生死相许?天南地北双飞客,老翅几回寒暑。欢乐趣,离别苦,就中更有痴儿女。君应有语,渺万里层云,千山暮雪,只影向谁去? 横汾路,寂寞当年箫鼓,荒烟依旧平楚。招魂楚些何嗟及,山鬼暗啼风雨。天也妒,未信与、莺儿燕子俱黄土。千秋万古,为留待骚人,狂歌痛饮,来访雁丘处。

——《摸鱼儿·雁丘词》

"问世间情是何物,直教生死相许",任情率真,哀婉动人,深情比宋人有过之而无不及。当代小说家金庸先生、琼瑶女士在武侠、言情小说里不约而同地转引,使它成了脍炙人口的大众情话。

元好问还被誉为散曲的鼻祖,其散曲今仅存 9 首,其中小令《骤雨打新荷》是一代名曲,被认为是散曲的开山之作。他的散曲创作直接推动了元代散曲的兴盛。

 练习·思考·延伸

1. 何谓"点铁成金"和"脱胎换骨"?说说"江西诗派"的影响。

2. 选一首苏轼的诗,结合他的思想和该诗的创作背景,分析其风格特点。

3. 谈谈陆游诗歌的艺术成就。

*4. 以诗题画是中国绘画中常见的手法,张爱玲对此很不以为然,她认为:"只能拿它当作字看,有时候的确写得很好,而且给了画图的结构一种脱略的,有意无意的均衡。""然而字句的本身对于图画总没什么好影响,即使用的是极优美的成句,一经移植在画上,也觉得不妥当。"如何看待题画诗?

以"诗意朗读"作结

读《钗头凤·红酥手》

朗读提示：近代诗人陈衍说"无此绝等伤心之事，亦无此绝等伤心之诗。就百年论，谁愿有此事；就千秋论，不可无此诗。""红酥手，黄滕酒，满城春色宫墙柳"，仅就眼前之景而言，一切皆好皆美，就色彩而言，甚至明丽快意，但前提却是物是人非，所以景愈美，情愈悲，色愈丽，心愈苦。韵脚用了"iou"（油求韵），齐齿，吐字艰涩，收口，归音缓慢，这就使得全词笼罩在一种无奈与凄凉的氛围里。

朗声读来——

《钗头凤·红酥手》

第十六章

元气淋漓——

元代散曲与杂剧

从马可·波罗说起——

　　700 多年前的一个初夏的一天，在中国元朝大都金碧辉煌的大殿上，大汗忽必烈正在为三个外国人举行盛大的欢迎朝会。他们来自遥远的西方——威尼斯城，带来了罗马教皇给大汗的回信和礼物。三个外国人中，两个大人是兄弟俩，在这之前已经在东方经商多年，他们是作为大汗出访教皇的专使回到罗马的。现在，他们又来到了中国，而且还带来了一个孩子，是他们其中一个人的儿子，叫马可·波罗。忽必烈非常喜欢这个聪明机灵的孩子，不仅留他在中国居住，还让他在元朝当官任职达 17 年。借奉大汗之命巡视各地的机会，马可·波罗走遍了中国的山山水水，得以领略这个当时世界上版图最大的东方帝国的辽阔与富有。20 多年后，马可·波罗回到了他的祖国，但不幸在战争中被俘，在狱中他将自己在东方的见闻与传奇经历口述于一个叫鲁思梯谦的作家，便有了《马可·波罗游记》。这本书记录了中亚、西亚、东亚、东南亚等地区许多国家的情况，而重点是关于中国的叙述。书中盛赞了中国宏伟壮观的都城、完善方便的交通、发达成熟的工商业、繁华热闹的市集、华美而价廉的丝绸、普遍流通的纸币等。书中的内容，激起了欧洲人对东方的强烈向往，许多航海家、旅行家、探险家读了这本书以后，纷纷前来，寻访东方。大航海家哥伦布发现了美洲新大陆，但他至死都以为那是亚洲的边缘，因为他原本就是奔着富有的东方世界而来的。虽然，马可·波罗开辟了中西方交通与文化交流的新时代，但这本游记自诞生以来，关于他的争议就一直没停止过。无论那些关于中国的奇闻逸事是道听途说，还是荒诞不经的天方夜谭，但有一点中西方学者都是认可的，当时元朝对西方和阿拉伯世界形成了巨大的吸引力。这，是真实的存在。

▶ 马可·波罗

本章主要介绍元散曲和元杂剧。元散曲代表了元代文学的最高成就，学习中要掌握散曲不同于其他文体的显著特征，对其代表作品要有所了解。学生通过阅读关汉卿的《窦娥冤》和王实甫的《西厢记》，能分析元代社会历史和文化特点，能分析元杂剧的内容、艺术特点和人物形象，学会欣赏戏曲，提高戏曲欣赏能力。

相关
信息

　　中国古代十大悲剧　《窦娥冤》（元·关汉卿）、《赵氏孤儿》（元·纪君祥）、《精忠旗》（明·冯梦龙）、《精忠谱》（清·李玉）、《桃花扇》（清·孔尚任）、《汉宫秋》（元·马致远）、《琵琶记》（明·高则诚）、《娇红记》（明·孟称舜）、《长生殿》（清·洪升）、《雷峰塔》（清·方成培）。

　　中国古代十大喜剧　《西厢记》（元·王实甫）、《看钱奴》（元·郑延玉）、《中山狼》（明·康海）、《墙头马上》（元·白朴）、《李逵负荆》（元·康进云）、《幽闺记》（元·施君美）、《绿牡丹》（明·吴炳）、《玉簪记》（明·高濂）、《风筝误》（清·李渔）。

有人说，12 世纪作为草原游牧群体的蒙古族处于文明发展的低水平阶段，蒙古铁骑征战抢掠，给社会带来巨大的破坏。但是，蒙古族征服了 40 多个大大小小的诸侯国、王朝、公国，建立了中国历史上版图最大也是当时世界上最大的帝国，并成功统治 98 年，远非"只识弯弓射大雕"。如果说蒙古族席卷欧亚大陆令整个世界震撼的话，那么它的文明和富庶则改变了欧洲人对世界的理解。在中国古代历史上，对外影响最大的王朝当是唐朝和元朝了，但若论对外影响范围、往来国家数量和国际地位，唐朝与元朝是无可比拟的。元朝通过"海上丝绸之路"进行经贸往来的国家和地区比宋朝增加很多，王礼在《麟原文集》卷六《义冢记》中称："适千里者，如在户庭；之万里者，如出邻家。"用"落后"和"破坏"来评价元朝显然有失公允。

元朝是中国历史上第一个由少数民族建立的君临全国的王朝，正如马克思所说："野蛮的征服者，按照一条永恒的历史规律，本身被他们所征服的臣民的较高文明所征服。"[①] 元朝统治者深知汉文化的优越，取《易经》"大哉乾元"之意将国号定为"大元"，对孔、孟等历代大儒予以崇高封号，这些说明了蒙古族政权在文化上的主动求变。蒙古族入主中原给中国固有的传统文化注入了新的元素、新的活力，文化的多元化冲淡了儒学的影响，使得思想领域摆脱了传统规范的束缚，兼容的文化氛围为中国文化的发展提供了良好的环境。军队南下、人口迁移、民族交融、交通发达、城市繁荣，使得市民群体不断壮大，而受各民族文化"异质"的渗透，市民阶层的价值取向、审美趣味发生了很大变化。中国戏剧史和文学史上的一颗耀眼明珠——元曲，就是在此环境下蓬勃发展起来的。

第一节　率真本色——元散曲

在中国古代，诗歌是和音乐相伴随的，哪一个时代出现什么样的诗歌体制和这个时代的流行音乐是分不开的。词是伴随宴（燕）乐而发展起来的，元代少数民族进入中原后，各族音乐与北方民间曲调融合形成的新的流行音乐，已经与上一个时代的文人词不相匹配。宋词豪放一路，早已朝着脱离音乐而成为书面文学的方向发展；格律词一路，到姜夔等人手里已渐渐走进象牙塔，成为普通人达不到或欣赏不了的

---

① 中共中央马克思恩格斯列宁斯大林著作编译局 . 马克思恩格斯全集：第十二卷 [M]. 北京：人民出版社，1998：246.

高深的艺术；而柳永一路埋下的伏笔倒是适逢时机，当自然自由的俚俗遭遇随性粗犷的北方音乐时，一种新的诗歌形式应运而生，这就是曲。

一、曲的美学特质

曲若是作为独立的抒情乐歌，就是散曲，若在杂剧中成为唱词，就是剧曲，是戏曲的主要元素。后世所说的元曲包括散曲和剧曲，散曲、剧曲是就应用场合而言的，作为一种有别于诗、词的新的抒情诗体，它们在本质上是一回事。散曲一般有小令和套数两种主要形式：小令又称叶儿，是散曲的基本单位，是独立的小曲，有单独的曲牌名；套数又称套曲，是将同一宫调的多支曲子连缀在一起形成的整体，一般一韵到底，还有尾声，少则两三支，多则二三十支。介于小令和套曲之间还有一种带过曲的特殊形式，由同一宫调不同曲牌组成，曲牌最多不能超过三首，属小型组曲。作为一种新诗体，曲有着不同于诗和词的美学特质，以三句为例比较之：

含情两相向，欲语气先咽。

——［唐］孟郊《古怨别》

执手相看泪眼，竟无语凝噎。念去去、千里烟波，暮霭沉沉楚天阔。

——［宋］柳永《雨霖铃》

手执着饯行杯，眼搁着别离泪。刚道得声保重将息，痛煞煞教人舍不得。

——［元］关汉卿《沉醉东风·送别》

单就形式上看，曲与词几乎没什么差别，都不同于诗的整齐而长短不一，但诗、词、曲的区别关键不在形式，更在表达的分寸与风格。离别谁不知道"舍不得"？诗不说，词也不说，为什么？就为含蓄。诗词讲究含蓄蕴藉是主流，"不着一字，尽得风流"（司空图《二十四诗品》），"含不尽之意，见于言外"（欧阳修《六一诗话》），一句话，能不说的就不说，即使要说也是遮遮掩掩要你猜，羞答答的玫瑰静悄悄地开。而曲偏不讲究含蓄，有动作，有表情，有语言，还有神态，短小的情节，活灵活现的人物，充满了戏剧效果；明显地用了俗字，口语化的句子，不像诗词那样文绉绉的，句法上也显得不够精练。比较以上三者，诗像文人，含蓄；词像情人，缠绵；曲像粗人，直截了当。虽然在先前的诗词创作中也会有不同的风格出现，但元曲所呈现出来的是与诗词甚至与整个古代抒情文学大异其趣的审美追求，非但不含蓄，反恐其意不显、其情不畅。

再比较词牌与曲牌，词牌如"一剪梅""蝶恋花""醉花阴""如梦令""虞美人""沁园春""采桑子""临江仙""鹊桥仙"，一律典雅；曲牌如"山坡羊""滚绣球""耍孩儿""叨叨令""得胜令"，民间风味。被曲牌风格定位了的元曲，浑身上下透着明快、显豁、自然、酣畅之美，在大量使用口语俗语的同时，曲牌在规定的格式之外可以另加衬字，这是它与词或诗的主要区别之一。衬字一般不占用乐曲的节拍、音调，往往是在歌唱时快速而有节奏地一口带过，其作用是补充正字语意的缺漏，使内容更加完整充实，语言更加丰富生动，或使字句与音乐旋律更加贴合。例如："北风（那个）吹，雪花（那个）飘，雪花（那个）飘飘，年来到。"衬字是在不更动曲谱的基础上增加字数的，这表明曲的句法相当自由和富于变化，衬字可以添加，可以多到十几个字，这也表明曲更愿意穷形尽相，说到底这是一种铺陈或者夸张，但又不同于汉赋，汉赋的铺陈是在空间上的追求、占有、玩赏、夸耀，是一种对外扩张的心态，而曲的铺陈更多的是内心的宣泄和娱人娱己，如果说前者是皇家气派的话，后者就是一种市民情调。

二、宋词元曲的不同意蕴——以色彩为例

诗词与曲的不同意蕴，可以通过音乐与语言来领略，也可以通过作品所呈现出来的色彩来感知，这也是通常欣赏诗歌作品容易忽略的一个角度，文学作品表现色彩虽然是间接的，但优秀的诗人向来擅长用色彩点染画意。

第一，从色彩搭配上看，宋词多强调配色，有主次感；元曲喜对比配色，直接强烈。文学作品中出现频率最高的色彩是红、绿二色，这也是人在大自然中看到最多的色彩。红与绿属于互补色，同时运用可使色彩发挥最大的鲜明度、对比度，达到强烈刺激视觉的效果。但即使是红与绿的搭配，宋词、元曲受时代审美趣味的影响，也显示出不同的风格。

［微课］
马致远天涯唱秋思

绿叶阴浓,遍池亭水阁,偏趁凉多。海榴初绽,朵朵蹙红罗。乳燕雏莺弄语,对高柳,鸣蝉相和。骤雨过,似琼珠乱撒,打遍新荷。　　人世百年有几,念良辰美景,休放虚过。富贵前定,何用苦张罗。命友邀宾燕赏,饮芳醑,浅斟低歌。且酩酊,从

教二轮，来往如梭。

——元好问《双调·小圣乐》

这首金代元好问的《骤雨打新荷》，一向被视为散曲的先驱之作，其中突出了红、绿二色，以"绽"写其生机勃勃，以"浓"绘其翠色郁郁，色彩的饱和度高，二者在画面上的分量几乎对等，给人的感觉是满纸的浓丽鲜艳。"花攀红蕊嫩，柳折翠条柔。"（元·关汉卿《南吕·一枝花·不伏老》）"雪晴天，绿蘋红蓼参差见。"（元·倪瓒《越调·小桃红》）红与绿的搭配不加处理，直接而强烈。李清照在《如梦令》里也用了红绿对比，"知否？知否？应是绿肥红瘦"，其实就是绿多红少，但"多少"为客观存在，"肥瘦"则有主观感觉。这还不够，一肥一瘦，不仅写出了雨后花儿凋零与绿叶饱满的外形，更通过色彩面积比的调整，弱化了画面的艳丽感，由对比配色趋向为强调配色，反而突出了海棠被风雨摧残后的情状，传达出一种春光易老、青春易逝的感伤。这时候色彩搭配的结果与人的心理效应相对应，与人的思想感情也就发生了共鸣。通过色彩的密码，我们看到了女性词人一颗敏感的心，一双发现美的眼睛，因此她参悟自身生命境况生出的感叹，就产生了曲折动人的效果。"绿杨烟外晓寒轻，红杏枝头春意闹。"（宋·宋祁《玉楼春·春景》）同样的红、绿对比，处理上又有所不同。绿杨如烟，轻寒笼罩，绿作为背景淡化后退，红作为主角强调推前，明丽生动，生机盎然，红、绿构成强弱对比，产生了和谐而雅致的画面效果。

第二，从色彩风格上看，宋词着色含蓄，具有文人特征，元曲用色大胆，呈现民间本色。孔子说："恶紫之夺朱也，恶郑声之乱雅乐也。"（《论语·阳货》）文学的传统审美一贯追求"中正平和"，华丽浓艳是文艺之大忌，情感若是过分强烈，色彩若是过分浓艳，便是诗之下品。受文人写意画的影响，宋词一般不喜欢直接表现自然物象的原色，当然他们也不会如水墨一样直接用黑白灰，而是喜用烟柳、淡月、微雨、芳草、远峰、曲岸等具有渐行渐远渐无特征的意象，自然呈现水墨效果。比如秦观的《浣溪沙》："漠漠轻寒上小楼，晓阴无赖似穷秋。淡烟流水画屏幽。自在飞花轻似梦，无边丝雨细如愁。宝帘闲挂小银钩。"漠漠轻寒，淡淡哀怨，蒙蒙细雨，隐隐春愁，细腻、微妙、婉约、含蓄。不仅秦观，几乎所有的宋代词人都擅长用冷月清辉、雾霭楼台、烟草风絮、薄雾浓云、残更幽梦等意象，营造凄迷幽婉的意境。雾、纱、月、泪等物象参与到画面中来，相当于人工给原有的色彩加白加灰，降低了整首词的色彩纯度，使所有景象呈现出一种雾里看花、佳人如斯的朦胧美感。宋词还惯用

"暗"字来调整画面的明暗程度，暗在某种程度上就是灰，彩色在含灰之后往往变得高雅优美，在现代艺术家眼里，各种"高级灰"有着丰富的色彩表现力，宋人深谙此道。"华堂烛暗送客，眼波回盼处，芳艳流水。"（吴文英《齐天乐·烟波桃叶西陵路》）"镜暗妆残，为谁娇鬓尚如许？"（王沂孙《齐天乐·蝉》）"夜色催更，清尘收露，小曲幽坊月暗。"（周邦彦《拜星月慢·夜色催更》）宋人作词最喜欢的场景是闺房高阁，最喜欢的时段在晨昏月下，因为光线是控制画面色调的最佳道具。

元曲描摹物象更喜欢突出其自然本色，突出色彩是民歌和其他民间艺术形式的基本特征，现在的民间年画仍是大红大绿，看起来土气俗气，但给人鲜艳、动感、强烈、刺激的感觉，极富生活气息和喜庆色彩，有着强烈的民族特色和特殊的亲和力。

> 绿水边，青山侧，二顷良田一区宅。闲身跳出红尘外。紫蟹肥，黄菊开，归去来。
> ——马致远《南吕·四块玉·恬退》

黄和紫的强烈对比，极为鲜见，浓墨重彩，没有文人画的意境，完全是自然的民歌的本色表现，或者倒像印象派的油画。"黄柑万颗霜初透，绿蚁香浮……白蘋渡口，红蓼滩头"。（李伯瞻《双调·殿前欢》）"芙蓉映水菊花黄，满目秋光。"（贯云石《正宫·小梁州》）"西风篱菊灿秋花，落日枫林噪晚鸦。"（孙周卿《双调·水仙子》）元曲中常见的意象不仅有青山、白云、苍松、翠竹、枫叶、杏花，而且还有玉葱、稻粱、桑麻、野花等，它们共同构成了一个色彩斑斓的世界。

元曲也十分偏爱桃花这个古典诗歌的经典意象，如："向人娇杏花，扑人衣柳花，迎人笑桃花。"（马致远《双调·新水令》）"俺则见杨柳半藏沽酒市，桃花深映钓鱼舟。"（康进之《仙吕·混江龙》）"见杨柳飞绵滚滚，对桃花醉脸醺醺。"（王实甫《中吕·十二月过尧民歌·别情》）元曲会保留桃红色系自然夺目的色彩，而在宋词中却或以追忆方式出现，如"纵收香藏镜，他年重到，人面桃花在否？"（袁去华《瑞鹤仙》）；或以降低了纯度的粉色出现，如"芳莲坠粉，疏桐吹绿"（姜夔《八归》）；或以色不变形凋零的方式出现，如"东风又作无情计，艳粉娇红吹满地"（晏几道《木兰花》）。元曲用色不在收，而在放，酣畅淋漓，显豁自由，这正是自然的体现，也是元代文学审美情趣异于其他时代的一个重要方面。

纵观宋词、元曲对色彩的表现，前者内敛、含蓄，是传统诗歌"温柔敦厚"的极致，后者张扬、个性，是对传统的颠覆，又是对自然的回归。宋词追求的是月色下的韵致，有着不食人间烟火的距离感和浓浓的文艺气息；而元曲则更喜欢艳阳下的感觉，有着天然的纯朴和脚踏实地的亲近感。

词以"婉约为宗，豪放别体"，曲的情形倒可以反过来，"豪放为宗，婉约别体"，就是说词、曲都有雅俗通融的现象，只是词的本质是"雅"，曲的本质为"俗"而已。正如苏轼"多少豪杰"也要红颜相伴一样，曲可以写得典雅，接近词，但总会在不经意间露出本色，如张养浩的《山坡羊·潼关怀古》："峰峦如聚，波涛如怒，山河表里潼关路。望西都，意踌躇，伤心秦汉经行处。"行至此处还是词的味道，而"宫阙万间都做了土"一出，曲的底儿就露了出来。俗为本色，雅为偶作，元曲就是一种文人的民歌。

诗、词、曲好有一比，诗如明媚的豆蔻少女，清水出芙蓉，天然清新，给人鼓舞，给人感染；词如风情万种的少妇，冰肌玉骨，春衫薄袖，美得令人陶醉，令人心动；曲则如正月十五大街上扭秧歌的老太太，穿红着绿，却不失率真，不失活力。唐诗、宋词、元曲，风情迥异，各自成为那个时代独领风骚的代表。

三、元散曲的创作

就总体发展来看，元散曲的创作大致分为前后两期。

前期主要阵地在北方。散曲作为一种新的诗体，由于作家的热情投入而呈现出质朴、豪放、率直的市井风格。主要作家有关汉卿、马致远、王实甫、白朴、卢挚、姚燧等人，其中马致远的散曲留存作品最多，成就最高，影响最大，被称为"曲状元"。

> 我是个蒸不烂、煮不熟、捶不匾、炒不爆、响当当一粒铜豌豆，恁子弟每谁叫你钻入他锄不断、斫不下、解不开、顿不脱、慢腾腾千层锦套头。我玩的是梁园月，饮的是东京酒，赏的是洛阳花，攀的是章台柳。我也会围棋、会蹴鞠、会打围、会插科、会歌舞、会吹弹、会咽作、会吟诗、会双陆。你便是落了我牙、歪了我嘴、瘸了我腿、折了我手，天赐与我这几般儿歹症候，尚兀自不肯休。则除是阎王亲自唤，神鬼自来勾，三魂归地府，七魄丧冥幽，天哪，那其间才不向烟花路儿上走。
>
> ——关汉卿《南吕·一枝花·不伏老》

这是一首相当"出格"的散曲！从来没有见过有哪个文人以"普天下郎君领袖，盖世界浪子班头"自夸，分明就是"堕入下流"，即使是柳永也不过是写"烟花巷陌，依约丹青屏障"（《鹤冲天》）。如此不加掩饰，如此畅快淋漓，甚至还有些精神抖擞，这完全是一种叛逆的姿态，甚至带有挑衅的意味。这里固然有关汉卿的影子，但更应视作当时书会才人这个群体的精神面貌的写照。关汉卿这代知识分子身处汉人地位低下、科举时行时辍的时代，对自身价值的期许和仕途的阻塞这对巨大的矛盾，令他们陷入尴尬的境地，混迹于民间，穷困潦倒，出入于青楼，游戏人生，看似玩世不恭，背后却大有隐衷。柳永只是个体的叛逆，而关汉卿他们却是集体的叛逆。他们如同叛逆的孩子，靠哭闹、砸毁东西来引起别人的关注，其实也是饱含血泪的，他们伤到的首先是自己。与魏晋时代人的生命意识的表现不同，那时放浪形骸，但凸显清高，令后人追慕；现在的放浪形骸，只能是不得已的无奈。这种出于对传统道德规范的叛逆态度、无所顾忌的个体生命意识，以及不屈不挠的抗争精神，实际上是市民阶层新型人格的崭露头角。

与大多数元代剧作家一样，关汉卿生平未入正史，在语焉不详的前人笔记中，无论他的生卒、籍贯、家世还是创作，都众说纷纭。拼凑起零散的逸闻传说，我们基本可以勾勒出这样一个形象：风流倜傥，博学能文，擅长歌舞，精通音律，滑稽多智。据说他领导着相当于现在的一个编剧班子的"玉京书会"，毕生从事戏剧活动，能写能导，有时还粉墨登场亲自献演。《南吕·一枝花》就是他赠给名伶珠帘秀的，他和许多著名艺人都曾相互切磋，是名震一时的梨园领袖。生活在仕途不畅的元代，关汉卿和广大知识分子一样，处于求仕无门、退则不甘的难堪境地，与一些消沉颓废的文人不同的是，困境中他能够调适自己的心态，放下读书人的清高，以开阔的胸襟，转而投身于民间。正是由于元代知识分子地位下降，文人手中的文学才得以从高贵的位置上被拉回民间，也正因为有此过渡，明清的通俗文学才有可能呈现出繁荣的局面。大量仕途失落的知识分子转向民间下层，受时代环境的影响以及北方民族质朴爽朗的气质和音乐的感染，他们放下了传统士人的清高，不再压抑，不再收敛，他们肆意地唱啊、跳啊、哭啊、笑啊，借别人的故事，流自己的泪，直到眼里笑出泪花，泪花中还闪着悲愤，这就是为什么元曲会一反"温柔敦厚"的诗教传统，而如此大胆、恣意、浅露的根本原因。王国维说："元曲之佳处何在？一言以蔽之，曰：自然而已矣。"（《宋元戏曲史》）自然酣畅，是元代文坛审美情趣的一个重要特征。曲的本质是"俗"，所谓"俗"，意味着"低"，是身段低，所谓"雅"，意味着"高"，是心气高。既然曲的功能首先是"自娱"，就不需要遮掩，其次是"娱人"，面向普通市民，就更应该畅达显露，也因为元曲从来没有被彻底雅化，王国维才称之为中国最自然之文学。唱元曲，如饮烈酒或如闻蒜味吧？不够优雅、含蓄、绅士，但足够酷辣、强烈、率真。可惜，现今音乐已不存，我们只能从文字中约略体味。

后期元散曲的阵地逐渐转移至南方，优雅、精致的风格开始显露，主要作家有张养浩、张可九、乔吉、睢景臣、郑光祖、贯云石、徐再思等。从作品风格和作家流派看，元散曲大致也可分为豪放和清丽两派。豪放派超逸隽爽，清丽派和婉雅丽；豪放派多用口语、本色语，少用典故，清丽派讲究蕴藉，注重炼字炼句，二者差异比较明显。曲行至此处，我们大致已经知道它的未来了，与词相仿，起于民间，然后文人接手但保留了民间特点，接着文人将它带回书房案头，雅化、人工化之后失去本色与活力，最终走向衰落。如同一个女孩子，年轻时青春就是最好的衣裳，不用雕饰就好看；成年后开始恰当修饰，也好看；再往后，过分的修饰就与年龄不符了，修饰过多反更显露衰老。大概如此！

元曲内容较之宋词，更显狭窄，再加上其他一些弱点，它在文学史上的实际成就不如宋词，与唐诗相比，更显逊色了。元曲之所以能与唐诗、宋词相颉颃，并长期被人认同，主要原因是元曲中还包括有杂剧的剧曲，散曲作家中有很多人同时又是优秀的杂剧作家。

曲是诗的俗化运动，也是中国古代诗歌形式演变的终结，但曲的重大意义不仅在于它是诗歌自身演变的新形态，更在于它在中国文学由抒情向叙事转化的重要连接点上，作为戏曲的主体带动了一种新的艺术形式并将它推上了新的境界。

• 原典阅读：《双调·沉醉东风》《天净沙·秋思》《山坡羊·潼关怀古》

第二节　酣畅自然——元杂剧

繁体的"戲劇"二字是会意字，从虎，从刀、戈，可以理解为人扮作虎打斗，以还原捕猎情景。这里的两个关键元素，模仿扮演与做戏为乐，其实已揭示出了戏剧的起源与本质。

一、戏剧的起源与发展

我国早在西周时就有了专门从事歌舞活动的"优"。歌舞者为倡优，滑稽调笑者为俳优，吹打演奏者叫伶优。《汉书·灌夫传》中就有"所爱倡优，巧匠之属"的记载。最初他们的表演有一定的综合性，但还没有形成一个整体，一个艺术门类，功能基本上是供人娱乐，但有时也有讽喻作用。

汉代出现了"百戏"，张衡在《西京赋》里有一段"百戏表演"的描述，是杂技、魔术、角抵、驯兽、化装歌舞等各种民间技艺的串演。"东海黄公，赤刀粤祝，冀厌白虎，卒不能救"，讲的就是我国最早的戏剧剧目《东海黄公》的故事。东海黄公能施法术，制服豺狼虎豹，但后来人老功力衰退，在一次制服作乱的老虎时，失手被白虎吃掉，这出戏有故事、人物、音乐、歌舞，已具备一些戏剧的特征，是戏剧史上的一座里程碑。百戏这种民间技艺已有现代戏剧"唱念做打"的因素，可视作戏剧的摇篮，或真正的起源。

南北朝时期，民间出现了歌舞戏，如"拨头""代面""踏摇娘"，有了浓郁的表演成分。佛教自东汉传入我国，很快就在中国本土兴盛起来，为了传播教义，同时吸引更多的人捐功德，寺庙里开始有了俗讲佛教故事，为了取得更好的效果，还夹带有民间故事，这使得佛经故事染上了浓重的人间烟火味，到唐代形成了变文这样的讲唱文学。当时庙里不仅讲唱故事，还开百戏场，就是庙会，这种民间技艺与说唱的结合形式，为戏剧的发展打下了良好的基础。当时还流行参军（古代官名）戏，也叫弄参军，由两个人配合演出，类似现在的相声，一人说一人捧，有歌舞、情节的，有些今日二人转的味道，这种来自民间的活泼的艺术形式深受民众的喜爱。到宋代，城市繁荣，市民阶层形成，大众的审美、娱乐需求发生了变化，这种艺术形式已不可能仅仅局限在寺庙里，勾栏瓦肆就成了新的娱乐场所，虽然比较简陋，但已基本固定，并开始出现了专业剧团。参军戏和歌舞结合形成了以调笑为主、有情节、有角色的宋杂剧，但这还不是纯粹的戏剧。宋金时期，民间流行一种讲唱文艺形式就是诸宫调，它先是将同一宫调的多个曲牌编排组成"一套"，再把许多不同宫调的"套"连在一起形成"连套"，成为规模宏大的长篇叙事诗，这种"诸宫调"，有情节、有人物、有说唱、有乐器伴奏，但戏剧的一个重要元素——表演还没有。到金代，在宋杂剧的基础上，北方出现了金院本。进入元代，北方散曲的流行，观众口味需求的变化，音乐、文学上的积累，戏剧自身的发展，作家投身于民间文学的创作，诸多因素终于促使杂剧形成并繁荣起来。明清时，以元代南戏为基础的传奇，成就了汤显祖这样的戏剧大师，中国的戏剧达到了鼎盛。

二、元杂剧的体制

元杂剧体制，有如下四个基本特点：

其一，四折一楔子为一本，是元杂剧的基本结构形式。折，相当于现代戏剧的"幕""场"，相应的是一个剧情段落，四折大体上暗含了故事发生、进展、高潮、结局四个阶段。少数杂剧也有多折，为连台本戏，表现更为复杂的故事情节，如《西厢记》就有五本二十折。楔子，这个上粗下锐、木匠用来填充器物空隙使其牢固的小木片，被杂剧借用后指对剧情起交代作用或连接作用的短小开场序幕或过场戏，是整个剧本中的有机部分，楔子不用套曲，一般用一支或两支曲子。如果有特殊需要，一本可以有两个楔子。

其二，一角主唱的演唱形式。折，既是一个故事单元，也是一个音乐单元，一折是同一宫调的一个完整套曲，并且一韵到底。每个剧本只为正旦或正末一人设唱腔，女性角色一人唱的本子为"旦本"，男性角色一人唱的本子为"末本"。一个剧由一个主角从头唱到尾，这样的演唱形式可以尽情地抒发主要人物的感情，也可以充分发挥演员个人的才华，类似今天的个人独唱音乐会，磨炼出了大批优秀的演员，但不足也是显而易见的，其他角色只有念白没有歌唱，不利于人物形象的全面塑造。比如《汉宫秋》就是末本，汉元帝是主角，昭君处于陪衬地位，在抒情方面不得尽致，多少削弱了人物形象。元后期到南戏演出时，这种演唱形式才有了突破。

其三，以曲为主，白、科配合，形成分角色行当的表演。戏曲戏曲，无"曲"不成"戏"。元杂剧剧本以"词曲"为主干，"曲"是抒发情感、叙述情节、塑造人物形象的基本手段，"曲"的水平直接决定了全剧水准的高低，元杂剧也称"元曲"原因就在此。曲以外的念白称"宾白"，宾为次，用以补充、串联曲，"曲白相生"才能达到曲尽剧情之妙，白通常有对白、独白和旁白三种，若用口语叫散白，若用诗词或顺口溜则叫韵白。元杂剧剧本还对演员的表演和舞台的效果做出提示，叫作"科"（南戏多作"介"），例如喝酒为"做饮酒科"，想某件事为"做寻思科"，一个动作重复了三次为"三科了"，"做起风科"则是声音效果。"唱念做打"，唱对应曲，念对应白，科包含演员的做和打。元杂剧已形成了分角色行当的表演，末、旦、净、杂，与现代戏曲中生、旦、净、末、丑基本对应。末是剧中的男性角色，大概相当于现代京剧中的生，主角叫正末，还有副末、冲末、大末、小末等；旦是剧中的女性角色，主角叫正旦，还有副旦、贴旦、老旦、花旦、色旦等；净多为男性角色，以扮演刚强威猛之人为主，也包括丑；不属于以上三类者归为杂，略同于现代戏剧中跑龙套的群众演员。杂剧演员的面部化装这时逐渐定型，便于观众识别人物类型的脸谱也基本形成。现存于山西省洪洞县广胜寺的元代壁画中的演员都是勾画脸谱的。

其四，剧本形式由曲、白、科和题目正名组成。元杂剧的剧本还有"题目正名"

这样一个内容，它不属于杂剧的表演范围，而是剧终时用来总括剧情或标志剧名的，还可起到广告宣传作用，一般为对句，或一联或两联，如《窦娥冤》的题目是"后嫁婆婆忒心偏，守志烈女意自坚"，正名是"汤风冒雪没头鬼，感天动地窦娥冤"。题目、正名其实没什么区别，后世一般用更简洁的语言概括剧目，《窦娥冤》就是这个剧的简称。

三、元杂剧的创作

元代有"九儒十丐"之说，汉族知识分子是没有政治地位的，他们投身的戏剧行当，又历来为正统文人学士所鄙夷，所以史籍里是不会有他们的位置的。那些唱戏的伶人本来就是社会中的弱势群体，有谁会为这些人树碑立传呢？而这些人中，多数又确实是文化精英，甚至可以成为社会栋梁，许多人身怀绝技，自成一家，一旦故去，绝世技艺也就失传了。幸有钟嗣成《录鬼簿》为才人戏子立传，这是史上第一次。如他所说："人之生斯世也，但知以已死者为鬼，而未知未死者亦鬼也。""独不知天地阖辟，亘古迄今，自有不死之鬼在！"在那个贤愚不分、人鬼颠倒的现实世界中，能有此卓见，真难能可贵。我们现在能看到的有关元杂剧的资料，多数来自《录鬼簿》。

有句话叫"词山曲海"，可见曲的数量那真是"海了去了"。据不完全统计，元代大约产生了200多位剧作家，600多个剧本，就绝对数量而言似乎比唐诗、宋词要少些，但就元代的统治时间和杂剧创作的难度来看，在短短的一百多年间，能有如此众多的作家、作品产生，并且还诞生了关汉卿、王实甫这样伟大的戏剧家，可以说数量已经是蔚为大观了。元杂剧创作大致可以分为前后两个时期，与散曲保持着同步的节律。前期的活动中心在北方，这一时期人才最盛，作品流传最多，是元杂剧的黄金时代，关汉卿、王实甫、马致远、白朴、石君宝、康进之、高文秀们在大都的日子，成为中国文学的划时代时刻。在此之前，文学属于士子、读书人，而在此之后，它以立体化的方式进入了大多数人的视野；在此之前，诗词文赋特别是诗歌，是中国文学的主体，而在此之后，它们日渐地边缘化了，戏曲以及受其影响颇深、同为叙事文学和通俗文学代表的小说，则日渐成为中国文学的主流。元杂剧后期创作和演出中心转移至杭州，重要作家有郑光祖、乔吉、秦简夫、宫天挺，他们多为流寓江浙的北方人，南方最有才华的文人并没有进入杂剧圈，这也是杂剧由盛转衰逐渐被南戏所替代的主要原因。

较之别的时代，元杂剧反映社会现实更为深广与直接。因为在其他时代，读书人都是向上走的，而元一代读书人是被向下挤的，他们不仅目睹了各种黑暗现象，而且自己也饱经苦难，他们深深知道下层人民内心蕴藏着怎样的哀怨与愤懑，以及如鲠在喉欲一吐为快的迫切愿望，因而他们的笔能够饱蘸血泪与辛酸，他们的作品一经问世就迅速有了人民群众的捧场。元杂剧的一个重要主题就是反映阶级压迫、种族歧视、婚姻无自由、贪污、冤狱、高利贷等黑暗现实以及人民尤其是女性的反抗，如关汉卿的《窦娥冤》《救风尘》《拜月亭》《金线池》，王实甫的《西厢记》，白朴的《墙头马上》，马致远的《张生煮海》，郑廷玉的《看钱奴》，郑光祖的《倩女离魂》，等等。元杂剧的题材可谓丰富多彩，《李逵负荆》（康进之）、《双献功》（高文秀）、《单刀会》（关汉卿）、《三战吕布》（郑光祖）等作品反映了黑暗时代广大人民呼唤英豪的愿望，这些水浒和三国的故事被大规模地搬上舞台，对明代《三国演义》《水浒传》的成书以及后世通俗文学、民间文学的发展有着重大意义；《汉宫秋》（马致远）、《赵氏孤儿》（纪君祥）、《梧桐雨》（白朴）等历史戏，借历史题材曲折表达社会思想，为明清文学提供了丰富的创作素材；还有《蝴蝶梦》（关汉卿）、《后庭花》（郑廷玉）等公案戏、包公戏，歌颂忠良、鞭挞奸佞，表现了人民的反抗，代表了人民的呼声，写出了时代的脉搏。

元杂剧从体裁上分为悲剧、喜剧两种。《赵氏孤儿》早在18世纪就名扬海外，歌德、伏尔泰等大作家都曾为之感动，王国维认为它和关汉卿的《窦娥冤》"列之于世界大悲剧中，亦无愧色也"（《宋元戏曲史》）。《西厢记》《墙头马上》《救风尘》则为喜剧代表之作。

• 原典阅读：《窦娥冤》《西厢记》

关汉卿是我国最伟大的戏剧家之一。他以如椽大笔推动了元杂剧从宋金杂剧、院本中脱胎，以崭新的体制创造了中国戏剧的高峰；他以卓越的艺术才能和丰富的舞台实践经验，为中国戏剧提供了不朽的范式；他以崇高的现实精神和强烈的人生意识，表现出元代下层人民抗争黑暗、呼唤正义的理想，被郑振铎誉为"人民的戏曲家"；他代表了元代俗文化的审美主流，但做到了俗不脱雅、雅不离俗的境界。他的作品浓墨重彩，大胆泼辣，慷慨淋漓，具有震撼人心的力量，又体现出别样的浪漫情调，王国维称"曲尽人情，字字本色"（《王国维戏曲论文集》）。关汉卿一生创作剧本60多个，现存18个，许多内容如今还鲜活地存在于很多地方剧种里。作为一位以杂剧创作来干预生活积极入世的作家，他以毕生精力讴歌正义和善良，鞭挞丑恶与黑暗，他把所有的同情都倾注在下层弱小人物身上，尤其是女性人物身上，最出色最典型的无疑是悲剧《窦娥冤》。

窦娥三岁丧母，因为家贫，父亲不得不将她卖给人家做童养媳。窦娥17岁结婚，不久丈夫病死。恶棍张驴儿企图霸占她，她不从，张驴儿就下毒想害死她婆婆逼她屈服，不想却毒死了自己的父亲。张驴儿恶人先告状，反诬窦娥，昏官见钱眼开不分是非，屈斩窦娥，造成千古奇冤。临刑前窦娥痛斥天地黑暗、衙门腐败和地痞邪恶，并发下三桩誓愿：血溅白练、六月飞雪、亢旱三年。结果一一应验，证明了窦娥的冤屈，对社会现实提出了强烈的控诉。

窦娥形象的价值就在于她与封建恶势力不屈不挠地抗争，而这也正是悲剧的意义，善良的人们在捍卫正义的过程中所体现出来的壮烈情怀和崇高精神，总是令人难忘、给人鼓舞的。该剧揭示苦难，但最终又通过一个多少令人快意的结局使悲剧意味有所消解，让观众既宣泄了内心的情感，又在心理上得到一定的安慰与满足，这也是中国的戏剧无论喜剧还是悲剧都喜欢安排一个大团圆结局的原因。

另一位戏剧大家王实甫的《西厢记》取材于唐代元稹的《莺莺传》，脱胎于金董解元诸宫调《西厢记》，是中国古代戏曲中版本最多、最复杂的一个剧本，热演至今，长盛不衰。《西厢记》讲述了一个情调缠绵爱情故事：张生和崔莺莺在普救寺相遇一见钟情，此地为清净佛门，此时莺莺为父守丧期未满，在错的地点错的时间遇到对的人，本身就是一对矛盾；而后孙飞虎兵围普救寺，张生在老夫人许婚的条件下飞书解围，这一矛盾似乎得到解决；不料老夫人以相府"不招白衣秀士"为由赖婚，矛盾骤然激化；此后在丫鬟红娘的帮助下，莺莺、张生在西厢私下成亲，被老夫人发现，矛盾再次升级；老夫人迫使张生赴京赶考，一对有情人黯然别离，矛盾有了新的发展；最终张生得中，衣锦还乡，有情人终成眷属。戏剧是舞台艺术，舞台空间的相对狭小，演出时间的相对确定，决定了它的矛盾冲突必须集中，才有"好戏"看，才能引人入胜。《西厢记》将一系列悬念、矛盾组织在一个五本连续的宏大结构中，山重水复，扣人心弦，枝节横生，精妙绝伦。与一些悲悲切切的爱情戏不同的是，它的格调是轻松明快的，堪称古典戏曲中抒情喜剧的典范性作品。

在王实甫之前，没有谁能够响亮地、明确地提出"愿普天下有情人都成了眷属"的爱情理想，这已不仅限于"才子佳人"，而是有它的普遍意义。它尊重的是人的情感、意愿乃至欲望，他祝福天下有情人包括那些自主恋爱私定婚姻的青年，不遵从传统的"父母之命、媒妁之言"，这是对封建礼教和婚姻制度的公然挑战，这一主题使得一个流传了几百年的题材产生了质的飞跃，呈现出新的光彩。

《西厢记》文辞典雅清丽，美不胜收，为人传诵者至多，真可算得是最美丽的长篇叙事诗，后人评"王实甫之词，如花间美人。铺叙委婉，深得骚人之趣"（朱权《太和正音谱》），《红楼梦》的作者曹雪芹借林黛玉之口赞誉《西厢记》"词句警人，余香满口"。

落红成阵，风飘万点正愁人。池塘梦晓，阑槛辞春；蝶粉轻沾飞絮雪，燕泥香惹落花尘；系春心情短柳丝长，隔花阴人远天涯近。香消了六朝金粉，清减了三楚精神。

——《混江龙》

碧云天，黄花地，西风紧，北雁南飞。晓来谁染霜林醉？总是离人泪。

——《端正好》

恨相见得迟，怨归去得疾。柳丝长玉骢难系，恨不倩疏林挂住斜晖。马儿迟迟的行，车儿快快的随，却告了相思回避，破题儿又早别离。听得道一声"去也"，松了金钏。遥望见十里长亭，减了玉肌。此恨谁知！

——《正宫·滚绣球》

四、中国戏曲的特点

中国古代乃至近现代包括京剧和各种地方戏在内的传统戏剧都称为"戏曲"，是因为"曲"的演唱在其中具有重要地位。从性质上来讲，中国戏曲是一种带有舞蹈成分的歌剧。"戏曲"一词最早见于宋末元初，指南方民间戏文，王国维著《宋元戏曲史》后，"戏曲"用来通指中国传统戏剧。戏剧是一门综合艺术，它既包容时间艺术，如文学、表演、音乐、歌唱、朗诵等，又包含绘画、雕塑、服装、造型等空间艺术。中国戏曲不仅具备以上要素，而且以"歌舞"的突出特征有别于舶来的西方戏剧，可以说综合性更强。中国戏曲有两个特点。

第一，写意性。西方戏剧最根本的艺术原则是追求尽可能逼真地模拟现实，主张运用布景按照生活的样子确定空间，舞台上所表现的生活和现实的生活形态是相同或相似的，而中国戏曲显然不拘泥于写实，更注重提炼，这就是通常所说的中国戏曲的写意性。中国艺术不同于西方艺术之精髓就在于它的写意，诗歌、书法、绘画都以传达神韵内涵为最高追求，这种思维方式影响到戏曲，使之往往运用虚拟手段来体现艺术形象，注重艺术表演的传神之妙，极大地解放了物质载体的艺术表现力。

中国的舞台一般不用布景来表现环境，而是借助演员生动的表演创造出弹性时空，此刻可以是书房，但人物一转身，就可以变为花园，甚至是千里之外；二将相斗几个回合，便可表示千军万马的一次复杂战斗；握一根马鞭便可以在台上走马，操一只木桨就可以在台上行船；长歌当哭，长袖善舞；无花木之春色，无波涛之江河……虚实相生，无画处皆成妙境。戏曲的写意既在舞台布置上，又在演员表演上，还在情节交代上，不仅可以连贯流畅地表现无限广阔、瞬息万变的时空，也可以十分自由灵活地表现极其丰富、复杂的生活事件。如京剧《三岔口》是一出经典的短打武生戏，舞台布置简洁到只设一张桌子，甚至没有唱腔。什么时间，什么环境，人物什么关系，一概要靠演员"以假乱真"的表演来交代，非常突出地体现了中国艺术超脱而灵动的时空形态。

第二，程式化。在长期的艺术实践中，艺术家对舞台表演，特别是做工方面的形式技巧进行了提炼，形成了一定的程式。如果说写意是一种表演追求，如同诗歌要创设意境的话，那么这些程式化的动作就好比诗歌中的意象，它们来自真实的生活，但又经过了虚拟化、舞蹈化、节奏化的艺术加工。简单地说，程式就是提炼，提炼以后就变得虚拟，虚拟追求神似，神似就是写意。程式具有规范的意义，但一代又一代艺术家在传承过程中，又不断地加以创新，使它更加生动丰富。如进门出门、上楼下楼、上轿下轿、登山涉水、跑马行舟等都有一套程式化的动作；人物性格脸谱化也是程式化的表现，红代表忠义，黑代表威猛，白代表奸诈，等等；人物情绪的传达也可以程式化，以水袖为例，甩袖即拂袖而去表示愤慨、生气，掩袖表示害羞、哀伤，挥袖表示道别、不舍，横扯起一只水袖，表示礼貌、恭敬，等等。戏曲表演高度概括了生活，然后又渗透回生活，影响到人们的思维、语言、生活等方面，所以，那些散落在日常生活中看似不经意的元素，却往往透着深厚的文化内涵。民间有句俗语叫"吹胡子瞪眼"，可能就来自戏曲中生角愤怒时抖髯、甩髯的程式动作，因为生活中的胡子一般是吹不起来的；现代汉语中"拆台""下不了台"等词语，折射的就是"戏台小天地，天地大戏台"的社会心态；深受西方文化影响的新诗人徐志摩，骨子里还是很中国的，否则怎会有"挥一挥衣袖，不带走一片云彩"的诗句？

戏曲是中国传统社会独一无二的公共娱乐方式，它纳人间种种世相于一台，是社会历史的一个缩影，一般说来，中国人的人生理想在戏曲中都可以找到对应，所谓"戏如人生，人生如戏"，看懂了中国的戏曲也就读懂了中国人的人生哲学。

练习·思考·延伸

1. 比较关汉卿的《南吕·一枝花》和曹雪芹的《红豆曲》，你认为雅与俗的倾向是受时代影响还是与个人性格有关？或者还是其他？

2. 通过阅读作品，分析窦娥这个人物形象。

3. 比较元稹的《莺莺传》、董解元的《西厢记诸宫调》和王实甫的《西厢记》的主题发展变化。

*4. 中国古代戏剧"大团圆"结局的结构，使得中外学者普遍认为中国不存在真正意义上的悲剧。这种"大团圆"结局是怎么产生的呢？它与中国传统文化的尚"圆"意识有什么关系？

*5. 近年来，有学者提出了中国古代文学发展历史中的"红娘现象"。在西厢故事流传的几百年中，"红娘"是怎样由最初的无独立意义的人物形象最终发展成为超越主人公莺莺主角地位的侠女的？"红娘"的形象深受人们喜爱，这背后有着怎样的民族心理？

*6. 西方人将以京剧为代表的中国戏曲表演形式称为梅兰芳体系，它有什么显著特征？为什么它能与好莱坞百老汇表演体系、俄国斯坦尼斯拉夫斯基体系对应而立？

*7. 流行歌曲《说唱脸谱》唱道："蓝脸的窦尔敦盗御马，红脸的关公战长沙，黄脸的典韦，白脸的曹操，黑脸的张飞叫喳喳……"脸谱艺术这一特别的表现形式的文化内涵有哪些？

以"诗意朗读"作结

　　读《天净沙·秋思》

　　朗读提示：马致远没用一个动词和连词，却将九个意象组合得自然流畅。因为三组意象，每组的内在是有关联的，第一组枯藤、老树、昏鸦是冷感的画面，第三组古道、西风、瘦马也是冷感的，而第二组小桥、流水、人家却是暖色调，冷暖的交替让画面有了跳跃的变化，更以乐景衬哀景，表达出内心的凄凉悲苦。读来要调动视觉、听觉、触觉等方面的感知，形成"内心视像"，使声音形象也具有可感的冷与暖，让画面在内心真正"活"起来。

　　朗声读来——

《天净沙·秋思》

第十七章

浪漫明传奇

从文化遗产说起——

2001 年起，联合国教科文组织逐步建立起了"人类口头和非物质遗产代表作"保护名录，我国的昆曲艺术、古琴艺术、新疆维吾尔木卡姆艺术、篆刻艺术等先后入选，它们连同春节、清明、端午、中秋等节日习俗，构成了华夏民族的象征符号。通过这些符号，我们知道了自己是谁，知道了什么是中国人。早在联合国教科文组织正式提出"人类口头和非物质遗产"概念之前，已有许多国家意识到文化遗产保护的重要性。1950 年日本提出了"无形文化财"的概念，在全国选拔认定"人间国宝"，将那些大师级的艺人、工匠由国家保护起来，每年发给他们一定的特别扶助金，用以磨炼技艺，培养传人。文部省还特别规定，小学生在学期间必须观看一次"能剧"（日本古老的戏剧）。20 世纪60 年代末，意大利提出"把人和房子一起保护"的理念，规定历史文化中心区的原住民应该留下来，保持这个地区原有的生活状态，实现"同样的人住同样的地方"。像建于公元一世纪的维罗纳露天剧场这样的历史文化遗迹，至今保存完好，每年在这里都要举办盛大的歌剧节。近年来，人们在享受全球经济一体化所带来的便利的同时，也越来越认清这样一个事实：对于发展中国家，经济全球化往往意味着文化的同化，换言之，发达国家的强势文化对于发展中国家本土文化的冲击是巨大的，而恰恰是发展中国家拥有着巨大的非物质文化遗产，它们的文化遗产的丢失终将使世界遗产走向枯竭。

► 昆曲入选"人类非物质文化遗产代表作"20 周年展示活动

学习提要

　　本章主要介绍明传奇的形成与发展，及其代表作家汤显祖的代表作《牡丹亭》。

　　学习中要了解传奇和南戏、昆曲的关系，以及传奇发展的过程和进入鼎盛时期的标志。通过阅读《牡丹亭》，把握该剧的艺术特色，领略其雅丽幽绝的文辞之美，能联系社会环境认识杜丽娘形象的价值，及其故事的社会意义。

相关信息

　　王阳明心学　又称王学、阳明学，是明代影响最大的哲学思想。王阳明（儒佛道集大成者）与孔子（儒学创始人）、孟子（儒学集大成者）、朱熹（理学集大成者）并称为孔、孟、朱、王。王阳明继承陆九渊强调"心即是理"的思想，反对程颐、朱熹通过事事物物追求"至理"的"格物致知"方法，提倡从自己内心中去寻找"理"。"致良知"和"知行合一"是心学学说的主要内容，前者是说通过实践和修行，人要不断把自己磨炼成一个言行合乎伦理道德、心地善良且具有敬畏、怜悯、博爱之心的人；后者是说在知与行的关系上，强调要知，更要行，知中有行，行中有知，所谓"知行合一"，知必然要表现为行，不行则不能算真知。

明代传奇是在宋元南戏的基础上、吸收元明杂剧长处的基础上而形成的戏曲艺术，比南戏和杂剧更成熟更完备。在体制规模上，杂剧一本四折为通例，传奇一般都在几十出以上；在音乐演唱上，杂剧全用北曲，南戏都唱南曲，传奇则南曲为主兼用北曲；在艺术风格上，杂剧粗放，南戏质朴，传奇却在文人雅士的参与和努力下形成了流丽悠远的审美风格。

明代是传奇繁荣发展的时期。

第一节　传奇的前世今生

自从宋元南戏在明代被规格化、声腔化、文雅化之后，传奇便逐渐成为不包括杂剧在内的明清中长篇戏剧的总称，并迅速发展为全国性的大型艺术样式。

一、南戏——传奇的前世

在宋金对峙时期，当院本、杂剧在北方流行之际，南方兴起了一种用南曲演唱的戏曲形式，这就是南戏。南戏是在南方里巷歌谣、村坊小曲、宋词等诸多艺术门类基础上发展起来的，采用南方音乐，用当地方言演唱，民间俗称戏文，或南曲戏文，因起于浙江温州永嘉，故又名温州杂剧、永嘉杂剧。温州自隋唐以来文化比较发达，到宋代成为重要的对外贸易港口，商业发达，人口集中，这些都是南戏产生的重要条件。

元灭南宋后，北人大批南下，兴盛于北方的杂剧艺术也随之来到南方，占领了南方舞台，北方享有盛名的杂剧作家的创作开始南移，南戏与北杂剧争妍斗艳，促进了彼此的交流。到了元代后期，杂剧一本四折、一人主唱的体制渐渐显露出它的弊端，而南戏剧本结构不受四本的限制，以若干"出"组成，音乐以南曲为主，吸收了北方声腔和杂剧的精华，间用北曲，南北合套，每场戏的曲牌也可以是不同宫调，唱词也不限于通押一韵，任何角色都可以演唱，有独唱、对唱、合唱、轮唱，因而得到了更多观众的喜爱。南宋末年的《张协状元》是现存最早的南戏剧本，曾收录于明《永乐大典》中，元末高明《琵琶记》的出现标志着南戏的成熟，也代表了南戏的最高成就。四大南戏《荆钗记》《拜月亭》《白兔记》《杀狗记》，成功地完

《琵琶行》故事梗概

成了南戏的改革，成为后世传奇体制的楷模。

二、昆曲——传奇的今生

传奇的概念始于唐代，原指小说，也称传奇文，宋元时代，传奇之名用得很广，凡说唱戏曲，讲究情节曲折者，"谈奇述异"皆为传奇，可见它是就内容而言的。到明代，才确定称南曲剧本为传奇，并盛极一时，传奇受南戏影响，它对南戏有所继承但又有所创新发展。元末，顾坚等人对流行于苏州昆山一带的南曲加以整理和改进，称之为"昆山腔"或"昆腔"，这是昆曲的雏形。明代嘉靖年间，杰出的戏曲音乐家魏良辅对过去两百多年间昆腔的演唱技巧进行了整理和总结，吸取了北方众多音乐的特点和余姚腔、海盐腔、弋阳腔等南曲的长处，发挥昆腔自身流丽悠远的特点，用十余年的时间造就了一种细腻优雅、行云流水般的"水磨调"。这种新唱腔惊艳四方，仿佛一个雍容华贵的美人临风轻叹，又如一个风流儒雅的书生踏月低吟，那些早已逝去的唐宋风情，终于被明代的士大夫们在一唱三叹的水磨调中重新找回，昆曲就这样成了当时最流行的歌曲。魏良辅还大胆放弃了吴方言而采用中州韵演唱，为昆腔走向全国打下了良好的基础。传奇创作进入繁荣期的标志是明中叶出现的昆腔"三大传奇"——《宝剑记》《鸣凤记》《浣纱记》。《浣纱记》的作者昆山人梁辰鱼，继承魏良辅的成就，对昆腔作了进一步的研究和改革，编写了第一部昆腔传奇《浣纱记》，凭借优美的唱腔和典雅的文辞，昆曲这种源于村坊里巷的民间艺术逐渐成为上流社会的南曲正音，戏曲作家也由下层的书会才人逐步替换成文人雅士。明代万历年间，汤显祖完成不朽传奇《牡丹亭》，昆曲由此进入鼎盛时期，听戏、唱曲，一时间成为文人雅士乃至当时中国人最时尚、最风靡的生活方式。昆曲迤逦悠扬的唱腔，从江南发端，传遍了中国的大江南北，可谓独步天下。清代初年，两部传奇巨作《长生殿》《桃花扇》唱响大江南北，昆曲在康乾盛世达到顶峰。乾隆后期，徽班进京带动了戏剧的百花齐放，也动摇了昆曲的国剧地位，昆曲开始受到冷落，京剧逐渐形成，并取代了它的地位。之后，古老昆曲日渐衰微，一次次面临生存危机。

昆曲是我国最古老的戏曲之一，它活在每一个剧种中，被称为"百戏之祖"，与现已消失的古希腊悲剧、印度梵剧并称为世界三大古老戏剧。昆曲所代表的美学趣味虽然明显是南方的，尤其是江南地区的，但是其文化身份却并不属于一时一地，它凝聚了中国广大地区文人的美学追求以及艺术创造。正是由于它是文人雅趣的典范，它的广泛传播才成为可能，并且在传播过程中，基本保持着在美学上的内在一致性。

第二节　汤显祖与《牡丹亭》

恩格斯说："人们自觉地或不自觉地，归根到底总是从他们阶级地位所依据的实际关系中——从他们进行生产和交换的经济关系中，吸取自己的道德观念。"① 随着明中期经济的发展，物质生活的日益富足冲击着礼教大防，《牡丹亭》就诞生在这样的社会背景之下。

《牡丹亭》作者汤显祖，字义仍，号若士，江西临川人，生于读书世家，自幼聪明，但科考屡次失利，只因当朝首辅张居正让他陪其子考试被拒，张居正死后他才得以考中。汤显祖为人正直，所以长期屈沉下僚，最终辞官归隐临川玉茗堂，创作《牡丹亭》《南柯记》《邯郸记》，与早年写的《紫钗记》合称"临川四梦"，又名"玉茗堂四梦"。

汤显祖创作的鲜明主张是"至情论"，情乃生命欲望、生命活力的自然真实状态，理则是维持社会秩序的人为准则，在当时也就是统治阶级所倡导的"存天理，灭人欲"的程朱理学。在汤显祖看来情和理是对立的，理要制约，情要突破，尊性（包括欲）抑理，甚至应该以情灭理，把追求个人幸福的权利置于社会规范之上，这是一股具有近代解放气息的浪漫主义思潮，代表了当时呼唤精神自由与个性解放的时代心声。以情为本，是汤显祖思想情感和生命实践的中心，在遂昌县令任上，他曾尝试过以情施政，每逢除夕、元宵节给狱中犯人放假，让他们回家团圆或上街观灯，情之所感，犯人皆按时归狱，无一逃逸。然而，政治的"至情"理想终归不得实现，于是，他就借梨园小天地为人生大舞台，在戏剧艺术中畅快恣意地演绎有情人生。据说当年有人看了《牡丹亭》这出戏，颇有些惋惜地对汤显祖说："你既有如此卓绝的才华，为什么不去讲学，却偏要写戏，岂不可惜！"他回答："我写戏也是讲学，我讲的是一个'情'字。"可见他把戏剧的情感教化作用提到了一个至高的位置，甚至可

[微课] 汤显祖倾情《牡丹亭》

---

① 《马克思主义历史理论经典著作导读》编写组. 马克思主义历史理论经典著作导读 [M].北京: 人民出版社，2013: 86.

以与儒、释、道并列。《牡丹亭》寄托了汤显祖"至情至爱"的全部理想，他曾说："一生'四梦'，得意处唯在《牡丹》。"《牡丹亭》问世之初，就"家传户诵，几令《西厢》减价"（沈德符《顾曲杂言》）。《牡丹亭》不仅为文人学士所激赏，而且在社会上产生了轰动效应，它无疑是一部具有鲜明时代特征和震撼人心的艺术魅力的浪漫主义杰作。

一、美在故事

南安太守杜宝的女儿杜丽娘，受《诗经·关雎》启发，私自来到后花园游玩，春光烂漫使她青春猛醒，游园之后梦到一个叫柳梦梅的书生，并与之幽会，醒来后因为幸福的幻灭和现实的冷酷而一病不起，怀春而死，死后葬于花园梅树之下。一缕幽魂，不甘屈服于命运，仍在人间飘荡。三年后，柳梦梅进京赴考，借宿杜家花园，在园内拾得杜丽娘生前自画像，正似梦中之人，于是与杜丽娘阴灵相会，倾诉衷肠。在杜丽娘幽魂的指使下，柳梦梅掘墓开棺，杜丽娘在情的感召下起死回生，两个人结为夫妇。临安应试，柳梦梅高中状元，杜宝拒不承认这个女婿，还要告发柳梦梅盗墓之罪。最后由皇帝出面调停，这对青年男女才得以圆满。

与《西厢记》不同的是，《牡丹亭》剧中没有代表封建势力的反面人物，父母、老师并没有对柳杜二人的爱情直接干涉，只作为正统意识的代表出现，杜丽娘在一张由千年礼教织成的罗网中挣扎，这张网看不见，但却扼杀着青春与人性，挣扎的结果只能是窒息而死。现实中的反抗是徒劳的，汤显祖只能把这种反抗寄托于幻想和浪漫的虚构中，正如他在该剧《题词》中写道："如杜丽娘者，乃可谓之有情人耳。情不知所起，一往而深。生者可以死，死可以生。生而不可与死，死而不可复生者，皆非情之至也。"杜丽娘死了，但这只是故事的开始，"因情成梦"之后才"因梦成戏"，她还要活过来，她要争取自己美好的青春、崇高的爱情，而唤醒她的只有"情"，情让她做梦、做鬼，最终让她做了有情有爱的人。这里所谓的"情"正是与"理"相对立的，剧中的女主人公无论是为情而死还是因情复生，都表现出人性向礼教的顽强抗争。"但是相思莫相负，牡丹亭上三生路。"在全本戏中，这两句曲文被反复咏叹，柳梦梅与杜丽娘的爱情面对礼教的压迫，经历了人性的苏醒、窒息、湮灭后，终于得到了重生。《牡丹亭》塑造了一个强烈地热爱生命、热爱自由的艺术形象。明代是中国历史上对女性禁锢非常严厉的时期，杜丽娘生前的不屈抗争，真实地反映出明代妇女的苦闷和封建礼教的残酷；而她死后的继续追求，代表了那个时代千千万万妇女的意志，体现了个性解放的时代精神。一出《牡丹亭》温暖了天下女子的心，以至于让封建卫道士们惊呼："此词一出，使天下多少闺女失节！"这恰恰说明了杜丽娘形象的价值与《牡丹亭》故事的社会意义。剧中那姹紫嫣红的春光，那鲜活蓬勃的生命，那勇敢无畏的追求，那美得令人感动的故事，超越了不同时代、不同年龄、不同文化背景，引起了几百年的强烈共鸣。

二、美在文辞

与其他剧种比较，昆曲的文本本身就是文学经典，《牡丹亭》更是一部极具抒情味道的美丽的诗剧。我们拈出《游园惊梦》中的《皂罗袍》一支来欣赏：

> 原来姹紫嫣红开遍，似这般都付与断井颓垣。良辰美景奈何天，赏心乐事谁家院！朝飞暮卷，云霞翠轩；雨丝风片，烟波画船，锦屏人忒看的这韶光贱！

• 原典阅读：
《牡丹亭·游园惊梦》

杜丽娘看到花园里百花盛开、莺歌燕舞，禁不住由衷地感叹"不到园林，怎知春色如许"，这感叹中夹杂着深深的伤感，春光之美无人识得，更重要的是自己人生的春天同样多姿多彩，却也无人走进无人欣赏。"姹紫嫣红"的美景都给了"断井颓垣"观赏，"良辰美景"与"赏心乐事"又难以同步，在美好春光的感召下杜丽娘内心深处顾影自怜的情怀油然而生，不由得黯然神伤。现实的困惑、青春的觉醒使得她对外部世界生出了无限向往，"朝飞暮卷，云霞翠轩；雨丝风片，烟波画船"，那个世界是自由自在的，可惜如我这幽禁在深闺中的"锦屏人"，不能领略这美好春色，真个辜负了这大好春光。对景自怜，憧憬、惋惜、哀怨、忧伤与景色交织在一起，低回缠绵，情真意切。这段唱词因典雅华美又不失蕴藉，历来为人津津乐道。《红楼梦》第二十三回《西厢记妙词通戏语，牡丹亭艳曲警芳心》写林黛玉走过梨香院，只听墙内笛韵悠扬，歌声婉转，当听到"良辰美景奈何天，赏心乐事谁家院"时，不觉点头自叹："原来戏上也有好文章，可惜世人只知看戏，未必能领略其中的趣味。"林黛玉素习不大喜看戏文，《牡丹亭》一听入耳，是优雅文辞吸引了她，再听到"只为你如花美眷，似水流年。是答儿闲寻遍，在幽闺自怜"，不觉心动神摇、如醉如痴。昆曲曲文秉承唐诗、宋词、元曲之文学传统，"雅丽幽绝，灿如霞之披，而花之旖旎矣"。《牡丹亭》的出现，在文化界引起极大的震动，当时的文人学士几乎人手一册，早晚诵读，皆称"天下第一本好戏"，这既源于剧中感动天地的人情美、精神美，也源于剧本的斐然文采。

三、美在形式

李泽厚说："中国戏曲尽管以再现的文学剧本为内容，却通过音乐、舞蹈、唱腔、表演，把作为中国文艺的灵魂的抒情特性和线的艺术，发展到又一个空前绝后、独一无二的综合境界。"（《美的历程》）昆曲集歌、舞、诗、戏于一体，能让人同时欣赏到文辞之美、音乐之美，更有舞蹈之美。昆曲高雅、纯粹、精致，有一种以简驭繁的古典美，非常契合中国文化中的抽象、写意、抒情、诗化的美学特征。《牡丹亭》问世四百多年了，案头的文字能让故事依旧、曲辞还在，当时的视觉与听觉盛宴之实况却无法复现，好在昆曲《牡丹亭》历经沧桑，进入现代声息尚存，通过现代的舞台我们依然可以推想《牡丹亭》盛世的唱腔之美、舞蹈之美、服饰之美。昆曲唱腔"水磨调"，如苏州巧匠用水贼草蘸水打磨出的红木家具，那是何等千锤百炼，怎样细腻至极！所谓启口轻圆，收音纯细，一字之长，延至数息，几个字需用几十秒钟才能唱罢，流丽婉转，曼妙缠绵，齿颊留香，余音绕梁，让杜丽娘唱来，岂不将那小生的魂魄都摄了去？再加上笙箫管笛清越悠扬、婉丽妩媚的伴奏，定是一唱三叹，令人心醉。昆曲还有个说法叫"无歌不舞"，就是每一段唱词都有一段舞蹈来配合，这是继承古代民间舞和宫廷舞的传统，形成的一套完整繁复的舞蹈程式，它与歌唱巧妙而和谐地结合，精确、精彩、精湛，动作细腻婉约，有着很强的抒情性，比如水袖的舞蹈简直就如一幅草书，在淋漓的线条美中，体现出了中国文化的写意精神。想那杜丽娘莲步轻移，裙裾飘拂，尽显女儿柔美心思，是何等地令柳梦梅春情荡漾！昆曲里举手投足、眉来眼去的精致，是要人放下凡尘俗念去用心体会的。昆曲发祥于苏州，在它逐步走向精致的过程中，自然不会放过丝绸与苏绣为它锦上添花的机会。戏曲之美，固然取决于曲折动人的故事和唱念做打的功夫，但"行头"之美也是满足观众视觉美感的需求，想那些花儿叶儿莺莺燕燕经过了一针一线的穿引，定格在各色的绸缎之上，随演员舞台上袅袅轻烟般的舞蹈蹁跹翻飞，那是怎样一番美轮美奂的景致！

捧一盏春茶，看卷曲的香叶在氤氲水气中逐渐舒展，让忙碌的耳朵在水磨昆腔中静静开放，让心灵穿越悠悠几百年的时光，慢下来，慢下来……

练习·思考·延伸

1. 通过阅读原著，简要分析《牡丹亭》中的戏剧冲突及杜丽娘的艺术形象。

2. 《西厢记》和《牡丹亭》被誉为我国"古典戏曲双璧"，不仅因为突破了前人关于爱情婚姻的主题内涵，而且还在于分别塑造了崔莺莺和杜丽娘这两个各具时代特点且具有叛逆精神和个性特征的艺术形象。试从两部作品的主题内涵深度、故事情节安排、人物形象（女性意识、抗争方式、奴婢的作用）、艺术风格等方面分析其不同。

*3. 汤显祖和莎士比亚是16世纪与17世纪之交几乎同时出现在东方中国和西方英国的两位伟大的戏剧家，他们分别对于明中叶浪漫主义文艺思潮和欧洲文艺复兴有什么影响？当汤显祖写下《牡丹亭》时，莎士比亚的《罗密欧与朱丽叶》也正在西方的舞台上热演，这是巧合吗？

*4. 2004年由作家白先勇策划制作的青春版《牡丹亭》上演，成为轰动一时的文化事件、时尚话题。如何将高雅的昆曲艺术与21世纪的审美意识接轨？怎样看待这个问题？

*5. 随着方言影响的日趋式微，以方言为载体的地方戏曲也逐渐失去观众，甚至面临消亡。怎样看待戏曲剧种的现状？如何保护和传承地方戏曲？

以"诗意朗读"作结

《牡丹亭·游园惊梦》

读《牡丹亭·游园惊梦》

朗读提示：吐字归音是我国传统说唱艺术理论中的一个术语。它从汉语音节的特点出发，把一个音节的发音过程分为出字、立字、归音三个阶段。出字也叫咬字，是指声母和韵头的发音过程，咬字要求弹发有力，准确清晰；立字，是指韵腹的发音过程，要求拉开立起，圆润饱满；归音，是指音节的收尾过程，要求干净利落，趋向鲜明。从声母到韵尾的发音要构成一个"枣核形"，才能够达到字正腔圆的演唱效果。朗读曲文，虽不像戏曲那样严格要求做到吐字归音，但借鉴此法可以提升朗读美感。

朗声读来——

第十八章

世俗的兴起——明代小说

从海洋贸易说起——

　　宋元时期，伴随着大批瓷器、纺织品出口海外，中国已有大量的人口脱离了农业而专门从事商业、手工业。当时的中国已是世界上出色的海洋贸易国家，海外华人在东南亚很多国家都有聚居地，那时哥伦布还没有到达美洲，英、法等国还不知道太平洋在哪里，假如当时政府能够继续经营的话，或许世界历史将要重写。明王朝郑和下西洋，虽然客观上促进了中国与外国的文化交流，但目的不是推动海洋文明，而是一种寄托着帝国想象与希望的文化象征。为了铲除元末与自己争霸失败退居东南沿海的残余势力及不可遏制的海上私人贸易，明王朝实行了严厉的海禁。舟山双屿港，是当时亚洲最大的海上贸易基地，因与海禁政策相悖，于嘉靖二十七年被毁。"重农抑商"的治国政策，农业经济的自足性，封建统治的保守，统治者盲目自大的心理，使得中国在历史机缘的大门前放慢了脚步，失去了大航海时代领先的优势。到清王朝，国门终于被彻底地关闭。最终，西方列强用枪炮打开了中国国门，而那时候，海洋已经瓜分完毕，海上甚至世界上早已没了中国人的位置。

▶ 被剿毁前的舟山双屿港

本章主要介绍通俗文学之特质、小说的源流与发展、"四大奇书"的概况。

学习中要把握通俗文学"世俗"的基本特质、梳理古代小说发展的脉络，了解小说每个发展阶段的代表性作品，掌握明代长短篇小说的成就。了解明代"四大奇书"各自的成书过程和艺术特点，并认识其文学价值和地位。

坊刻小说 中国古代印刷业分为官刻、家刻和坊刻三大系统，由于坊刻与市场有直接联系，所以，无论在内容上还是在形式上都比官刻和家刻更为灵活，更富有生机。历代坊刻本中最有价值的是小说、戏曲等通俗文学作品，明代前期坊刻小说选本主要为唐传奇、宋元明以来的旧本。明中叶以后，刊刻业迅猛发展，为了应对激烈的市场竞争，书坊主多方拓展稿源渠道，或面向社会征集稿件、购刻小说，或组织文人编撰小说，甚至亲自创作小说。通俗小说因此得到迅速、广泛的传播，促进了明代通俗文艺创作高潮的到来。

明代与欧洲文艺复兴基本处于同时期，这一时期是世界历史发生根本性变化的时期。随着航海事业的发展，资本主义意识形态全面抨击中世纪封建统治，自然、科学、哲学、宗教、政治、文艺等各个领域都发生着深刻的变化。一个"世界"的观念正在形成，中国也孕育着深刻的变革。尽管统治者"重农抑商"，但社会变革的因素是抑制不住的，朱元璋大兴文字狱，实行高压政策，塑造文人奴性品格，国家统治机构已显示出了它的脆弱性，尤其到明代中期，政治腐败，贪欲滋长，奢靡风行，旧的统治制度已面临瓦解，呼唤个性解放、尊重人欲的具有近代意识的民主思想越来越形成不可抗拒的势头。明代晚期出现的杰出思想家李贽，作为第一个对封建统治思想提出全面批评的人物，公然与孔孟之道、程朱理学对立，否定传统思想权威，反对禁欲，强调个体自身价值，鲜明地代表了社会变革的要求，对晚明文学产生了启蒙作用，为文学创作提供了新的思想。代表着市民阶层的精神追求和审美趣味的俗文学，终于势不可当。

第一节　通俗文学之特质

如果说汉代文学以铺陈来表达豪迈，魏晋士人追求神韵与思辨，唐宋诗词展示襟怀和意绪，那么，以小说、戏曲为代表的明清文学描绘的却是世俗人情，林林总总，细细琐琐，热热闹闹，如一幅《清明上河图》。

一、市井趣味

中国文学各体的演进是不平衡的，小说、戏曲最晚，仅看"小"与"戏"就知道，二者不"大"不"庄"，历来被看作鄙野之言，甚至是淫邪之辞。而一向高高在上的诗文作为封建时代的正宗文体，发展到明代亦如几千年的封建统治那样显露出衰惫之势，不得不让位于新兴的通俗文学。小说、戏曲来源于说唱文学，受众是市井小民，所以它完全没有说教的架子，而是以描述真实的市井生活来供广大市民消闲取悦的。"极摹人情世态之歧，备写悲欢离合之致。"（《今古奇观·序》）这里也许没有深刻的思想、伟大的抱负，近代资本主义的民主性与腐朽庸俗的封建落后意识相互渗透、交错，甚至还充满了市民的种种庸俗、低级、浅薄、无聊，但毋庸置疑，它具有新生的意识和生命的活力。和元代文人大多因社会环境和个人境遇的变化而投身于俗文学领域不同，明代文人对俗文学的重视和喜爱更多的是一种自觉意识，他们于正统诗文之外，也热情地参与俗文学的创作。更有李贽、袁宏道、汤显祖、冯梦龙等人进一步为俗文学张目，在理论上肯定了俗文学的价值。原先格格不入的文人士大夫与普通百姓之间的审美趣味、审美理想开始出现双向选择，这种选择的连接点就是小说、戏曲，选择的结果就是市井趣味登上了大雅之堂，边缘性的文学形式一跃成为明清时代文艺思潮的中心。

二、世情题材

明中叶后，社会生活发生了深刻的变化，市民阶层的迅速壮大与文艺思潮的勃兴，使传统观念与思维受到挑战与冲击，文学作品"主情、尚真、适俗"的追求表明社会价值正在重构之中。历来文学作品中受轻视的小人物，诸如商人、小贩、工匠等，他们作为充满活力的普通新兴市民，以主人公的身份在小说、戏曲中频频亮相。不是文人雅士，不是富豪王孙，但他们同样拥有获得美好生活的权利与能力，这在文学史上具有特别重要的意义。特别值得一提的是明代文学中的商人形象，在中国传统文化中，"利"与"义"是一对不可调和的矛盾，代表着"利"的商人往往以反面形象出现，正所谓"无奸不商"，而在"三言""二拍"等小说中，他们不再单纯地以"逐利"的面目出现，他们或克勤克俭，或吃苦耐劳，或灵活经营，或极尽奢华，或投机冒险……作者对他们的个人奋斗有同情、理解，也有赞美、鞭笞，透出了一种关注世俗物质利益的价值取向，反映了商人势力迅速崛起的时代特征，隐含了封建秩序正被削弱，社会更趋于多元化的发展趋势。在通俗文学中最精彩、最受人欢迎的莫过于普通男女勇敢追求爱情与自主婚姻的题材，这种题材在唐代前的文学中并无重要地位，宋元时期戏曲中已有不少表现爱情与礼教冲突的作品，但都不及这个时期来得迅猛、大胆、热情，戏曲中有《牡丹亭》《娇红记》《玉簪记》《红梅记》等，小说中有《卖油郎独占花魁》《杜十娘怒沉百宝箱》《乔太守乱点鸳鸯谱》《玉堂春落难逢夫》等，这里有对门第观念和父母包办婚姻的反叛，有对一见倾心至死不渝的赞美，有对见利忘情负心男子的谴责，有突破贞节观念对女性尊严的维护。肯定物欲，重视人欲，冲击着旧礼教的堤岸，吓坏了那些封建卫道者们。明清两代对小说、戏曲的禁毁是空前的，因为有相当一部分是所谓的"淫词艳曲"，其中包括"三言"、"二拍"、《牡丹亭》、《西厢记》、《剪灯新话》、《金瓶梅》、《红楼梦》等。当然，并不是所有遭禁毁的都是好作品，文学商品化、创作职业化的倾向，难免使一些缺乏责任感的末流作家，一味迎合低级趣味，胡编乱造一些荒诞不经、腐蚀人心的东西。即使是"三言"、"二拍"、《金瓶梅》这样的作品，也有不少不健康的因素，也多少损害了它们的艺术价值。正如一切古代文学遗产一样，既有民主、进步的精华，也可能有封建、落后的糟粕，无须回避。

三、世俗风格

俗文学的发展与说唱文艺有着密切的渊源关系，二者的创作出发点都是娱乐大众，因而俗文学在人物塑造、情节模式、叙事形态、语言程式等方面，就自然地秉承了民间说唱艺术的某些基因。重视情节的曲折和细节的丰富，是俗文学重要的特征之一，所谓"无巧不成书"，小说、戏曲等叙事文学作品，往往通过巧妙设置矛盾冲突而构成强烈的戏剧性，而且不少故事情节还形成了人们所熟知的模式，例如"番邦入侵良将接战表，奸贼暗地阴谋害忠良，忠良得胜还朝除奸贼"的武戏模式，"私订终身后花园,落难公子中状元,金榜题名大团圆"的才子佳人模式。闻国新先生在《北平的说书》中，提到民国初年的说书状况时说："在中国过去第一流的小说，除了《红楼梦》和《金瓶梅》两书之外，其余都被装入这一般说书人的嘴里。"小说大量地被说书人改编，反证了通俗小说对传奇性情节的刻意追求。"说话人"为了赢得听众的喜爱，总是自觉地根据下层民众的生活、心理和想象来塑造人物，表现在小说、戏曲中就是人物具有浓厚的理想化色彩和鲜明的类型化倾向，比如包拯是为民请命的清官代表，姜子牙、诸葛亮是神机妙算的智慧化身，关羽、薛仁贵属于武艺超群的武将典型，曹操、高俅则是奸佞邪恶的集大成者。这些情节的安排和人物的塑造，都明显带有迎合受众欣赏心理的痕迹。俗文学在语言的运用上突出"通俗"二字，崇尚"最浅最俚，亦最真"（冯梦龙《挂枝儿·别部·送别》），小说要写得"读诵者人人得而知之""千百载之事豁然于心胸"（蒋大器《三国志通俗演义序》），戏曲也强调对白要"寻常话头""人人晓得""之乎者也，俱非当家"（王骥德《曲律·论宾白》），这种对通俗语言的自觉追求，对后来的晚清文学革命产生了深远的影响。

在各类通俗文学中，小说的勃兴最为引人注目。

第二节 小说的源流与发展

现代概念的"小说"是以塑造人物形象为中心，通过完整故事情节的叙述和典型深刻的环境描写反映社会生活的一种文学体裁。这种文学体裁，在现当代文学中的地位是很高的，然而在中国古代，却长期处在"边缘化"的地位。

古代"小说"的概念在不同时期有不同的内涵。"小说"一词，最早见于《庄子·外物》篇："饰小说以干县令，其于大达亦远矣。""干"，追求之意，"县"乃古"悬"字，高也；"令"，美也。这句话是说小说靠修饰琐屑的言论以求得高名和美誉，这和玄妙的大道相比差远了。春秋战国时，学派林立，百家争鸣，许多学人策士为说服王侯接受其思想学说，往往设譬取喻，征引史事，巧借神话，运用寓言，修饰言说以增强文章效果。庄子认为小说不过是"琐屑之言，非道术所在"，相对于自己的"宏论"而言是微不足道的"小说"，这明显有着贬斥其他思想学说的意味。先秦前期诸子习惯用语录体写作，体裁短小，庄子的"小说"也指这类文章，这都完全不同于后来小说的概念。《汉书·艺文志》说："小说家者流，盖出于稗官。街谈巷语、道听涂说者之所造也。""稗官"和"史官"相对应，是采集民间言论、里巷琐事的小官。中国文学历来的功能是载道，谁具有载道功能谁就是文艺第一，这也是封建时代史家的正统观念。稗官记录的这些供皇帝了解世态民情的文字，既不是史官所记载的正史，也不是经世治国的大学问，只是野史，不足挂齿，所以被斥为小说、小道。这种小说从某种意义上讲具有植根于生活的虚构成分，与现代小说有些近似，但还没有现代小说的价值。

一、小说的源流

小说的源头可追溯到古代神话，《山海经》是先秦典籍中一部具有独特风貌的作品，自古就被称作"奇书"。内容主要为地理、神话、宗教、物产、祭祀、医药等，保存了不少远古的传说，记录了人类先祖认识世界和心灵发展的历程。其中神话故事内容奇特、想象丰富，已有简单的故事情节和人物形象，其浪漫的创作手法对后世影响甚大，后世小说多与其有着因承关系。之后的民间传说、人物轶事、寓言、杂史，凡带有一定故事性、有意无意包含着虚构成分的作品，都与小说的形成有关，这一类内容往往存于古代各种类型的著作中，不为人所注意。直到魏晋南北朝，才集中出现了一批专写神怪与人物的著作，中国小说发展进入了一个重要阶段。

魏晋时期，社会动荡，战争频繁，灾祸、死亡时时威胁着人们，儒学不再独尊，宗教找到了适宜的土壤而流行起来。中国本土道教的炼丹服药、长生不死、求仙升天的观念靡然成风，从印度传来宣扬善恶因果、轮回观念的佛教也日盛一日，儒家不语乱力怪神的坚壁被打破，志怪有了市场。正如鲁迅在《中国小说史略》中所说："中国本信巫，秦汉以来，神仙之说盛行，汉末又大畅巫风，而鬼道愈炽；会小乘佛教亦入中土，渐见流传。凡此，皆张皇鬼神，称道灵异，故自晋讫隋，特多鬼神志怪之书。"在志怪小说中，干宝的《搜神记》是保存最多且具有代表性的一种，大多简略记录各种神仙、方术、灵异事件。部分优秀作品已有丰富完整的情节、鲜明生动的形象，如《干将莫邪》《韩凭夫妇》，《东海孝妇》就是后来《窦娥冤》的蓝本，《董永》后来演变成"天仙配"的故事。志怪小说随手辑录所见所闻，虽非有意识地进行艺术创作，但对后代文学有深远影响，唐传奇就是在志怪基础上转向人间生活的，《聊斋志异》更是有意识地利用志怪形式进行创作的。刘义庆的《世说新语》为志人小说的代表，主要记述东汉末年经三国至两晋时期士族阶层的生活状况、文化习尚乃至精神世界。魏晋时很重视人物品藻，《世说新语》对名士仪表风采、人格修养多有准确概括、恰当形容，如嵇康是"岩岩若孤松之独立，其醉也，傀俄若玉山之将崩"，王羲之是"飘若游云，矫若惊龙"，黄叔度是"汪汪如万顷之陂，澄之不清，扰之不浊"，无论从语言技巧上还是从人物形象的塑造上，都已具备了小说的特征，有很高的文学价值。后世笔记小说记人物言行，往往模仿其笔调、格式。

二、小说的发展

从严格意义上说，志怪志人仍然算不上小说，只能算是小说的雏形。至唐代，小说才进入较成熟的阶段。鲁迅在《中国小说史略》中说："小说亦如诗，至唐代而一变……与六朝之粗陈梗概者较，演进之迹甚明，而尤显者乃在是时则始有意为小说。"唐人小说称为传奇，来自晚唐裴铏的《传奇》一书，而传奇小说能够成为独立的一种体裁，就在于它的虚构特征，这表明小说开始走向自觉。唐朝盛行"行卷"之风，行卷是举子将自己的得意之作投于名士以获得举荐的一种方式，传奇也在其中，因此客观上促进了小说的发展。唐中期以后，文人流行酬唱接交，除吟诗作赋外，也讲新奇故事，元稹、白居易等青年才俊形成了特殊文学团体，他们所作传奇多为爱情题材并配以自己的歌行体诗歌，如元稹的《莺莺传》、白行简的《李娃传》、陈鸿的《长恨歌传》，这一时期还有李公佐的《南柯太守传》、蒋防的《霍小玉传》、李朝威的《柳毅传》等作品，影响也很大，这些传奇为后代小说创作积累了丰富的经验，并成为后世戏曲创作的题材源泉。

在文言短篇小说传奇流行之时，民间出现了以变文、俗讲为主要形式的讲唱文学，这可以算作是白话小说的雏形。到宋代，由于城市经济的发展，市民阶层的壮大，娱乐需求的旺盛，市井间出现了职业"说话人"，说话艺人分四家，即讲史、说经、小说、铁骑儿，各有擅长的题材。四家中以小说、讲史的说话艺术最高，最为吸引人。小说即讲一个小故事，类似现代的短篇小说，题材内容比较广泛，包括传奇、灵怪、公案等，如描绘市民生活场景与精神面貌的《清平山堂话本》《京本通俗小说》。讲史则为长篇，形式如现代的小说连播，讲历史上兴废成败、争战权谋的故事，大多取材于历代正史，再加入民间传说，如《残唐五代史演义》《三国志平话》《大宋宣和遗事》。鲁迅说："是知讲史之体，在历叙史实而杂以虚辞，小说之体，在说一故事而立知结局。"（《中国小说史略》）不论长篇、短篇，说话艺人都有一个底本，叫"话本"，但后来话本基本上成了短篇小说的专称，而讲史的底本，则一般叫"平话"，这是因为"说话"的形式受传统诗词的影响，说小说的艺人往往在讲唱中夹杂诗词吟唱，所以就有了"诗话""词话"，如《大唐三藏取经诗话》；而讲史一般不夹吟唱，如平常讲话，所以就叫"平话"，以示区别。

宋元"说话"到明代仍然流行，明中叶以后，一些文人在润色、加工宋元明旧篇的同时，开始有意识地模仿话本小说的样式而独立创作新的小说，这种只保留了话本的某些形式，脱离了供说话艺人讲唱底本的功能，而变为供人阅读的案头文本，被称为"拟话本"，专指白话短篇小说，如冯梦龙的"三言"、凌濛初的"二拍"。

"说话"艺术中的"小说"发展成为古代白话短篇小说，而长篇"讲史"则发展成了中国古代长篇小说主要的甚至是唯一的形式——章回小说。"说话人"是一个养家糊口的职业，吸引听众是"说话"的第一原则，所以每次开讲以前，"说话人"都要用题目向听众揭示主要内容，并以"话说"起首，讲到惊心动魄时往往卖个关子、留个悬念，"欲知后事如何，且听下回分解"，久而久之就形成一种固定形式。长篇小说脱离了说唱艺术，变为文人创作的案头文学，但承袭了"讲史"的传统，分章叙事，分回标目，每回故事相对独立，结构上又前后勾连、首尾相接，最终构成统一整体。现存的宋元平话已分卷分目，到明代，目录文字越来越讲究，由单句变成双句，对仗渐趋工整完美，回目文字具有了独特的审美价值，如"美髯公千里走单骑，汉寿侯五关斩六将"（《三国演义》），"张都监血溅鸳鸯楼，武行者夜走蜈蚣岭"

（《水浒传》），"林潇湘魁夺菊花诗，薛蘅芜讽和螃蟹咏"（《红楼梦》），等等。

总前所述，中国小说在宋代以前，是文言短篇小说单线发展，宋元以后，则是文言、白话、长篇、短篇多线发展。从明代起，小说发展由以短篇为主进入了以长篇为主的新时期，虽然短篇文言文、白话小说一直在按照自身的规律发展前进，也时有佳作，时有高潮，但总体说来，其成就与规模无法与长篇小说相比拟。

第三节　明小说的繁荣

任何一种文学形式的兴盛固然与其自身的长期孕育、积累有关，但也离不开社会环境尤其是物质条件的影响。春秋战国的路上，奔走的是孔子、荀子、韩非诸子，他们周游列国基本靠腿，传播信息基本靠嘴，百家争鸣练就了他们能言巧辩之才；唐代的好诗，通过歌楼、酒馆、驿站口口相传；宋代有了活字印刷，集子就流行起来，唐诗也跟着沾了光；明代出版业发达了，文学创作的商业化，大大地刺激了创作者的热情，不仅短篇而且长篇小说也流播无碍。

小说在明代得以繁荣，除了在漫长的孕育过程中自身的艺术积累这个内在原因以外，还有以下四个社会原因：一是工商业发展，城市繁荣，市民阶层不断壮大，形成了一个庞大的读者群；二是在资本主义萌芽的背景下，反映市民阶层的思想感情和复杂的社会生活的通俗文艺，受到市民读者的欢迎；三是刊刻印刷业的发展，使小说从口耳相传变为案头阅读成为可能；四是正统诗文发展受阻，文人的创作潜力得以发挥在小说上，进步文人在理论上对小说的阐释和肯定评价，提高了小说的社会地位。

明代小说作品数量之多，规模之大，体制之完备，反映社会生活之广，艺术成就之高，都达到了空前的水平。

一、长篇小说

成书于元末明初的《三国志通俗演义》，是我国第一部长篇章回小说，也是历史演义小说的开山之作。这种独特的文学样式一经问世就受到了素来重历史传统的中国读者的喜爱，"自罗贯中氏《三国志》一书，以国史演为通俗，汪洋百余回，为世所尚，嗣是效颦日众""其浩瀚与正史分签并驾"（可观道人《新列国志序》），形成了一个创作历史演义的高潮，从开天辟地一直写到当代。据不完全统计，明清两代历史演义约有一二百种之多，这些小说无不受到《三国志通俗演义》的影响，较好的作品有《东周列国志》《西汉通俗演义》《隋唐演义》等。与此同时，一部有别于历史演义的英雄传奇《水浒传》也迅速风靡坊间，随后的《杨家府演义》《大宋中兴通俗演义》《英烈传》等英雄传奇受其影响较大。明中叶后期，在通俗小说领域兴起了编著神魔小说的热潮，受古代神话、六朝志怪、唐传奇和佛道思想影响，神魔小说与"真""正"的历史演义、英雄传奇不同，充满了浪漫主义的奇幻色彩，以《西游记》为代表，还有《封神演义》《三遂平妖传》《三宝太监西洋记》等。至晚明，出现了与前面几部长篇小说完全不同的、描写世俗人情的小说《金瓶梅》，它的出现标志着我国小说发展进入了一个新的阶段，开明清两代世情小说之先河，此类作品还有《玉娇梨》《醒世姻缘传》等。

二、短篇小说

长篇小说的势头如火如荼，短篇小说的创作也非常活跃。早在明初，白话小说尚未形成气候时，瞿佑的一部文言短篇小说《剪灯新话》就轰动了文坛，并带动了大量的笔记小说、传奇小说的创作，尽管未曾造就出一流的作家和作品，但为清代文言小说，特别是《聊斋志异》的创作做了艺术准备。白话小说在明中后期崛起，在宋元话本小说的基础上有了很大的发展。冯梦龙将宋元明以来的各种旧本进行润色修改，并根据文言笔记、传奇小说、戏曲、历史故事、民间传闻等创作新篇，编著了《喻世明言》《警世通言》《醒世恒言》三部短篇小说集，俗称"三言"，共120篇，统称《古今小说》，这是我国文学史上第一部规模宏大的白话短篇小说总集，也是由民间艺人的口头艺术转为文人作家的案头文学的第一座丰碑，这标志着古代白话短篇小说整理和创作高潮的到来。这些作品题材广泛，内容复杂，从各个角度不同程度地反映了明后期资本主义萌芽的社会环境下，市民阶层的生活面貌、思想感情和新的价值取向。

《警世通言》中的《杜十娘怒沉百宝箱》是其中最优秀的一篇。小说塑造了杜十娘这个富有个性特征的人物形象。她原本是京城名妓，结识李甲并在相信他的爱情后，迫切要求从良，终于设法跳出了火坑，跟随李甲归乡。可路途中，李甲竟在金钱引诱之下，把她出卖给富商孙富。眼见美好憧憬被残酷现实生生毁灭，杜十娘在痛骂李甲之后，把百宝箱中的珍宝一件件投入江中，最后自己也投江自尽，用青春和生命控诉了这个罪恶的社会，捍卫了自己的爱情理想。《醒世恒言》中的《卖油郎独占花魁》，写"市井之辈"秦重，无法以地位、金钱去获得爱情，只能靠自己的真心去感动花魁娘子莘瑶琴，最终他收获爱情。这篇小说不仅反映了当时的市民阶层已逐渐抛弃婚姻中的门第观念，而且第一次让商人以正面形象进入文学殿堂，这是对"重农抑商，重义轻利"观念的大胆挑战。《喻世明言》中的《沈小霞相会出师表》，是一篇直接反映封建统治集团内部忠奸斗争的小说，表现了明代历史上严党专制时期广大民众的不满与反抗。"三言"中的拟话本在艺术上仍保持不少话本的特色，但它是文人创作，主要供案头阅读，因而又有自己的特点。比起话本来，它的篇幅大大加长了，在人情世态的描绘上丰富了许多，主题思想更为集中，情节也更加曲折，体现了以市民审美意趣为基础的雅俗共赏的艺术追求取向。

在"三言"的影响下，凌濛初创作了《初刻拍案惊奇》《二刻拍案惊奇》，俗称"二拍"，共78篇。它的题材不是来自现实生活，而是从古今书籍中搜集的，同时寓有劝惩之意。"二拍"比起"三言"来有更多的道德说教、更多的神秘主义宿命论和更多的色情描写。但其中也有一些水平不错的篇目，比如《硬勘案大儒争闲气》中对理学夫子的嘲讽，在写商人生活、写公案、写爱情等传统题材方面也有突出之处。也有少数作品反映了明中叶后的社会特点，如《转运汉巧遇洞庭红》，通过文若虚发财的经历，描写明代社会中商人海外冒险的理想，从而肯定了商人经商的行为。"二拍"是"三言"之后最有影响的古代白话小说集。在白话短篇小说发展历程中，如果说冯梦龙完成了由口头艺术向案头文学的过渡，那么凌濛初则实现了由集体创作到个人创作的转变，"三言""二拍"代表了明代白话小说的最高成就，在它们的推动下，明末清初的白话短篇小说创作出现了与章回小说交相辉映的鼎盛局面。

• 原典阅读：
《十五贯戏言成巧祸》《俞伯牙摔琴谢知音》《杜十娘怒沉百宝箱》

第四节 四大奇书

明代小说在体制上得以定型的同时，艺术上也趋于成熟，四大奇书《三国演义》《水浒传》《西游记》《金瓶梅》的相继问世，清晰地展示了长篇小说艺术发展的历程。

从创作主体上看，明代完成了世代积累型小说向个人独创型小说的过渡。积累型小说是中国长篇小说最初的主要形态，众所周知，三国、水浒、西游的故事都经历了漫长的甚至是几个世纪的流传和积累，其间有史学家为艺术创作提供的丰富素材，也有书会才人、民间艺人倾注的心血与才华，还有无数观众与读者添加的自己的想象和愿望。中国历史上的"三国"，是一个风起云涌、英雄辈出的时代，三国故事很早就流传于民间，隋唐文艺表演中已有"三国"节目，宋代的"说话"中有"说三分"的专门科目和专业艺人，其故事已粗具《三国演义》的轮廓，并有了尊刘贬曹的倾向。在金元时期的戏曲舞台上，有大量的三国戏上演，仅现存剧目就有 40 多种，桃园结义、过五关斩六将、三顾茅庐、赤壁之战、单刀会、白帝城托孤等重要情节皆已具备。罗贯中充分运用陈寿《三国志》所提供的史料，"据正史，采小说，证文辞，通好尚"（高儒《百川书志》），创作了"七分实事，三分虚假"的《三国志通俗演义》。《水浒传》的故事源于北宋末年的宋江起义，《宋史》中曾有提及，宋江的故事南宋时开始在民间流传，《大宋宣和遗事》已有了宋江杀惜、杨志卖刀、智取生辰纲和征方腊等情节，《水浒传》的雏形已形成。元杂剧中也有相当数量的水浒戏，现存剧目就有 30 多种。这些故事中人物性格还不一致，也无共同主题，但相互之间有一定的内在联系，《水浒传》就在这样的基础上创作而成。《西游记》的成书与前两部小说相类似，也有着长期的演化过程。唐玄奘只身赴天竺取经，归来后口述见闻，由弟子辩机写成《大唐西域记》，另两名弟子又撰《大唐大慈恩寺三藏法师传》，对取经事迹做了夸张神化。随后唐僧取经的故事在社会上越传越神，北宋出现了话本《大唐三藏取经诗话》，元代有杂剧《西游记》，至迟在元末明初比较完整的小说《西游记》已问世，但原书已佚失，现存《西游记》为明万历年间的刊本。一般认为，《水浒传》《西游记》的作者分别是施耐庵、吴承恩，但至今尚存争议，这是由于小说本就处于边缘地位，积累型小说的创作过程漫长而复杂，刊印与流行多为民间行为，文人不敢或不愿以小说家自居，更不会有现代的版权意识，往往托名而不具真名，所以留下许多至今无法断清的公案。与前面三部小说不同的是，《金瓶梅》问世之前没有相似的雏形作品和故事流传，此书作者兰陵笑笑生虽也不可考，但仍可断定它是我国第一部由文人独立创作的长篇小说，它的出现标志着我国的小说由积累型、集体性创作向创作型、个人性创作过渡的完成，这在小说发展史上具有开创性的意义。

从元末明初的《三国演义》到晚明的《金瓶梅》，可以看出作家的创作手法也日趋成熟，表现在：创作意识由着眼于国家兴废借史演义向面对现实关注日常生活过渡；创作重心由故事情节向人物塑造转移；人物形象由类型化向个性化过渡，由带有传奇色彩的简单化向性格多元化过渡；艺术结构由链条型的线状向交叉型的网状发展；语言从半文半白向口语化、方言化过渡，反映出作家观察生活、提炼生活和表现生活的能力已大大提高。

一、《三国演义》

《三国演义》在历史真实的基础上，按照一定的美学理想架构了一个宏大而又细密的艺术结构，虽情节错综、人事繁复，却围绕刘、曹两家的矛盾主线有条不紊地展开，将复杂的政治斗争、外交斗争与军事斗争交织在一起，描绘了一幅气势恢弘的历史画卷，既有史诗般的波澜壮阔，又有英雄主义的昂扬格调。一部不足百年的三国争霸史，演绎出中华几千年的军事、文化、社会、政治、宗派斗争史。

"尊刘贬曹"的价值取向——

中国古代的通俗文艺起源于"说话"，为便于文化水平不高的听众把握人物，因此对于"正""邪"的分辨是截然分明的，直至现代，不少人尤其是儿童在观看文艺作品时还会以"好人""坏人"区别人物。《三国演义》继承了这一传统，书中代表"正"的一方是蜀汉，代表"邪"的一方是曹魏，"尊刘贬曹"是三国故事在长期流传过程中形成的倾向，是对历史做出的一个道德化、世俗化的解释，也只有这样才能吸引读者投入感情，这实际上也是通俗文艺的一大特征，即"正方"就是"我方"，只有"我方"胜利，才能获得欣赏的快感。历史上的曹操既是政治家又是军事家，是一个蔑视传统伦理的"奸雄"式的人物，尽管他做了很多了不起的大事，但始终不为传统道德所接受，最重要的一点就是他有"挟天子以令诸侯"的不臣行为。其实历史上谋权篡位得逞者甚多，不见得都遭道德谴责，曹操还尚未明目张胆地代汉而立，但为何只有他成为千古奸臣？怕是因为他太自负。相反，刘备并没有什么大的本事和成就，就凭着他那点皇家血统，在正统的封建道德观之下，就很容易被树立为正面形象。当然，在刘、曹两家的博弈中，刘备之所以胜出，更源于小说赋予他的政治品格，那就是"仁厚"，当阳撤退时，虽然情势危急，但他不肯抛弃随他而行的十几万百姓，而曹操的做人准则却是"宁可我负天下人，休叫天下人负我"，曹操输在了道德上。刘、曹作为两个典型的艺术形象，一方为仁德忠义的化身，一方为奸诈残暴的象征，这已不再是孤立地对历史人物进行评价了，这里体现了皇权正统思想，更反映了百姓心中的仁政愿望，这是古代民众经过几个历史时代的思考后，对政治与政治家做出的选择，它具有进步的思想倾向。

在《三国演义》里，与封建正统道德同时存在的，是市井道德中的"义"。在农业社会中，血缘形成的宗法关系高于一切，而在市井社会，很多活动超越了地域、宗族的范围，所谓"江湖义气"就十分重要。小说开始最著名的情节"桃园三结义"，体现的就是市井道德，刘备与部将臣下的关系主要就是靠"义"来维系的，从三顾茅庐到托孤白帝城，他与诸葛亮的关系与其说是君臣，不如说是朋友。关羽更是"义气"的化身，他护送皇嫂及幼主是"义"，华容道释放曹操也是"义"，"义"就是他的行为指导。他的形象在民间大受欢迎，这固然有历代统治者的敕封，但也反映了民间一般百姓的道德准则和价值取向。在中国古代，关公的形象是由下而上树立起来的，旧时的农村几乎每个村都有关帝庙，且历来香火旺盛，在百姓心中，孔子是文圣，关公则是武圣。现代商家也多奉关公，许多人以为关老爷是财神，其实不然，关公代表"义"，商人做生意，不能"利"字当头，而要讲"信义"，奉关公是奉义气，不是奉财运，更不是求关公保佑忘"义"而取"利"。

叙事艺术和人物塑造方法与读者心理契合——

阅读是一个预测和期待的过程，通俗小说的受众是普通市民，市民听故事、看小说不是为获取知识，而是为满足精神需求，所以巧妙安排故事情节，就成了小说家的着力之处。《三国演义》的艺术成就主要在战争描写和人物塑造上。

首先，战争描写丰富多彩，变化无穷，引人入胜。三国本就是一个风云变幻、豪杰争锋的时代，三方鼎立，彼此又分化组合，钩心斗角，形成了各种复杂的关系，作者对此又赋以合理的虚构与丰富的想象，使《三国演义》成为一部非常"好看"的作品。《三国演义》是一部以描写战争为主的历史小说，随便翻开哪一回，几乎无一例外都在打仗，全书共写了四十多次战役、上百个战斗场面，影响三国历史进程的三大战役——官渡之战、赤壁之战、彝陵之战更是用尽笔墨。这些战争描写精彩纷呈，各有特点，绝少雷同：或以少胜多，或以强制弱；或设伏劫营，或围城打援；有江上水战，有平地车攻；有强胜、智取，有水淹、火攻。这些描写显示了战争的多样性和复杂性，又通过感官刺激引发了读者阅读过程中的紧张感和愉快感。《三国演义》写战争不完全是兵力、粮草等军事力量的较量，而是将斗武和斗智、斗勇结合起来，突出统帅运筹帷幄、决胜千里的智慧。那些谋略的运用，决定着战争的胜负，紧扣着读者的心弦，如火烧博望坡、火烧新野、单刀赴会、舌战群儒、蒋干中计、借东风、智激周瑜、草船借箭、智算华容、智取汉中、水淹七军、七擒孟获等，这些在政治斗争和社会生活中积累起来的智慧，几百年来不仅为千万读者津津乐道，而且影响了中国人的思维。民间有谚"少不读《水浒》，老不看《三国》"，大致是说少年人因为血气方刚，读了《水浒传》容易激发好斗情绪，老年人饱经世故，读《三国演义》后会流入阴鸷狡诈一路。当然，《三国演义》所表现出的高度智慧对后世启发颇多，据传，明清时农民起义的首领李自成、张献忠、洪秀全等人都曾从《三国演义》学习战争谋略。及至今日仍不断有人从这本书中总结领导智慧、商业智慧、销售智慧、创业智慧等，不一而足。

其次，比之以前的小说和讲唱文学，《三国演义》不仅善于叙事，而且更注意塑造人物形象。三国时期是一个典型的"时势造英雄"的时代，金戈铁马、风云际会，动荡的岁月使曹操、刘备、孙权、诸葛亮、周瑜、关羽、张飞、赵云、鲁肃、钟会等众多英雄风流人物，从社会各个基层角落汇集到历史舞台中心，他们或以文治武功割据为王，或以智术谋略运筹帷幄，或以超绝武艺纵横驰骋，或以忠肝义胆为主献身，或以卓尔不群为人仰慕，其"英雄"的精神气质和行为方式给读者留下了深刻而生动的印象，契合了市民读者对英雄的崇拜心理。《三国演义》中的艺术典型都具有鲜明的个性，人物性情、品格往往用简单几个字就可以概括，如刘备宽厚仁爱、曹操雄豪奸诈、关羽勇武忠义、诸葛足智多谋、周瑜心地狭窄……这与小说截然分明的道德评判有直接关联，所以鲁迅批评《三国演义》写人"颇有失""欲显刘备之长厚而似伪，状诸葛之多智而近妖"（《中国小说史略》）。这种小说中人物"类型化"的倾向，和戏曲程式化、脸谱化的特征是一致的，它容易为读者和观众所把握，作为古代第一部优秀的长篇小说，《三国演义》既适应同时也规范了古代读者的艺术欣赏趣味。正因为如此，这部小说给人印象最深的人物不是正面的刘备，倒是反面的曹操，虽"恶"却很有生气，显得更具吸引力。小说写人物虽然性格单一，但却能紧紧抓住读者心理，通过生动情节和巧妙笔法，把人物写得有声有色，比如刘备"三顾茅庐"，一顾诸葛外出不得见，二顾风雪交加留书信，三顾恭候诸葛午睡醒，虚虚实实吊足了读者的胃口，诸葛亮才肯与刘备纵谈天下大势。其实在《三国志·诸葛亮传》中这段故事只有短短几个字："凡三往，乃见。"作者把它演绎成一段感人的求贤佳话，这不能不说是读者希冀"千里马遇伯乐"的一种心理投射。《三国演义》小说原本并不为主流社会认可，读者群多为生活在社会底层、时运不济的市民，"三顾茅庐"的故事自然会引起他们的情感认同。故事与潜意识相契合，小说与现实相交融，起到了很好的心理补偿作用，满足了读者的幻想倾向，这也是《三国演义》之所以深受读者欢迎的重要原因。

另外，《三国演义》的语言具有"文不甚深，言不甚俗"的特色，雅而不涩，俗而不俚，精炼畅达，明白如话。《三国演义》的结构，既宏伟壮阔，又严密精巧，以鲜明的纵式结构表现出一种严整之美，以贯穿始终的魏、蜀、吴纷争为线索表现出一种流畅之美。

二、《水浒传》

《水浒传》是一部有别于《三国演义》的英雄传奇，它与历史演义的共同之处在于，主要人物和题材都有历史依据，但二者多有不同。前者来源于话本中的"说公案"或"铁骑儿"，后者由话本中的"讲史"演化而来；前者以塑造传奇式英雄人物为重点，后者重在展现一代或几朝历史兴衰；前者虚多于实，甚至以虚构为主，后者注重依傍史实。英雄传奇的出现，可以看出小说创作的关注点逐渐由军国大事、帝王将相转向现实生活、普通市民的变化。

《水浒传》是一部反映农民起义的长篇小说，要公然歌颂封建统治者眼里的"盗贼流寇"，首先要为这些英雄好汉们正名，为他们的行为提出一个合乎社会传统观念的解释。这部书的也叫《忠义水浒传》，"忠"与"义"历来为儒家伦理观念中的重要内容。忠，符合统治者的意志；义，体现着下层百姓的利益。正统观念与世俗理想结合，才可以得到社会各阶层的普遍接受。梁山好汉打出的旗号是"替天行道"，这就是道德前提，在这个大旗下，起义军的反抗和复仇行为就有了必要性、合理性和正义性，具体落实在好汉们的身上则成为一种令人激奋的英雄气质。

对于世俗的读者来说，小说最吸引他们的是那些性格鲜明的英雄人物。日常生活是平庸的甚至是无奈的，面对恶势力的欺凌，多数人只能忍让回避，但内心却不甘于此。每个人心里都住着一个"匪"，只不过由于道德的约束、环境的影响和性格的原因，这个"匪"基本是隐形的，而当小说中的人物"路见不平一声吼，该出手时就出手"时，读者沉睡于心中的"匪"就会被唤醒，比如鲁提辖拳打镇关西、林冲复仇山神庙、武松醉打蒋门神、梁山泊好汉劫法场这些英雄举动，往往会使读者热血沸腾，摩拳擦掌，获得一种宣泄的快感。即便是像黑旋风战浪里白条、花和尚倒拔垂杨柳、武松景阳冈打虎这一类与社会矛盾无关的情景，由于主人公通过"力"和"勇"显现出来的生命张力，也给了读者极大的心理满足。梁山好汉是一群传奇化的理想人物，或勇武过人，或智谋超群，或身怀绝技，在他们身上所显现出来的率性而动、敢作敢为的江湖豪侠义气，体现了市民社会切切实实的人生理想。《水浒传》在歌颂宋江等"忠义"英雄的同时，也成功地塑造了一批"不忠不义"的反面形象，有手握朝纲的高俅、蔡京、童贯，有横行市井的西门庆、蒋门神、毛太公，有充当爪牙的陆谦、富安、薛霸，这些贪官污吏、恶霸豪绅上下勾结，狼狈为奸，搅得社会黑暗，民不聊生，使得忠义之士不得不"撞破天罗归水浒，掀开地网上梁山"。这些正、反面形象的对比塑造，深刻地揭示了小说"官逼民反"的主题。

《水浒传》的艺术结构也很有特点，作者采取了先分后总的链式结构，梁山主要英雄故事一环套一环引出，最后百川归海，进入高潮。李逵、时迁、杨志、燕青、阮小七等英雄豪杰之所以写得生动鲜活，得益于这种连环列传体的结构安排。小说后半部分以时间为顺序铺排，情节拖沓，已无妙处，历来读者收旗卷伞于七十一回。

如果说《三国演义》的语言尚显得半文不白的话，《水浒传》里已是极纯熟的古代白话了，具有洗练、明快、口语化的特点，写景、叙事都极为传神。如在"林教头风雪山神庙"一回中，"那雪下得正紧"一句就为鲁迅所激赏，"比'大雪纷飞'多两个字，但那'神韵'却好得远了"。（《花边文学》）

三、《西游记》

《西游记》诞生于明中叶，尽管它是一部浪漫主义的神话小说，但与古代神话源于对自然力的认识不足而产生的幻想不同，它包含了更为丰富和更为复杂的社会意义。

孙悟空大闹天宫的故事，是《西游记》中最精彩的部分，是中国人民喜闻乐见的经典故事，为何一部小说的一个情节能受到如此热烈的欢迎？大闹天宫由三个环节组成，先是悟空大闹龙宫，强取了东海龙王的如意金箍棒，此后他大闹阴曹地府，勾销了自己乃至整个猴族在阎罗殿生死簿上的名籍。孙悟空蔑视龙宫和地府的权威，把它们打得落花流水的行动惊动了天庭的玉皇大帝，玉帝为了笼络并束缚他，授他以"弼马温"之衔。当他知道了自己被人轻视耍笑时，怒火中烧，竖起了"齐天大圣"的旗帜，在一次又一次的斗争后，他终于公开明确地宣言："皇帝轮流做，明年到我家。"古代中国，封建的政治制度、礼教秩序、思想意识，像"紧箍咒"一样紧紧地束缚着人们的思想和行为，但对于普通民众来说反抗只是一种理想，敢想未必敢做，所以当孙悟空代表他们的愿望大闹天宫时，一种扬眉吐气的畅快之感自然会在他们心里产生。然而历史还没有为反抗压制获得彻底自由提供最后的出路，悟空能让玉帝束手无策，却终究跳不出如来佛的手掌心，可见封建思想根深蒂固，等级社会难以动摇，孙悟空的失败多少具有一种象征意味，自由的人性不可能不受到现实力量的制约。尽管如此，孙悟空这只猴子反抗权威，蔑视尊严，要求自由，放纵个性，生动地体现了明代个性思潮涌动、强调自我价值观念的时代风向，《西游记》与当时的归有光、稍后的公安派、《牡丹亭》、"三言"、"二拍"前呼后应，共同唱出了时代文艺的新声。

《西游记》最大的魅力不仅在描绘了一个奇幻的神话世界，更在将物性、人性、神性统一，塑造了孙悟空、猪八戒等经典形象。孙悟空是猴，是人，又是神。作为猴，他有着生物的属性：看外形，他"毛脸雷公嘴"，罗圈腿，拐子步，"沐猴而冠"；看性格，他机警好动，坐不安生。他虽神通广大，能七十二变，但万变不离其宗，红屁股、小尾巴总藏之不去，在与二郎神赌斗变化时，他变成一座庙，尾巴无法安置，只好变作一条竖在庙后的旗杆，令人忍俊不禁。作为人，他有着社会属性，有勇有谋，不怕困难，敢于斗争，幽默乐观，但又如凡人一般好胜、好名、好戴高帽子，言谈间时见市井粗话、江湖术语、商人行话。作为神，他又有着传奇的一面，他可以七十二变，他有火眼金睛，他一个筋斗可以翻十万八千里，他有一根要大就大要小就小、重达一万三千五百斤的如意金箍棒，助他上天入地、降妖除魔。因为有猴性，可爱，所以孩子们喜欢；因为有缺点，可亲，大人们莞尔；因为神通，可敬，所以被当作理想化的英雄受到人们的普遍崇拜。猪八戒在小说中的重要性次于孙悟空，但形象塑造的成功程度却一点也不逊于孙悟空，他憨厚单纯，愚笨善良，自私懒惰，有时也勇敢，可爱又可笑，他出现在哪里，哪里就有笑声，比起沙和尚来，他更富于人情味，具有现实感。

在中国，没有哪一部文学作品比《西游记》对少年的成长所起的作用更大了，虽然它并不专为少年儿童所作。中国古代教育的目标是经世致用，儿童在整个宗法秩序里是没有地位的，启蒙教育就谈不上对儿童身心特征的尊重，况且古代教育重文轻理，培养儿童的想象力、创造力并不是教育的重点，甚至还有意排斥与抑制，《三字经》《百家姓》《千字文》《四书》《五经》这些启蒙教材相对于《西游记》都是"应试教材"。尽管没有史料记载儿童读者群对《西游记》的反响，但如此家喻户晓的情节和深入人心的人物，不可能不对少年儿童的精神成长产生深远影响。时至今日，无论是《西游记》小说还是以它为蓝本改编的漫画、动画、电影、电视，依然受到少年儿童如痴如醉的喜爱，可想在没有儿童文学的古代它对孩子们会有怎样的吸引力。

《西游记》以神魔为主要描写对象，运用大胆的想象和夸张，创造了一个神奇瑰丽的神话世界，情节奇幻莫测，语言幽默诙谐，给人别开生面的艺术享受。

四、《金瓶梅》

《金瓶梅》的书名由小说中潘金莲、李瓶儿、春梅三个女性的名字合成。故事开头据《水浒传》中"武松杀嫂"一节演化而来，写潘金莲未被武松杀死，嫁与西门庆为妾。小说描写西门庆家庭内部发生的一系列生活琐事，以及他与社会各色人等的交往，直至他纵欲身亡，家庭破败，妻妾流散。

小说以北宋末年为背景，但所描绘的社会面貌，所表现的思想倾向，却有明显的晚明时代特征。中国封建社会"重农抑商"，但小说主人公西门庆却是一个暴发户式的富商，他凭着"近来发迹有钱"，勾结官府，不法经商，拼命敛财，钱越积越多；又依赖巨大的金钱力量，贿赂官场，打通关节，官越攀越高。于是在权钱交易的世界里，他贪赃枉法，杀人害命，淫人妻女，无恶不作，称霸一方。他以一种邪恶而又生机勃勃的姿态，侵蚀封建政治的肌体，破坏封建等级的秩序，他的得势，说明金钱的力量足以对国家机器形成威胁，也说明封建统治已进入腐朽阶段，更说明市民阶层对社会发展的重要影响。小说不仅反映了社会政治的黑暗，还大量地描写了那个时代人性的弱点和丑恶，尤其是金钱对人性的扭曲。西门庆的纵欲而亡，也预示着他所代表的社会力量在兴起时就卷入了封建政权的腐败中去，所以难以健康发展。晚明涌动着的人性思潮冲击着传统的禁欲主义，但小说里人的觉醒却以人欲放纵的丑陋形式出现，人欲放纵和人性压抑，都是在毁灭人的价值。腐朽的理应在走向灭亡，而新生的同样前途渺茫，这正是小说反映社会的深刻所在。在《金瓶梅》里，有许多无告的沉冤，难雪的不平，与以往通俗文学作品不同的是，小说并没有让正义得到不同形式的伸张，或者以浪漫的方式给读者精神安慰，而是以前所未有的写实，表现出了现实的沉重和黑暗，让人压抑，令人窒息。

《金瓶梅》受后人批评最多的是小说中有大量的色情描写。一般认为，这和当时社会"好色"的风气有直接关系，也可见新思潮粗鄙而庸俗的一面。清人张竹坡点评："《金瓶梅》不可零星看，如零星便只看其淫处也。故必尽数日之间，一气看完，方知作者起伏层次，贯通气脉，为一线穿下来也。"此话有一定道理。

《金瓶梅》在小说史上具有多方面的开创意义。过去的长篇小说多取材于历史或神话，经过"说话"艺术的长期酝酿形成，普遍具有传奇色彩，情节曲折生动，人物善恶分明，结构直线推进，这些都留有"说话"的痕迹。《金瓶梅》取材于当时现实的社会，表现的不再是国家兴衰、英雄争霸的大事，人物也不再是帝王将相、英雄豪杰、神仙鬼怪，而是平凡生活中的普通人物，故事没有惊心动魄的地方，人物没有超常的本领，却与广大读者更为贴近，它表现了小说创作对于人的真实平常的生活状态的深入关注与考察，是我国古代第一部真正意义上的社会小说、世情小说。小说中几乎不存在平常意义上的"正面人物"与"反面人物"，即使像西门庆这样的恶棍，也不是简单化地去描写，既写他欲壑难填，也写他慷慨豪爽；既写他恶贯满盈，也写他精明强干；既写他好色无耻，也写他真情流露，性格层次丰富，真实而可信。从复杂的生活出发，小说的结构以西门庆家庭的兴衰为主线纵向推进的同时，又与市井、商场、官府横向关联，构成了一张纵横交错的生活之网。由于是文人创作的写俗人俗事的小说，语言上也是大量吸收了市民中流行的方言、行话、谚语、俏皮话等，因此完全是一篇市井文字比《水浒传》《西游记》的语言更接近生活。以上种种，都明显地突破了小说旧有的创作范式。《金瓶梅》对现实冷静深刻的揭露，为中国小说开辟了新境界、新方向，《儒林外史》《红楼梦》就是沿着这个方向发展的。

 练习·思考·延伸

1. 明代长篇小说繁荣的原因和特点是什么？

2. 何谓拟话本？与话本有何区别？

3. 通过阅读作品，分析诸葛亮、曹操、刘备和孙悟空、猪八戒、唐僧等形象。

*4. 中国古代文学中各种文体的演进是不平衡的，为什么诗歌、散文发展与成熟较早，而戏剧、小说的成熟要晚得多？中国古代一直都将小说看得很"小"，明代以来小说虽蓬勃发展，但始终处于市井娱乐消遣的地位，并没有撼动以诗文为代表的主流文化。怎样看待这个问题？

*5. 明前期的文学主要突出的是农耕文化的伦理特色，小说创作上体现在哪里？明中叶后，社会思想发生了怎样的变化？给文学尤其是小说带来了怎样的影响？

以"诗意朗读"作结

读《林教头风雪山神庙》

朗读提示：小说中的环境描写往往起到渲染气氛、揭示人物心理的作用，"那雪下得正紧"就历来为人所称道，"比'大雪纷飞'多两个字，但那'神韵'却好得远了。"（鲁迅《花边文学》）"紧"不仅形象的写出雪下得大、下得猛，渲染了当时的危急情势，同时也推动了情节的发展，正因为雪越下越大，大到足以压倒草屋，才使林冲得以借住别处而躲过祸事。因此，此句读来语势要如波涛暗涌，将分量逐渐推进至"紧"上，"紧"字不必全上，停于半上，吸气屏息，以制造紧张、创设悬念。

朗声读来——

《林教头风雪山神庙》

第十九章

明清诗文的没落

从一次画展说起——

2019年4月至6月，一场名为"化古为我"的馆藏明清仿古山水展在浙江省博物馆推出。主办方在宣传语中写道："明代后期的江南流行着复古主义的文艺思潮，这股复古之风也影响到画坛，晚明的董其昌就成为绘画仿古风气的倡导者和实践者。"

复古，在历史的各个领域都不鲜见，在明清是一种潮流，这次画展以"化古为我"为主题也很是让人想一睹为快。据专家介绍，山水画中的"仿"，有忠实于原作的摹绘复制；也有从图式、笔墨到意趣均不逾古人藩篱的心摹手追；还有不拘囿于笔墨形式，直入古人神髓，别开生面的创作，这其中有的作品与所仿对象面目已相去甚远，仅是"借古人之名"。

在精神层面上，"仿古"取向反映了明清画家群体对历史上绘画经典的虔诚追慕，是画家同古代大师穿越时空的神交。

也正因为如此，他们的"仿"不拘泥于某一时代，颇有点"三人行，必有我师"的追求，他们仿唐五代名家，仿两宋名家，仿元名家，仿明清诸家，有的人既是学习者，又是被学习者……

可见，在画坛，明清画家得复古真谛，相比之下，明清诗人或倡拟古，或讲性灵，但不敢在思想上标新立异，所以尽管作家多、流派多，成就高的却寥寥无几。

▶ 王原祁《仿黄公望富春山居图》

本章主要内容是明清两代诗文的创作情况。

从明代的复古和反复古斗争到清代诗文的大总结，诗文各种流派争奇斗艳，学习中要学会辨别，厘清关系，重点掌握明中叶复古派、唐宋派、公安派和清代性灵派、桐城派的主张及代表作家、作品，应掌握归有光、张岱、顾炎武、吴伟业、袁枚、姚鼐等人的代表作品及其思想内容和写作特点。

相关
信息

《四库全书》 全称《钦定四库全书》，是清代乾隆时期编修的大型丛书，纪昀、陆锡熊、孙士毅为总纂官，先后动用约四千人，耗时十年编撰而成。分经、史、子、集四部，故名"四库"。据文津阁藏本，共收录三千四百六十余种图书，共计七万九千三百余卷。丛书编好以后，乾隆帝命人手抄了七部《四库全书》，下令分别藏于全国各地。先抄好的四部于紫禁城文渊阁、沈阳文溯阁、圆明园文源阁、承德文津阁珍藏，即"北方四阁"。后抄好的三部于扬州文汇阁、镇江文宗阁和杭州文澜阁珍藏，即"江南三阁"。文源阁、文宗阁和文汇阁三部藏书已全部毁于战火。现存四部中，文渊阁本贮于台湾，其余均在大陆。《四库全书》可以称为中华传统文化最丰富最完备的集成之作，中国文、史、哲、理、工、农、医，几乎所有的学科都能够从中找到源头和血脉。

1644 年，李自成率农民起义军攻陷北京，明王朝顷刻崩溃，早已在东北称帝的清朝统治者乘机攻入山海关，继而占领北京，揭开了中国最后一个封建王朝的帷幕。清入关之前，汉化程度已经非常高，入关后很快就适应了传统的政治模式与文化心理，在全国范围内确立了稳定的统治，一度国势增强，社会安定，经济繁荣，版图辽阔，出现了史家所称的"康乾盛世"。从世界范围看，17 世纪末到 19 世纪中，正是西方资本主义迅猛发展的时期，而中国的资本主义萌芽刚刚露头就被全面打压了下去，当别人加速的时候，中国却停止了步伐，甚至退回小农经济社会。拒绝外来文化、科学、技术，就会逐渐僵化、落后，挨打就是不可避免的了。

清入主中原后，对社会思想采取了极为严厉的控制，其中最有效的手段之一是编书。乾隆三十七年，皇帝颁布谕旨编纂《四库全书》，并向天下征缴藏书。历时十载，汇集众多优秀学者而编成的这部丛书，是中国历史上规模最大的一部丛书，它荟萃了乾隆以前以图书形式积累起来的各学科领域的主要典籍，对保存和整理中国古代文化遗产功不可没，是一项意义重大的文化建设工程。但《四库全书》的编纂是一种官方行为，编纂的指导思想受政治目的所左右，所以著录的书籍并非兼收并蓄，而有着严格的取舍标准。在对古代书籍进行辑佚、校勘、考辨、保存的同时，对不利于清朝统治的内容大肆销毁或删改涂抹，不加任何标注地改变文献的原始面貌，降低了许多珍贵史料的可靠性，宋元后涉及辽金元少数民族、被认为有伤风化的戏剧和小说等书籍都在禁毁之列。乾隆时被销毁的书籍"将近三千余种，六、七万卷以上，种数几与四库现收书相埒"（章太炎《哀焚书》）。鲁迅说："清人纂修《四库全书》而古书亡，因为他们变乱旧式，删改原文。"（《且介亭杂文》）从这个意义上说，《四库全书》的编纂也是一次空前的文化浩劫。

清朝大兴文字狱，对"明""清"等字样极为敏感，文人赋诗作文稍有犯忌就会招来不测之祸，"清风不识字，何必乱翻书"，被曲解为嘲讽清统治者无知；《维民所止》疑似影射"雍正无头"作者被判谋逆。天下读书人提心吊胆，人人自危，为避祸自保只能埋头考证古书，甚至有人定下"从不以字迹与人交往，即偶有无用稿纸，亦必焚毁"的处事原则。仅乾隆一朝，文字狱就达到百余起，耸人听闻。一张存在于清王朝数百年的文网，几乎网尽了天下文人士子。

从明代开始，以诗文为代表的传统文学逐渐让位于以小说、戏曲为代表的通俗文学，这种力量消长的变化并不表现在诗文数量的减少上，而是表现在作品思想内涵与艺术质量的退化上。明清诗文作家作品的数量远远超过唐宋，但在艺术观念、艺术手法上基本是模仿古人，或者纠缠于复古还是反复古，少有创新与超越，更不用想出现像李白、杜甫、苏轼那样划时代的大家。究其原因，一方面在政治高压统治下，文人的个性情感被压制扭曲，文人已失去了保持独立人格的锐气与底气，创作也就没了动力，文坛自然是死气沉沉的。另一方面就文学自身的发展规律来看，诗歌、散文等传统文学形式经唐宋作家的努力，无论题材、形式、风格、技巧都已经取得了极高的成就，让明清作家感到望尘莫及。与此同时，小说、戏曲等新形式却蓬勃而生，让诗文作家不由得相形见绌。明中期往后，高压政策逐渐放松，在进步思潮的推动下，文学开始摆脱官方政治束缚，重新走上正常发展轨道，但诗文没落已是在所难免。

第一节　复古与反复古——明代诗歌与散文

古典诗歌和古代散文是中国古代文学的重要形式，它们的发展在唐宋时期达到了鼎盛，之前是准备期，之后则是衰落期。明清人其实早已意识到唐诗繁荣后的盛极难继，清人蒋心余"宋人生唐后，开辟真难为"（《忠雅堂集·辩诗》）的判断深得学人认同。生于唐宋之后，的确有几分无奈，无论怎样腾挪变化，都出不了唐宋画定的圈子，所谓复古，也是翻新而已，即使复兴，也不过是回光返照。再没有"唐宋八大家"盛极一时的辉煌，文学由贵族转向世俗已成定局，已步入老境的正统文学，逐渐让位于年轻蓬勃的通俗文学。几分天下，诗文失去了独尊地位。

明初是中国历史上文禁最严的时代，在对待文人的政策上与上一个汉族统治者完全不同，宋太祖立下"不杀上书言事者"的祖宗家法，而明代把"寰中士大夫不为君用者""诛其身而没其家"写进《大诰》。最有意味的是，宋朝对文人的优待反而使他们乐意参政议政，自觉维护封建政权，明代对文人的压制却使他们最终从思想上愤而反抗。因此，明代诗文明显分两个时期；前期高压有效，文人多乖顺，文坛多盛世之音；后期，大致在中叶以后，以王阳明心学为主导的浪漫主义文艺思潮勃兴，文学开始复苏，作为传统文体的诗歌与散文也体现出了明显的变革意识。

一、复古的争论——前后七子与唐宋派

元明易代之际诗有高启、杨基、张羽、徐贲等"吴中四杰"，文有宋濂、刘基，

他们大都经历了元末社会的大动乱，因此他们的作品能够反映社会现实，在艺术上取汉魏各家诗人之长，有着雄健奔放的风格。

永乐时期以杨士奇、杨荣、杨溥，即"三杨"为代表的"台阁体"内容上歌功颂德，艺术上追求雍容典雅、平正淳实的风格，形成一股不良文风。由于他们身居高位，有一定的影响力，追随者众，因而统治文坛近百年，给明初的文学带来极大的危害。

台阁体之后的又一个诗歌流派——茶陵派，因代表人物李东阳是湖南茶陵人而得名。李东阳不满台阁体无病呻吟、千篇一律的纤弱文风，主张以杜甫的诗风加以匡正，创作上以拟古乐府被人熟知，在理论和实践上迈出了冲击台阁体的第一步，成为台阁体与前七子之间的过渡人物，可谓拟古主义的先声。但李东阳长期位居台阁，也未能完全摆脱台阁之弊。

中国古代的诗文发展似乎有这样一个规律，每当文风浮靡之时，必要用"古文"来加以矫正。台阁体流行的近百年中，宦官专权，政治腐败，各种社会矛盾日益突出，士人们通过改革文风来改革意识形态进而改革政治的希望又萌生出来，这就出现了前后七子和唐宋派的复古运动。

明确提出"文必秦汉，诗必盛唐"口号的是明中叶的李梦阳，他与何景明、徐祯卿、边贡、康海、王九思、王廷相等人结成派别，时称"前七子"。在复古的旗帜下，他们重新审视文学现状，尤其是针对明初以来受理学风气及台阁体创作影响所形成的萎靡不振的文学局面，呼吁肯定"文"的独立地位，积极寻求文学新出路。在前七子的冲击下，台阁体逐渐衰落。但前七子由复古进而到一味地摹古、拟古，使文学缺乏创新，又造成了一些负面影响。随后文坛上出现又一复古派别，以李攀龙为首，由谢榛、王世贞、宗臣、梁有誉、徐中行、吴国伦组成的"后七子"，其文学思想与前七子一脉相承，认为"文自西京，诗至天宝而下，俱无足观，于本朝独推李梦阳"（《明史·李攀龙传》）。比起前七子，后七子对于创作法度格调的讲究更具体、细密，太过强调效法古人，必然会对个性、情感的自由表现和艺术的创新造成严重的束缚。后七子以王世贞成就为最高。

"前后七子"又称秦汉派，他们的文学主张在文坛上引起了不小的震动，一时间从者甚众。但他们复古活动的弊端也是显而易见的，他们学古、拟古甚至陷入了简单模仿生硬蹈袭的泥沼，最终因创作实践跟不上理论主张而未取得唐宋古文运动那样的成果。

前后七子的复古之风方兴未艾之时，有归有光、唐顺之、王慎中、茅坤等人反对他们轻薄唐宋之文的观点，起而反拨，形成了"唐宋派"。他们最早起来反对复古文学运动，继承南宋以来推崇韩、柳、欧、曾古文的传统，提出"文从字顺"的主张来矫正"前后七子"的创作弊病。由于他们崇尚唐宋古文，故世称"唐宋派"。这一派看到拟古给文学带来的危机，竭力反对文学复古，批评也十分尖锐深刻，就这一点来说是进步的。但以复古的理论来反对复古，这是他们注定失败的主要原因。唐宋派推崇《史记》及唐宋文章，更有茅坤编成《唐宋八大家文钞》将八大家古文标榜为正统。因为唐宋派强调灵活学古，又有归有光《项脊轩志》《先妣事略》等优秀之作，所以对后世影响要超过秦汉派。归有光的散文被誉为"明文第一"，时人称之为"今之欧阳修"。他善于从眼前景、日常事落笔，不避琐屑，即事抒情，在简明雅洁中表达出真挚深沉的情感，亲切动人；善于在记叙中不经意间嵌入看似微不足道的细节，而这些细节又恰恰是凝结着作者对亲人全部恋念的意象和事物，具有强烈的感染力；善于用平淡语、家常话写儿女情、家务事，不事雕琢而自有风味，出语自然却余味无穷，有"欢愉惨恻之思，溢于言语之外"的艺术效果。

到了明末，社会矛盾、民族矛盾日益激化，一些爱国的进步文学团体开始以诗文参加反对阉党和反清复明的社会斗争。当时影响较大的两个文人团体——张溥领导的复社和陈子龙领导的几社，都以"复古学"为宗旨，在文学上推崇前后七子，但出于斗争需要又强调"复兴古学，务为有用"。陈子龙是明末文学成就较为突出的作家，早期写过拟古之作，明亡后的诗作苍劲悲凉。另一爱国诗人夏完淳，是陈子龙的弟子，小小年纪投入抗清活动，诗歌忧伤国事与少年英气融为一体，可惜十七岁为清军所杀。

"前后七子"的复古也好，唐宋派的反复古也好，最终因为主张的局限和创作成就不高，未能取得显著成绩。

二、性灵的抒写——公安派与小品文

嘉靖、万历年间的思想家和文学批评家李贽并不是专门的散文家，但他的"童心说"在晚明的文学理论中具有重要的先导意义。李贽认为，所谓童心，也就是赤子之心和真情实感，是一种未被道学礼教所蒙蔽的内在情感。在他看来，只有具有童心的文学，才是真文学。他也竭力反对前后七子的文学复古主张，明确申言："天下之至文，未有不出于童心焉者也。"他的学说推动了明代文学和文学批评的健康发展。他的创作更有着传统文人所缺乏的深刻、尖锐、大胆、辛辣的离经叛道色彩。

深受李贽思想的影响的是由袁宏道与袁宗道、袁中道三兄弟组成的公安派，因是湖北公安人而得名，他们反对前后七子和唐宋派的复古主张，提出了"性灵说"的文

• 原典阅读：
《项脊轩志》
《登泰山记》
《圆圆曲》

学主张，"性"即性情、个性，"灵"即心灵感受、个人意念，要求创作"独抒性灵，不拘格套，非从自己心臆中流出，不肯下笔。"（袁宏道《叙小修诗》）。公安派理论以晚明文学新的价值观为核心，加上富有示范性的诗文创作，不仅击垮了拟古主义的统治地位，而且使当时文风为之一变。袁氏三兄弟以袁宏道成就为最高，诗、文俱佳，尤以清新活泼、文笔秀逸的小品文见长。继公安派之后，以湖北竟陵人钟惺、谭元春为首的竟陵派崛起于文坛，他们与公安派主张大致相似，但对"性灵"的认识与公安派不尽相同，他们认为"性灵"的来源不是诗人的"胸臆"，而是古人的篇什，"求古人真诗所在，真诗者，精神所为也"（钟惺《诗归序》），虽然对公安末流的俚俗有所匡救，但过于追求"幽深孤峭"的风格，显示了这一派的偏狭性，也未能找准文学发展的路子。这在一定程度上显示出晚明文学中激进活跃精神的衰落。

　　在整个明代散文中，晚明小品文是最值得拈出来一提的。小品文，顾名思义，短小精悍，并无定制，序、记、跋、传、铭、赞、尺牍均可包含在内，篇幅不长，结构随意，尤其文笔轻灵隽永，有情有韵，是一种比较纯粹的审美性文体。小品文魏晋、晚唐都有过，苏轼也曾有不少这方面的佳作，但晚明小品文则是浪漫主义文艺思潮的直接产物，它渗透了晚明文人于平常细琐处体察生活、领悟人生的生命情调，反映了这个时代文学趣味的新变化。袁氏三兄弟以及张岱、王思任等，均有优秀之作。

　　从武林门而西，望保俶塔突兀层崖中，则已心飞湖上也。午刻入昭庆，茶毕，即棹小舟入湖。山色如娥，花光如颊，温风如酒，波纹如绫，才一举头，已不觉目酣神醉。此时欲下一语描写不得，大约如东阿王梦中初遇洛神时也。

　　　　　　　　　　　　　　　　　　　——袁宏道《西湖》（节选）

　　夜雪大作，时欲登舟至沙市，竟为雨雪所阻。然万竹中雪子敲戛，铮铮有声。暗窗红火，任意看数卷书，亦复有少趣。　　自叹每有欲往，辄复不遂，然流行坎止，任之而已。鲁直所谓"无处不可寄一梦"也。

　　　　　　　　　　　　　　　　　　　　　——袁中道《江行道中》

　　从南明入台，山如剥笋根，又如旋螺顶，渐深遂渐上。过桃墅，溪鸣树舞，白云绿坳，略有人间。饭班竹岭，酒家胡当垆，艳甚。桃花流水，胡麻正香，不意老山之中，有此嫩妇。

　　　　　　　　　　　　　　　　　　　　　——王思任《天姥》（节选）

唐宋古文的核心概念是"道统"，小品文的核心概念是"性灵"。小品文的出现标志着正统的散文已经不再"正经"。它的叙写与感慨已不同于"唐宋八大家"，而带有近代的日常情感与世俗气息，它与同期的市民文学、小说戏曲声息相通。

三、八股文的功与过

科举考试是我国古代国家机构和皇家选拔人才的一种常规手段，也是天下读书人获取功名、实现抱负的重要渠道。明代科举传袭唐宋体制，以八股文作为考试规定文体。八股文有严格的格式与字数规范，由破题、承题、起讲、入手、起股、中股、后股、束股八部分组成。破题是用两句话将题目的意义破开；承题是承接破题的意义而说明之；起讲为议论的开始，首二字要用"意谓""若曰""以为""且夫""尝思"等开端；入手为起讲后入手之处；起股、中股、后股、束股才是正式议论，以中股为全篇重心，在这四股中，每股又都有两股排比、对偶的文字，合共八股，故名八股文。八股文的题目主要出自四书、五经，所论内容要以朱熹的《四书章句集注》为据，不得自由发挥，越雷池一步。

八股文作为一种议论文的格式，它具有典范和严谨的特点，作为说理的散文，它能与骈体辞赋合流，形成一种新文体，它的一些表现手法和理论曾对明清两代的散文、诗歌，乃至小说、戏曲的创作产生过深刻的影响。明代唐顺之、归有光、茅坤等散文家也是八股文的佼佼者，很多明清文学大家都历经科考，不能说一点也不曾受八股浸淫。当然八股文作为考试的标准文体，从内容到形式无疑都很死板，又以官方的面目出现，严重束缚了作者的自由创作，给文学发展带来了负面影响。一般读书人想要鲤鱼跳龙门必须要对它苦苦研习，以致皓首穷经，竞奔于科举之途，却往往落得精神空虚，一生潦倒。最有名的是蒲松龄，19 岁就考中秀才，此后却屡试不中，在科举路上挣扎了大半生，因而《聊斋志异》不少篇章对科举考试都有辛辣讽刺。而《儒林外史》更是向世人展示了被科举扭曲了的儒士的辛酸命运，引起很多读书人的强烈共鸣。清代康雍年间开始出现八股存废争议，1898 年光绪帝才下令废八股，但直至 1905 年科举制度才彻底被废除。从此，八股文成为僵死、腐朽的代名词。

第二节　全面的总结——清代诗歌与散文

中国文学发展到清代，数度变迁，几经辉煌，已有了丰厚而多彩的积累。清代文学较之以往各代异常繁富，一方面元明以来新兴的戏曲、小说依然蓬勃发展，另一方面元明以来呈弱势的诗文乃至衰落的骈文与词又重新振作。一代有一代之文学，而清代似乎没有一体可为其独有，凡各代曾盛行过、辉煌过的文学样式，大都在清代文坛上占有一席之地，仿佛预感到封建时代将要终结，于是清清醒醒做一个方方面面的总结。

一、前代各派诗歌的接响

诗在唐代已取得极高成就，经宋诗补充，已至巅峰，难以超越。元明作为不大，入清后，前代各体各派都有承继和接响。

依据清初诗人对清政权的不同态度，可分为遗民诗人和入仕诗人两类。由于处境和心态不同，其诗歌也形成不同风格。

遗民诗人用血泪写成的诗篇，或悲思故国，或讴歌贞烈，或谴责清兵，或抒发气节，家国之悲和同情民生疾苦是其共同主题，其体验深切，感情真挚，反映了易代之际惨痛的史实，表达了民族共存亡的感情。他们学习杜甫取法汉乐府，笔力遒劲，沉痛悲壮，为清诗发展开辟了新天地。以气节高尚而被后世敬仰的是顾炎武、黄宗羲、王夫之三大学者。顾炎武论诗主性情，反对模拟，提倡文须有益于天下。反清复明和坚守气节是主色调，其诗词意坚实，风骨劲健。黄宗羲是著名的文学家、思想家和史学家，其诗感情真实，沉着朴素，具有爱国精神和高尚情操。王夫之博通经学、史学和文学，其诗受楚辞影响较大，诡丽奥衍，寄托亦深。

入仕诗人更多游移于进与退的尴尬选择中，因而在诗中较多地表现出伤感的情怀，以钱谦益、吴伟业为代表。钱谦益被称为清诗开山之祖，自觉致力于清诗建设，转益多师，广收博取，各体兼擅，笼罩百家，七言律诗学习杜甫，情辞怆恻，沉雄苍凉，《后秋兴》是他的七律组诗，具有很高的艺术价值。受他影响，在他的家乡常熟产生了虞山诗派，影响甚广。吴伟业以"梅村体"著称，他的七言歌行叙事诗，继承唐代元、白、温、李等人特点，华艳动人，独具艺术个性，《圆圆曲》为其代表作。钱谦益和吴伟业均居于诗坛领袖的地位，钱宗宋诗，吴尊唐调，二人各立门户，都是清代首开风气的诗人，清诗后来的许多流派，都不出尊唐、宗宋两途，也都不出他们二人影响的范围。

王士禛是继钱谦益之后的一代文宗，诗论"神韵说"推崇清幽淡远、含蓄深蕴，以唐代王、孟为典范。他的诗作，风神独绝的神韵诗占了主流，尤其是山水诗，风致清新，是其诗的代表。

沈德潜是继王士禛之后主盟诗坛的大家，倡导"格调说"，尊唐抑宋，以古诗为源，唐诗为楷，选辑《古诗源》《唐诗别裁集》，影响颇大。沈德潜的诗论以汉儒的诗教说为本，以唐诗的格调为用，试图造成一种既能顺合清王朝严格的思想统治，又能点缀康乾"盛世气象"的诗风。

翁方纲主"肌理说"，他认为王士禛"神韵说"的问题在于空泛，沈德潜"格调说"的毛病则是食古不化，因此以"肌理"加以调和与修正。"肌理"是指以儒家经籍为基础的"义理"和以辞章结构为基础的"文理"，即"言有物"为义理，"言有序"为文理。他用肌理给神韵、格调以新的解释，目的在于使复古诗论重振旗鼓，与袁枚的性灵说相抗衡。

给诗坛吹进清新之风的是独树一帜的袁枚，他标举"性灵说"，强调性情是诗之根本，重视艺术构思中灵机与才气，对格调、肌理、神韵等派给予有力的冲击，是晚明文艺思潮的隔代重兴，是对李贽和公安派文学思想的继承和发展。

二、桐城派散文

随着清王朝统治的稳定和思想控制的深化，为适应"盛世"之需，以程朱理学为内核的桐城派散文应运而生，成为清代散文的正统。桐城派在康熙年间由安徽桐城人方苞开创，其后有刘大櫆和姚鼐继起，三个人被称为"桐城三祖"。方苞主张"义法"，义指文章内容，法指文章做法，义决定法，法体现义，成为桐城派尊奉的纲领，他以《狱中杂记》《左忠毅公逸事》等文确立了"凝练雅洁"的散文审美标准。桐城派中成就与地位最高的是姚鼐，他以"义法"为基础，又提出"义理、考据、辞章合一"，将桐城派观点发展成为一套具有严密体系的古文理论，这也是对我国古代散文的一次总结与发展，他的作品如《登泰山记》，谨严有法，婉转有序，确有独到之处。姚鼐四海讲学，弟子遍及大江南北，桐城派因此炬赫一时，风靡全国，而且历时最长，集结作家数以百计，其影响直至民国。

在桐城派大行其道之时，已沉寂数朝的骈文也拉开了复兴的序幕，形成了与桐城古文对抗的局面。提倡骈文的人，既有像袁枚这样的才士，又有许多著名学者，但骈文作为一种纯审美的古雅文体，对作者和读者的学识和文学修养要求都很高，毕竟难以再盛。

中国古代艺术形式中发展历史最长的是诗和文，但它们的确衰老了。最终，以近代资产阶级改良主义为发轫，经新文化运动，白话文取代文言文而成为现代主流话语，旧体诗词也随之退出了文学主流。

练习·思考·延伸

1. 台阁体诗文何以盛行一时？怎样评价反对它的复古派诗文？

2. 列表梳理明清两代诗文流派。

*3. 中国古代在改朝换代之后，把不受官职、不与新王朝合作的志士，称作遗民。封建时代有两个遗民诗人群体值得注意，一是由南宋入元的遗民诗人，一是由明入清的遗民诗人。你是怎样看待这种现象的？这两个群体的诗人有什么不同？

以"诗意朗读"作结

　　读《湖心亭看雪》

　　朗读提示：张岱极懂音律。用了极普通的字眼，调出极上口的篇章，字字精当，语语中的，无一处无来历，无一处不隽永。而长句短句调配得当，字节音韵拿捏有度，更是读之令人叫绝："是日更定矣，余拿一小舟，拥毳衣炉火，独往湖心亭看雪。"三句五言后，出一七言，使"独往"自然形成一个停顿，在节奏变化之中，将"独往"突出，读来可是一个短暂的提顿，或是稍稍着力的重音，以凸显"独"乃张岱观赏西湖之独家秘籍，流露张岱不随流俗之性情，遗世独立之情怀。

　　朗声读来——

《湖心亭看雪》

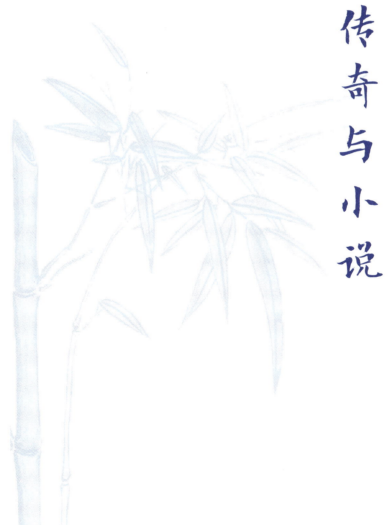

第二十章

末世的感伤——

清代传奇与小说

从八大山人说起——

人们在欣赏书画作品时，往往比较关注主题内容，对细小落款多有忽视。落款虽小，却体现着文人的"知识产权"意识，更隐含着文人的书画观念和价值取向。自元代文人画兴起以来，艺术家的落款不乏个性者，但有一个人的名号因隐藏了惊世的秘密让人惊叹不已，那就是八大山人。八大山人俗名朱耷，为明太祖朱元璋第十七子宁献王朱权的九世孙。出生于宗室家庭的朱耷，自小聪颖慧觉，又受到父辈的艺术陶冶，擅书画，能诗文。明亡时，朱耷年仅19岁，假装聋哑，遁迹空门。朱耷60岁时开始用"八大山人"署名题诗作画，他的署款十分奇特，"八大山人"四字连缀起来，仿佛"哭之"，又如同"笑之"，亦哭亦笑，哭笑皆非，可见内心悲苦孤寂。同为画家的朱耷之弟朱道明则署名"牛石慧"，三个字草书连写起来，形似"生不拜君"，表示了对清王朝誓不屈服的态度。兄弟俩署名的开头，一个用"牛"字，一个用"八"字，合起来竟是一个"朱"字，这样隐姓埋名，可谓用心良苦。八大山人花鸟山水以水墨写意为主，笔墨凝练，画风怪异，他笔下的形象极度夸张，瞪大眼睛甚至翻白眼的翠鸟或鱼，枯索、荒寂、歪斜、突兀的怪石，主干已空虬根露出的梅树，……孤僻、凌厉、佯狂、疯癫，背后隐藏着的是傲岸、倔强、哀伤、愤慨，其原因虽与社稷颠覆之变有直接关系，但也代表了清初文人普遍的感伤情怀。清中叶的"扬州八怪"，以怪为名，也是这种伤感情绪的余波。无法寻找到人生的意义和目标，于是归结为隐逸鱼樵，寄托于花鸟鱼虫，这是古代文人的无奈选择。

► 朱耷《枯槎蹲鹰图》

学习提示

　　本章主要介绍了戏曲、小说及词在清代发展的基本情况、主要作家作品，以及近代诗歌、小说创作的基本走势和主要作家作品。

　　学习本章要了解清代文学总体的感伤基调，以及这种基调在词、戏曲、小说中的映射。要重点比较《长生殿》和《桃花扇》两部传奇主题思想和艺术成就，以及处理历史题材的方法。小说方面，要重点了解《聊斋志异》《儒林外史》两部作品的艺术特征。还要把握近代诗歌、小说创作的基本走势。

相关信息

　　国学　《礼记·学记》曰："古之教者，家有塾，党有庠，术有序，国有学。""国学"在中国古代，指的是国家一级的学校，后来其内涵有所变化，指一国之学，包括中国古代的思想、哲学、科学、技术、历史、地理、政治、经济及书画、音乐、术数、医学、星相、建筑等诸多方面。"国学"之名，始之清末，其时欧美学术进入中国，号为"新学""西学"等，与之相对，人们便把中国固有的学问统称为"旧学""中学""国学"。国学以先秦经典及诸子学说为根基，涵盖了古代经学、史学、玄学、道学、理学等，以及历代诗、赋、词、曲、文、小说等，是一套完整的中国文化、学术体系。

清王朝的建立标志着封建势力再一次重振旗鼓。明中叶之后兴起的浪漫主义思潮以"个性解放"为鲜明旗帜，其民主思想和批评精神已具有现代意识。"情"要突围"理"要围剿，但"浪漫"太年轻，虽然有热情有活力，却终因势力弱小又被"理"牢牢网住，本已看到的希望又顷刻破灭，一种空幻之感陡然生出。所以，明代的浪漫主义思潮之后，清代的文学呈现出浓重的感伤情绪。末世的感伤，不是叹封建时代的行将就木，而是叹美好即将与之同归于尽。入清后，虽然戏曲、小说一如明代的繁荣，各种文体也有复兴，但时代的音调已大不相同。

第一节　舞台上戏如人生——清代传奇

一、李玉和李渔

清初仍然是传奇创作的繁荣期，李玉是明末清初最有影响的传奇作家之一。他无意仕途，与苏州地区其他戏曲作家朱素臣等一起专门从事传奇写作，人称"苏州派"。其早期之作有名的是《一捧雪》《人兽关》《永团圆》《占花魁》，即所谓"一人永占"。入清以后，他和苏州派集体创作了以明末党争和市民暴动为题材的历史剧《清忠谱》，这部剧成为其最优秀的代表作，对后来的《桃花扇》有直接影响。

明末清初的传奇作家、戏曲理论家李渔，在剧坛中也占有重要地位。他的《闲情偶寄》中的《词曲部》和《演习部》是清代戏曲理论和批评的重大收获，是我国古典戏曲理论和戏剧美学的集大成之作。李渔是中国戏曲史上第一个专门从事喜剧创作的戏剧家，代表作有《笠翁十种曲》，其中的《风筝误》影响较大。

二、南洪北孔

康熙年间，在戏曲舞台上出现了两部惊世之作，1688年洪昇的《长生殿》定稿，11年后孔尚任的《桃花扇》问世，这是传奇历史上最后一页的辉煌。这时距离明亡已有半个多世纪了，隔着五十多年的烟云回望历史，痛定思痛追思故国，文人们开始以一种空幻与伤感情绪来看待历史兴亡。这两部不朽传奇表现的爱情故事，不再是单纯的才子佳人式的风花雪月，而是以宏阔厚重的历史现实为背景，构想出震撼人心的戏剧情节，与国家兴亡和民族盛衰紧紧相连，暗含痛失江山的民族情绪，与清初人追思故国的普遍心理十分契合。剧中渲染的个人命运为巨大历史力量所摆布的哀伤，在当时引起了广泛的共鸣。"两家乐府盛康熙，进御均叨天子知。纵使元人多院本，勾栏争唱孔洪词。"（金埴《题桃花扇后》）两位作者也因此获得了"南洪北孔"的盛誉。

洪昇（1645—1704），字昉思，钱塘（今浙江杭州）人，生于官宦之家，1688年入北京国子监，之后却二十年科举不第，终身白衣。康熙二十七年（1688），《长生殿》三易稿而成，京城盛演，次年因在佟皇后丧葬期间再演《长生殿》，触犯禁忌，洪昇国子监生籍被革。洪昇晚年归钱塘，生活穷困潦倒。康熙四十三年（1704），江宁织造曹寅在南京排演全本《长生殿》，洪昇应邀前去，事后在返回途中，于吴兴酒醉后失足落水而死。

《长生殿》以唐明皇李隆基、贵妃杨玉环的爱情故事为中心线索，广泛地联系当时的社会背景和重大历史事件，真实地揭示了当时的社会矛盾和"安史之乱"发生的根本原因。《长生殿》所描写的唐明皇与杨贵妃的爱情故事，自中唐以来就一直是诗歌、小说、说唱、戏剧等文学形式反复袭用的素材，唐有白居易的《长恨歌》诗，元有白朴的《梧桐雨》杂剧。《长生殿》取《长恨歌》"七月七日长生殿，夜半无人私语时"之意，"借太真外传谱新词，情而已"，用了五十出的宏大规模来表现李、杨的爱情悲剧，与以往各种作品不同的是，《长生殿》把李、杨的爱情融入"安史之乱"的历史背景中，将江山与美人、爱情与政治、感性与理性的矛盾展现给世人，让人不得不反思历史兴亡与个人命运的关系。《长生殿》对李、杨爱情的描写，既有深刻的真实性，又有浓厚的理想色彩。剧本写宫女杨玉环天生丽质，被唐明皇册封为贵妃，荣耀及于一门，其兄弟姊妹俱有封赏，国舅杨国忠位至丞相。李、杨二人虽以金钗钿盒为定情之物对天盟誓，但唐明皇同时还恋着别人，因而二人也常有纠葛，不过杨妃总能略施手段，就使明皇回心转意。杨妃的新舞《霓裳羽衣曲》压倒了梅妃的《惊鸿舞》，从此三千宠爱集于一身。明皇为博取她的欢心，从岭南运来荔枝，不惜踏坏庄稼，踩死路人。正当唐明皇沉湎于声色之时，安禄山起兵叛乱，明皇仓皇奔蜀避难，行至马嵬坡，护驾将士哗变，要求处死误国殃民的杨氏兄妹。明皇无奈，被迫赐杨妃自尽。自此，一段帝王家的爱情悲剧已经完成，"乐极哀来，垂戒来世"（洪昇《长生殿·自序》）的目的似乎也已达到。但《长生殿》并没有像《梧桐雨》那样以唐明皇的夜雨思人作结，而是由真入幻，以超现实的方式继续表现李、杨的真挚爱情。叛乱平定后，明皇心灰意冷，退居宫中，日夜思念杨妃，闻铃肠断，见月伤心，并派

• 原典阅读：
《长生殿》
《桃花扇》

方士去海外寻找蓬莱仙山，最终感动了天孙织女，使二人在月宫中团圆，永为夫妇。这个结局已超出了帝妃的范围，寄托了人世间普通男女对爱情的美好愿望，以精神的"长生"消解了现实的"长恨"，这正是这部作品的用意所在。

戏是大千世界，曲乃半壁江山。《长生殿》以华美文辞唱兴亡之慨，其清丽流畅、富有诗意的曲文，在当时就已家喻户晓。"天淡云闲，列长空数行新雁。御园中秋色斑斓：柳添黄，蘋减绿，红莲脱瓣。一抹雕阑，喷清香桂花初绽。""淅淅零零，一片凄然心暗惊。遥听隔山隔树，战合风雨，高响低鸣。一点一滴又一声，一点一滴又一声，和愁人血泪交相迸。"这样情景交融的优美曲词，读之令人陶醉。

孔尚任（1648—1718），字聘之，生于曲阜，孔子第六十四世孙。36岁时，康熙帝在曲阜祭孔祀圣，他被保举御前讲经，颇得康熙的赏识，破格授为国子监博士，赴京就任。39岁时他奉命赴江南治水，历时四载。这个时期，他的足迹几乎踏遍南明故地，又与一大批有民族气节的明代遗民结为知交，加深了对南明兴亡历史的认识。此后他积极收集素材，历经十余年苦心经营，三易其稿始成《桃花扇》，次年却遭罢官，罢官原因，有学者认为是《桃花扇》的思想内容为清廷所忌。

［微课］孔尚任点染桃花扇

《桃花扇》讲的是复社名士侯方域与秦淮名妓李香君的爱情故事，故事的背景却是明朝"三百年基业，隳于何人，败于何事，消于何年，歇于何地？"（孔尚任《桃花扇小引》），"一折桃花情满扇，两燕分飞家国亡"。李香君敬重侯方域敢于反对阉党，二人萌生爱情，订婚之日侯题诗扇为信物赠香君。阉党权贵阮大铖得知侯方域手头拮据，遂重金拉拢收买他域，由画家杨龙友出面为侯、李置办妆奁酒席，香君知道真相后将妆奁全部退回，表现出对阉党的痛恨。卷入政治斗争漩涡的侯、李二人不得不分离，侯方域离开南京投奔扬州守将史可法。不久阮大铖追随马士英迎立福王，更加疯狂迫害复社文人，并逼迫香君嫁人，香君拼死抗拒，血溅侯方域所赠诗扇，杨龙友借血点染桃花图，这就是"桃花扇"。很快清军攻陷南京，当侯、李二人历经千难万险之后终于重逢于南京郊外的白云庵时，却被张道士撕破代表爱情之坚贞的桃花扇，喝断了这一段儿女之情，"国在哪里，家在哪里，君在哪里，父在哪里？偏是这花月情根，割他不断么？"二人以双双入道而告终。

《桃花扇》并没有以大团圆作结，这在中国古代戏曲中是少有的，它所要表现的，表面上是侯、李爱情的幻灭，骨子里却是个人命运在历史变迁中的渺小与无奈。"不图重做兴亡梦，儿女浓情何处消"，作者是在借"离合之情"抒"兴亡之感"。孔尚任所生活的时代，清人的统治已完全稳定并显示出强盛之势，由明亡所引起的强烈的悲愤与反抗已逐渐平复，然而对于习惯了将自身生存价值与社会政治相连的士大夫来说，不可能不产生一种人生失去依托的失落感。孔尚任敢于触及南明那段敏感的历史，对其兴亡有如此痛悼的感情，其实是饱含了浓厚的民族情感的，《桃花扇》正是顺应了社会怀旧心理的需要，抒发了巨大的历史变迁在人们心中引发的深深感慨。"眼看他起朱楼，眼看他宴宾客，眼看他楼塌了。""雨翻云变，寒涛东卷，万事付空烟。"拥有大半江山、雄兵百万的南明朝廷，一载而亡，果真"如戏"！传奇的最后一部压轴之作，竟以悲剧结局，以南明气数之尽，推演明朝三百年气数之尽，更意味深长的是，它难道不是不自觉地透露了整个封建制度的气数将尽吗？

第二节　花妖鬼狐与百态世像——清代小说

• 原典阅读：
《聊斋志异》
《儒林外史》

清代小说承续晚明小说兴盛的局面，题材继续深入扩展，神魔小说、世情小说呈现出多样化局面，小说家开始将目光转向文人自身生活，对封建文化的价值体系进行了深刻反思与批判。其中的代表作——文言短篇小说《聊斋志异》和讽刺小说《儒林外史》，以独特的视角对知识分子这个社会阶层的生活遭遇和精神境界进行了描绘，入木三分地揭露了科举制度的弊端和罪恶，透露出浓重的悲剧情绪。

一、失意文人的孤愤之书——蒲松龄与《聊斋志异》

［微课］《蒲松龄聊斋写狐鬼》

蒲松龄（1640—1715），字留仙，一字剑臣，号柳泉居士，人称聊斋先生，淄川（今山东淄博）人。曾接连考取县、府、道三个第一，名震一方。后来居然屡试不第，终身未仕。锦心绣口却没有当过官，曾短期到外地当过幕宾，40岁起开始在当地乡绅毕家做塾师，到70岁撤帐回家。

《聊斋志异》俗名《鬼狐传》，总共近500篇，用文言文写成，沿袭了六朝志怪小说之法，汲取了传奇小说传统，通过神仙、狐怪、花妖的故事，构建了一个具有人情味的鬼魅世界。为了避开严酷的文网，蒲松龄没有直接写世态人情，而借花妖鬼狐曲折地对黑暗腐败的社会进行揭露和嘲讽，表现出清初社会普遍的文化追求和精神理想，《聊斋志异》就是一部借非现实的幻想事物来寄托对现实不满的"孤愤之书"。

《聊斋志异》长期以来受到人们的喜爱，主要原因是占据全书最大比重的鬼狐与书生之间动人的爱情故事，那些非人的形象大多数美丽、善良、多情，她们不受人间伦理道德的约束，勇敢地追求自由爱情，尽情地享受男女情爱。这些形象是用来观照人世的，她们身上的理想光彩，正是晚明主情浪漫思潮的延续。这类名篇有《莲香》《小谢》《连城》《宦娘》《鸦头》等。《聊斋志异》中的花精形象，不仅具有花的自然特性，更是一种个人情志与文化品格的象征，"黄英"即黄花、菊花，喻义隐逸、清高；"荷花三娘子"既有莲的清香，又有莲的自洁自爱；因书生爱花、惜花，便有"牡丹仙子"化作民间女子葛巾报答他的恩情。如同作诗言志抒情一样，作者借助这些精魅意象，创造出以虚生实、虚实相生的艺术境界，使小说具有了深厚的文化意蕴。人与鬼狐的结合，如花似锦也好，热情似火也罢，总是短暂虚幻，终归走向寂灭，因此小说很多篇章都有一种幽凄的悲剧气氛萦绕。"一个微弱的生命被残暴的外力所窥伺着，却不顾危险，仍然要获得哪怕短暂的欢爱。在这缥缈的故事中，哀伤的诗意令人难忘。"（骆玉明《简明中国文学史》）正是这种"悲以深"的感伤意识，构成了聊斋浪漫故事凄美哀婉的境界。

"仅成孤愤之书；寄托如此，亦足悲矣！"（《聊斋志异·自序》）于"聊斋"中"志异"，讲述异常之故事，塑造异类之人物，岂不也是无聊无趣的人世间的异想异响吗？

二、讽刺艺术的新高峰——吴敬梓与《儒林外史》

吴敬梓（1701—1754），字敏轩，晚年号文木老人，安徽全椒人。出身于世代书香的名门望族，到父亲一代，家道开始衰微。吴敬梓少时刻苦读书，热衷科举，23岁中秀才，却久困科场。早年生活豪纵，后家业衰落，移居江宁。由富至贫的生活变故，使他尝尽世态炎凉，在与那些官僚、名流的长期周旋中，他看透了这些人的卑污灵魂，对现实有了清醒认识，从此弃绝功名。

《儒林外史》是一部极为严肃的创作小说，它很少受社会通行观念的影响，也没有曲意迎合世俗的阅读趣味，作者将自己独特的人生体验和深刻的社会思考融入书中，揭露了封建专制下文人群体的精神堕落和与此相关的社会弊端。全书五十六回，是一部主角不断变换的长篇小说，或者说是一部由无数短篇交替而成的长篇小说，没有贯串全书的主要角色、主要线索、中心人物，却能围绕反对科举制度这一点，安排近两百个人物，逐个逐批出现，又逐个逐批隐退，巧妙地安排了各类人物和故事，从而深入细致地表现复杂又相对静止的人生百相。

中国古代小说多具有传奇性，从明代《金瓶梅》开始转向凡人世俗，但真正完成这个转变的是吴敬梓，《儒林外史》没有精彩纷呈的传奇色彩，没有缠绵悱恻的爱情故事，有的是能够反映社会真实面貌和人们深层心理的日常。如《二马先生游西湖》一节，淡化了故事情节，没有矛盾冲突，于细琐之处见精神，更显艺术功力；再如严监生临死前因灯盏里点了两根灯草而不肯断气。吴敬梓用这样的夸张性精美细节塑造典型形象，寓意极深。

《儒林外史》以其深刻的思想内容和高超的艺术技巧，成为我国古代讽刺文学的典范。与《西游记》调侃的讽刺笔法不同的是，它从儒林群丑可笑的喜剧表面挖掘出了蕴含其内的悲剧意味。以两个把科举作为荣身之路的可怜人——周进和范进为例，他们都是几十年不能出头的老"童生"，平日里受尽轻蔑与奚落。周进在落魄中参观贡院时，触景生情，大半生功名未就的辛酸悲苦倾泻而出，"一头撞在号板上，直僵僵不省人事"，苏醒后满地打滚，放声大哭，直到口吐鲜血。而他们一旦中举，"不是亲的也来认亲，不相与的也来认相与"，房子、银子、奴仆、丫鬟随之而来。范进考中之前，连他丈人胡屠户都骂他"尖嘴猴腮""癞蛤蟆想吃天鹅肉"，考中后却说"才学又高，品貌又好"，是"天上的星宿"。科举一道门槛，隔着贫与富、荣与辱、贵与贱，难怪范进知道自己中举后，脆弱的神经经受不了这突如其来的刺激，竟喜得发了疯，亏了丈人一巴掌才清醒过来。科举也是一面照妖镜，照出了周进、范进命运转变中各种变态畸形的人物的本质，深刻地表现了科举制度对各阶层人物的毒害。

《儒林外史》把中国古代讽刺艺术推向一个新的高峰，而《聊斋志异》"写鬼写妖高人一等，刺贪刺虐入骨三分"（郭沫若），在讽刺艺术方面也具有不俗的成就。比较两部作品：首先，在内容方面，前者所写尽是"儒林中人"，着重选取具有典型意义的题材，人物性格也复杂多变；后者选的多为"小"题材，以小见大，讽喻时弊。其次，就手法而言，前者直接描写科举制度中的种种荒谬现象，直指"科举制吃人"的本质，在醒世效果上更胜一筹；后者以较为曲折的手法来针砭科举制的黑暗，通过夸张变形构建鬼神妖怪的世界来映射世人。最后，从风格上来看，一个以喜剧的笔调勾勒出士林百丑图，以喜写悲，发人深省；一个以感伤情怀寄情于异域幻境，寄托作者对科举制度的愤懑和对社会政治的失望。

《聊斋志异》和《儒林外史》这两部作品，一个名为"志异"，实为写人；另一个名为"外史"，似乎要表明"本故事纯属虚构，请勿对号入座"，实为正史。笑中有泪，泪中有哀，几分庄严，几分诙谐，几分玩笑，几分感慨，看似不正常、不正经，不过都是曲笔罢了。

第三节　现实里人生如梦——纳兰性德词

"一叶知秋"，不仅是遭遇到家国巨变或身处社会底层的潦倒文人会感受到这个时代的颓唐没落，就是身处繁华富足世界里的皇亲贵胄，也发出了无可奈何的人生空幻之悲叹，纳兰性德就是其中之一。纳兰性德字容若，满洲正黄旗人，大学士纳兰明珠之子，康熙进士，官至一等侍卫。无论从哪个角度看，他都不该是那个发出悲叹的人，然而他竟那样哀婉伤痛：

山一程，水一程，身向榆关那畔行，夜深千帐灯。　　风一更，雪一更，聒碎乡心梦不成，故园无此声。

——《长相思》

谁翻乐府凄凉曲，风也萧萧，雨也萧萧，瘦尽灯花又一宵。　　不知何事萦怀抱，醒也无聊，醉也无聊，梦也何曾到谢桥。

——《采桑子》

"不知何事萦怀抱"，北宋之词也曾有这样百无聊赖的感伤，但纳兰性德不同，风雨凄凉，愁苦萦怀，在本不该有愁恨的富贵荣华中抑郁厌倦，其词读来就更有一种沉痛之感。有人认为他是《红楼梦》中贾宝玉的原型，在那个"烈火烹油"的盛世里，那颗敏感的心竟自穿过繁华之地，直接去了那热闹之后的荒芜之境，纳兰性德与贾宝玉的精神气质的确是相同的。

纳兰性德与豪放的阳羡词派代表陈维崧、醇雅的浙西词派代表朱彝尊被称作清初三大家。纳兰性德作词主情，入微有致，纯任性灵，直逼李后主。王国维说他"北宋以来，一人而已"（《人间词话》）。他在20岁时娶两广总督之女卢氏为妻，夫妻二人缱绻情深，不料仅三年卢氏就因难产而亡，遂有悼亡词若干。盛传纳兰性德与表妹青梅竹马，两情相悦，但后来表妹被选入宫中，从此天涯永隔。纳兰性德多情，因此爱情成为他创作的重要题材，也造就他低回悠渺、执着缠绵的独特风格。

辛苦最怜天上月。一昔如环，昔昔都成玦。若似月轮终皎洁，不辞冰雪为卿热。无那尘缘容易绝。燕子依然，软踏帘钩说。唱罢秋坟愁未歇，春丛认取双栖蝶。

——《蝶恋花》

昏鸦尽，小立恨因谁？急雪乍翻香阁絮，轻风吹到胆瓶梅，心字已成灰。

——《梦江南》

彤霞久绝飞琼字，人在谁边，人在谁边，今夜玉清眠不眠。　香销被冷残灯灭，静数秋天，静数秋天，又误心期到下弦。

——《采桑子》

元稹作悼亡，但风流才子，情深而不专；苏轼作悼亡，因心胸旷达，情深而节制；唯纳兰性德一往情深，一病不起，乃至"一片伤心画不成"（《南乡子·为亡妻题照》）。纳兰性德与词中"伤心人"晏几道皆出身于权门世家，但晏几道的伤多渗入身世之落，痴情如一个不谙世事的大男孩，纳兰性德则是盛景之中的伤怀，他的词哀绝几近咯血，让人几乎要爱上这个深情的男子，却因爱莫能助而不忍卒读。有句话叫"深情不永"，纳兰性德只活了31岁，短短的生活历程并不曲折，但他的生命太婉转，越是万事无缺，才越让人觉得掌心里一无所有。"家家争唱饮水词，纳兰心事几人知？"（曹寅《题棟亭夜话图》）相传纳兰明珠罢相后，在家读起儿子的《饮水词》，忍不住老泪纵横叹道："这孩子他什么都有了啊，为什么还会这样不快活？"听来让人落泪断肠！

第四节　幻灭前的警世呼唤——新文学革命

面对衰世，有人感伤哀叹，有人批评讽刺，更有清醒者激扬文字，鼓吹革新，发出警世呼唤。

一、变革先驱龚自珍

龚自珍是近代历史开端之际思想界与文学界的先驱。就时间节点来说，龚自珍在鸦片战争爆发的第二年——1841年离世，但就思想而言，他早已预言了清王朝乃至整个封建体制不可挽救的败落，他以鲜明的个性解放倾向与自由批评的锋芒，体现了时代的精神，成为近代文学的开山之人。

龚自珍，浙江仁和（今杭州）人，学识宏富，通经史、诸子、地理、佛学、金石、音韵等。道光九年进士，一生位列下僚，但关心国事，有着深沉的忧患意识和政治远见。

> 九州生气恃风雷，万马齐喑究可哀。我劝天公重抖擞，不拘一格降人才。
>
> ——《己亥杂诗·其一百二十五》

在大型组诗《己亥杂诗》中，龚自珍以酣畅奔放的笔墨批判现实、呼唤风雷、渴望变革，唱出了振聋发聩的时代最强音。龚自珍今存诗词 800 多首，深刻反映了当时的社会历史："津梁条约遍南东，谁遣藏春深坞逢"（《己亥杂诗·其八十五》），揭示出鸦片对国人身心的危害；"不论盐铁不筹河，独倚东南涕泪多"（《己亥杂诗·其一百二十三》），揭露统治者对民间的搜刮；"避席畏闻文字狱，著书都为稻粱谋"（《咏史》），刻画官场士林的苟且无聊；"落红不是无情物，化作春泥更护花"（《己亥杂诗·其五》），辞官南归之时，依然不忘报国之志，以"落红"自喻，表达愿以生命的全部热情"护花"的爱国情怀。

龚自珍的诗纵横捭阖，气势磅礴，笔力遒劲，文辞瑰丽。既有思想家的深邃，又有诗人的激越，融会了唐音、宋调的优点，又自成一路，打破了清中叶以来诗坛的沉寂局面。

在散文方面，自桐城派以来，天下文章一直为"义法"所控制，而龚自珍能摆脱一切束缚，以纵横无羁的笔法大胆抒写自己的真知灼见和人生感想，开创了散文的新风气。他存世散文 300 多篇，有政论、考史、论经，也有述志、纪行、题序，皆构思不凡，笔锋横霸，一扫衰世之暮气，给人强烈的震撼。《病梅馆记》就是代表之作。文章以梅喻人，揭露病态社会对人才的摧残，发誓"疗之、纵之、顺之"，使其健康自由地生长，表达出追求解放的理想和热切救世的愿望，透视现实，意味深长。

在封建体制从根本上失去自我更新能力的末世，龚自珍的傲岸精神和英锐之气有着警世、惊世的力量，无疑让后世的改革志士为之一振。

二、诗界革命

从 1840 年鸦片战争开始到 1919 年五四运动前夕，是中国社会剧烈动荡变化的旧民主主义革命阶段。鸦片战争的失败彻底惊醒了腐朽清廷的"大国梦"，中国沦为西方列强宰割下的半封建、半殖民地社会。封建社会的解体，不仅使得社会性质和经济结构发生了变化，更在思想领域激起巨大的震荡。一批有识之士先是感觉器物上的不足，提出了"师夷长技"的策略；继而发现了制度上的不足，发动了"维新运动"；最终从文化根本上审视传统，形成了新文化运动。在这个过程中，大批先进的知识分子纷纷走上主动向西方文化学习的道路，西学东渐成为这一时期最突出的现象。

在这样的背景下，作为由古代文学向新文学转变过渡的近代文学，其文学观念、作家结构、作品形态、语言形式等，都无不发生新的变化。

与龚自珍齐名的诗人魏源，是一位有见识的学者和思想家，曾受林则徐嘱托编纂讲述科学技术和各国地理历史的《海国图志》，提出了"师夷长技以制夷"，其诗记录了倾危国势和时代风云，具有一定的代表性意义。

龚、魏之后，随着资产阶级改良运动的兴起，出现了黄遵宪、康有为、梁启超、谭嗣同、章炳麟、秋瑾、柳亚子等一批为传播新思想歌唱的新诗人。梁启超鲜明地提出"诗界革命"的口号，而黄遵宪则以创作"新派诗"成为"诗界革命"的旗帜。黄遵宪曾以外交官身份接触西方文明，深感古典诗歌自古至今"其变极尽"，再难为继，提出"我手写我口"，着意将新思想、新见闻、新语言入诗，体现出旧诗向新诗的过渡。

作为具有载道功能的诗歌历经几千年，虽说在小说、戏曲兴起后就已让位于通俗文学，但其正统地位并没有根本动摇。而小说虽自明清以来发展得如火如荼，但一直处于供市井小民娱乐消遣的地位，并没有被主流文化所认可。文学进入近代，虽有新内容不断注入，但除少数得风气之先者外，总体上还是循着自身惯性在推衍。

三、小说新民

中国文学由传统走向现代，是以一声巨吼拉开序幕的，这就是革新政治家梁启超提出的"小说界革命"。"戊戌变法"前后，维新派从欧洲各国革命的成功中获得启示，认识到小说的启蒙与宣传作用，开始大力倡导翻译外国作品。梁启超认为"新民"为"今日中国之第一要务"，他提出："欲新一国之民，不可不先新一国之小说。欲新道德，必新小说；欲新宗教，必新小说；欲新政治，必新小说""乃至欲新人心，欲新人格，必新小说"。（《论小说与群治的关系》）他提出"小说为文学之最上乘"，这不正是"经国之大业，不朽之盛事"（曹丕《典论·论文》）的载道功能吗？"诗文'载道'呈现的是温文尔雅的教化风，小说'载道'体现的是激烈昂扬的战斗性。"（张法《艺海泛舟》）小说被提到了前所未有的高位，既是西方文学观念影响的结果，也是中国文化又一次下移的体现，新小说运动成为中国古典文学与现代文学的分界线。

　　文学观念的彻底改变，再加上报业、出版业的勃兴，租界、口岸城市的扩展，使得小说迅速繁盛起来。在"小说界革命"的浪潮中，最具影响力的是被鲁迅称为"谴责小说"的四大名著：《官场现形记》《二十年目睹之怪现状》《老残游记》《孽海花》。20 世纪初的翻译小说也非常值得关注，以林纾所译小仲马的《巴黎茶花女遗事》为起点，拜伦、狄更斯、仲马父子、巴尔扎克、易卜生、塞万提斯、托尔斯泰等欧美作家的小说被大量翻译进来，对中国小说的创作观念、审美追求、题材内容、风格流派乃至表达方式都极具补益作用。与此同时，戏剧改良运动也全面展开，西方话剧被引入，李叔同、欧阳予倩等人成立第一个剧社"春柳社"，带动和促进了话剧的兴起。

　　以 1919 年五四运动为节点，旧文学彻底结束，新文学革命成功，其标志有二：一是新文学完成了从文言到白话的转化，二是新文学主动接受了西方美学思想及其文学表现技巧。虽然新文学革了古典文学的"命"，但它还是割不断连接母体的脐带。在之后的中国现代文学发展中，涌现出一批熠熠生辉的文学大家，他们浸淫于诗书，又养成于西学，他们身上有传统士人的言行操守，也有现代知识分子的理想信念，鲁迅、茅盾、林语堂、郁达夫、沈从文、钱锺书、朱自清等人，撑起了中国文学的新天地。

练习·思考·延伸

1. 在借男女之情写兴亡之感这一点上，《长生殿》和《桃花扇》有何异同？

2. 郭沫若赞蒲松龄"写鬼写妖高人一等，刺贪刺虐入骨三分"，你如何理解？

3. 清朝的文学呈现出浓重的感伤情绪，试择一角度或一作品，谈谈你的认识。

*4. 自白居易的《长恨歌》以来，李、杨故事就一直是文学创作久写不衰的题材，试比较《长恨歌》《梧桐雨》《长生殿》，它们在思想内容和艺术手法上有什么不同？

▨ 以"诗意朗读"作结

　　读《采桑子·谁翻乐府凄凉曲》

　　朗读提示："窗前谁种芭蕉树？阴满中庭。阴满中庭，叶叶心心，舒卷有余情。"（李清照）将原本不须叠句的第二句重叠，造成一种舒缓委婉的情韵。自李清照创"添字采桑子"以来，后世词人多有模拟，纳兰这首就是仿易安所作。节拍复沓，回环反复，使词情凄婉悱恻，哀怨动人。但若是读作"风也／萧萧，雨也／萧萧""醒也／无聊，醉也／无聊"，就难免刻板、雷同，不妨处理成"风也萧萧，雨／也萧萧"，"醒也无聊，醉也／无——聊"。在重音与节奏的变化间，朗读产生了既错落又和谐的美感。

　　朗声读来——

《采桑子·谁翻乐府凄凉曲》

第二十一章

红楼幻梦

从和珅说起——

清嘉庆四年正月初三，乾隆驾崩，正月十三，嘉庆帝宣布和珅二十条罪状，下旨查抄和府，正月十八，和珅用嘉庆所赐白绫自尽。和珅死前留绝命诗一首，似乎还觉得自己有点冤："五十年来梦幻真，今朝撒手谢红尘。他日水泛含龙日，认取香烟是后身。"这位权倾一朝的首辅大臣，乾隆年间的赫赫首富，大概没有想到自己制定的贪官只需罚款就可免除死刑的议罪银制度，竟也救不了自己的这条命，哪怕拥有的家产能买他这样无数条命。和珅到底贪得多少资产呢？官书、野史、传说、档案说法不一，而且相差甚远。一说从他家抄得白银八亿两，这个数字相当于清政府十几年的收入。另一说和珅家产除了一些稀世珍宝难以计价外，现金及能够估价的土地、房屋大概在两千万到三千万两之间。就是其余不计，仅地窖藏银就三百余万两，夹墙藏金两万六千余两，称得上富可敌国，难怪时人会说"和珅跌倒，嘉庆吃饱"。和珅并非后人传说的那样不学无术，相反他相貌俊秀，武艺高强，聪明能干，精通满、汉、蒙、藏四种文字，作诗、作书造诣颇高，更合乾隆的审美趣味，甚至可以替乾隆代笔。据说，当年乾隆帝举办千叟宴，和珅改革旧式个人小火锅，发明加烟囱的大火锅，热呼呼地让数千位老人吃得眉开眼笑，为乾隆赚足了面子。当然，他讨乾隆欢心的最大"本事"是敛财，乾隆晚年无论是豪华下江南，还是奢靡祝寿辰，都需要大把大把的银子，和珅利用自己的权力，搜刮勒索，在满足乾隆欲望的同时，毫不含糊地也充盈了自己的腰包。和珅擅政二十余年，深得乾隆帝宠信，曾兼任多个重要官职，公然索贿受贿，百官争相诣附。这个史上最大的"硕鼠"掏空了清廷半壁江山，而最有意味的是这个"硕鼠"是乾隆皇帝一手养大的。贪官成灾，必是以民间的贫困化为代价的，和珅死后清朝逐渐进入嘉道中衰。

▶ 和珅的恭王府花园

学习提示

本章主要介绍《红楼梦》作者曹雪芹的基本情况，小说的人物形象、艺术架构及其思想内涵。

学习本章要把握全书的悲剧情调，对小说中的主要人物形象要作深入了解，要掌握作品的艺术结构和塑造人物的方法。通过阅读原著，体会小说丰富而深刻的文化意蕴，能够对其中某个问题提出独立见解，以提高文学鉴赏能力。

相关信息

《红楼梦》研究的两个重要派别

索隐派　以蔡元培为代表，这一派的主要兴趣不在作品本身，而是要通过故事情节索出"所隐之事，所隐之人"，说贾宝玉是顺治皇帝，林黛玉是董小宛，又说《红楼梦》演的是宰相明珠家事、和珅家事。蔡元培则从"红"中索出"朱"，宝玉爱红，好吃人口上胭脂，曹雪芹于悼红轩中增删《红楼梦》，暗含吊明排满之意。由此认定，《红楼梦》是一部政治小说。

自传派　以胡适为代表，其后还有俞平伯、周汝昌等，这一派主要用烦琐的考证方法，来寻找作品与作者间的对应关系，得出《红楼梦》是"曹雪芹的自叙传"的结论，将贾府与曹家、贾宝玉与曹雪芹完全等同起来。这一派也叫考证派。

《红楼梦》是中国古代文学史上一部深情的不朽之作，它以无比广阔细致的历史画面、无比丰富深刻的文化意蕴以及无比精致完美的艺术手法，将中国古典小说推上了巅峰。"开谈不说《红楼梦》，读尽诗书也枉然。"（得舆《京都竹枝词》）《红楼梦》是封建末世的一次文化大总结，不仅有诗词曲赋，还有当时的流行文艺，而且梅兰竹菊、琴棋书画、笔墨纸砚、亭台楼阁这些中华文化符号齐集，传统的美食、医学及西洋的科技、时尚都有涉及，它就是一部百科全书。《红楼梦》是一个世界，一个开放的世界，谁都可以走进去找到自己的喜怒哀乐、悲欢离合。《红楼梦》又是一个谜，无论谁说，说什么，掀起的永远都是冰山的一角。正如曹雪芹自己所言："满纸荒唐言，一把辛酸泪。都云作者痴，谁解其中味？"

第一节　生于繁华　终于沦落
——曹雪芹与《红楼梦》的成书

一、曹雪芹生平

曹雪芹（约 1715 或 1721—约 1764），名霑，字梦阮，号雪芹，又号芹圃、芹溪，祖籍辽阳，先世本为汉人，后入满洲正白旗籍。其高祖随清军入关，立有军功，曹家便成为显赫一时的世家。曹雪芹的曾祖母曾是康熙的乳母，祖父曹寅曾当过康熙的"伴读"。康熙继位后，派其曾祖父曹玺为江宁织造，江宁织造虽非高官，却是内务府的肥缺，除了为宫廷采购以外，还要替皇帝考察江南吏治民情，非心腹不能充任。曹家三代世袭这一要职，成为江南财势熏天的"百年望族"，康熙六次南巡，就有四次住在织造府中。曹雪芹就在这"秦淮风月"之地的繁华中，度过了他的少年时期。曹家也是"诗礼之家"，曹雪芹的祖父曹寅是当时著名的诗人、学者兼藏书家，主持刊刻了《全唐诗》，伯父曹颙也擅作诗文，家学渊源直接影响了曹雪芹后来的创作。

雍正继位后，曹家失势，以"行为不端""织造款项亏空"等罪名受到削职、抄家等惩处，由南京遣回北京。家道衰落，曹雪芹潦倒至死，他本人的情况自然无甚记载，从他好友留下的不多几首诗中约略知道，他工诗善画，嗜酒狂放，友人将他比作魏晋名士阮籍；他曾当过杂役，卖过画，在生命最后的十几年里，他流落到北京西郊的一个小山村，过着"举家食粥酒常赊"的贫困生活。乾隆二十八年，曹雪芹晚年爱子夭折，这年除夕他留下一部《红楼梦》遗稿，伤感谢世。

曹雪芹以富贵荣耀之身一下子跌入凋零衰败之境，深切地体验到了人生的悲哀与世道的无情。当天才被不幸命运无情摧残时，文艺创作是实现生命升华的唯一方式，曹雪芹将自己的悲剧体验、诗性情感以及清醒的人生思考，全部倾注于笔端，"批阅十载，增删五次"，呕心沥血，终成旷世奇书《红楼梦》。

二、《红楼梦》的成书过程

《红楼梦》本名《石头记》，全书一百二十回，曹雪芹生前只完成了八十回，后四十回一般认为是高鹗所补。前八十回，最初以抄本的形式流传，大多有署名脂砚斋的评语，即《脂砚斋重评石头记》。脂砚斋的真实姓名不详，从他的评注和批语中可以推测，他同曹雪芹关系应该极为亲密。高鹗，字兰墅，别号红楼外史，乾隆进士，有《兰墅诗钞》《兰墅文存》等著作传世。乾隆五十六年，程伟元和高鹗将《石头记》前八十回与后四十回合成一个完整的故事，以木活字排印出来，书名为《红楼梦》，称"程甲本"，第二年经过修订又出了重印本，叫"程乙本"。"程乙本"的刊行，结束了《红楼梦》的传抄时代，使这部巨著得以广为流传。

对高鹗续写的《红楼梦》后四十回，历来争议颇多，毁誉不一。第一，后四十回完成了这部伟大的悲剧，使《红楼梦》成为一部结构完整、首尾齐全的文学作品，并且在情节设置、人物性格、语言风格等方面，也能和前八十回大体衔接起来，这是它最大的功。第二，围绕全书的中心事件写出了主要人物的悲剧结局，尤其是宝、黛爱情的结局处理非常成功，黛玉之死、宝钗出嫁、宝玉出家等情节，基本保持了原有的矛盾发展和全书的悲剧气氛。第三，有的情节如黛玉焚稿、宝玉失玉、袭人出嫁，都写得精彩纷呈，有强烈的艺术感染力。但是，后四十回在思想艺术上也有缺点，情节上与前八十回有矛盾之处，按第五回的预示，全书的结局贾府应是彻底败亡的，"落了片白茫茫大地真干净"，但"续书虽亦悲凉，而贾氏终于'兰桂齐芳'，家业复起，殊不类茫茫白地，真成干净者矣。"（鲁迅《中国小说史略》）

第二节　怡红公子　红楼女儿
——《红楼梦》的悲剧世界

　　《红楼梦》以贾宝玉、林黛玉之间的爱情悲剧为主线，通过以贾府为代表的封建贵族的兴衰变化，揭露了封建社会末期的黑暗腐朽以及不可克服的内部矛盾，揭示了封建社会必然崩溃、封建贵族阶级必然衰亡的历史命运。

一、悲凉之雾　遍被华林——贾宝玉的叛逆人生

　　贾宝玉这个出身于钟鸣鼎食之家，生活于锦衣玉食之中的贵公子，是贾府这个封建没落家族的希望所在，他身上被寄托着重振家声的厚望。贾母溺爱，贾政严教，王夫人呵护，姐妹们规劝，丫鬟奶妈无微不至地照料，无不都是为了一个目标，就是把他引上读书仕进、科举成名的道路。然而，贾宝玉却背离了传统的士大夫道路，违拗了贾氏家族的殷切期望。"潦倒不通庶务，愚顽怕读文章。"他鄙视功名富贵，厌恶仕途经济，把当时读书人所沉迷的科举考试讥讽为"饵名钓禄之阶"，把"文死谏，武死战"的忠孝观念骂得一钱不值。他视读书为畏途，读《西厢记》却如痴如醉，他不但想用逃学来摆脱封建正统教育，而且还想挣脱身上的一切桎梏。他不受任何约束的大胆追求，是对传统道德的强烈叛逆与尖锐挑战，正因如此，他和父亲贾政的矛盾冲突愈演愈烈，竟至相视若仇，让贾政说出"不如趁今日结果了他的狗命，以绝将来之患"这般痛心又狠毒的话来。在爱情婚姻问题上，他既不考虑家族的未来利益，也不理会传统对女子的要求，只求与心爱的人心灵契合，他有一句因林黛玉而起，对紫鹃说的话："活着，咱们一处活着；不活着，咱们一处化灰化烟，如何？"死活系于一个"情"字，这是他生命唯一的意义。他的女性观更是惊世骇俗，完全悖逆了男尊女卑的传统观念："女儿是水作的骨肉，男人是泥作的骨肉。我见了女儿，我便清爽；见了男子，便觉浊臭逼人。"这正是对被功名利禄异化了的男人的否定，也是对保留了未被污染的人类天性的女性的赞美。总之，那个时代社会体制中一切公认为有价值的东西，都遭到了他的蔑视和抛弃。小说开头写女娲补天时，炼就三万六千五百零一块巨石，单剩一块未用，弃在"大荒山无稽崖青埂峰下"，此石"灵性已通，因见众石俱得补天，独自己无材不堪入选，遂自怨自叹，日夜悲号惭愧"。它就是贾宝玉出生时口中所衔的"通灵宝玉"，也就是贾宝玉本人。

如此良才美质，竟成为社会政治结构所不容的"废物"一个，足以让人深思！

贾宝玉生活在珠环翠绕之中，人世间的一切安富尊荣他都生而有之，但他唯缺一样东西，那就是自由。他经常发出这样的怨诉："可恨我为什么生在这侯门公府之家？""我只恨我天天圈在家里，一点儿做不得主，行动就有人知道，不是这个拦，就是那个劝的，能说不能行。"他对人生感到极度迷惘，甚至常说："死后要化灰化烟，再不要托身为人了！"贾宝玉这种个性压抑的痛苦，来源于对生命价值的探讨与追问，他对传统的、现存的伦理道德提出了大胆的质疑，却又没有找到新的出路，因而执着之下倍觉伤感，而当这种伤感与家族的衰败结合在一起时，一股浓重的悲凉之气便弥散于全书之中，正如鲁迅所说："悲凉之雾，遍被华林，然呼吸而领会之者，独宝玉而已。"（鲁迅《中国小说史略》）

二、木石前盟　金玉良缘——宝黛钗的爱情悲剧

贾宝玉和林黛玉、薛宝钗的爱情婚姻悲剧是《红楼梦》的主线。宝、黛爱情是建立在共同的思想与个性的基础上的。林黛玉出身于"书香之族"的封建官僚家庭，但父母早逝，家道中落，她是以孤女的身份寄居在外祖母膝下的，孤高自许的个性与寄人篱下的生活相互激发，造就了她多愁善感而又冰清玉洁的生命状态。她的家庭和她的个性，实际上也使她被排斥在势利世俗的封建生活主流之外，只有宝玉，不仅与她有着一见如故的心灵感应，而且与她志同道合，是她唯一的知音。她并没有为了争取婚姻的成功而屈服于环境，更没有像宝钗一样站在封建家长的角度劝说宝玉投身于举业，甚至还以高傲的性格、尖刻的言语与现实对抗。在"女子无才便是德"的社会里，黛玉偏偏才华横溢，聪慧敏感，她以自己特有的诗人气质，感受着封建家族的猥琐、腐朽与黑暗，又一往情深地向往诗意人生与纯洁爱情。她弱不禁风的病态美，也恰好象征了生命之美在那个时代环境里的脆弱以及受到的践踏。她是注定了做不成"宝二奶奶"的，她落选的原因是，其身弱，不利于家族的绵延，其势弱，无法扶持走向衰败的贾家，更主要的是她的人生价值观，完全不符合封建家庭的利益需求，所以到最后连对她疼爱有加的贾母，也狠心扼杀了她与宝玉的爱情。与以往文学作品中"郎才女貌""夫贵妻荣"的爱情不同，宝、黛爱情与封建制度和封建思想发生多方面的冲突，这是他们不得不走向悲剧的根本原因。

薛宝钗无论容貌还是才华都与林黛玉相当，而且对贾宝玉也是情有所钟，她与黛玉最根本的不同在于她的行为处处符合封建道德准则，她从不像黛玉那样真实或

任性地流露自己的情感，常常自觉不自觉地压抑甚至扼杀自身的情趣，在她身上少见少女的天真和单纯，多有成年人的稳重与世故，所以在荣国府那样一个人事复杂、矛盾交错的环境中，她能够讨得上上下下的欢心。有人说薛宝钗虚伪，应该说虚伪的不是她而是封建道德准则，当她真诚地奉行这些准则的时候，她并没有意识到自己的生命已处在一种不生不死的抑制状态中，她在上演着一出"金钗雪里埋"的悲剧。尽管宝玉"见了姐姐就把妹妹忘了"，但最终还是选择了从不劝他显身扬名的黛玉，"林妹妹不说这样混账话，若说这话，我也同她生分了"。所谓"混账话"，指的就是薛宝钗跟他讲的"仕途经济"。在贾家日益衰败的条件下，封建家长们希望贾、薛两家联姻，以贵护富、以富补贵，宝玉的冥顽不化已经是无可救药了，他们希望"德貌工言俱全"的宝钗来做贾宝玉的贤内助，主持家政，复兴家族。但是大厦将倾，已非人力可挽，将一个家族的重担压在一个女子身上，这本身就显示出了它的不堪与虚弱。象征着知己知心的"木石前盟"被象征着富贵结合的"金玉良缘""调包"了，表面上看，在黛、钗爱情争夺战中，薛宝钗是胜利了，但她最终也没有得到幸福，反而换得个守寡的凄凉命运，宝钗自己何尝不是被这倾覆的大厦埋葬了呢？在宝钗身上，悲剧是以另一种形式表现出来的。

● 原典阅读：《红楼梦》第二十三回、第四十八回

三、红楼女儿　可叹命薄——大观园的彻底毁灭

《红楼梦》的大部分故事是以"天上人间诸景备"的大观园为舞台的，这是一个以贾宝玉为中心的"女儿国"。"天地灵淑之气，只钟于女子""男儿们不过是些渣滓浊沫而已"。在宝玉眼里，不仅那些姐姐妹妹灵秀无比，就是那些丫鬟婢女们，也比那些"浊臭逼人"的男人不知要清爽多少倍。与西门庆和众多女性的关系不同的是，贾宝玉和她们虽然有着主仆的名分，但在人格上是平等的，晴雯、紫鹃、香菱、鸳鸯、平儿、司棋、龄官等，这群少女身上集中了青春的美好与生命的尊严。这里面晴雯是最令人喜爱的，她是荣国府里生得最俏的丫鬟，但最美的还在于她的个性，心地明净如光风霁月，而又热情火辣如一盆爆碳，更为可贵的是她虽"身为下贱"却"心比天高"，刚烈孤傲，疾恶如仇。在仗势逞威的王善宝家的领着众人查抄大观园时，丫鬟们都顺从地打开箱子，不敢出声，独有晴雯不给好脸色，还指着脸抢白了王善宝家的一顿。正是她这种不仅不讨好、巴结，相反还蔑视、反抗主子的性格，引来了封建家长的痛恨与打击，王夫人一口咬定她是"妖精似的东西"，一定会把宝玉勾引坏的，不顾她一身重病，将她赶出了大观园。垂死于病榻之际，她对着偷偷前

来探视的宝玉，咬下自己的指甲、脱下贴身的内衣交给他，"回去他们看见了要问，不必撒谎，就说是我的。既担了虚名，越性如此，也不过这样了"。即使死了，晴雯也要捍卫作为"人"的权利和尊严。

贾府中男人也不少，但他们多是女儿悲剧的制造者。贾赦，眼见贾母偏袒兄弟，居然觍着脸想把母亲的丫鬟收了，一来饱了色欲，二来握住贾母钱柜的钥匙；贾珍，这位宁国府的珍大爷也是个荒淫无耻的家伙，有妻有妾，还与儿媳有暧昧；贾琏，眠花宿柳，强娶民女，不是他尤二姐也不致吞金而死；贾环，整日间搬弄是非，一肚子坏水，也是个猥琐下流之辈；贾蓉，完全继承乃父家风，身为小辈却在凤姐、尤二姐、尤三姐面前行为不检。正如焦大醉骂时所言："我要往祠堂里哭太爷去，那里承望生下如今这些畜生来！每日家偷狗戏鸡，爬灰的爬灰，养小叔子的养小叔子，我什么不知道？"柳湘莲也说："这贾府除了门口这石狮子是干净的，可说是无一物清净。"贾府中的男人道德堕落、精神颓唐，他们享受着世袭的荣华富贵，却没有维护这种生活的能力，难怪曹公为他们拟的家谱也是从玉字辈到草字辈，真可谓一代不如一代。贾府依然富丽堂皇，依然笑语欢歌，却已是金玉其外败絮其中，回天无力！

封建时代是一个以男性为中心的社会，封建礼教的核心内容是等级制度，君臣、父子、夫妻、主仆之间，尊卑分明，不可僭越。曹雪芹为闺阁立传并非挑几个巾帼女英雄来讴歌，而是把整个女性放在男性的对立面。然而，在不可把握的命运中，黛玉香消玉殒了，探春远嫁了，惜春出家了，晴雯死了，金钏、司棋、鸳鸯也死了，连那些唱戏的女孩子都遣走了。大观园散了！女儿们所维系着的一方净土，被无情地毁灭了。贾宝玉呢？那个大观园的惜花人，眼见着美丽存在又消逝，自己却无力护花。"人生最苦痛的是梦醒了无路可走。"（鲁迅《娜拉走后怎样》）既然心已跌入空幻，那么身也只能遁入空门。

第三节 千红一哭 万艳同悲
——《红楼梦》的艺术成就

《红楼梦》似乎一直存在着贾（假）与甄（真）两个对立的世界，这两个世界一幻一实，一清一浊。大观园中的女儿们代表着一种理想，是青春美、爱情美、人格美的集成，是具有最高价值意义的存在。生命如此美好，却又这般容易飘落，从文化意义看，《红楼梦》就是一曲生命的挽歌，这里有深情的眷恋，有诗意的探询，有无限的悲悼，从始到终都弥漫着难以言喻的伤感情调。曹雪芹用小说的艺术创作为几千年的封建时代作结的同时，也用尽了他那个时代之前出现过的几乎所有文学样式及创作经验，为中国古典文学画上了一个精美的句号。《红楼梦》是小说，是诗化了的小说，《红楼梦》是悲剧，是有着浓郁抒情色彩的悲剧，正是因为悲剧与诗性产生了内在的关联，《红楼梦》才具有永恒的魅力。《红楼梦》的艺术成就主要表现在三个方面：

第一，突出地表现在人物形象塑造上。全书写了数以百计的人物，其中有不少典型形象。《红楼梦》打破了以往常用的好人一切皆好、坏人一切皆坏的写法，写出了人物性格的复杂性、多面性。在表现人物性格、心情时，或用曲笔、对比，或用环境衬托，这里就不再一一列举。

第二，《红楼梦》的艺术成就还表现在复杂而又和谐的结构与布局上。全书采用双线多头网状结构，主线是宝、黛爱情悲剧，副线是贾府由盛而衰到彻底崩溃，又以刘姥姥、贾雨村等做穿插，构成了一个完整而有机的整体。

第三，《红楼梦》的语言艺术达到了炉火纯青的地步，有着情浓意郁的诗的韵致。《红楼梦》中的诗词歌赋等韵文作品有二十多种、二百多篇，诗词的运用不仅从形式上增加了小说的诗化色彩，更强化了大观园女儿世界的诗性精神。

> 一个是阆苑仙葩，一个是美玉无瑕。若说没奇缘，今生偏又遇着他；若说有奇缘，如何心事终虚化？一个枉自嗟呀，一个空劳牵挂。一个是水中月，一个是镜中花。想眼中能有多少泪珠儿，怎禁得秋流到冬尽，春流到夏！
>
> ——《枉凝眉》

> 滴不尽相思血泪抛红豆。开不完春柳春花满画楼。睡不稳纱窗风雨黄昏后。忘不了新愁与旧愁。咽不下玉粒金莼噎满喉，照不见菱花镜里形容瘦。展不开的眉头，捱不明的更漏。呀，恰便似遮不住的青山隐隐，流不断的绿水悠悠。
>
> ——《红豆词》

> 维太平不易之元，蓉桂竞芳之月，无可奈何之日，怡红院浊玉，谨以群花之蕊，冰鲛之縠，沁芳之泉，枫露之茗，四者虽微，聊以达诚申信。乃致祭于白帝宫中，抚司秋艳芙蓉女儿之前曰：窃思女儿自临人世，迄今几十有六载。其先之乡籍姓氏，

湮沦而莫能考者久矣；而玉得于衾枕栉沐之间，栖息宴游之夕，亲昵狎亵，相与共处者，仅五年八月有奇。忆女曩生之昔，其为质则金玉不足喻其贵，其为性则冰雪不足喻其洁，其为神则星日不足喻其精，其为貌则花月不足喻其色。姊姊悉慕媖娴，妪媪咸仰慧德。孰料鸠鸩恶其高，鹰鸷翻遭罦罬；薋葹妒其臭，茝兰竟被芟葹。花原自怯，岂奈狂飙？柳本多愁，何禁骤雨！偶遭蛊虿之谗，遂抱膏肓之疚。故樱唇红褪，韵吐呻吟；杏脸香枯，色陈顑颔。诼谣謑诟，出自屏帷；荆棘蓬榛，蔓延窗户。既怀幽沉于不尽，复含罔屈于无穷。高标见嫉，闺闱恨比长沙；贞烈遭危，巾帼惨于雁塞。自蓄辛酸，谁怜夭折？仙云既散，芳趾难寻。洲迷聚窟，何来却死之香？海失灵槎，不获回生之药。眉黛烟青，昨犹我画；指环玉冷，今倩谁温？鼎炉之剩药犹存，襟泪之余痕尚渍。镜分鸾影，愁开麝月之奁；梳化龙飞，哀折檀云之齿。委金钿于草莽，拾翠盒于尘埃。楼空鳷鹊，徒悬七夕之针；带断鸳鸯，谁续五丝之缕？况乃金天属节，白帝司时；孤衾有梦，空室无人。桐阶月暗，芳魂与倩影同消；蓉帐香残，娇喘共细腰俱绝。连天衰草，岂独兼葭；匝地悲声，无非蟋蟀。露阶晚砌，穿帘不度寒砧；雨荔秋垣，隔院希闻怨笛。芳名未泯，檐前鹦鹉犹呼；艳质将亡，槛外海棠预萎。捉迷屏后，莲瓣无声；斗草庭前，兰芳枉待。抛残绣线，银笺彩袖谁裁？褶断冰丝，金斗御香未熨。昨承严命，既趋车而远陟芳园；今犯慈威，复拄杖而遣抛孤柩。及闻蕙棺被燹，顿违共穴之情；石椁成灾，愧逮同灰之诮。尔乃西风古寺，淹滞青磷，落日荒丘，零星白骨。楸榆飒飒，蓬艾萧萧。隔雾圹以啼猿，绕烟塍而泣鬼。岂道红绡帐里，公子情深；始信黄土陇中，女儿命薄！汝南泪血，斑斑洒向西风；梓泽余衷，默默诉凭冷月。呜呼！固鬼蜮之为灾，岂神灵之有妒！毁诐奴之口，讨岂从宽？剖悍妇之心，忿犹未释！在卿之尘缘虽浅，而玉之鄙意尤深。因蓄惓惓之思，不禁谆谆之问。始知上帝垂旌，花宫待诏。生侪兰蕙，死辖芙蓉。听小婢之言，似涉无稽；据浊玉之思，深为有据。何也？昔叶法善摄魂以撰碑，李长吉被诏而为记：事虽殊，其理则一也。故相物以配才，苟非其人，恶乃滥乎？始信上帝委托权衡，可谓至洽至协，庶不负其所秉赋也。因希其不昧之灵，或陟降于兹，特不揣鄙俗之词，有污慧听。乃歌而招之曰：

天何如是之苍苍兮，乘玉虬以游乎穹窿耶？地何如是之茫茫兮，驾瑶象以降乎泉壤耶？望伞盖之陆离兮，抑箕尾之光耶？列羽葆而为前导兮，卫危虚于傍耶？驱丰隆以为庇从兮，望舒月以临耶？听车轨而伊轧兮，御鸾鹥以征耶？闻馥郁而飘然兮，纫蘅杜以为佩耶？烁烁兮，镂明月以为珰耶？借葳蕤而成坛畤兮，檠莲焰以烛兰膏耶？文瓟匏以为觯斝（酒器）兮，漉醽醁（醽醁即美酒）以浮桂醑耶？瞻云气而凝眸兮，仿佛有所觇耶？俯波痕而属耳兮，恍惚有所闻耶？期汗漫而无际兮，捐弃予于尘埃耶？倩风廉之为余驱车兮，冀联辔而携归耶？余中心为之慨然兮，徒嗷嗷而何为耶？卿偃然而长寝兮，岂天运之变于斯耶？既窀穸（墓穴）且安稳兮，反其真而又奚化耶？余犹桎梏而悬附兮，灵格余以嗟来耶？来兮止兮，卿其来耶？

若夫鸿蒙而居，寂静以处，虽临于兹，余亦莫睹。搴烟萝而为步障，列苍蒲而森行伍。警柳眼之贪眠，释莲心之味苦。素女约于桂岩，宓妃迎于兰渚。弄玉吹笙，寒簧击敔（乐器）。征嵩岳之妃，启骊山之姥。龟呈洛浦之灵，兽作咸池之舞。潜赤水兮龙吟，集珠林兮凤翥。爰格爰诚，匪簉匪簋。发轫乎霞城，还旌乎元圃。既显微而若遄，复氤氲而倏阻。离合兮烟云，空蒙兮雾雨。尘霾敛兮星高，溪山丽兮月午。何心意之怦怦，若寤寐之栩栩？余乃欷歔怅怏，泣涕彷徨。人语兮寂历，天籁兮篔筜。鸟惊散而飞，鱼唼喋（鱼吃食的声音）以响。志哀兮是祷，成礼兮期祥。呜呼哀哉！尚飨！

——《芙蓉女儿诔》

花谢花飞花满天，红消香断有谁怜？游丝软系飘春榭，落絮轻沾扑绣帘。闺中女儿惜春暮，愁绪满怀无释处，手把花锄出绣帘，忍踏落花来复去。柳丝榆荚自芳菲，不管桃飘与李飞。桃李明年能再发，明年闺中知有谁？三月香巢已垒成，梁间燕子太无情！明年花发虽可啄，却不道人去梁空巢也倾。一年三百六十日，风刀霜剑严相逼，明媚鲜妍能几时，一朝飘泊难寻觅。花开易见落难寻，阶前闷杀葬花人，独倚花锄泪暗洒，洒上空枝见血痕。杜鹃无语正黄昏，荷锄归去掩重门。青灯照壁人初睡，冷雨敲窗被未温。怪奴底事倍伤神，半为怜春半恼春。怜春忽至恼忽去，至又无言去不闻。昨宵庭外悲歌发，知是花魂与鸟魂。花魂鸟魂总难留，鸟自无言花自羞。愿奴胁下生双翼，随花飞到天尽头。天尽头，何处有香丘？未若锦囊收艳骨，一抔净土掩风流。质本洁来还洁去，强于污淖陷渠沟。尔今死去侬收葬，未卜侬身何日丧？侬今葬花人笑痴，他年葬侬知是谁？试看春残花渐落，便是红颜老死时。一朝春尽红颜老，花落人亡两不知！

——《葬花吟》

《红楼梦》中最经典的画面——"黛玉葬花"，本身就是一首美得令人心颤的诗。那个"花谢花飞""红消香断"的暮春时节，黛玉肩荷花锄袅袅走来，看满地落红不忍践踏，轻轻收拾起残花落瓣，为它们寻得一处洁净香冢掩埋。

[微课]曹雪芹感伤葬花魂

其时，宝玉正手捧《西厢记》，"看到'落红成阵'，只见一阵风过，把树头上桃花吹下一大半来，落的满身满书满地皆是。宝玉要抖下来，恐怕脚步践踏了，只得兜了那花瓣，来至池边，抖在池内。那花瓣浮在水面，飘飘荡荡，竟流出沁芳闸去了"。

宝玉、黛玉不期而遇共葬落花，都只为爱花惜花。翻阅中国古典诗词，满眼都是飞舞的落花所带来的伤感的眼泪，"落红不是无情物"，它是中国古典诗歌伤春主题的核心意象，"无可奈何花落去"，落英缤纷，落花飘零，寄托着多少春光不再的叹惋与悲情。宝、黛二人，流水知音，灵犀相通，但葬花的方式有所不同，宝玉逝水飘落红，黛玉则净土掩风流。宝玉之所以选择流水葬花，是因为在他眼里，水是最为干净、圣洁的，一如他认为的"女儿是水做的"；而黛玉的思虑则要多一层，"撂在水里不好，你看这里的水干净，只一流出去，有人家的地方什么没有？仍旧把花糟蹋了"。正是对香魂艳骨的无限怜惜，对陷入污淖渠沟的深深恐惧，才使她选择"质本洁来还洁去"的葬花方式。无论"水葬"还是"土葬"，可以使生命永葆纯洁、美好，永不遭受践踏吗？"天尽头，何处有香丘？"落花意象，从来就寄有青春消亡、爱情消亡的寓意，偏是在宝、黛共读《西厢》之前先有共葬落花，难道不是他们爱情不永的暗示吗？

《牡丹亭》"如花美眷，似水流年"的唱词隔墙传来，让个大喜看戏文的黛玉无意间听了去，竟然"心动神摇""如痴如醉""站立不住""忽又想起前日见古人诗中有'水流花谢两无情'之句，再又有词中有'流水落花春去也，天上人间'之句，又兼方才所见《西厢记》中'花落水流红，闲愁万种'之句，都一时想起来，凑聚在一处。仔细忖度，不觉心痛神痴，眼中落泪"。"花落水流红"固是前人事，也是眼前景、心中情。传统诗词中的流水意象，象征着某种距离和阻隔，隐含着难以把握的惆怅、痛苦。流水的纤柔邈远，使它具有了缠绵悠长、愁思不绝的意蕴，也寄寓了关于时间、青春、生命的无限遐想。

在大观园中，水与女儿构成了一个微妙的等式，沁芳泉就是女儿泉，这里不仅有实体的寒雨、冷雪、薄霜、轻露等"水"的意象，还有愁思、情海、潇湘妃子、无价宝珠等虚拟性的"水"意象。林黛玉就是摇曳在大观园里的一株泪水涟涟的水芙蓉，她冰清玉洁的"水"质"水"韵，不正是女儿之美的极致吗？潇湘馆内为何植有千百竿翠竹？那是林黛玉的斑斑血泪；潇湘馆后院又为何有大株梨花兼着芭蕉？因为梨花带雨宛似黛玉珠泪盈盈，而雨打芭蕉之声更助黛玉悲情戚戚。上辈子欠你的，我的生命就是来"还泪"的，黛玉且行且吟且洒泪，终将对生命的哀挽凝结于《葬花词》中。"尔今死去侬收葬，未卜侬身何日丧？侬今葬花人笑痴，他年葬侬知是谁？试看春残花渐落，便是红颜老死时。一朝春尽红颜老，花落人亡两不知！"葬花葬己，似谶成真。"想眼中能有多少泪珠儿，怎禁得秋流到冬尽，春流到夏！"女儿泪从黛玉眼中、心底流出，无风仍脉脉，不语也潇潇，终归泪尽而逝。警幻仙姑早有歌曰："春梦随云散，飞花逐水流。"多少红艳妖娆的美丽生命遭遇着令人痛苦的悲剧命运！"千红一哭，万艳同悲"，不正暗合了流水落花的经典意象吗？在宝玉那里，黛玉何尝不是如烟似幻的梦中佳人，终因盈盈一水重重阻隔，而永久地"宛在水中央"！

即将掩卷时，闭上眼睛，眼前似有落红飘飞，流水悠悠，穿越几多诗意空间，再次回到上古那个纯真的时代，耳边响起：蒹葭苍苍，白雾茫茫，有位佳人，在水一方，……

练习·思考·延伸

1. 鲁迅说过，一部《红楼梦》"经学家看见《易》，道学家看见淫，才子看见缠绵，革命家看见排满，流言家看见宫闱秘事"。你从《红楼梦》里看见了什么？

2. 阅读《红楼梦》全书，谈谈这部小说的艺术成就主要表现在哪些方面？

3. 试比较林黛玉、薛宝钗这两个人物形象。

*4. 《红楼梦》问世以来被搬上舞台、银幕无数次，其中电视连续剧1987版《红楼梦》与2011版《红楼梦》引发广泛热议，议论焦点围绕哪些方面展开？在社会上产生了哪些影响？

*5. 高鹗续《红楼梦》，对曹雪芹原创的前八十回《红楼梦》流传至今有着非常积极的作用。此后不断有人续写《红楼梦》，前后不下三四十种，但多数为"狗尾续貂"，后渐渐沉寂。近年来刘心武通过原型研究、文本细读，探佚出了曹雪芹写成又迷失的后二十八回内容，在此基础上，完成了一部《刘心武续红楼梦》，红学研究再爆热点，如何看待这种现象？

以"诗意朗读"作结

《西厢记妙词通戏语·牡丹亭艳曲警芳心》

读《西厢记妙词通戏语·牡丹亭艳曲警芳心》（《红楼梦·第二十三回》）

朗读提示：小说的语言分两种，一种是叙述、描写的语言，一种是人物"自己"的语言。前者以朗读者的身份呈现，既要体会作家的生命追求与创作主旨，又要对作品深微埋解和准确把握，从始至终心理过程连贯，声音气息统一。人物语言穿插其间，则要有明显的情绪转换，要根据小说对人物性格特征的介绍，设计出符合人物"形象"的基本语气，并在此时此地、此情此景的条件下加以变化。小说不是戏剧，朗读者无需"惟妙惟肖"地扮演人物，立足朗读目的和规律，显示出人物心理发展变化即可。

朗声读来——

主要参考文献

[1]　游国恩.中国文学史［M］.北京：人民文学出版社，1963.

[2]　袁行霈.中国文学史［M］.北京：高等教育出版社，2005.

[3]　章培恒,骆玉明.中国文学史［M］.上海：复旦大学出版社，2004.

[4]　冷成金.中国文学的历史与审美［M］.北京：中国人民大学出版社，1999.

[5]　李泽厚.美的历程［M］.北京：文物出版社，1981.

[6]　王红,谢谦.中国诗歌艺术［M］.北京：高等教育出版社，2004.

[7]　《古典文学三百题》编写组.古典文学三百题［M］.上海：上海古籍出版社，
　　　1986.

[8]　鲁迅.鲁迅全集［M］.北京：人民文学出版社，2005.

[9]　林语堂.苏东坡传［M］.长春：东北师范大学出版社，1994.

[10]　罗永麟.论中国文学的发展规律［M］.济南：齐鲁书社，2007.

[11]　朱志奇.唐风宋韵［M］.海口：海南出版社，1993.

[12]　徐德青.趣味美学［M］.上海：上海古籍出版社，2006.

[13]　张法.艺海泛舟［M］.深圳：海天出版社，1999.

[14]　冷成金.古道醋歌［M］.深圳：海天出版社，1998.

[15]　邓乔彬.宋词与人生［M］.上海：上海古籍出版社，2001.

[16]　王国维.人间词话［M］.呼和浩特：内蒙古人民出版社，2003.

[17]　唐文.原来诗经可以这样读［M］.石家庄：河北教育出版社，2005.

[18]　胡佩韦.中国古典文学基础知识丛书·司马迁和史记［M］.上海：上海古籍出
　　　版社，1979.

[19]　廖仲安.中国古典文学基础知识丛书·陶渊明［M］.上海：上海古籍出版社，
　　　1979.

[20]　徐培均.中国古典文学基础知识丛书·李清照［M］.上海：上海古籍出版社，
　　　1981.

［21］王水照.中国古典文学基础知识丛书·苏轼［M］.上海：上海古籍出版社，1981.

［22］顾学颉.中国古典文学基础知识丛书·元明杂剧［M］.上海：上海古籍出版社，1979.

［23］胡光舟.中国古典文学基础知识丛书·吴承恩和西游记［M］.上海：上海古籍出版社，1980.

［24］蒋和森.中国古典文学基础知识丛书·红楼梦概说［M］.上海：上海古籍出版社，1979.

［25］张颂.朗读学［M］.北京：中国传媒大学出版社，1999.

［26］张颂.朗读美学［M］.北京：北京广播学院出版社，2002.

［27］康震.康震讲三苏［M］.北京：中华书局，2018.

［28］鲍鹏山.中国人的心灵［M］.上海：复旦大学出版社，2017.

［29］艾朗诺.才女之累：李清照及其接受史［M］.上海：上海古籍出版社，2017.

［30］艾朗诺.美的焦虑北宋士大夫的审美思想与追求［M］.上海：上海古籍出版社，2019.

［31］王水照.宋代文学通论［M］.郑州：河南大学出版社，1997.

［32］王水照.苏轼评传［M］.南京：南京大学出版社，1998.

［33］李山.中国文化史［M］.北京：北京师范大学出版社，2007.

［34］叶嘉莹.叶嘉莹说汉魏六朝诗［M］.北京：中华书局，2018.

［35］陈均.昆曲欣赏读本［M］.贵阳：贵州教育出版社，2014.

［36］资中筠.士人风骨［M］.桂林：广西师范大学出版社，2011.

［37］于非.中国古代文学：上册［M］.4版.北京：北京师范大学，2013.

［38］于非.中国古代文学：下册［M］.4版.北京：北京师范大学，2013.

读者意见反馈

为收集对教材的意见建议，进一步完善教材编写并做好服务工作，读者可将对本教材的意见建议通过如下渠道反馈至我社。

咨询电话　400-810-0598

反馈邮箱　gjdzfwb@pub.hep.cn

通信地址　北京市朝阳区惠新东街 4 号富盛大厦 1 座

　　　　　高等教育出版社总编辑办公室

邮政编码　100029